에든버러

EDINBURGH
by Alexander Chee

에든버러

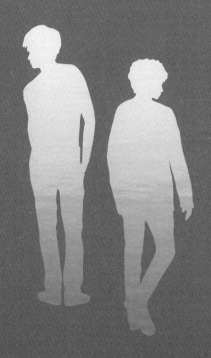

알렉산더 지 지음 | **서민아** 옮김

피터가 죽은 뒤, 내가 그를 그리워하는 것은 마치 호수의 차가운 구역을 수영하는 것과 같다. 아주 가까워진 여름 태양이 내리쬐는 따뜻한 물에서 모두들 웃고 있는데. 이 이야기는 아무도 나에게 묻지 않은 질문에 대한 답이다.

내가 피터를 본 건 그날이 마지막이라고 생각하지만, 공교롭게도 그렇지 않다. 피터는 한 번 더 나를 찾아올 것이다.

할아버지는 제2차 세계대전 때 누나 여섯을 일본에 빼앗겼다. 그 뒤로 다시는 누나들의 소식을 듣지 못했다. 위안부는 일본이 그 군인들을 위해 강제로 끌고 간 여자들을 일컫는 이름이었다. 여자들은 아직 어린 소녀들이었다.

내가 어릴 때 할아버지는 여우가 얼마나 좋은 동물인지 들려주셨다. 내가 들은 최초의 이야기들이다. 할아버지의 이야기 속 여우는 위험에 처한 아이들을 구해주고, 마법의 반지를 낀다. 몇 년 뒤 대학교에 다닐 때, 일본에서는 여우가 악령을 상징한다는 글을 읽으며 나는 할아버지를 떠올린다. 그리고 다음에 고향에 와서 할아버지를 뵐 때 그 이야기를 물어본다.

일본을 죽이는 거라면 무엇이든 우리 친구란다. 할아버지는 말한다. 여우도, 폭탄도, 중국도. 모든 것이. 이제는 수척해진 얼굴에 눈 밑이 푹 꺼지고 야윈 백발의 노인이 된 할아버지 모습에서 무언가를 그리워하는 이에게 보이는 어떤 아름다움이 느껴진다. 할아버지 댁 벽에는 할아버지의 어머니와 누나들을 찍은 사진 한 장이 걸려 있다. 옛날 가족들이 그렇듯이 이 아름다운 여자들도 서로가 거의 닮았다. 할아버지의 누나들 가운데 한 명은, 다른 누나들을 모두 일본에 빼앗긴 뒤에 태어났다. 할아버지는 자신을 사이에 두고 이리 떠밀고 저리 떠밀며 해변을 달리던 누나들을 평생 그리워하다 돌아가실 것이다.

일본 점령군은 누나들을 강제로 끌고 간 후 할아버지를 황립 무관학교에 보냈다. 내가 제일 처음 배운 언어는 일본어란다. 할아버지는 나에게 말씀하신다. 영어는 배울 생각도 못했지. 하지만 내가 누구냐. 사람은 여우가 돼야 한다. 할아버지는 말씀하신다. 암, 그래야 하고말고. 할아버지 말씀이 끝나면 나는 가끔 곧바로 할아버지 얼굴을 쳐다보며 궁금하게 여기곤 했다. 적국의 활자가 자신의 사고를 형성할 정도로 내면에 평생 새겨진다는 건 어떤 느낌일까, 하고. 지금은 그 느낌을 알 것 같다.

여우 귀신은 종종 아름다운 여자의 모습으로 나타난다. 사람들이 자기에게 반하게 만들고는 떠나버리는데, 그러면 사람들은 한 달 남짓 여우를 그리워하다 상사병으로 죽는다. 여우는 도깨비불 같은 벼락 불덩어리를 내뿜는다. 여우가 다른 여우와 결혼하면 그날 하루는 해가 쨍쨍한 하늘에서 비가 내린다. 그런 날은 행운이 찾아온다고들 하는데, 그날만큼은 여우가 문제를 일으키지 않기 때문이다. 그런가 하면 여우 귀신은 자유자재로 모습을 바꾸어, 오래 전에 죽어 잃어버린 연인의 모습으로 나타나기도 한다. 일본에는 귀족 부부가 소풍을 갔다가 산비탈에서 여우들이 변신하는 장면을 목격했다는 옛날이야기들이 있는데, 여우들이 전투의식을 벌이며 군인에서 성[城]으로 다시 성에서 군인으로 변신했다고 한다. 여우 귀신에 홀리면 하늘을 날 수도 있고 벽을 통과해 다닐 수도 있다. 그리고 귀신이 사람의 내면을 통해 제2의 목소리로 전하는 말을 들을 수도 있다.

레이디 타마모는 한 남자와 사랑에 빠져 그와 결혼하기 위해 여자의 모습으로 변신한 여우였다. 변신 후에도 붉은 머리카락은 여전히 그대로여서 타마모는 두려움의 대상이 되었다. 당시 한국에서는 머리카락이 붉은 사람을 영락없이 귀신으로 여겼기 때문이다. 레이디 타마모는 여우 귀신이 그렇듯 매우 아름다웠다. 타마모의 남편은 타마모를 사랑했고, 타마모도 남편을 사랑했다.

레이디 타마모는 자식을 낳았으며 모두 아들이었다. 그러던 어느 날 마을에서 발생한 어떤 사건 때문에 레이디 타마모가 비난을 받게 되자, 타마모의 가족은 마을을 떠나 한국과 일본 사이에 있는 작은 섬으로 거처를 옮겨 그곳에 정착했다. 섬에는 어부들이 살고 있었다. 그들은 워낙 많은 일을 겪어온 터라 타마모의 가족을 흔쾌히 받아들였고 타마모를 두려워하지 않았다. 이곳이라면 안심할 수 있겠어요. 레이디 타마모는 남편에게 말했다. 그리고 정말로 안심하며 잘 지냈다. 사람들이 타마모에게 어느 부족 출신이냐고 물었을 때, 타마모는 하늘이 땅을 굽어보는 지역에서 자랐다고 말했다. 그러자 그녀가 몽골 출신이라는 소문이 퍼졌다.

남편이 죽어 시댁 식구들이 와서 시체를 화장할 때 레이디 타마모는 시체 곁에 서 있다가 그 밑에 불을 지폈다. 이 모습을 지켜보던 시댁 식구들은 두려움에 떨었다. 이제 남편이 죽었으니 레이디 타마모는 다시 여우로 돌아가 그들을 모두 죽이게 될까? 그들의 해골을 투구로 만들고 어부들을 사냥하러 다닐까? 레이디 타마모는 그들을 향해 미소를 지은 뒤 남편의 차가운 얼굴에 손을 얹은 다음, 타오르는 불 위에 올라섰다. 불덩이는 하늘로 날아올라 가족들의 시선에서 사라져 갔다. 여우는 원하면 언제든지 불덩어리를 내뿜을 수 있기에 레이디 타마모도 불덩어리를 내뿜었다. 그리하여 남편과 아내는 불에 타 재가 되었다.

이제 엄마를 잃은 자식들은 여우가 되는 법을 영영 배울 수 없게 되어, 레이디 타마모의 후손들은 이후 평범한 사람으로 살게 되었다. 마을 사람들은 이따금 궁금하게 여겼다. 여우 귀신은 수백 년 동안 살 수 있다는데, 레이디 타마모는 왜 불 속에 뛰어들었을까 하고. 어떤 이들은 자신들이 잘못 알고 있었나 보다고, 어쩌면 타마모는 결국 귀신이 아니었는지 모른다고 생각했다. 매우 아름답고 모두에게 상냥한 타마모의 자식들은 때때로 생선을 잡아 시장에 내다 팔았다. 햇살이 머리 위로 곧장 비치지 않으면 그들의 머리카락은 붉게 보이지 않았고, 까만 머리카락 사이로 몇 가닥 붉은 머리카락이 드러날 뿐이었다.

내가 아버지의 왼쪽 관자놀이에서 자라는 붉은 머리카락 한 가

닭을 발견할 때, 아버지는 나에게 레이디 타마모 이야기를 들려준다. 아버지는 이 이야기를 들려주면서 말한다. 이것이 타마모가 남긴 유일한 흔적이란다. 그러고는 붉은 머리카락 한 가닥을 뽑아 나에게 건네준다.

금발인 어머니에게 붉은 머리카락을 보여주자 어머니는 소리 내어 웃는다. 네 아빠는 붉은 머리카락만 보면 뽑더라. 어머니는 말한다. 너도 알다시피 우리 증조할아버지도 머리카락이 붉었단다.

내 머리카락은 갈색이다. 그러나 수염에는 붉은 가닥들이 자라고 있다. 나는 그것들을 면도할 때 밀어 버린다. 내 이름은 아피아스 제다. 아피아스는 외가 쪽 5대 선조 가운데 스코틀랜드의 학교에서 교사로 일하던 분의 이름이다. 제는 5백 년 전 우리 집안 선조들이 한국과 일본 사이에 있는 바다에서 생선을 낚던 첫날 이후 지금까지 친가 쪽 모든 남자들에게 불리는 이름이다. 아피아스는 친구 피터에게 피로 불렸고, 대학교에 들어가자 피는 피지가 되었다. 그러나 내가 정한 이름은 피다. 왜냐하면 피터가 내게 그 이름을 주었기 때문이다.

이 이야기는 여우에 관한 이야기다. 여우가 어떻게 소년이 될 수 있는지에 관한, 그리고 불에 관한 이야기이기도 하다.

| 차례 |

프롤로그   5

제1부 | 반딧불이의 노래   13

제2부 | 1월의 대성당   121

제3부 | 그리고 두 눈에 밤의 검은 잠이 내리고   203

제4부 | 파랑   283

감사의 인사   350

제1부

반딧불이의 노래

피|FEE

1

열두 살이던 해 11월 말 오후, 나는 파인스테이트 소년 성가대에 가입하기 위해 오디션을 본다. 내 기억에 오디션을 보기로 한 건 순전히 내 생각이다. 메인주 포틀랜드의 롱펠로우 광장 부근에 있는 회색 돌로 지은 성당 연습실에서, 나는 머리 모양이 네모나고 올빼미처럼 생긴 남자 앞에서 노래를 부른다. 남자의 분홍 손가락은 검은 건반과 흰 건반 위를 경쾌하게 움직이며 일련의 음계들을 열심히 두드린다.

좋군. 남자가 말한다. 목소리가 괜찮아. 음역대도 상당하고.

그의 옆에 놓인 클립보드에는 오디션 신청자 명단이 적혀 있다. 몇몇 이름 옆에는 체크 표시가 되어 있다. 연습실 안으로 들어오는 오후의 햇살이 성경 장면을 묘사한 스테인드글라스 창문을 환하게 비춘다. 나는 성경 내용을 잘 모르기 때문에 그 장면들이 무엇을 의미하는지 알지 못한다. 햇살은 아무런 장식이 없는 내 맞은편 벽에도 그 못지않게 찬란한 색채를 드리운다.

노래를 부를 때는 마치 내가 지금 저 벽이 된 기분이다. 내가 이곳에 온 이유다.

뭐든 아는 노래가 있냐고 그가 묻는다. 그는 마치 내가 이 방에서 달아날지 모른다는 듯 내 쪽을 내려다본다.

크리스마스 캐럴이요. 내가 말한다.

그는 악보 하나를 펼쳐 나에게 건넨다.

나는 '고요한 밤' '주께 와서 경배하세' '선한 왕 벤체슬라우스' '천사들의 노래가'를 부른다. 마지막 노래를 다 부른 뒤엔 내가 가장 좋아하는 노래라고 말한다. 이렇게 피아노 반주에 맞추어 내 목소리만 들린 건 생전 처음이다. 노래를 멈추었을 때 흐르는 고요 또한 처음인 것 같다.

리듬감도 좋은걸. 그가 말한다.

호흡은 신체 내부의 공기를 탄소로 변환시킨다고 과학시간에 배웠다. 탄소는 연기와는 조금 다르지만 비슷하다. 불꽃이 일 때 발생하는 원소가 우리 몸 안에도 있는 것이다. 다만 우리 몸 안에서 그런 원소가 발생하는 속도가 조금 더 느릴 뿐이다. 나는 숨을 쉬고, 기다린다. 조바심을 내면서.

딱 너 같은 소년들을 찾고 있었다. 마침내 남자가 이렇게 말하며 명단의 내 이름에 체크 표시를 한다.

나는 곧바로 성가대에 뽑혀, 첫 번째 리허설을 위해 악보를 끼운 서류철을 받아들고 연습실을 나선다. 집으로 가는 차 안에서 나는 얼른 연습을 시작하고 싶어 벌써부터 안달이 난다. 특이하고도 부드러운 지휘자의 악수가 떠오른다. 내 이름은 에릭이다. 그가 말했다. 하지만 성가대에는 에릭이 또 한 명 있지. 그래서 나는 큰 에릭이고 그 아이는 작은 에릭이란다.

내 말 알아들었니? 그때 엄마는 포틀랜드와 케이프엘리자베스를 가로지르는 다리 위에서 초저녁 교통 체증을 빠져나가며 나에게 묻는다.

응? 뭐라고 했는데? 나는 엄마에게 말한다. 엄마가 뭐라고 말했는지 듣지 못했다.

할아버지는 고향인 한국에 가면 사람들이 모르는 노래가 없다고 나에게 말씀하신다. 때때로 모든 사람들이 마치 뮤지컬에서처럼 한목소리로 노래를 시작한다고. 할아버지가 말씀하시는 한국은 행복한 가족들과 지혜로 이루어진 장소인 것 같아서 나는 할아버지가 왜 이곳 메인주에 계시는지 의아하다.

다음 날엔 메인주의 한국계 미국인 친목단체가 김장 파티를 위해 이곳에 도착한다. 이곳 케이프엘리자베스는 여전히 절반은 농장으로 이루어진 마을로, 우리는 마을 변두리 습지가 내려다보이는 몇 에이커의 땅에 살고 있다. 열세 가족이 도착하니 마당이 자동차로 꽉 찬다. 머리카락이 검은 그들의 아이들이 달려와 내 이름을 큰 소리로 외쳐 부른다. 아피-아스, 아피-아스! 그들이 외친다. 아이들의 부모들은 두 갈래로 흩어진다. 엄마들은 할머니의 부엌으로, 아빠들은 주차장으로. 엄마들은 부엌에서 배추를 썰고, 고추와 생선을 다진다. 아빠들은 맥주와 삽을 들고 커다란 김치통을 묻을 구덩이를 파러 간다.

할아버지와 할머니는 옛날에 헛간이었던 곳을 집으로 개조해 살고 계신다. 이 집과 우리 집은 복도로 연결되어 있다. 아빠는 복도에 장작을 쌓아놓는데, 나는 종종 이곳에 숨곤 한다. 할아버지와 할머니는 몇 년 전 한국에서 이곳으로 이사했다. 사람들이 물어보면 아버지는 한국에 어떤 소요가 있었다고 말한다. 아버지는 삽으로 구덩이를 파러 나간 이 아저씨들과 농가를 개조했다. 엄마에겐 엄마만의 부엌이 필요하다고 아빠는 엄마에게 말했고, 그 말에 엄마는 소리 내어 웃었다. 맞아, 정말 필요해.

한국은 지금 사정이 어렵단다. 나중에 할아버지는 이렇게 말씀하실 것이다. 메인주가 좋아, 메인주가. 때때로 할아버지는 이런 말로 당신의 행동을 정당화할 것이다. 뚱뚱한 사람들이 많지만 그래도 괜찮아. 할머니는 그저 이렇게만 말할 것이다. 손주들 때문에 있는 거지.

나는 아이들을 보고 조금 놀란다. 아빠의 뜻에 의해 한국말을 못하는 나는 아이들이 하는 말을 거의 알아들을 수가 없다. 너 눈 똥 그렇고 괴상하게 생긴 여자애들 어떻게 생각하나? 아이들은 나를 놀릴 때마다 내 동생들에게 이렇게 묻는다. 남동생 테드와 여동생 샘은 그들이 재미있다고 생각한다. 아이들이 내 모노폴리 게임을 가지고 노느라 정신이 팔린 동안 나는 슬그머니 빠져나와 아저씨들이 구덩이 파는 곳으로 간다.

이야. 할아버지는 껄껄 웃으면서 말한다. 여기 여우가 왔구나. 그러고는 나를 들어올린다. 할아버지의 기운에 나는 깜짝 놀란다. 할아버지는 나를 내려놓으며 말한다. 봐라, 여우가 구덩이를 파러 왔다.

아버지를 포함해 주변의 아저씨들은 한국어로 이야기를 한다. 아마도 그들은 할아버지의 말을 듣지 못했을 것이다. 그들은 영어를 잘 알아듣지 못한다. 나는 자리에 앉아 그들을 지켜보면서 구덩이가 완성되길 기다린다.

처음 참석한 연습 시간에 피터를 만난다. 다른 소년들과 나는 사전에 서로 이야기를 나눈 적이 없지만, 우리는 그런 건 전혀 문제되지 않는 것처럼 옆 사람과 음정을 맞춘다. 12월 초 어스름한 밤, 연습실로 사용하는 이 작은 예배당에서 우리 스무 명이 노래를 부르면 우리가 앉은 금속 재질의 의자에 소리가 울린다. 몇몇 소년은 내가 사는 마을에서 본 적이 있지만 나머지 소년들은 낯설다. 우리가 노래를 부를 때, 내 옆자리 아이가 얼굴을 살짝 찡그리면서 이따금 나를 올려다본다. 흰색이 섞인 금발이 촛불의 불꽃같다.

여기 소년들은 거의 모두가 금발이다. 그러니까, 금발이 아닌 사람은 나 하나뿐이다.

여러분. 지휘자인 큰 에릭이 말한다. 신입 단원들에게 인사하세요. 아피아스 제, 피터 오핸런. 그가 이름을 부르자 내 옆 금발 소년이 나를 올려다보며 말한다. 너도 신입이냐?

너 중국인이야? 다른 소년이 묻는다.

아니. 내가 말한다. 한국인. 절반은. 나는 이 말을 할 때마다 반으로 갈라지는 기분이 든다. 도표에 고기 부위가 표시된 젖소처럼.

난 절반이 인디언이야. 피터가 말한다.

연습이 계속된다. 연습이 끝나고 우리는 연석에서 부모님이 데리러 오길 기다린다. 좀 해볼래? 피터는 씹는 담배 한 통을 내밀면서 말한다.

아니, 됐어. 내가 말한다. 피터는 트림을 하며 길에다 붉은 침을 뱉어낸다.

이리 와서 자전거 타자. 피터가 말한다.

좋아. 내가 말한다.

피터가 걷는다. 나는 우리가 가는 곳마다 공기가 그를 비켜 나를 향해 다가오는 걸 느낀다. 내가 어디에 있든 그의 소리는 나에게 전달된다. 내가 알아듣는 소리뿐 아니라 처음 듣는 생소한 소리까지도. 그 소리들이 다른 모든 소리를 짓밟는다. 엄마는 피터를 아마빛 금발 소년이라고 부른다. 그 말은 아마도 피터의 머리카락이 햇살이 비치면 연상되는 무언가처럼 무척이나 옅고 밝기 때문일 것이다.

피터에게 뭘 기대하는 거야? 나는 스스로에게 묻는다. 피터의 내면으로 걸어 들어가 절대로 나오지 않으면 좋겠어. 나는 스스로에게 답한다. 피터가 내 집이면 좋겠어. 그리고 학교에서 공책에다 이렇게 적는다.

담배를 피우고 씹는 걸 좋아함.

배운 내용: 신모범군(1645년 영국의 청교도혁명 때 크롬웰이 조직한 국민군 ─옮긴이), 중국의 4인방(중국의 문화대혁명 기간 동안 권력을 휘두르던 공산당 지도자 장칭, 야오원위안, 왕홍원, 장춘차오. ─옮긴이), DOA(dead on arrival의 약자로 도착했을 때 이미 사망한 환자라는 뜻 ─옮긴이)

피터, 피터, 불을 먹는 묘기를 부리는 아이, 여자들에게 키스를 함, 난로처럼 뜨거운 느낌.

자기 여동생을 싫어하고 내 여동생을 좋아함.

언제나 도무지 집에 가고 싶어 하지 않는다. 왜지?

책 읽을 시간을 아끼기 위해 걸으면서 읽는 법을 터득했다. 아빠는 내가 한국어를 배우길 원치 않는다. 아빠가 영어만 사용하라고 해서 나는 몇 주 동안《웹스터 사전》을 읽으며 학교 복도를 지나다닌다. 내 주변으로 아이들이 서둘러 지나갈 때, 그들의 옷 색깔이 언뜻언뜻 눈에 비치고 베개 던지는 소리 같은 획획 소리가 들린다. 무언가를 읽고 있을 땐 그들이 나에게 하는 말이 들리지 않는다. 오직 내 안의 목소리만, 사전을 통해 나에게 전해지는 내 목소리보다 낮은 목소리만 들릴 뿐이다. 이 목소리는 다음 단어, 그 다음 단어를 향해 거침없이 이동할 때조차 방향을 그리고 가능성을 암시한다. Defect(이탈하다, 배반하다), Defection(탈퇴, 변절), Defective(결함이 있는, 불완전한), Define(정의하다), Definition(정의), Definitive(최종적인). 나는 다음 장을 슬쩍 엿본다. Demon(귀신).

대체 뭐하는 거냐? 점심시간에 매점에 있는 나를 보고 잭이 말한다. 잭은 성가대원이고 나와 같은 반이다. 라크로스(그물 달린 스틱을 이용해 상대편 골에 공을 넣는 경기 — 옮긴이) 선수이기도 한데, 걸음걸이가 사슴처럼 사뿐사뿐하고, 일 년 내내 앞에 나서는 일이 없다. 나하고 같은 반이지만 나보다 나이가 많고, 여러 가지 이유로 나를 좋아하는데 나는 아직도 잘 이해가 가지 않는다.

철자 경연대회 나가려고. 나는 거짓말을 한다.

Tow가 수확한 아마를 고르고 남은 부스러기라는 뜻임을 나중에 알게 된다. Transparent(투명한), 빛이 간신히 지나간다. Tow, Towhead(아마빛 머리카락의), 피터.

5개월 후 봄이 시작될 무렵, 나는 퍼스트 소프라노 파트의 반장이 된다. 큰 에릭은 나에게 반장을 맡기면서 내 목소리로 다른 아이들의 목소리를 이끌어야 한다고 말한다. 이제 연습시간에 나는 그를 보고, 그는 나를 본다. 큰 에릭의 손이 허공에서 위아래로 움직이며 소리 없는 타악기가 되어 우리의 노래를 이끌면, 나는 그의 손에 맞추어 노래를 부른다. 그의 눈을 봐야 할 땐, 그가 낀 금테 안경의 가느다란 테두리에 비친 모습을 본다. 그가 내 시선에 완벽하게 속고 있다고 생각하지는 않는다. 그는 내 목구멍 속을, 내 목소리가 시작되는 바로 아래까지, 그의 말에 따르면 호흡이 머무는 곳까지 들여다보는 것만 같다.

우리가 목을 풀고 마치 뼈에 붙은 근육처럼 피아노 음에 맞추어 목소리를 조절하는 동안, 내 목소리는 음계를 따라간다. 그럴 때면 내가 더 커지는 기분이 든다. 내 목이 내 목소리에 속하는 것처럼 이 연습실 또한 이곳을 가득 메우는 목소리에 속하는 것 같다. 가장 높은 음은 나와 피터만 낼 수 있다. 다른 소년들은 이렇게 높이, 높은 도를 지나 높은 라까지 올라가지 못한다. 우리가 이 음을 낼 때 큰 에릭은 처음엔 피터를 그 다음엔 나를 본다. 소리는 우리가 번갈아 숨을 쉴 때에야 비로소 약해지다가 희미해진다. 피터는 자신의 입에서 나오는 모음 소리가 일그러질까봐 나를 향해 거의 미소를 짓지 않는다. 그는 힘을 뿜어내기엔 체구가 작아 보이지만 성량이 풍부하다. 그의 몸집과 성량은 좀처럼 어울리지 않는다. 그의 입은 이 순수한 음들로 이루어진 다른 차원으로 향하는 문이다.

이제 큰 에릭이 한 음 높여 라 음을 친다. 우리는 함께 소리를 높인다.

잠시 후 연습을 마치고 소년들이 뛰고 소리치며 코트를 걸치고 밖으로 나갈 준비를 할 때, 큰 에릭이 피터와 내가 서 있는 자리로 다가온다. 피터가 독창을 맡겠구나. 나는 그렇게 생각한다. 역시나 큰 에릭이 피터에게 그렇게 말하고, 그 말에 피터는 웃는다. 데스캔트를 맡아라. 그가 말한다.

데스캔트는 독창자가 소프라노 선율과 대위법적 선율을 이루며 노래하는 것이다. 합창단이 가사와 당김음을 이용해 일부는 노래를 부르고 일부는 후렴을 반복하는 동안, 하나의 목소리가 이들 목소리보다 높은 음을 내며 노래를 꾸민다. 독창자가 데스캔트를 맡아 노래할 때 합창단이 동시에 노래를 부른다. 나는 데스캔트를 맡고 싶다. 충분히 잘 할 수 있을 것 같다. 내 목소리도, 내 음역대도 그만하면 괜찮다. 나는 더 열심히 노래를 익힌다. 하지만 그 순간 큰 에릭이 원하는 게 무엇인지 알아차린다. 합창석 맨 위에 선 금발 소년이 노래 부르는 모습을 상상해보라. 사람들은 자신이 듣고 있는 음악에 감동 받길, 그 음악이 바로 눈앞에서 머무르길 바랄 것이다.

성가대 연습을 마치고 집으로 돌아가는 길에, 나는 피터와 카풀을 하면서 책을 읽으려, 어떻게든 피터를 보지 않으려 애쓴다. 차에 탄 다른 소년들은 혀를 끌끌 차고 서로 밀치면서 방금 학교에서 무슨 일이 있었냐고 큰 소리로 묻는다. 우리를 태워 운전을 하는 엄마는 앞차를 주시한다. 내 앞에 놓인 책의 단어들이 조금씩 흐려지고 글자들이 가늘어지더니, 마침내 내 마음 속에 차곡차곡 모아놓은 피터의 모습들이 글자들 너머로, 마치 철조망 사이를 지나가는 스파이처럼 스쳐 지나간다. 세베이고호의 빙판에서 넘어지며 까르르 웃는 피터, 자신의 검은 집 안으로 걸어 들어가는 피터, 피터의 다리께에서 꼬리를 흔드는 피터의 개, 우리 집 지하실에서 잠을 잘 때면 마치 침낭에서 빠져나오는 꿈이라도 꾸는 것처럼 침낭 끝을 꼭 쥐고 있는 피터. 이따금 위를 올려다보면 내 옆에서 진짜 피터가 눈부시게 빛나고 있다. 나는 피터에게서 무슨 냄새가 나는지 알아내려 한다. 피터에게는 카네이션 향기가 나고, 아주 희미하게 담배연기 냄새도 난다. 누군가 바에 두고 간 코르사주처럼. 널 사랑하고 있어. 그때 나는 생각한다. 그래 맞아, 널 사랑하고 있어.

네가 데스캔트를 맡지 못하다니 정말 유감이야. 피터가 말한다.

그건 네가 해야지. 내가 말한다. 네가 훨씬 잘하는걸. 너 말고는 아무도 할 사람이 없어.

난 하든 말든 상관없어. 그게 무슨 대수라고. 괜히 연습만 더 하지.

난 괜찮아. 내가 말한다. 그리고 어차피 난 안 할 거야. 나중에 뭔가 내가 할 일이 있겠지.

내가 일주일 동안 가지고 다닌 책에는 자신도 모르는 사이에 불꽃으로 타오르는 러시아 심령술사들에 관한 이야기가 실려 있었다. 갑자기 몸에서 열이 펄펄 끓어 뼈가 그을릴 정도로 체온이 높아지는 이런 현상을 작가는 불가사의한 현상이라고 생각했다. 하지만 당시 나는 이런 현상이 조금도 신비롭지 않았다. 하긴 그 글을 쓴 작가는 피터를 만난 적이 없으니까.

2

성가대 파트별 반장들과 큰 에릭이 함께 떠나는 캠핑 여행 첫날, 태양은 하얀 하늘 한가운데에 묻은 하얗게 빛나는 얼룩 같다. 우리는 모두 네 명이다. 알토 파트에서 나와 잭, 세컨드 소프라노 파트에서 작은 에릭, 그리고 큰 에릭. 첫날 우리는 몇 시간 동안 하이킹을 한 다음 오솔길에서 조금 떨어진 거리에 위치한 바위 사이에서 수영하기 적당한 연못을 발견한다. 우리는 이곳에서 캠핑을 하기로 결정하고 먼저 텐트를 친다. 그런 다음 모두들 옷을 벗는다. 먼저 큰 에릭이 옷을 전부 벗고 일어서서 우리를 바라보며 기다린다. 맨몸으로 하는 수영은 하느님이 우리에게 베푸신 가장 큰 선물 중 하나란다. 그가 말한다.

잭은 어깨를 으쓱해 보인다. 나는 그런 그의 태도가 좋다. 잭이 먼저 옷을 다 벗고, 그 다음엔 작은 에릭, 마지막으로 내가 옷을 벗는다.

큰 에릭이 자신의 카메라를 들고 나온다.

찰칵. 카메라의 셔터가 가볍게 열린다.

알몸으로 바위 사이 연못 가장자리에 걸터앉은 작은 에릭의 모습이 흡사 요정 같다. 물결치듯 넘실거리는 우아한 금발이 열두 살 스웨덴 소년의 옆모습을 테두리처럼 감싸고 있다. 큰 에릭은 털이 많이 난 넓적한 가슴 앞으로 자신의 카메라를 고정시킨다. 그는 작은 에릭을 모델로 사진을 찍는다. 찰칵. 그 순간 큰 에릭의 손가락은 프레임 속 장면에 더 오래 천천히 머문다. 잭과 나 역시 알몸으로 이따금 여기 연못 옆 개울에 웅크리고 앉아, 등으로 젖은 타월 같은 여름 공기를 느낀다.

아주 좋아. 큰 에릭이 작은 에릭에게 말한다. 꼭 파우누스(고대 로마의 목신―옮긴이) 같구나.

나는 물 밑으로 가라앉아 폐의 공기를 토해낸다. 이렇게 하면 몸이 무거워져서 연못 깊숙한 바닥으로 재빨리 내려갈 수 있다. 해양학자인 아빠가 가르쳐 준 잠수 요령이다. 나는 연못 바닥의 부드러운 돌 위에 똑바로 누워 진주 빛 매끄러운 수면을 통해 하늘을 올려다보기 위해 공기를 충분히 남겨 둔다.

내 주위로 물살이 부드럽게 넘실거린다. 화강암 사이로 흘러들어 온 맑디맑은 물에서 우유 냄새 같은 민물 냄새가 난다. 저 위에 보이는 해는 이제 바닥에 떨어진 동전처럼 납작한 은빛이다.

나는 일어나서 물살을 밀고 발등으로 물을 쳐 수면으로 올라온 다음 훅 하고 가쁜 숨을 내쉰다. 작은 에릭과 큰 에릭은 아직도 사진을 찍고 있다. 찰칵. 나는 다시 잠수를 해서 다른 곳으로 이동한다.

잭이 잭나이프 다이빙으로 연못을 찌르자 물결이 옆으로 넓게 퍼진다. 나는 물 위로 고개를 내밀어 두 에릭들이 방해받지 않았는지 확인한다. 작은 에릭은 깔깔대며 웃고 있고, 큰 에릭은 걱정 마라, 다음은 너다, 라고 말한다.

잠시 후 우리는 불을 피워 핫도그, 감자, 옥수수 등 은박지에 싼 음식들을 익힌다. 나는 이번에도 햇볕에 화상을 입어 잭이 내 등에 로션을 발라준다. 정적이 흐르는 가운데 나는 이런 몸짓이 무얼 의미하는지 모르는 척한다. 곧이어 큰 에릭이 자유의지론, 나체주의, 아동의 권리에 관한 경향에 대해 이야기한다. 이제 나는 모르는 척하지 않는다. 방충망의 지퍼가 지지직 소리를 내며 닫힌다.

밤의 텐트 안에서 큰 에릭의 몸은 거대하다. 온몸에 털이 뒤덮여 있다. 그의 페니스가 너무 커서 만화처럼 우스꽝스러워 보인다. 그의 나이는 그가 이성을, 그러니까 우리와 다른 종을 좋아하게 한다. 우리는 몸집도 작고 골격도 작다. 우리 세 명의 소년들 가운데 나만 유일하게 페니스 주변에 약간의 털이 소용돌이 모양으로 나 있다. 나는 절반은 큰 에릭의 시선을, 절반은 아이들의 시선을 느낀다. 잭과 작은 에릭이 나를 향해 손을 뻗어 페니스 주변의 털을 만진다.

아직 해가 나오려면 한 시간은 더 기다려야 하지만 하늘은 벌써 밝아오고 있다. 우리는 닥터브로너스 비누로 연못에서 몸을 씻은 뒤 너구리가 우리 음식을 공격하지 않았는지 확인한 다음 재빨리 아침 식사를 만든다. 큰 에릭은 커피를 내리며 나에게 조금 마시겠냐고 묻는다. 그 순간 나는 어젯밤 일을 떠올린다. 두 에릭이 소름 끼치게 안 어울리는 쌍둥이처럼 한 침낭 안에서 끌어안고 있는 모습을. 잭과 나도 그랬다. 그러다 잠시 후 작은 에릭이 내 침낭으로 파고들고, 잭은 다른 곳으로 갔다. 내가 키스를 그렇게 좋아할 줄 몰랐다고, 작은 에릭은 키득거리면서 말한다.

이제 색색의 선명한 공기가 나무 위에, 그리고 공기가 필요한 이곳 땅 위 모든 것에 내려앉는다. 태양은 개울을 붉게 물들이고, 우리가 캠핑하는 덤불 사이로 빛을 퍼뜨리며 우리의 얼굴을 반짝반짝 빛나게 한다. 현기증이 난다. 지난밤 일들이 뿔뿔이 흩어진다. 나는 뜨거운 커피를 뺨에 댄다. 큰 에릭의 면도용 거울에 비친 내 얼굴이 낯설다. 햇볕에 탈색되어 보이는 머리카락. 커다란 눈동자. 나는 이렇게 말하고 싶다. 나를 혼내줘. 가능하면 여기에서 죽어버리게 나를 남겨두고 가버려.

잭이 텐트 밖으로 나와 내 앞에 서더니 나와 눈이 마주치자 윙크를 한다. 그리고 한 손가락을 내 입술에 대고 미소 짓는다. 그가 말한다. 이야, 근사하게 태웠는걸.

알몸으로 하이킹하기엔 날이 너무 뜨겁구나. 큰 에릭이 한 손에 카메라를 들고 서서 나에게 말한다. 차르르륵. 필름이 되감기는 소름끼치는 소리. 그는 마지못한 듯 반바지와 셔츠를 걸친다.

3

6월. 캠핑을 떠나기 2주 전, 나는 피터의 집에서 텔레비전을 보고 있다. 피터의 부모님은 직장에 가고 안 계신다. 피터는 내가 사는 케이프엘리자베스 옆 마을 사우스포틀랜드에 산다. 두 마을의 수영팀은 경쟁 관계다. 오늘 아침 우리는 피터의 개 페그를 데리고 각자 자전거로 해변까지 가서 몇 시간 동안 해변을 달렸다. 그 바람에 우리 모두 햇볕에 심하게 그을린 상태다. 나는 장미 줄기처럼 갈색과 붉은 색이 되어버렸고, 셔츠를 끌어올리자 엉덩이 주위로 반사광처럼 테두리를 두른 하얀 피부가 드러난다. 온몸이 벌게진 피터는 그의 어머니가 출근 전에 발라준 마그네시아유(乳)를 온몸에 묻힌 채 소파에 누워 있다. 우리는 지금 텔레비전을 보고 있다. 나는 피터에게 큰 에릭과 단둘이 있지 말라고 말하고 싶다. 그러면 어떻게 되는지 경고하고 싶다. 하지만 그러지 않는다.

잠시 후 해가 진다. 우리는 소파 위에서 레슬링을 한다. 밤엔 자전거로 집에 갈 수 없기 때문에 곧 있으면 엄마가 나를 데리러 올 것이다. 나는 소파 위에서 피터의 가슴에 팔꿈치를 대고 피터를 꼼짝 못하게 만들고, 피터는 두 무릎으로 연신 내 갈비뼈를 찌른다. 피터의 어머니는 부엌에 있고 아버지는 아직 퇴근 전이다. 피터에게 입을 맞추고 싶다. 피터에게 입을 맞추길 원하고 싶지 않다. 햇볕에 탄 데다 크게 소리 내어 웃느라 피터의 얼굴이 빨갛다. 나는 마지막으로 피터의 가슴을 두드리면서 속으로 말한다. 그건 말도 안 되는 일이야. 마침내 나는 피터를 일으켜 소파의 반대편으로 가고, 우리는 숨을 돌린다. 아, 제기랄. 피터가 웃으며 말한다. 재수 없는 자식. 나는 피터의 뜨거운 얼굴을 찰싹 때리고, 피터는 더 크게 웃고, 나는 피터를 다시 소파에 눕혀 꼼짝 못하게 누른다.

나는 피터에게 아무 말 하지 않은 채 그의 집을 나온다. 엄마의 차를 타고 집으로 돌아가는 길에 내가 품은 이 소망이 바깥으로 비어져 나올까봐 내내 두렵다. 발로 밟고 지나가면 작은 구름 모양이 뽁 하고 튀어나오는, 피터의 집 뜰에서 자라는 버섯들처럼.

주근깨가 났네. 집에 도착하자 엄마가 말한다. 천사가 키스를 했구나. 천사들이 널 엄청 사랑하나보다.

욕실에 들어가 햇볕에 탄 등을 차가운 타일 바닥에 대고 누워 수영복을 발로 차 벗는다. 하나, 둘, 셋. 문은 닫아 잠긴 상태다. 잠시 후 엄마가 욕실 문을 두드린다. 아피아스. 문 열렴.

나는 아무 말 하지 않는다. 아무것도 할 말이 없으니까. 나는 0이다. 구멍 바깥의 윤곽선일 뿐 아무것도 아니다.

아피아스. 너 엄마 걱정시킬래. 곧 저녁 준비 다 되는데. 저녁 먹으러 아래층에 안 내려오면 할아버지랑 아빠한테 오시라고 전화해서 너 데려가라고 한다.

시간이 지난다. 마침내 내 안에서 무언가가 빠져나가고, 나는 일어나 옷을 입는다. 그리고 욕실 문을 닫고 나온다.

날은 아직 환하고, 나는 마당에 있는 엄마를 발견한다. 안녕, 얘들아. 엄마가 말한다. 엄마는 쪼그리고 앉아 식물을 바라본다. 이 양귀비들 좀 보렴. 엄마는 말한다. 양귀비는 꽃이 피면 잎이 진단다. 그땐 잎을 볼 수가 없지. 나는 솜털이 보송보송한 잎과 1미터가량의 줄기 들을 손가락으로 어루만진다. 이제 나는 자라서 무엇이 되고 싶은지 알 것 같다.

remainder(나머지)와 reminder(상기시키는 것)의 차이는 A가 있느냐 없느냐다. 그리고 A는 내 이름 Aphias(아피아스)의 첫 글자다. 철자 A는 라이플 총의 탄약통처럼 슬그머니 드나든다.

4

캠핑이 시작된다. 우리는 2주일 동안 점심시간 전후로 하루에 두 차례씩 연습한다. 점심시간 직후 90분 동안은 쉬는 시간을 갖는데, 이때 지휘자의 감독 하에 수영을 한다. 아침 연습 시간엔 악보 암기와 발음에 집중하고, 가사의 의미에 관해 수업을 듣는다. 우리의 가을 프로그램은 대부분 라틴어와 이탈리아어 노래로 이루어지기 때문이다.

나는 2호 숙소의 반장이 되어 취침 점호를 하고 숙소 안에서 일어난 일들을 보고한다. 첫날밤은 다들 기운이 없다. 우리는 얇은 매트리스 위에 침낭을 펴고 무릎까지 내려오는 긴 티셔츠로 갈아입는다. 나는 숙소 안을 지나가면서 손가락으로 매트리스를 하나하나 짚으며 아이들 이름을 말한다. 캠핑장 건너편 언덕 아래에 있는 또 하나의 숙소는 불빛으로 환하다. 숙소 밖으로 쏟아지는 불빛 속에 뛰어드는 나방과 모기 들이 흡사 불타는 기다란 기차를 붙잡고 있는 요정 같다. 키 큰 풀들 사이로 반딧불이들이 획획 지나가고, 멀리 떨어진 다른 숙소에서 새어나오는 불빛들이 호수의 가장자리를 에워싼다. 큰 에릭은 저 아래 1호 숙소에 있고, 아이들은 소등한지 몇 분이 지났는데도 알몸이나 속옷차림으로 한가운데 빙 둘러 앉아 있다. 큰 에릭은 틈만 나면 우리에게 나체주의의 미덕에 대해 설교를 늘어놓는다. 우리는 수영 시간에 옷을 입지 않아도 된다. 첫 날인 오늘, 나는 두 명의 뚱보 소년 짐과 폴처럼 티셔츠를 입고 물 속에 들어갔다.

나는 점호를 마치고 불을 끈다. 캄캄한 어둠속에서 내 주변의 아이들은 잠자리가 불편한지 몸을 뒤척인다. 몇몇은 곧바로 잠이 든 다. 나는 내 침대를 향해 간신히 몸을 이끈다. 내 아래층 침대에는 또 다른 에릭이 있다. 에릭들이 모두 한자리에 있을 때 확실하게 구 분하기 위해 에릭 B라고 불리는 에릭이다. 에릭 B가 속삭인다. 피, 자니?

나는 침대 모서리 너머로 고개를 들어 그를 본다. 작은 에릭이 귀엽다면, 에릭 B는 잘생겼다. 에릭 B는 늑대소년이 변신하는 모 습처럼, 아니 그보다 더 근사하게 소년에서 남자로 성숙해지고 있 다. 1호 숙소 아이들, 지금 뭐 하는 거야? 에릭 B가 묻는다.

이야기하나 봐. 나는 대답한다. 1호 숙소는 온순하고 늘씬한 금 발의 스칸디나비아 형제들의 집합소 같다. 피터는 그곳에 있으며, 그 사실을 안 다음부터 나는 마음이 어수선해졌다. 내 침대 아래에 있는 에릭 B에게 우리는 그저 숲으로 평범한 여름 캠프를 온 것인 양 숨기고 싶지만, 어둠 속에서 빛나는 그의 눈빛을 보고 있으니 그 럴 수 없다는 걸 알게 된다.

언덕 아래 숙소는 아직도 불빛이 환하다. 불이 꺼지자, 나는 침 대 밖으로 나가 바지를 입고 어깨로 문을 밀고 나간다. 이런 상황을 끝내야 한다고, 다시는 이런 자리가 만들어져서는 안 된다고 마음속으로 생각한다. 하지만 나는 호숫가 부두에 앉아 어둠 속에서 일렁이는 호수를 바라본다. 호수의 물결은 마치 바다의 물결을 어쭙잖게 흉내 낸 것 같다. 하늘의 별들은 가짜처럼 보인다. 나는 피터가 나를 발견할 때까지 이렇게 앉아 있다.

피터가 내 옆에 앉는다. 피터가 내 어깨에 기대자, 햇볕에 심하게 타 살갗이 벗겨진 그의 뺨을 느낄 수 있다. 나는 자리를 만들고 피터는 스르르 내 몸에 기댄다. 나는 피터에게 왜 우는지 묻지 않으며, 피터가 눈물을 그칠 때에도 왜 그치는지 묻지 않는다.

피터가 내 어깨에서 고개를 들어 물속에 침을 뱉는다. 그러고는 손에 감추어 둔 담배에 불을 붙인다. 호수에 성냥을 떨어뜨리자 성냥이 물 위에 닿으며 지지직 소리를 낸다. 우리는 성냥이 희미한 어둠 속을 떠가는 모양을 물끄러미 같이 바라본다.

5

너 거기에 있었지. 그가 말한다. 그 일이 있던 날 밤에, 거기에 있었지.

난 부두에 있었어. 내가 말한다. 네가 와서 날 발견했잖아.

너 거기에 있었잖아.

널빤지 바닥은 당밀처럼 까맣고 만지면 호수의 바위처럼 차다. 그 위에 잠시 앉아 있던 누군가의 감촉이 전해진다.

방충망이 설치된 창문은 숙소 너비만큼 길다. 낮고 어두운 천장은 거의 보이지 않아, 지붕의 모양보다 색깔과 음영으로 마음에 더 기억된다.

이곳에서 오래도록 연습이 이어진다. 악구와 악구 사이 정적 속에서 우리는 목소리를 가다듬는다. 몇몇 어린 소프라노들은 고음에 취해 연습실 밖에서 꺄악 새된 소리를 지르거나, 자신이 가장 좋아하는 노래를 아무렇게나 불러댄다. 나는 내 옆에 앉은 피터와 대화를 하기 위해, 악보를 보지 않은 채 그 위에 글자를 쓰는 연습을 해왔다. 피터의 연한 머리카락이 위로 잔뜩 부풀어 오른다. 혹시 그의 진짜 엄마는 열매를 맺은 민들레가 아닐까. 몇 차례 밤을 보내며 나는 내 침대에서 피터의 머리카락을 한 가닥 발견한다. 피터가 앉아 있다가 남기고 간 것이다. 나는 그것을 이빨로 질근질근 씹어본다.

무슨 말이야? 나는 이렇게 쓴다.

너 거기에 있었잖아. 피터가 다시 자기 펜으로 자신이 아까 쓴 글을 가리킨다. 그 몸짓에 앞에 선 큰 에릭이 한쪽 눈을 치켜뜬다. 나는 외면한다.

잠시 휴식. 앞에서 큰 에릭이 말한다. 모두들 당장 밖에 나가고 싶은 모양인데 여기에 붙잡아둘 수는 없지. 45분 동안 나가서 놀다가 돌아와서 마저 연습하자. 〈키리에〉는 완전히 집중해야 하는 곡이니까.

우리가 부르는 노래는 소년들이 수백 년 동안 불러 온 것이다. 하느님은 다년생 꽃이 피듯 매해 소년들의 목소리가 땅에서 피어오르길 기대하시는 걸까. 아니면 우리가 다함께 모여 하느님을 위해 이 노래를 부르는 게 어떤 정해진 과제 같은 걸까. 큰 에릭은 옛 이탈리아의 엘리트 성가대원인 카스트라토는 청아한 고음을 유지하기 위해 거세를 했다고 설명한다. 어떤 소년들은 이 이야기를 들으며 자기 사타구니를 붙잡기도 하지만, 나는 이해할 것 같다. 나도 그처럼 목소리가 지켜지길 간절하게 바랐을 것이다.

쉬는 시간에 먼저 밖으로 나온 피터는 연습실과 매점 사이의 들판 한가운데 놓인 커다란 바위로 향한다. 밤이면 반딧불이들이 기꺼이 들판을 태우려는 듯 이곳을 불꽃으로 가득 메운다. 지금 같은 낮엔 무성한 풀 속에 야생 당근과 데이지, 그리고 엄마가 도깨비불이라고 부르는, 붉은 실로 지은 매듭 모양의 작고 빨간 꽃들이 가득하다. 무언가에 찍힌 듯한 자국이 있는 거대한 잿빛 화강암 바위는 수천 년 전 빙하기 때 남겨진 것으로, 가늘고 하얀 층이 대각선 모양으로 둘러져 있다. 매끄럽게 움푹 파인 곳이 꼭대기까지 잇따라 있어 피터는 그곳을 밟고 재빨리 올라간다. 바위 위에 앉은 피터는 들판의 동쪽 가장자리에서 시작하는 숲으로 멀리 시선을 던진다.

피터, 대체 무슨 말인지 설명을 해봐. 내가 말한다.

제발, 꺼져.

난 부두에 있었어. 너도 와서 봤잖아.

넌 알고 있었어. 어떻게 알았지?

그가 나한테도 그런 적이 있어.

나는 바위 옆에 선다. 바위 밑에 깔린 이끼가 옆으로 기어오른다. 내가 방금 무슨 말을 한 건지 믿어지지가 않았다. 그렇지만 정확히 맞는 말은 아니었다. 나는 한 번도 솔로 파트를 맡은 적이 없었다.

나는 다른 아이들과 달랐다. 큰 에릭이 나에게 말을 건넸을 때, 그는 알고 있었다. 내가 자신의 정체를 알고 있다는 걸, 전부터 알고 있었다는 걸. 더구나 나는 그 사진들을 기억한다. 그 중에 내 사진이 있는지 기억을 더듬어본다.

내 위로 그림자가 지고, 태양빛에 물든 작은 가지들이 후광을 만들어 그 위에 드리운다. 나는 위를 올려다본다. 나 먼저 갈게, 피터.

피터는 내려와 내 등에 펄쩍 뛰어오른다. 그러더니 턱으로 내 어깨 사이를 찌르고 두 발로 내 허리를 찬다. 이랴. 피터가 말한다. 나는 피터를 업고 연습실로 향한다. 연습실 저편에서 누군가의 시선이 느껴진다. 큰 에릭의 시선이 분명하다.

말[馬]이 왜 이렇게 느리냐. 피터가 말한다.

나는 마음속으로 기도한다. 한국에는 죽을 때가 되면 자신의 신이 누구인지 알게 된다는 말이 있다. 안녕하세요, 하느님. 나는 이렇게 피터를 업을 수 있길, 피터를 업고 그가 속한 곳으로, 지상에서 멀리 떨어진 저기 높은 곳으로 그를 데려다줄 수 있길 기도한다. 피터와 함께, 영원히 닿을 수 없을 만큼 아주 높은 곳으로. 하지만 그곳이 어디든 일단 피터를 식당 입구에 내려놓고, 함께 안으로 들어가 탄산음료를 몰래 마셔야지.

다시 연습이 시작된다. 알토 파트 음이 불안정하고 자신이 없다. 대부분이 최근에 알토 파트에 들어온 아이들이라, 자꾸만 전에 불렀던 소프라노나 세컨드 소프라노 파트를 부른다. 가성으로 두성조를 부르는 걸 아무도 알아채지 못할 거라고 생각하는 모양이다. 그러자 큰 에릭이 연습을 중단시킨다.

두성조 음색이 왜 이중으로 나는 거지? 그가 말한다. 클라리넷 외에는 두성조와 비슷한 음색은 거의 없다. 알겠나? 가성은 말이지, 이런 소리가 난다. 그는 얼굴을 잔뜩 찌푸리며 떨리는 목소리로 찢어질 것처럼 끔찍한 고음을 낸다. 그의 수염이 위아래로 빠르게 움직인다. 새 알토 대원들은 거의 울음이 터질 지경이다.

다시 말하지만, 절대로 가성을 사용해서는 안 된다. 변성기가 오면 일단 알토로 옮겨서 노래를 부르다가 나중에 테너나 베이스, 바리톤으로 파트를 정할 거다. 이제부터 가성은 봐주지 않겠다. 절대로. 내 귀에 들리지 않을 거라고 생각하지 마라. 난 다 들리니까. 난 다 들린다고. 알겠나?

알겠습니다. 우리는 마치 오후 내내 이 말을 연습하기라도 한 것처럼 일제히 이렇게 말한다.

미트로프와 콩, 푹 삶은 감자로 저녁을 먹은 다음, 승합차를 타고 영화를 보러 시내로 향한다. 극장에서는 올리비아 뉴턴 존과 진 켈리가 주연하는 《제너두》를 상영하고 있다. 진 켈리는 클라리넷을 연주한다. 올리비아 뉴턴 존은 사랑을 하는 건지 마는 건지, 미지근한 플롯이 이어지는 내내 롤러스케이트를 타고 청아한 고음으로 노래를 부른다. 나를 포함한 우리 소프라노 파트 몇 명이 노래를 따라 부르자 객석에서 웃음소리가 들린다. 우리가 익히기 쉬운 노래들이다. 올리비아는 지상에 내려온 뮤즈들 가운데 하나로 등장하는데, 색색으로 이루어진 천상의 빛이었던 원래 모습을 인간의 몸으로 아름답게 꾸민다. 영화가 끝나고 집으로 돌아오는 승합차 안에서 우리는 하루 종일 부른 노래들을 감미롭게 다시 부른다. 주요 도로를 따라 어둡고 조용한 도심을 지나가는 동안 몇몇 소년들은 잠이 든다. 우리는 빛과 소리가 똑같이 움직이는 건너편에 있다. 우리는 노래를 부르면서 뮤즈의 가운을 걸쳐본다. 색색의 빛을 입는다.

6

2호 숙소의 욕실에서 잭과 나는 서로 몸을 밀착한다. 잭은 세면대에 앉아 있고 나는 잭을 향해 몸을 밀어붙인다. 나는 잭의 혀가 내 입 안으로 들어오는 것에 익숙해지려 애쓰고 있다. 처음에 그는, 이게 바로 프렌치키스라는 거야, 라고 말하면서 자기 혀로 내 입술을 핥았다.

그때 나는 잭에게 이걸 가르친 사람이 누구였을까 궁금했다.

나는 무릎을 꿇고 앉는다. 그리고 내 입으로 그를 받아들인다. 이렇게 하면 남자들이 좋아한다는 걸 읽은 적이 있다. 잭이 나에게 할 땐 긴장되지만, 내가 잭에게 해줄 땐 주도하는 기분이 든다. 그리고 내가 이걸 무척 좋아한다는 걸 알게 된다. 나는 혼자 하는 건 좋아하지 않는다.

맙소사. 잭이 작게 말하자 나는 잭을 꼬집는다. 숙소 안에는 아이들이 자고 있을 것이다. 취침 점호를 다 마쳤는데 문 열리는 소리가 들린다. 아니 문 열리는 소리가 아니라 문틈으로 공기가 지나가면서 나는 바스락 소린가? 며칠 전 경첩과 용수철에 기름칠을 해두었다. 잭을 위해서다.

내가 잭을 꼬집었을 때 잭이 뛰어오르면서 그의 두 무릎이 내 가

숨에 부딪친다. 잭의 아래를 소금으로 문지르면 따뜻한 빵 냄새가
날 것 같다. 나는 수영 수업 때 배운 걸 이용해 코로 숨을 쉬면서 목
구멍 깊숙이 그를 받아들인다. 잭이 내 어깨를 꽉 움켜쥐고, 처음엔
가볍게 두드리다 점차 세게 두드린다. 잭의 다리가 흔들린다.

너 어깨가 왜 그러냐. 다음 날 아침, 샤워를 마치고 돌아가는 길
에 에릭 B가 나에게 묻는다. 고개를 돌려 살갗을 보니 자주색 점 다
섯 개가 나란히 박혀 있다. 펀치로 찍어서 그래. 내가 말한다.

에릭 B는 활짝 웃는다. 그렇구나.

7

'엑셀시스'를 발음할 땐 세 음절 전부에 힘을 주어야 한다. 엑.
셀, 시스. 알겠나? 엑-셀-시스. 엑셀시스. 이제 합쳐서 불러보자.
자, 도-호 나-하 노-비스, 인-엑-셀-시스 데-오. 준비 됐지?

지휘봉이 위로 올라간다. 그리고 내려온다.

우리는 사흘 동안 이 곡을 연습했다. 우리는 오전에 두 시간, 오
후에 두 시간씩 연습한다. 나는 이 여름 캠프에는 처음 참석한다.
우리 집에서 캠프란 주로 작은 숙소를 빌려 자동차를 타고 그곳에
가서, 거의 하루 종일 수영을 하며 즐기는 걸 의미한다. 잭의 집에
는 세베이고호에 통나무로 지은 작은 별장이 있다. 건축가인 친척
이 지은 것으로 방충망이 설치된 베란다와 부두가 있다. 이곳 캠핑
장에는 연습실 건물, 구내식당, 일반 숙소 1호와 2호가 있고, 일반
숙소 절반 크기의 숙소 한 곳에는 큰 에릭의 아내 린과 갓 태어난
아기가 지낸다. 아기는 사내아이로 큰 머리가 공처럼 생겼고 무서

울 정도로 조용하다. 큰 에릭의 양아들 랠프는 큰 에릭과 함께 1호 숙소에서 지낸다.

린은 여자 거인 같다. 큰 에릭보다 키가 더 크다. 지금 린의 양쪽 가슴은 내 머리통만큼 큰 것 같다. 린은 캠핑장에서 보모인데, 갓 태어난 그녀의 아기에게 늘 젖을 물리고 있어 이 명칭이 잘 어울린다. 린의 작은 공간인 절반 크기의 숙소는 부두와 호수 쪽으로 일렬로 늘어선 건물들 맨 끝에 있다. 주변에 다른 건물은 없다. 숙소를 오가는 린의 모습을 보고 있으면, 저 숙소 안에 린의 큰 덩치에 어울리는 다른 방들이 숨겨져 있을 것만 같다.

도나 노비스. 이 구절은, 주여, 당신 은혜에 감사하나이다, 라는 의미다. 이 노래는 예수를 찬양하기 위한 것이다. 주여, 당신 은혜에 감사하나이다, 모두 주께 감사드려라. 고귀한 주의 은혜, 모두 주님께 높이 감사드려라. 큰 에릭은 이 구절의 의미를 알면 노래할 때 도움이 될 거라고 강조하면서 우리에게 의미를 알려준다. 하지만 나는 의미를 모를 때가 더 좋다. 말이 텅 비어 내가 유리처럼 말을 채울 때가. 의미를 알게 되면 용기가 조금 무너진다.

우리는 연습 시간이 지났는데도 30분 더 노래를 부른다. 알토 파트는 마침내 적응을 마쳤고, 퍼스트 소프라노는 소리를 절제하며, 세컨드 소프라노는 이제 그들을 위한 여백에 소리를 채우며 양쪽 파트를 보조한다. 큰 에릭은 그날 오후 다섯 번째 합창이 모두 끝날 때 지휘봉을 내려놓는다. 그가 이마의 땀을 닦고 우리를 향해 미소를 지으며 말한다. 오늘 연습은 끝났다. 여섯 시 저녁 식사 때 다시 모이자.

숙소에 돌아온 나는 호수에서 불어오는 시원한 바람을 맞으며 땀을 식힌다. 가족들에게 편지를 쓸까 생각하지만 무슨 말을 써야 할지 모르겠다. 지난밤 큰 에릭은 던전앤드래곤 게임을 중지시켰다. 나는 매일 밤 알몸 대화 시간에 2호 숙소 아이들이 소외감을 느끼지 않게 하려고 이 게임을 주도해왔다. 그런데 그날 피터와 잭이 게임을 하고 싶다고 하자 큰 에릭이 2호 숙소에 와서 게임을 중단시키고 그들을 1호 숙소로 데리고 갔다. 나는 중단된 게임 내용을 훑어본 다음 그것을 치운다. 그리고 마을 도서관에서 슬쩍한 그리스 신화 한 권을 꺼낸다. 사고 싶은 걸 죽 표시해놓은 카탈로그인 양, 간혹 신화의 인물들 옆에 연필로 체크 표시가 되어 있다. 나는 큰 에릭이 무슨 말을 할지 걱정하면서 저녁 식사 종이 울릴 때까지 책을 읽는다. 책을 들고 식당에 들어가자 큰 에릭이 그것을 본다. 그리스 신화로구나. 그가 말한다. 그리스 사람들은 현명한 사람들이지. 큰 에릭이 미소를 짓고, 나는 책을 덮어 내 허벅지 밑 의자에 밀어 넣는다. 저녁 식사를 하면서 큰 에릭은 성가대에서 무리지어 몰려다니는 행동을 금지할 것이며, 다음 지시가 있을 때까지 던전앤드래곤 게임을 중지시키겠다고 선언한다. 나는 의아하다. 그럼 알몸 대화는 괜찮다는 거야?

저녁을 먹은 뒤 나는 스케치북을 들고 호숫가 아래로 내려간다. 그곳에서는 저녁 여섯 시 삼십 분에도 오후처럼 환한 늦여름 태양을 볼 수 있다. 스케치북에 두 개의 눈을 그린다. 눈동자를 어떻게 그릴지 도무지 쉽게 결정하지 못한다. 백인의 눈동자를 그릴지 아시아인의 눈동자를 그릴지. 내 눈은 눈꼬리가 살짝 치켜 올라갔지만, 백인의 눈동자와 백인 소년의 눈꺼풀을 지녔다. 홍채는 가운데는 초록색이고 가장자리는 갈색이며 가운데가 길게 갈라져 있다.

스케치북의 눈동자 두 개를 바라본다. 나는 머리카락을 그리고, 얼굴 모양을 채운 다음, 목선을 그리기 시작한다. 만화를 따라 그리면서 혼자 그리는 법을 배웠기 때문에, 어깨가 떡 벌어진 남자들, 거대한 가슴골과 탄탄하고 날씬한 허리와 근육질의 길쭉한 다리를 지닌 여자들을 매끄러운 선으로 그려낸다. 여기까지 그리고 나면 내가 그리는 대상이 무엇인지 알기 위해, 눈동자는 언제나 자기 정체를 말해주길 기다린다. 이번엔 던전앤드래곤에서 내가 좋아하는 인물을 그리기로 한다. 먼 옛날 내 증조할머니를 생각하며 타마모라는 이름으로 부르던 여자 마법사다. 하트 모양 얼굴과 길고 아름다운 몸매를 그린 다음, 허리 아래로 흘러내리는 붉은 머리카락이 폭풍 속 불길처럼 그녀의 뒤에 풍성하게 드리워지도록 묘사한다. 나는 할아버지의 잃어버린 누나들 중 한 명과 닮게 그리려 한다.

누굴 그리는 거니? 내 뒤에 큰 에릭이 서 있다.

던전앤드래곤에 나오는 제 캐릭터요. 이렇게 말하는 동안, 바람의 방향이 바뀌는 것처럼 나에게 어떤 변화가 엄습하는 느낌이 든다. 이제 나를 둘러싼 공기가 다른 방향에서 다가오고 있다.

그림 실력이 아주 좋구나. 여자가 무섭게 생겼는걸.

여자를 무섭게 그릴 생각은 없었다. 내 그림 실력이 좋은 건 아닌가 보다.

나는 큰 에릭을 올려다본다. 큰 에릭은 키가 큰 성인 남자이고 목공일을 한다. 동그란 금테 안경을 쓴 얼굴은 올빼미를 연상시킨다. 지혜로운 올빼미가 아니라 주위를 보려고 눈을 깜박이는 놀란 올빼미.

널 뭐라고 하는 게 아니다. 큰 에릭이 말한다.

괜찮아요. 할 수 없죠.

아이들이 그러는데 네가 던전 마스터라면서. 그게 무슨 뜻이니?

그 말은 내가 게임의 규칙을 담당한다는 의미다. 나는 지도를 가지고 있고, 적이 누구인지 말해주며, 주사위를 던져 모두가 순서대로 게임을 할 수 있도록 감시한다. 그리고 게임의 이야기를 만든다.

나는 내 그림으로 시선을 돌린다. 술 달린 흰 사슴 가죽 비키니를 입은 타마모가 보인다. 타마모의 머리 장식에는 마법의 보석이 박혀 있고, 부츠는 넓적다리까지 올라온다.

애덤도 던전 마스터예요. 나는 말한다. 되게 잘요. 잭은 마스터가 되는 걸 좋아하지 않요. 메를이나 루크는 따분해 해서 그렇지 좋은 마스터고요. 저만 던전 마스터가 아니에요.

큰 에릭이 몸을 굽힌다. 알겠다. 그가 말한다. 그런데 기억하렴. 이 아이들 중 어떤 애들은 너만큼 똑똑하지 않단다. 난 그 애들이 소외감을 느끼길 원하지 않아. 그 애들이 부모님에게 불평하는 것도 원하지 않는다. 누군가 게임을 하고 싶어 하는 아이가 있으면, 네가 방법을 알려주면 좋겠다. 알겠니?

네.

그림을 완성할 즈음 햇빛은 거의 사라지고 없고, 타마모의 두 손에는 각각 번갯불이 번쩍이는 공이 쥐어져 있다. 나는 타마모가 횃

불 같은 머리카락을 날리며 넓은 바람의 품속으로 뛰어오르는 모습을 본다. 그녀가 밤을 향해 치솟으며 소리 내어 웃는 모습을 본다. 그리고 생각한다. 그녀는 사랑에 빠지기 전에 사랑을 갈구하다 슬픔으로 미쳐버렸을 거라고. 타마모는 어쩌다 남편을 사랑하게 되었을까? 남편을 파괴하려고 준비했으면서 왜 오히려 남편을 위해 무너지게 되었을까?

잠시 후 나는 침대로 돌아가 사촌이 한국에서 보낸 만화책을 몇 장 읽는다. 사촌은 영어를 배우고 있어서 나를 위해 만화책을 영어로 번역했다. 전부 대문자로 반듯하게 또박또박 쓴 내용은 이렇다. FOX-DEMON MUST EAT THOUSAND LIVERS, YOUNG MEN VIRGINS, TO BECOME HUMAN.(여우 귀신은 젊은 숫총각의 간 천 개를 먹어야 비로소 인간이 될 수 있다.) 만화에 묘사된 여우는 원래는 추한 모습이지만, 자신의 추함을 감추기 위해 어느 희생자의 얼굴로 만든 아름다운 가면을 쓴다. 그녀는 한국에서 가장 유명한 여우 귀신이다.

나는 사촌에게 편지를 쓴다. 폴에게, 정말 고마워. 만화책 정말 재미있어. 나는 내가 그린 그림 아래에 FOX-DEMON(여우 귀신)이라고 쓰고 그에게 우편으로 보낸다.

8

다음 날 밤, 소등을 마치자마자 곧바로 먹구름이 몰려온다. 우리는 침대에서 일어나 차양에서 방수포를 걷어 창문턱에 묶는다. 유리가 없는 숙소의 창문을 막기 위해서다. 비가 세차게 퍼붓고 이따

금 번개가 번쩍거리며 방수포를 환하게 밝히면 뒤이어 곧장 천둥
이 친다. 나는 느긋하게 침대에 누워 손전등으로 그리스 신화를 읽
으면서, 어쩌면 내가 마법으로 폭풍을 다스리는 레이디 타마모를
닮았는지도 모른다고 생각한다. 나는 타마모를 그리스 신들과 비
교한다. 오늘 밤은 세상의 모든 남자들보다 빨리 달리고 싶어 하는
아탈란타 이야기를 읽는다. 제우스가 바다로 끌고 간 에우로파 이
야기를 읽는다. 가니메데스 이야기를 읽는다. 제우스는 독수리로
변신해 가니메데스를 끌고 간다. 그가 매우 아름답기 때문이다.

나는 타마모가 더 강하다고 판단한다. 타마모가 사랑한 남자는
제명대로 살았지만 그리스 신들은 고의적으로든 우발적으로든 항
상 그들이 사랑하는 인간을 죽이기 때문이다. 그리스 신들은 아무
도 자신의 신성을 포기하려 하지 않는다.

우리 숙소 지붕에 피뢰침이 있던가? 에릭 B가 묻는다.

그가 아직 깨어 있는 줄 몰랐다. 지금은 알기 어렵겠는데. 내가
말한다.

난 천둥번개 칠 때 걷는 거 좋아해. 넌?

나도 좋아해.

우리는 숙소의 거실로 향한다. 빗물이 언덕 아래 개울에서 호수
로 휘몰아쳐 계단처럼 튀어나온 나무뿌리들이 드러난다. 나는 문
을 확 열어젖힌다.

고무장화를 신으면 이런 날씨에 밖에 있어도 괜찮아. 에릭 B가
말한다.

장화 밑창이 신경 쓰여 신경 회로가 도무지 통제 불능이라, 내

위로 번개가 사정없이 내려치는 것 같다. 번쩍이는 번개 하나를 갖고 다니면 좋겠다. 그럼 이제 가볼까. 내가 말한다. 에릭 B와 나는 밖으로 걸음을 내딛는다.

밤은 폭풍을 일으키는 라이터이고 구름은 우리에게 빛을 반사한다. 케이프엘리자베스 어딘가에서 엄마의 현관 등이 불빛을 보내고, 그 일부가 이 구름에 반사되어 내 눈에 박힌다. 엄마는 밤새 불을 밝히고 있을 것이다.

너, 네스호의 괴물 이야기 믿어? 에릭 B가 묻는다.

믿어, 약간.

이 호수에도 괴물이 있을까?

그럴지도 몰라. 내가 말한다.

정말?

나는 어둠 속에서 에릭 B를 본다. 지금 우리는 숲에 있다. 포개진 나뭇잎들이 만든 지붕 위에 빗물이 모여 있다가 좁은 틈으로 떨어진다. 이 작은 폭포 안에 갇힌 우리에게로 비가 들이친다. 에릭 B는 큰 에릭의 예쁨을 받는 아이들에 결코 속하지 않을 것이다. 에릭 B는 그 사실을 결코 알지 못한다. 몇몇 소년들 역시 결코 알지 못했을 것이다. 호수로 가자. 내가 말한다.

9

그 아이는 여러 척의 보트 중 하나에 숨어 있었다. 그 아이가 보트 안에 있었을 거라고는 누구도 생각하지 못했다. 폭풍이 시작되었을 때 아이는 무작정 집을 나왔고, 평소 굼뜨던 호수 물결은 이제

비바람에 물이 불어 아이를 재빨리 호수 한가운데로 끌고 나왔다. 하지만 에릭 B와 나는 아이를 보지 못했다. 보트가 몇 척 없는 것 같다, 그리고 하나가 없어진 것 같다는 생각을 했던 기억은 난다. 무언가가 그쪽으로 내 시선을 잡아끌었지만, 그게 무엇인지 딱히 말할 수 없었던 기억, 그 당시 에릭 B에게조차 아무 말 하지 않았던 기억이 난다. 자세한 내용은 큰 에릭의 양아들인 열한 살 소년 랠프가 익사된 채 발견된 날 아침이 되어서야 밝혀졌다. 폭풍이 호수에 떠 있던 보트 한 척을 뒤집어놓았다.

30분간의 아침식사 시간은 오트밀 삼키는 소리만 들릴 뿐 정적인 가운데 어수선하게 지나가고, 곧이어 모두들 차츰 낮은 소리로 온갖 추측을 수런거리기 시작한다. 그때 칸막이 문이 급하게 열리며 큰 에릭이 들어온다.

여러분. 그가 말한다. 랠프를 찾았다. 어젯밤 비바람에 혼자 보트를 끌어내다가 익사한 것 같다. 아무래도 오늘 연습은 피와 에릭에게 맡겨야 할 것 같구나. 미안하지만 이해 바란다.

그는 이 말을 마치고 식당을 나간다.

문이 닫히자 침묵이 갈라지고 곧이어 아이들이 삼삼오오 나뉜다. 내 옆에 앉은 잭이 말한다. 수고해라, 성가대 반장.

나는 나를 향해 미소를 짓는 작은 에릭을 건너다본다. 소프라노 아이들과 이야기를 나누던 작은 에릭은 그 자리에서 벗어나 나를 향해 다가온다. 그가 나와 잭 앞에 서자, 나는 우리가 원래 이렇게 삼총사라고 생각한다. 언제나 모든 일은 우리로부터 시작되었다. 지금도.

뭔가 찜찜한 기분이 들어. 내가 말한다.

무슨 말이야? 작은 에릭과 잭이 동시에 묻는다.

불길한 느낌이 들어. 내가 말한다.

연습을 시작한다. 연습에 들어가기 전, 잠시 회의를 해서 작은 에릭이 피아노를 연주하고 내가 지휘를 하기로 결정했다. 작은 에릭은 피아노를 칠 줄 알고 나는 발음과 리듬에 능숙하기 때문이다. 나는 아이들의 시선을 받으며 생각한다. 내 지휘봉이 초라면 저절로 불이 켜졌을 거라고.

목소리를 가다듬기 위해 발성 연습을 시작할 즈음, 여름 해는 하늘을 하얗게 만들고 아침 안개는 빛으로 가득하다. 어둡고 서늘한 연습실 공기에서 나는 보트를 떠올린다. 그 아이의 턱과 비슷한 높이에 노걸이가 있었을 것이다. 아이 혼자 그곳에 있었다는 건 뭔가 끔찍한 결정을 했다는 의미였다. 랠프는 멀대 같이 키가 큰 아이였다. 크고 검은 눈동자에는 슬픔이 배어 있었고 검은 곱슬머리는 요정을 연상시켰다. 그리고 언제나 버섯처럼 창백했다.

조성이 바뀐다. 소년들의 목소리가 음계를 넘나들며 크게 울려 퍼진다. 마치 마을 어딘가에서 차갑게 얼어붙은 작고 파란 시체를 부둥켜안고 있을 큰 에릭을 향해 외치는 것처럼. 나도 함께 노래를 부르며, 지휘봉을 이용하듯 목소리를 이용해 노래를 이끈다.

나는 그냥 알겠다. 랠프가 폭풍 속에서 혼자 호수 한가운데로 보트를 저어간 이유는 너무나 분명했다. 빗속을 걸으며 하늘을 향해 얼굴을 돌린 것처럼 내 두 눈에 눈물이 가득 차오른다. 큰 에릭

이 합창곡에 대해 했던 말 속에 무언가가 감춰져 있다는 생각이
든다. 키리에 엘레이손은 주여 자비를 베푸소서라는 의미란다.

10

이후 며칠 동안 캠핑장에는 부모들의 전화가 쇄도했다. 어떤 부
모들은 주말에 찾아오겠다고 고집을 부렸다. 그러나 그들이 발견
한 건 호수처럼 잔물결 하나 일지 않는, 평온하기 그지없는 소년들
의 모습이었다. 엄밀히 말해 랠프는 우리 성가대 대원이 아니었기
때문에 캠프는 취소되지 않았다. 랠프는 큰 에릭의 양아들이었다.
경찰은 사망 원인을 우발적인 익사라고 결론 내렸고, 주에서는 랠
프의 담당 사회복지사를 파견해 큰 에릭과 그의 아내가 면담을 하
게 했다. 그리고 랠프가 짧은 생애를 힘겹게 살아왔으며 자살 가능
성이 충분하다는 데 모두가 동의했다. 보모의 숙소에서 면담이 이
루어졌을 때, 나는 문밖 나무틀이 갈라진 틈에 바싹 귀를 대고 서서
면담 내용을 엿들었다. 무슨 이야기가 오가는지 궁금했다.
……곧 그렇게 되는 거냐고 밤새도록 묻고 또 묻더군요. 그러고
는 자기 엄마한테 또 물어보고.
어머니도 아시나요? 어머니는 수감 중이지 않습니까?
애 엄마도 알다마다요. 사실 애 엄마는 소식을 듣고 진정제를 먹
어야 했습니다. 속상해서 정말. 애 엄마는 이 일을 자기 탓으로 여
기거든요. 그나저나 한 가지 여쭙겠습니다. 랠프가 어떻게 혼자서
보트를 밀 수 있었을까요?
랠프가 노를 저어 어딜 가려고 한 것 같지는 않습니다. 아마 그

애는 밖에 나갔다가 보트 안에서 잠이 들었을 거예요. 그런데 호수에서 해일이 밀려드는 바람에 보트가 호숫가를 벗어났고, 랠프는 뒤늦게야 잠에서 깬 거죠.

랠프는 늘 그 안은 따뜻하다고 말했어요. 선풍기도 있다고 하더군요. 그런데 보트는 서늘하잖아요. 동굴처럼.

아기는 괜찮습니까?

건강합니다. 불쌍한 것, 제 형을 기억 못하겠지요. 차라리 다행입니다.

나는 다른 소년과 침대를 바꾸어, 이제 내 침대는 저쪽 숙소와 호수가 아닌 들판을 향한다. 나는 시체를 찾아서 다행이고, 오늘은 수영하러 가자는 큰 에릭의 요구를 받지 않을 테니 역시 다행이라고 생각한다. 오후에는 엄마, 아빠, 할머니, 할아버지에게 빠른우편으로 엽서를 쓴다. 가족들에게. 연습은 잘 되고 있어요. 지난번엔 에릭과 함께 성가대 대표를 맡기도 했어요. 여긴 모기가 있지만 괜찮아요. 난 점점 까맣게 타고 있어요. 당연히 이젠 수영을 엄청 잘해요. 랠프 일로 모두들 무척 슬퍼하고 있어요. 할아버지와 할머니에게 사랑한다고 전해주세요. 책에 꽂으시라고 압화를 보내드려요.

나는 길가의 우체통에 편지를 부치기 위해 밖으로 나갔다 온다. 숙소 옆 들판에 쑥쑥 자란 해바라기들이 벌써부터 나를 왜소해 보이게 한다. 3미터 높이의 가느다란 초록색 줄기 위로 황금빛 머리가 높이 솟아 있다. 클레이스라는 소녀는 태양신 포에부스 아폴로를 사랑하게 되었다. 이를 딱하게 여긴 신들은 평생 아폴로를 바라볼 수 있도록 클레이스를 이렇게 꽃으로 만들었다. 나는 아무리 그럴듯하게 들린다 해도 신화를 믿지 않는다. 신들이 측은한 마음에서 이런 조치를 취하는 내용을 제외하면, 아무것도. 내가 보기엔 그마저도 신들이 재미로 그래 보는 것 같다. 그리스 신화에서 아폴로를 사랑하는 건 마음의 선택 가운데 가장 위험한 선택에 속하는 것 같다. 들판과 정원은 그의 연인들로 가득하고 시간이 지날수록 그 수는 무수히 불어난다. 나는 피터를 생각한다. 또 다른 내가 있다면, 나는 얼마나 더 많이 피터를 사랑할 수 있을까. 무수히 많은 내가 있다면. 수많은 내가 흩어져 있다면. 나는 내 침대로 돌아가 털썩 주저앉는다.

뭘 쓰고 있어? 숙소에 돌아온 피터가 묻는다. 그는 내 침대에 몸을 던진다. 해가 중천에 떴어. 피터가 말한다. 밖에 나가자.

밖으로 나간 우리는 숲으로 가서, 오르기 적당한 자작나무를 찾는다. 외가 사촌들은 나에게 자작나무에 오르는 법을 가르쳐주었다. 나무를 붙잡아 바닥에 닿을 때까지 천천히 구부린다. 그런 다음 나무 위로 올라갈 수 있도록 밧줄로 나무에 몸을 묶은 뒤 밧줄을 끊는다. 우리는 숙소에서 밧줄을 가지고 왔고, 피터는 칼을 챙겨왔다. 크기가 어린아이만 한 사슴의 뿔로 만든 칼이다. 숲에 다다른 우리는 오래지 않아 적당한 나무 한 그루를 발견한다. 먼저 올라가. 피터가 말한다. 우리는 나무 둘레에 밧줄을 감고, 지렛대로 삼을 돌의 끄트머리에도 밧줄을 감는다. 그런 다음 나무를 아래로 내린다. 나는 종이처럼 퍼석퍼석한 나무의 몸통에 올라앉는다. 허벅지에서 바싹 마른 나무의 감촉이 느껴진다.

이제 잘라. 내가 말한다. 그러자 나무가 생각보다 힘차게 위로 튕겨 올라간다. 몸이 붕 떴다가 내려오는데, 나무가 통통 튀는 바람에 바닥으로 떨어진다. 땅에 세게 부딪친다. 떨어지면서 왼손을 뻗어 막으려다가 그만 나뭇가지처럼 팔뚝이 접질린다. 캠핑장 전체에 내 비명소리가 울린다.

나중에 엄마와 전화 통화를 할 때 엄마는 신중하게 말한다. 어째 조용하다 했다. 늘 그렇게 말썽을 부리고 다니니 이런 일이 생기잖니. 엄마는 팔의 깁스는 잘 됐느냐고 묻는다.

잘 됐어. 내가 말한다. 캠핑장 전화기는 연습실 건물 입구에 있다. 나는 등을 대고 몸을 쭉 뻗는다. 새로 한 깁스 때문에 옆쪽으로 잔뜩 체중이 실린다.

랠프가 그렇게 되다니, 정말 끔찍한 일이구나. 엄마가 말한다.

응.

이제 알겠지. 아이들은 수영을 잘 배워두어야 한다고 어른들이 항상 강조하는 이유를 말이야.

이유가 뭔데?

그래야 해변으로 헤엄칠 수 있잖아. 그래야 네가 탄 보트가 가라앉아도 해변까지 헤엄을 칠 수 있지 않겠니.

호수에 괴물이 있어.

어떻게 알아? 내가 묻는다.

그냥 느껴져. 괴물이 날 지켜보고 있어.

여기 부두에 서 있으니 내 팔의 깁스가 달빛에 빛난다. 의사는 깁스를 하면 팔에 털이 빠지고 피부가 벗겨질 거라고 말한다. 깁스를 제거하면 한동안 팔이 더 가늘어질 수도 있다고 한다. 피터는 밤수영을 하느라 젖은 몸으로 내 옆에 앉는다. 밤공기가 깁스의 석고처럼 탁하게 느껴진다. 귀뚜라미 소리조차 피곤하게 들린다.

괴물이 왜 랠프를 데려가지 않았을까? 내가 묻는다.

아무도 랠프를 원하지 않은 거지. 피터가 대답한다. 한참 동안 침묵을 지키다가.

11

나는 곧 변성기가 올지도 모르기 때문에 마지막으로 아카펠라 곡의 독창을 맡게 된다.

뭐, 그것도 문제에서 벗어나는 한 가지 방법이 되겠네. 잭이 말한다.

무슨 말이야? 나는 잭에게 묻는다. 우리는 캠핑장이 보이지 않는 곳으로 나와 있다. 지금 우리는 호수 안에서 알몸으로 가볍게 밀착한 채 서로 마주 보고 서 있다. 나는 깁스한 팔을 수면 바로 위에 들어 올려 그의 등에 얹는다.

잭이 웃으며 위를 올려다본다. 연습 시간이 연장되어 던전앤드래곤을 할 시간이 줄어든다. 그렇지만 잭과 함께 할 시간은 더 많아진다. 그가 널 자꾸 끌어들이잖아. 아주 교활하고 전략적인 방식으로 말이야.

우리가 뭐 전쟁하는 거냐? 내가 말한다.

물론이지. 넌 안 보이겠지만 내 눈엔 다 보여. 아주 분명하게 보인다고. 그는 피터를 원해.

나무들은 우리 머리 위 호숫가 너머로 몸을 굽혀, 천국 같은 여름의 표정에 초록의 막을 드리운다. 자작나무들은 여름 숲 안으로 서서히 번지는 창백한 불꽃이 되고, 그곳엔 그 무엇도 잘못된 것이 없다. 잭이 나를 돌려세워 키스하자, 나는 곧장 잭에게로 스며들고 싶은 기분이 든다. 이제 알 것 같다. 사람들이 이걸 왜 좋아하는지.

이제 가야 해. 그때 내가 말한다. 피터와 자전거 타러 가기로 했어.

여기가 어디지.

그때쯤 우리는 험한 길로 접어들었다. 아무래도 돌아갈 생각을 해야 할 것 같다.

게다가 뇌운까지 몰려오고 있다. 피터와 나는 캠핑장에서 빌린 자전거를 타고, 숲이 울창한 시골의 비포장도로를 달리고 있다. 전나무 주변의 공기가 흔들리고 그 위로 구름들이 소용돌이치며 밀려오는 것이 보인다. 검은 구름은 비를 머금어 오리 날개처럼 윤이 난다. 바람이 장난치듯 갑자기 불자 먼지와 꽃가루, 잔가지, 찢어진 나뭇잎들이 나뒹군다. 나는 내 땀 냄새를 맡고는 문득 두려워진다. 우리가 멈춘 바람에 내 체취가 나를 따라잡았다는 생각이 든다.

우리 얼마나 돌았지? 피터가 묻는다. 우리가 얼마나 돌았을까. 일곱 번 맞나?

나는 얼른 기억을 되돌린다. 순서대로 기억 회로를 더듬으며 연속적인 순서, 패턴, 숫자 들을 떠올린다. 나는 그것이 문장과 수학에 똑같이 적용된다는 걸 깨달으며, 단어의 철자를 알아내거나 숫자를 만들어낸다. 일곱 번 돈 거 맞아. 내가 말한다. 왼쪽으로 한 번, 오른쪽으로 두 번, 왼쪽으로 두 번, 오른쪽으로 두 번.

피터는 자전거에 올라 안장 위로 몸을 일으킨다. 나는 팔 깁스 때문에 뒤처지고, 셔츠가 번들거릴 정도로 군데군데 땀에 젖는다. 깁스 아래에서 무지근한 통증이 번진다. 이제 구름이 우리를 완전히 뒤덮는다. 주변의 도로와 들판이 습기를 머금어 부풀어 오른 것처럼, 이제 피터의 기분도 한껏 들떠 보인다. 잠시 후 피터가 다시 자전거에서 내려온다. 폭풍이 멎기 전엔 자전거를 타면 안 되겠어. 피터가 말한다. 네 깁스가 젖으면 안 되잖아.

나는 깁스한 부위가 이미 땀에 흠뻑 젖었을 거라고 생각한다. 그러게. 하지만 폭풍이 불 땐 나무 아래에 있어도 안 돼. 번개 때문에.

피터는 다시 자전거에 몸을 싣는다. 그럼 들판까지만 가자. 피터가 말한다. 피터는 자기 몸을 거의 뒤덮는 풀들을 헤치며 위아래로 오르내린다. 나는 피터가 달린 길을 따라 자전거 페달을 밟는다. 그가 지나가면서 부러뜨린 풀에 벌써 코끝이 간지럽다.

우리는 들판 한가운데에서 우리의 자전거와 바람막이 재킷으로 지붕을 만들고 그 아래에 앉는다. 내 짐작대로라면 우리는 캠프에서 적어도 1마일 반쯤 벗어나 있는 것 같다. 천둥소리를 내지 않는 번개는 별다른 충격을 주지 못한 채 구름과 구름 사이를 지나간다. 부서진 큰 돛이 달리기 결승선인 듯 바람이 나무들 사이를 헤치고 지나가자, 나무들은 가지를 힘차게 흔들어 댄다. 끈적끈적 무더워서 그렇지 날은 청명했다.

마음의 준비는 됐냐? 피터가 묻는다. 솔로 파트 맡았잖아.

응. 내가 말한다. 바람이 밑에서 슬그머니 들이닥치자 한데 묶은 우리의 재킷이 펄럭거린다. 우리는 자전거를 붙잡는다. 바람이 멈추지 않으면 좋겠다. 우리가 하늘 위로 날아올라 계속 계속 떠오를 수 있도록. 나와 피터 단둘이 어디 멀리 날아갈 수 있도록.

다른 사람한테 말한 적 있어? 피터가 묻는다.

아니. 에릭 같은 남자들은 위험할 수 있어. 그래서 부모님한테 말을 하긴 해야 할 텐데, 부모님이 그 일을 아는 걸 견딜 수가 없어. 도저히.

어떻게 위험한데?

잔인해질 거야. 신문에서 비슷한 기사를 읽었어.

실제로 나는 도서관에 가서 소아성애와 동성애에 관해 찾을 수 있는 자료를 죄다 찾아보았다. 그리고 큰 에릭이 소아성애자라는 걸 알게 됐다. 사서가 나를 발견할까봐 통로에 앉아 책을 읽었던 기억이 난다. 도서관의 카드 색인 목록에는 평범한 제목 두 개가 깔끔하게 인쇄되어 있었다. '그리스의 동성애' '고대 그리스의 동성애' 그러던 어느 날 신문에서 특집 기사를 보게 되었다. 소아성애자는 자신의 성향이 발각되는 걸 두려워하기 때문에 간혹 살인을 저지르기도 한다는 내용이었다. 어린아이들은 피투성이가 된 채 영원히 침묵을 지켰다.

우리 주변 풀들은 움직임도 물보라도 없는 아득히 먼 바다에서 다가오는 파도처럼 잔물결을 일으키고, 재킷은 팔락팔락 위아래로 움직인다.

그가 죽었으면 좋겠어. 피터가 말한다. 그래서 이 일이 끝나면 좋겠어.

이윽고 비가 내리는 걸 느낀다. 지면 가까이 내려앉은 빗방울이 바람에 부서진다. 나는 빗방울이 바람을 뒤따라오는 모양, 부서진 빗방울 조각을 바람이 품에 안는 모양, 빗방울이 서둘러 땅으로 내려가기 위해 몸을 묵직하게 만들 때 바람이 그 빗방울 조각을 따뜻하게 맞아들이는 모양을 상상한다.

아무에게도 말하지 마, 피터. 부탁이야. 나는 말한다.

내가 이렇게 말하자 피터는 나를 빤히 바라본다. 그리고 단단하게 다물던 입을 벌리며 말한다. 알았어. 당분간은 그렇게.

비 내리는 들판의 풍경은 단조롭지만, 내일이면 풀들이 3인치는 더 훌쩍 자랄 것이다. 모든 것이 이토록 빨리 자라는데, 다들 뜬 눈으로 밤을 지새우면서도 이 모든 일이 일어나는 소리에 귀를 기울이지 않는다는 게 놀랍기만 하다.

루이스턴에서 랠프의 장례식을 치르고 예를 갖추어 그를 묻은 뒤, 큰 에릭의 태도는 다시 평소처럼 돌아오고 있다. 큰 에릭은 이제 캠프의 일상을 재개하는 데 열중한다. 그리하여 저녁식사를 마치고 날이 어두워지면 또다시 1호 숙소에는 알몸의 시간이 시작된다.

내 침대 아래층에 누운 에릭 B가 묻는다. 너, 저쪽 숙소에 가고 싶은 적 있었냐?

어쩔 땐. 내가 말한다.

나도. 어쩔 땐. 내 말은, 저쪽 숙소 아이들이 좋다는 뜻이야. 하지만 대체 왜들 저러는지 이해가 안 돼. 흠. 나는 바닥으로 내려와 가만히 문을 향해 다가간다. 지금 당장 저쪽으로 가서 함께 앉아 있고 싶은 심정이다. 이제 솔로 파트도 맡은 마당에 그래도 되지 않을까. 오늘 큰 에릭이 악보를 나누어 주었을 때, 나는 악보의 음과 가사를 훑어보았다. 네 악구마다 첫 악구를 독창으로 시작해 하나의 완벽한 단독 악절을 이루고, 그리고 나면 성가대가 독창과 합류한다. 퍼스트 소프라노 파트가 첫 두 소절을 부르면 이어서 성가대 전체가 소리를 냈다. 성가대는 솔로 파트를 되풀이하면서 솔로 가수에게 화답한다. 솔로 가수는 빠르고 분명하게 음을 낸 다음 그 음을 다음 음으로 넘기거나 나머지 파트 속에 얽혀 들게 해야 한다. 노래는 셰익스피어의 희곡 《템페스트》에 랠프 본 윌리엄스의 곡을 붙인 것인데, 큰 에릭이 편곡해 내가 부를 솔로 파트를 만들었다. 노래 내용은 섬뜩하다. 그렇지만 가사와 완벽하게 어울리는 내 목소리가 마음에 든다.

숙소와 숙소 사이의 어둠을 응시한다. 방충망 뒤로 보이는 황금빛 숙소는 황금빛 소년들로 가득하다. 마치 반딧불이로 만든 램프 같다. 나는 돌아서서 내 침대로 돌아간다.

뭐 하고 있었어? 에릭 B가 나에게 묻는다.

쉬잇.

어둠 속에서 잭의 모습이 보인다. 부드럽고 메마른 여름 밤 공기에서 소금 냄새가 난다. 내 모습은 흡사 소금을 핥으러 가는 사슴 같다. 잭이 낄낄 웃는다. 나는 심각해지고, 잭은 그런 내 모습을 좋아한다.

하나, 둘, 셋, 넷 –

그대의 아버지는 다섯 길 바다 속에 잠들어 있네
그의 뼈는 산호가 되고
한때는 그의 눈동자였지만 이제 진주가 되었네
그의 소유는 무엇도 사라지지 않았지만,
상전벽해를 겪으며
화려하고 진기하게 변하였다네.
바다의 요정들은 매시간 그를 애도하는 종을 울린다네.

첫 소절 잠들어 있네(lies)에서 큰 에릭은 합창을 중지시킨다.
르–하이스. 발음을 분명하게 해. 그렇지 않으면 중국인 세탁소 주
인이 라이스(rice)라고 발음하는 것처럼 들릴 거다. 연자음을 죽여
버리라고.
중국인 세탁소 주인이요, 나는 말한다.
잠시 침묵이 감돌고, 연습실 안은 기름을 부은 것 같다. 다른 소
년들은 내가 당장이라도 인종을 향한 모욕을 되갚을 거라고 기대
하며 내 반응을 기다린다.
피. 큰 에릭이 고개를 한쪽으로 기울이며 말한다.
중국인 세탁소 주인 말이에요. 내가 다시 말한다.
자, 다시 시작하자. 준비 됐지?
네.

내 아버지는 다섯 길 바다 속에 잠들어 있네, 그의 뼈는 산호가 되고, 한때는 그의 눈동자였지만 이제 진주가 되었네, 그의 소유는 무엇도 사라지지 않았지만, 상전벽해를 겪으며, 화려하고 진기하게 변하였다네, 바다의 요정들은 매시간 그를 애도하는 종을 울린다네.

이제 성가대 전체가 나와 합류한다. 왈칵 눈물이 솟구친다. 피터가 자신의 악보를 가리킨다. 그는 여백에 DICK(재수없는 자식 혹은 음경의 속어 ─ 옮긴이)이라고 써놓았다.

내 아-아-버지는 다섯 길 바다 속에 잠들어 있네, 그의 뼈-어는 사-안호가 되애고-

그때 지휘봉이 위로 올라갔다가 힘을 축 늘어뜨리고, 큰 에릭이 손으로 목을 자르는 동작을 취한다.

내가 어떻게 해야 완벽하게 집중하겠니? 큰 에릭이 말한다. 광대 모자라도 쓸까? 아님 빌기라도 해야겠어? 내가 그쪽으로 가야겠니? 그는 이렇게 말하면서 우리 쪽으로 걸어오더니 우리 뒤쪽에서 돌아 나온다. 피터가 악보를 넘긴다.

그 페이지가 아니잖아. 큰 에릭이 피터 위에서 말한다. 당연히도 그의 목소리가 아주 끔찍하게 들린다. 내가 대신 악보를 넘겨주지. 그의 손가락이 피터의 무릎을 향해 아래로 떨어진다.

제가 넘길게요. 나는 이렇게 말하며 뒤를 돌아보았다. 피터와 그의 시선이 마주친다.

손가락이 허공을 맴돈다. 내가 언제 내 생각을 강요한 적이 있니? 큰 에릭이 말한다. 그러고는 손가락에 악보를 걸어 그것을 살

짝 들어 올린 다음 옆으로 넘겨 평평하게 내려놓는다. 흐음. 연애편
지로군.

다른 아이들이 낮게 키득거리며 웃는다.

너희 둘을 갈라놓고 싶진 않지만 그래야 할 것 같다. 내 말 알겠
니? 응?

네. 우리는 둘 다 대답을 하고 한숨을 쉰다.

좋다. 잠시 쉬었다가 5분 뒤에 다시 모이도록.

아이들은 자리에서 빠져나간다. 늦여름 열기는 유독 우리를 지
치게 만들어, 오늘은 시원한 건물 복도에서도 숨이 막힐 듯 답답하
다. 암묵적인 합의에 의해, 피터와 나, 그리고 큰 에릭은 아이들이
모두 나가길 기다린다.

연습실이 조용해지자 큰 에릭이 부드럽게 말한다. 마치 나에게
야단칠 게 더 남았다는 듯이. 그래서 내가 너희한테 그렇게 관심을
보이는데도 눈치를 채지 못했구나? 얘들아, 너희는 지금 내가 원치
않는 일을 하게 만들고 있어. 난 딴 애들보다 너희 둘을 더 아끼는
데, 너희는 지금 내 반감을 사고 있잖니. 정말 너무하는구나. 내가
악보를 보여 달라고 하면 언제든지 나한테 악보를 보여줘야지. 그
리고 악보는 한눈에 읽을 수 있도록 항상 깨끗해야 해.

큰 에릭은 이렇게 말하면서 땀을 흘린다. 그는 뒷주머니에 손을
넣어 리넨 손수건을 꺼내고, 땀으로 반짝이는 이마와 벌게진 뺨을
열심히 닦는다. 그런 다음 피터의 악보집을 움켜쥐더니 깨끗한 악
보를 피터에게 건네고 나머지는 내던진다.

큰 에릭이 나에게 이 곡은 아리엘과 캘리밴의 노래라고 말할 때,

나는 아리엘은 누구고 캘리밴은 또 누구냐고 묻는다.

아리엘은 마법의 힘을 지녔다. 그가 말한다. 마법사를 돕는 하인이지. 몸을 자유자재로 바꾼단다. 번개 위에 올라타거나, 바다 밑바닥에 서 있거나, 폭풍을 흉내 낼 수도 있지.

여자아이로군요. 내가 말한다. 그러나 마음속으로는 여우를 생각한다. 어쩌면 아리엘은 집에서 멀리 떨어진 곳에서 길을 잃은 여우였을지도 몰라.

아니, 남자아이야. 큰 에릭이 말한다. 아리엘은 남자아이다. 재미있지 않니? 아리엘이 지금은 여자 이름이니 말이야. 하지만 희곡에서는 남자아이로 나온다. 캘리밴은 괴물이지. 둘 다 프로스페로의 하인이다.

12

오늘 밤, 숙소의 불이 모두 꺼진 이후의 일을 떠올린다. 아니, 저절로 떠오른 건가?

얇은 방충망. 더 크고 더 짙은 머리에 기댄 황금빛 머리 하나. 페이지 넘기는 소리. 내 심장이 어찌나 세게 뛰던지, 이러다간 귀뚜라미와 개구리까지 그 소리를 들을 것만 같다. 털이 뒤덮인 커다란 손이 머뭇머뭇 다가와 황금빛 머리가 잠들었는지 확인한다. 그러고는 다리 아래를 쓰다듬는다.

작은 황금빛 머리가 고개를 든다. 아니야, 더 자.

커다란 손은 아까 하던 동작을 계속한다. 피터는 무릎을 오므리며 몸을 돌리고 그를 마주본다. 아니야, 더 자.

그 자리에 선 큰 에릭은 분홍 피부로 이루어진 벽 같다. 그는 움직이지 않는다. 피터가 고개를 돌린다.

너 거기 있었던 거야? 나는 스스로에게 묻는다. 방충망을 사이에 두고 눅눅한 밤이 떠돌고, 잠자는 소년들은 악몽에 쫓기느라 땀이 나는지 몸에서 지독한 냄새가 난다. 나는 베개에 얼굴을 파묻는다. 베개에서는 여전히 온기가 느껴지고 익숙한 내 체취가 난다. 이불을 더 높이 끌어당긴다. 너 거기 있었어? 그날 밤, 다 봤던 거야? 몰래 내려가서 똑똑히 지켜보고선 아무런 행동도 안 한 거야? 아니면 이 모든 게 네가 지어낸 생각인가?

밖에서는 귀뚜라미 노랫소리가 호수의 흥얼거림과 어우러지는데, 한 소년이 여기저기서 한숨을 짓고 있다. 루크가 잠결에 중얼거리는 소리가 들리고, 나는 밖을 살펴보기로 결심하고 이불 밖으로 기어 나온다. 에릭 B를 슬그머니 지나쳐서 바닥에 내려오자, 언덕 아래에서 1호 숙소 아이들이 잠든 게 보인다. 모두가 베개 위에 황금빛 머리를 누이고, 전등은 전부 꺼졌다.

이것이 기억인지 아니면 지금 막 떠오른 상상인지 모르겠다. 왜 하필 그런 일이 떠오르는 걸까. 숙소로 돌아가 자리에 눕자 무섭게 잠이 쏟아진다.

천둥과 번개. 나는 잠에서 깨어 눈을 뜬다. 공중에서는 공 모양의 번개가 번쩍인다. 아, 구상 번개가 이렇게 생긴 거구나. 나는 생각한다. 나는 폭풍 속에서도 세상모르고 잠을 자는 편이었지만, 지금은 번개가 치자마자 곧바로 천둥소리가 이어져 숙소에서 잠을 자던 우리는 무서워 벌벌 떨고 있다. 나는 숙소가 완전히 박살이 나고 2층 침대가 마구 날아가길 반쯤 기대한다. 그 순간 머리카락이 쭈뼛 선다. 도무지 숨이 쉬어지지 않는다. 마치 지금까지 용케 숨을 들이쉬었던 것처럼. 의식하지 않으면 숨을 내쉴 수 없었던 것처럼.

이윽고 천둥번개가 그치고, 머리 위쪽 벽에 비치던 빛이 순식간에 사라진다. 아까처럼 어둠이 내려앉는다.

침대에서 천천히 일어나 창문 밖을 내다본다. 폭풍과 번개는 완전히 사라졌다. 침대에서 내려와 아이들을 깨우기 시작한다. 밖으로 나가 다시 방수포를 펴기 위해서다. 온 세상이 비에 흠뻑 젖었다. 나무들은 청동으로 주조해 기름을 바른 것 같다. 멀리 호수는 물이 불어 밧줄로 묶어놓은 보트마다 숙였다, 일어났다 하며 기울어지고 밧줄은 물속 깊이 잠긴다. 바람이 불면 금방이라도 뒤집어질 태세다.

13
곧 가을이 다가온다. 우리는 각자의 마을로, 각자의 가족에게로 돌아간다.

케이프엘리자베스에서는 밤에 공중을 날아다니는 사람들을 볼 수 있다는 이야기가 있다. 잭과 피터와 내가 자작나무에 몸을 묶어 나무 위로 올라탈 때, 나는 그들을 떠올린다. 우리는 묘지와 습지 건너편 길을 가로질러 언덕으로 향한다. 날아다니는 사람들 중 하나가 이 늦은 밤 혼자 숲에서 하늘을 날아다닌다면 어떨까. 나는 팔에 깁스를 했기 때문에 피터와 잭이 나를 자작나무에 묶어준다.

넌 여기 나와 있으면 안 되잖아. 잭이 말한다.

언제나 답이 보이지 않을 것 같은 순간이 있다. 모든 것이 가짜처럼 보이는 순간이. 잠시 후 자작나무가 위로 올라가면 우리는 하늘로 향한다. 하늘로 올라가면서 소리를 지른다. 그리고 나무는 다시 우리를 내려준 다음 또다시 하늘 높이 데리고 간다. 나는 하늘로 향하면서 소리를 지른다. 이번엔 떨어지지 않을 거야.

피터가 자전거를 타고 집으로 간다. 안녕. 넌 안 가? 피터가 잭에게 묻는다.

조금 이따가. 잭이 말한다. 나중에 보자.

잭이 남아있다. 우리는 캄캄한 우리 집 주변을 배회한다. 부모님은 할아버지, 할머니, 남동생, 여동생과 함께 저녁 뉴스를 보고 있다. 저녁 먹으려면 얼마나 있어야 돼? 내가 묻는다.

30분 후에 오렴. 엄마가 말한다.

우리는 뒷문으로 빠져나가 길 아래로 향한다.

온실은 잭과 내가 일종의 클럽 하우스로 이용할 뿐 몇 년째 버려진 상태다. 곳곳에 깨진 유리창 사이로 습지를 내다보면 저기 멀리에 우리 집이 보인다. 오늘은 그 너머로 바다를 향해 펼쳐진 구름의 행진이 보인다. 잭과 나는 자전거를 타고 77번 노선을 달린 뒤 키 큰 풀밭에 자전거를 세워둔다. 이제 우리는 부서진 지붕 사이에서 새어 나오는 조각조각 이어진 빛 아래 마주보고 서 있다. 바닥의 갈라진 틈으로 묘목들이 밀고 올라와 있다.

무슨 일 있냐? 잭이 묻는다. 집에 도착한 후로 나는 한 마디도 하지 않았다.

우리 머리 위에서는 거대한 구름들이 높은 하늘을 질주하고, 습지의 긴 풀들은 여름 저녁노을에 빛이 바랜다. 근처 바다는 공기를 붉게 물들이며 잠시 후 우리에게 안개를 보낼 준비를 하고, 내 손에는 아까 길 따라 이어진 울타리에서 뽑은 해당화 한 송이가 들려 있다.

가져. 나는 이렇게 말하며 잭에게 해당화를 건넨다.

잭은 손가락 사이로 가볍게 줄기를 훑은 다음 꽃을 쥔다.

전부터 알고 있었어? 잭은 꽃을 빙글빙글 돌리다 귀 뒤에 꽂는다. 아야.

알고 있었어. 바람이 방향을 바꾸자 바닷바람이 지나간다. 이편이 좀 더 괜찮은 기억이다. 나는 큰 에릭이 어떤 사람인지 안다고 생각했다. 그가 나와 같은 사람이라고 생각했고, 그래서 그에 대해 안다고 생각했다. 우리는 둘 다 소년을 좋아한다. 그렇지만 나는 이제 큰 에릭이 나에게서 무엇을 보는지 안다. 우리는 같지 않다. 내가 그걸 알고 있다는 걸 그는 안다. 나는 전에는 몰랐지만 이제는 안다. 그리고 그는 내가 안다는 사실이, 내 안에 밝혀진 빛 하나가 희미한 어둠을 뚫고 서서히 가까워지고 있는 걸 지켜보고 있다.

나는 잭에게 몸을 기울인다. 잭의 입술에 가볍게 키스를 하지만 잭은 눈을 감지 않는다. 벌어진 그의 입술이 촉촉하다.

집으로 돌아와 저녁을 먹는다. 조용한 부모님은 식사를 마치고 할아버지, 할머니와 함께 텔레비전 코미디 프로그램을 보고 있고, 동생들은 자러 들어간다. 나는 바닥에 앉아 가족들의 생각을 알아차린다. 그들은 내가 아직 여기에 있다고 생각한다. 나에게 내 몸집

만큼 커다란 비밀이 있다는 걸 그들은 모른다. 내가 있어야 할 자리를 비밀이 차지하고 있다는 걸.

금요일마다 큰 에릭과 솔로 파트 연습을 한다. 오늘은 내 생일 전날이라, 연습이 끝나면 성가대 아이들이 케이크를 먹으러 올 것이다. 엄마는 먼조이힐에 위치한 큰 에릭의 칙칙한 아래층 집까지 차로 나를 데려다준다. 큰 에릭의 아내는 머리가 큰 아기 에디와 마당에서 놀고, 우리는 업라이트 피아노 앞에 앉는다. 나는 내 솔로 파트를 연습한다. 내 목소리는 여전히 강하고 맑고 조화롭다. 솔로 파트는 무반주로 이루어지기 때문에 더 힘들다. 가이드가 없기 때문에 마음속으로 음을 기억하고 있어야 한다. 내 주위로는 피아노 건반 하나도 울리지 않는다. 이 공간에 오직 나만 있을 뿐이다.

내 아버지는 다섯 길 바다 속에 잠들어 있네, 그의 뼈는 산호가 되고, 한때는 그의 눈동자였지만 이제 진주가 되었네, 그의 소유는 무엇도 사라지지 않았지만, 상전벽해를 겪으며 화려하고 진기하게 변하였다네 ⋯⋯

마당에서는 아기가 걸음마를 배우려 하고 있다. 아기는 펄쩍 뛰다가 주저앉고, 다시 펄쩍 뛰다가 주저앉는다. 아기의 무릎은 썩 단단하지 않다.

⋯⋯ 바다의 요정들은 매시간 그를 애도하는 종을 울린다네 ⋯⋯

마당의 아기가 갑자기 똑바로 일어선다. 마치 햇살이 아기의 몸을 하늘에다 묶기라도 한 것처럼. 그러더니 이내 넘어진다. 빛이 아기와 함께 바닥으로 내동댕이쳐진 것처럼.

피. 큰 에릭이 내 이름을 부르며 악보를 다시 처음으로 넘긴다.

네. 내가 대답한다. 이제 내 가슴 위에 저기 서 있는 큰 에릭과 똑같은 무게가 실린다. 그가 두 발로 내 위에 서서 나를 내리누르는 것만 같다.

피, 네 어머니가 너 때문에 걱정이라고 말씀하시더구나. 전화로 내게 몇 가지 물어보셨다. 큰 에릭은 이 말을 하면서 몸을 돌려 나를 바라본다. 그의 안경에 내 어두운 표정이 비친다.

갈비뼈 아래에 개구리 한 마리가 들어 있는 것처럼 가슴이 마구 뛴다. 전 괜찮은데요. 내가 말한다.

하지만 네 어머니는 그렇게 생각하지 않으시는 것 같다. 학교 선생님들도 마찬가지고. 선생님들도 네가 잘 지내는 것 같지 않다고 하시더구나. 그리고 네 행동이 학교 분위기에 지장을 주거나 이상해지면, 그땐 의문만 갖는 게 아니라 뭔가 조치를 취하게 될 거다. 예를 들어, 더 이상 성가대에서 활동할 수 없다든지. 그렇게 되면 우리 둘 다 안타깝지 않겠니.

네. 내가 말한다.

그러니까 넌 잘 지낸다 이거지. 그가 건반 위에 입술이 닿도록 피아노 앞으로 몸을 기울인다.

전 잘 지내는데요.

난 널 잃고 싶지 않아. 그가 손가락을 다시 건반 위에 올리고 화음에 맞게 펼치면서 말한다.

알아요. 내가 말한다. 알고 있어요. 밖에서는 아기가 햇살을 받으며 일어섰다 앉았다를 반복하며 까꿍 놀이를 한다. 바다를 향해 움직이던 구름들은 급히 길을 서두른다. 아기 에디가 웃는다. 큰 에릭은 건반 하나를 누르며 나에게 노래를 시작하라는 신호를 주고, 나는 다시 노래를 부른다.

연습을 마친 후 아기 에디는 낮잠을 자러 아기 침대로 돌아간다. 린이 나가고, 그녀가 나가면서 칸막이 문이 닫히는 소리가 난다. 큰 에릭은 책 몇 권을 들고서 나를 음악실 같은 곳으로 데리고 간다. 이 곡을 틀어주마. 그가 말한다. 홀스트의 〈행성〉이다. 우리는 그 곡을 들으며 앉아 있고, 잠시 후 그가 책장에서 표지가 딱딱한 책 한 권을 꺼내올 때에야 나는 그 동안 솔로 파트를 맡은 소년들에게 무슨 일이 일어났는지 기억한다. 그가 펼친 부분은 윤기 나는 가운데 페이지로, 책 속의 소년들은 벌거벗은 몸으로 카펫 위를 미끄러지듯 움직인다. 그들 곁에는 검은 머리에 수염 난 성인 남자가 있는데, 큰 에릭과 너무 똑같이 닮아서 아무리 봐도 그인 것만 같다. 그들은 서로 도우며 윗몸 일으키기, 다리 올리기 같은 운동을 하는 것처럼 보인다. 언젠가 본 적이 있는 무슨 운동 교본 같다.

나는 고개를 들고, 우리는 서로 시선을 주고받는다. 큰 에릭이 내 안의 죽음을 알아보았는지, 그의 접근을 막기 위해 내가 죽을힘을 다했는지 나로서는 알 수 없다. 어쨌든 그는 잠시 동작을 멈추며 자신 없는 태도를 보인다. 음악이 주위를 휘감는다. 5악장 토성이란다. 큰 에릭이 말한다. 마음에 드니?

언젠가 책에서 본 그림 하나가 떠오른다. 고야의 〈자식을 삼키는 사투르누스〉다. 사투르누스는 새로 태어난 자식이 자신의 능력을 앞지르지 못하게 하려고 자식들을 통째로 잡아먹었다. 그러나 그의 자식들은 사투르누스의 위에서 빠져나왔고 그 후 세상을 다스렸다. 카펫 위의 소년들은 잡아먹히지 않도록 달아나려 애쓰고 있는 것처럼 보인다.

마음에 들어요. 내가 말한다. 아름다운데요. 내가 음악을 두고 하는 말이라는 걸 우리 둘 다 알고 있다.

이 그림들은 어떠니. 그가 묻는다.

어느 나라 그림이에요? 내가 묻는다.

스웨덴. 그가 말한다. 여기보다 훨씬 자유로운 곳이지. 그 나라 사람들은 인간의 삶과 감정에 관심을 갖는단다. 내 아내도 그곳에서 만났지. 하이킹을 하던 어느 해 여름에.

그렇게 오후는 우리 곁에서 멀어지고, 곧이어 다른 소년들도 엄마 차를 타고 도착한다. 책은 그때까지 한 시간가량 펼쳐져 있다가 다시 책꽂이에 꽂혔고, 그 동안 모든 행성들이 연주되었다. 나는 이곳을 벗어나고 싶지만, 곧 내 생일 파티가 시작될 것이다. 다행히 신들이 그들이 아끼는 아이들을 위해 그랬던 것처럼 내 주위에도 보호막이 쳐진 기분이 들어, 나는 피터 어머니의 차를 기다리기 위해 밖으로 나간다. 마치 내가 장차 꽃이 될지도 모르는, 태양이 가장 총애하는 존재인 척 가장하면서. 아폴로가 큰 에릭을 노려보고 있다고 상상하면서. 몇 대의 차에 네다섯 명씩 무리지어 탄 아이들이 도착한다. 안녕, 멍청아. 피터가 말한다. 네가 특별하다고 누가 그러냐?

나는 웃는다. 나는 여기서 나가자고 말하고 싶다. 하지만 그러지 않는다. 나는 내 안에 부르짖는 고함 소리를 미소로 감춘다.

우리는 케이크를 먹으러 안으로 들어간다. 모두들 호흡을 맞추어 화음까지 넣어서 커다란 목소리로 생일 축하 노래를 부른다. 화음 안에 슬쩍 불협화음이 끼어들자 모두가 소리 내어 웃는다. 이곳에 내가 있다. 마침내 열세 살이다. 이제 내가 촛불을 불어 끄면 누군가 날 없애버릴 것만 같다. 위험이 더 커지기 전에. 그러지 않으면 당신은 바보야, 내가 살아있는 걸 평생 후회하게 될 테니까. 아이들은 모두 내 깁스에 '생일 축하해, 피' 라고 쓰고 사인을 한다.

소원 빌었어? 잭이 묻는다.

응. 내가 말한다.

잠시 후 나는 모르는 방으로 들어간다. 러그가 삐뚜름하게 놓여 있고, 상자들은 대충 아무렇게나 다시 포장되어 있다. 마치 아무나 와서 상자를 뒤지고는 그냥 내팽개친 것 같다. 재빨리 둘러보니 랠프의 물건들을 보관한 방이라는 걸 알 수 있다. 랠프의 죽음은 아직도 주변을 어수선하게 만들고 있다.

14

내 생일날 아침, 아빠는 일찍부터 나를 깨운다. 내 방 창문은 갈라진 틈으로 빛이 새어나오는 깜깜한 출입문 같다. 아들. 아빠가 말한다. 일어나야지. 팔머스바다 위로 뛰어오르는 돌고래를 보러 가자. 아빠는 잠수복을 입고 목에 스노클을 걸었다.

한 시간 뒤, 파도는 우리가 탄 보스턴 포경선 바닥을 철썩이며 지나가고 우리 보트는 파도의 물마루 위를 미끄러지는 동안, 나는 빵 껍질을 바다에 떨어뜨리며 치즈 샌드위치를 먹는다. 아빠는 선체 바깥 엔진을 단단히 붙잡고 비스듬히 파도를 거스른다. 내가 우물우물 샌드위치 씹는 모습을 보며 아빠가 미소 짓는다. 어때, 좋지? 아빠가 묻는다. 아빠 뒤로 물보라가 연거푸 거세게 일어난다. 아빠는 자신의 모습이 바보처럼 보인다는 걸 알고는 내가 웃음을 터뜨리길 기다리고 있다. 모든 게 괜찮으면 굳이 대답할 필요가 없다는 걸 나는 안다. 나는 팔의 깁스가 흔들리지 않도록 깁스를 잡고 있다. 아빠 뒤로 파란 하늘이 바닥을 분홍으로 물들이고, 붉은 빛이 감도는 오렌지색 해가 떠오르자 수평선 모양이 선명하게 드러난다. 유리처럼 반짝이는 높은 파도는 해초 같은 갈색을 띤 파란색이다. 바람은 차가운 손으로 우리 머리를 어루만진다. 우리는 지나가는 다른 배들을 향해 손을 흔들고, 아빠는 때때로 선박 무전기에 대고 돌고래 구조대원들과 이야기를 나눈다.

돌고래들이 이쪽으로 오고 있다는구나. 아빠가 말한다. 그러고는 때때로 나를 데려가 바다표범을 보여주던 작은 만 주변에서 문득 배를 멈춘다. 우리는 잠시 기다린다. 나는 흥분으로 몸이 떨린다.

이곳에 돌고래 세 마리가 있다. 돌고래들은 높이 뛰어오르려다 얼어버린 듯 수면 바로 아래에 동동 떠 있다. 두 마리가 더 이곳으로 다가오고, 네 번째 돌고래가 아픈 돌고래를 연거푸 수면으로 밀어 올리자 아픈 돌고래의 분수공이 수면 위로 드러난다. 까만 바닷물을 통해 하얀 뱃살이 언뜻언뜻 보인다.

이 돌고래가 아픈 걸 다른 고래들이 어떻게 알아? 나는 아빠에게 묻는다.

아픈 돌고래가 다른 돌고래들에게 자기 상태를 알리기 때문이지. 아빠가 말한다.

우리는 점심을 먹기 위해 집으로 돌아오고, 이제 바닷가재 어부와 그의 아들이 우리 대신 돌고래를 지켜본다. 어부의 아들은 아빠와 함께 구조 잠수부로 일한 적이 있다. 케이크와 아이스크림은 이따가 집에서 먹자. 내가 베이글 피자를 먹고 있을 때 엄마가 말한다. 우리는 초저녁에 집으로 돌아왔다가 차를 타고 다시 나간다. 이제 돌고래들이 해변으로 오려 하기 때문이다. 우리는 돌고래들을 다시 바다로 돌려보내려 할 것이다.

그곳에는 구조대원 일곱 명이 더 와 있고, 그 가운데 수의사 한 명이 청진기를 가지고 있다. 그들은 건강한 돌고래 네 마리의 몸을 굴려 바다로 돌려보낸다. 잠수복 차림의 아빠는 만 가장자리에서 돌고래들처럼 헤엄쳐 돌고래들이 아빠를 따라하게 하려 애쓰고 있다. 아빠는 물속을 첨벙거리며 수면을 가른다. 다른 아저씨들은 돌고래들이 돌아올지 몰라 물속에서 기다린다.

나는 죽어가는 돌고래와 함께 해변에 서 있다. 돌고래는 젖은 타월에 덮여 있고, 나는 깁스한 부위를 비닐봉지로 감싸고 옆에 놓인 들통에서 바닷물 한 컵을 떠다 돌고래에게 부어준다. 돌고래는 두 개의 눈꺼풀 밑으로 눈을 굴리고, 몸속에서는 심장이 가볍게 두근거린다. 돌고래는 아직 따뜻하다. 나는 멀리서 들리는 아빠의 소리에 몸을 돌려, 아빠가 다시 물속으로 들어가기 전에 오렌지색 스노클의 물을 내뿜어 물기를 제거하는 모습을 본다. 아무도 아무 말도 하지 않는다.

돌고래는 피가 굳어 가는지 심장박동이 점점 빨라지기 시작한다. 바닷물이 놀랄 만큼 빠르게 마른다. 나는 타월 위에 바닷물을 더 많이 붓는다. 이 바닷물은 바다에서 멀어진 대신 공기와 합쳐진다. 바다는 어떻게 모두와 함께 지내는 걸까.

이쪽으로 좀 와주세요. 나는 수의사에게 말한다. 돌고래가 죽을 것 같아요.

저 멀리 바다에서는 다른 돌고래 친구들이 아빠의 안내에 따라, 죽어가는 돌고래 없이 헤엄치는 법을 배우려 애쓴다.

돌고래는 왜 죽고 싶어 하는 거야? 돌고래 헤엄 훈련을 성공적으로 마치고 해변으로 돌아온 아빠에게 물었다. 우리는 차갑게 식은 돌고래 시체 옆에 서 있었다.

아마도 이건 돌고래들의 장례식인 것 같구나, 아피아스. 그때 아빠는 나에게 말했다. 우리는 죽은 사람을 땅속에 묻잖니. 돌고래들은 죽은 돌고래를 바다 위에 눕힌단다. 이 돌고래는 그저 자기 종족을 위해 쉬고 싶었을 거다.

하지만 우리는 자기 몸을 직접 묻지는 않잖아. 나는 말했다.

차를 타고 집에 오는 길에 파도 위로 노을이 내려앉은 바다를 가만히 바라보았다.

나는 침실 벽지의 반복되는 무늬와 그것과 연결된 남녀 그림의 보호를 받으며, 낮에 본 돌고래 생각에 뜬 눈으로 누워있다. 거리를 지나가는 자동차 불빛이 내 방을 훑을 때, 나는 벽지에 그려진 거리에서 데이트를 마치고 돌아가는 십대 아이들과, 퇴근해서 가족들에게 향하는 직장인들과, 극장이나 토론 자리를 향해 카풀을 하는 엄마들을 바라본다. 방 전체에 빛이 흔들리고, 불빛이 창틀 사이를 뚫고 들어와 방에는 여러 개의 줄무늬가 생긴다. 집 바깥으로 빛이 후드득 떨어지는지 그 소리가 희미하게 들리는 것 같다. 문 밑 틈에 들어오는 복도 불빛을 바라본다. 빛은 힘이고, 파도이며, 입자다. 빛은 나에게 닿을 수 있고, 실제로 닿아야 한다. 누구든지 나를 볼 수 있도록.

15

올해 학기는 8월에 시작한다. 나는 학교 가까이 살기 때문에 버스를 타지 않고 걸어 다닌다. 학교까지 두 개의 언덕과 거의 직선으로 이어지는 보도 하나를 지나는 동안에는 책을 읽는다. 지나치는 거리들이 텅 비어 있다고 상상하면서. 지금은 중성자탄에 관해 읽고 있다. 나는 환하게 빛을 발하며 생명을 앗아가는 중성자탄처럼 되고 싶다. 마치 유령처럼 벽을 뚫고 지나가 빈 집을 날아다니면서, 나이프가 종이 가방을 뚫듯이 분자 사이로 주먹을 휘두르며 사람들을 죽이는 중성자탄이 되고 싶다. 내 모습을 본다. 내 키는 157센티미터다. 여전히 마르고, 주근깨가 있으며, 눈이 크고, 코가 작다. 목까지 오는 머리카락은 곱슬이다. 걷다가 엄마에게 줄 꽃을 딴다. 동네 아이들은 나를 자연인이라고 부른다. 죽고 싶다.

오늘은 엄마가 장미 가꾸는 걸 도와주렴. 엄마가 말한다. 우리는 시든 꽃을 잘라내야 한다. 엄마는 나에게 장갑 한 짝과 전지가위를 건넨다. 이 일은 한 손으로도 할 수 있다. 엄마가 마당 주변을 돌면서 물을 주는 동안 나는 시든 꽃과 벌레 먹은 잎 들을 가위로 싹둑 잘라낸다. 오늘은 8월의 마지막 날. 태양은 벌써 먼 하늘로 휴가를 떠날 생각에 골몰해 있다. 나는 하던 일을 잠시 멈추고 깁스한 팔과 전지가위를 받치고 서 있다. 엄마, 이것 좀 봐. 나, 게가 됐어.

엄마가 웃는다. 호스에서 나오는 희미한 광채가 엄마의 금발과 그을린 피부를 더 빛나게 한다. 엄마는 내 쪽으로 호스의 물을 찍 뿌리고, 나는 꺅 비명을 지르며 재빨리 피한다. 이제야 너 답구나. 엄마가 말한다.

잠시 후 집에 들어가 레모네이드와 땅콩버터, 젤리를 먹고 있는데, 엄마가 큰 에릭과 통화한 내용을 말해준다. 올 가을에 오페라의 한 장면을 성가대에서 맡아달라고 부탁을 받았대. 《토스카》를 제작한다더라. 엄마가 말한다. 부모들한테 허락을 받으려고 출연시키고 싶은 아이들에게 미리를 전화를 돌리나봐. 역할이 작아서 보수도 얼마 안 될 테니까. 에릭이 정식으로 발표하면 놀라는 척을 해주렴.

알겠어. 내가 말한다. 아주 깜짝 놀라야지. 나는 얼굴 뒤로 머리카락을 쓸어내린다. 내 손에서 장갑 안쪽에서 나던 냄새가 난다.

그래야 에릭이 서운해 하지 않지. 안 그래? 엄마가 말한다. 엄마는 레모네이드를 치우고 젤리와 땅콩버터 병을 제자리에 가져다놓는다.

맞아. 나는 말한다. 내 방으로 올라가 책 한 권을 손에 쥐고서야, 엄마의 말이 무슨 뜻인지 모른다는 걸 깨닫는다.

내가 속한 영재 프로그램 속독반에서는 일곱 명의 아이들이 영사기가 설치된 깜깜한 교실에 앉아 있다. 벽에는 여러 개의 줄이 그어

져 있다. 우리는·이런 식으로 이야기를 읽은 다음 이해도를 점검 받
는다.

오늘은 보카치오의《데카메론》을 읽기 시작한다. 무척 적극적인
학생인 제이가 영사기를 튼다.

이야기가 벽에 비친다. 선생님이 문을 열고 교실 안을 훑어본다.
오호. 잘하고 있군. 선생님은 이렇게 말하고 다시 밖으로 나간다.
우리는 자리에 앉아 있고, 영사기의 시끄러운 팬 소리가 간간이 끼
어드는 가운데 벽 위로 이야기가 비친다.

선한 의도, 유익한 조언, 위태로운 위기 상황, 널리 퍼진 추문
들의 모든 압박에도 누구보다 뜨거웠던, 굳건하고 한결같기만
했던 내 사랑은 시간이 지나며 저절로 약해질 수밖에 없었으
니, 그 사실은 신을 기쁘게 하였습니다. 그리하여 이제 나는
사랑이란 으레, 괴로운 곤경에 처할 만큼의 위험은 무릅쓰지
않는 사람들을 위해서나 준비된 것이라는 매력적인 생각을 명
심하게 되었죠. 그 결과, 한때는 고통의 원인이었던 것이 이제
는 모든 불편함을 벗어던진, 쾌락이라는 변치 않는 감각이 되
었답니다.

《데카메론》은 흑사병이 창궐하던 시기, 플로렌스에서 병을 피해
떠나 온 열 명이 들려주는 사랑 이야기를 모은 책이다. 그들은 시간
을 죽이기 위해, 여행에 동행하는 여왕의 지시에 따라 게임 대신으
로 이야기를 했다. 여자 일곱, 남자 셋이었다. 사방에서 사람들이

죽어가고 있었다. 얼마나 재미있었을까. 스크린 위로 이야기가 단락 별로 올라가고 있을 때 나는 생각한다. 살아남기 위해 이야기를 하다니.

잠시 후 이해력 퀴즈에서 이런 질문이 나온다. 흑사병이 일어난 원인은 무엇인가? 나는 이렇게 쓴다. 동양에서는 코피가 원인이지만 플로렌스에서는 사타구니에 난 달걀 모양 종기가 원인이다.

서술자는 얼마나 많은 사람들이 죽어가고 있다고 말하는가?

플로렌스에서는 70만 명이지만 전국적으로는 그보다 많다.

가을에는 연습 일정이 더 **빡빡**하다. 캠프는 마법 같은 효과가 있었다. 우리는 정해진 줄에 앉아, 역시나 정해진 방식으로 노래한다. 우리가 내는 화음은 반짝이는 사슬 같다. 방금은 대성당의 천장들이 노아의 방주를 표현했다는 걸 배웠다. 노아가 배를 뒤집어 교회를 세웠다는 것이다. 그래서 고개를 들어 위를 보면 뱃머리가 보인다. 활 모양의 천장을 볼 때면 종종 이 이야기를 떠올린다. 이 배는 지금 뒤집어지고 있어. 나는 속으로 생각한다.

오늘은 날도 따뜻하고 연습도 잘 진행되고 있다. 성가대는 최근에 새로 오디션을 봤고, 이제 40명의 단원들이 지휘자를 중심으로 부러진 활 모양으로 앉아 있다. 악보를 놓을 보면대와 푹신하고 근사한 접이식 의자 들도 새로 구입했다. 여러분은 이제 프로다. 쉬는 시간에 큰 에릭이 말했다. 다음 쉬는 시간에는 그가 작은 에릭에게 지금 나가보라고 말하자, 작은 에릭이 일어나 연습실 밖으로 나간다. 나는 의아해 한다. 큰 에릭은 말한다. 에릭이 선생님을 도와줄 거야.

작은 에릭은 어린 수도자가 되어 돌아온다. 모슬린 천으로 만든 튜닉과 버건디 오버 튜닉에 밧줄로 벨트를 매고서. 신발은 바닥까지 내려오는 튜닉 단에 가려진다. 작은 에릭은 우리를 향해 미소를 지으며, 짐짓 예의를 갖추어 손바닥을 위로 하여 두 손을 올린다. 큰 에릭은 우리 쪽으로 걸어와 내 자리 옆에 선다. 그런 다음 나에게 말한다. 작은 에릭이 터크 수사였다면 로빈 후드가 메리언을 구하느라 동분서주하진 않았겠구나.

이제 큰 에릭은 작은 에릭에게 손짓하면서 성가대 전원에게 말한다. 이탈리아 곡을 부를 때 이런 식으로 옷을 입게 될 거다. 의상을 주문해 놓았으니, 나중에 모두 자신에게 맞는 옷을 입게 될 거야. 아, 그리고, 새로운 소프라노 단원인 프레디 모런을 다 같이 따뜻하게 맞이하자. 이제 내 앞 줄에 앉은 프레디가 자리에서 일어난다.

이번 여름엔 우리와 합류하지 못했지만, 신입 소프라노 단원인 프레디는 목소리가 맑고 경쾌했으며, 그밖에 사소한 특징들까지 모두 큰 에릭의 마음에 든다. 바이킹처럼 텁수룩한 금발의 긴 생머리, 작고 탄탄한 체격, 놀란 듯한 갈색 눈동자, 마스카라 저리 가랄 정도로 긴 속눈썹. 아마도 이 마지막 부분, 속눈썹을 제외하면 그는 딱히 아일랜드인으로 보이지 않을 것 같다. 잭의 어머니인 구이에츠 부인은 이런 속눈썹을 가진 눈을 숯검댕이 같은 눈이라고 부른다. 메를과 피터도 그런 눈을 가졌다.

그때 큰 에릭이 《토스카》를 올릴 예정이라고 발표하고 출연 대상자 명단을 읽는다. 큰 에릭은 명단을 다 읽은 후, 작은 에릭과 잭은 이 오페라에 출연하기엔 나이가 조금 많아 출연 대상에서 제외했다고 말한다. 이 말을 하면서 웃으며 작은 에릭의 어깨에 손을 올린다.

굳게 입을 다문 작은 에릭은 튜닉을 입은 채 계속 그의 옆에 서 있다.

이어지는 연습 시간에 우리는 가운 입는 법을 배운다. 뜨거운 조명 아래에서 몇 시간 동안 쓰러지지 않고 서서 노래하는 법도 배운다. 횡격막에서부터 호흡을 하고, 머리를 약간 앞으로 기울여 목에서 머리로 소리를 내며 무릎을 살짝 구부린다. 두 발을 어깨 넓이로 벌리고, 양손의 손가락을 허벅지 위에 올려놓고 집게손가락으로 바지의 솔기를 따라 발을 가리킨다. 우리는 오페라 출연진을 만나기 위해 비더퍼드로 향한다. 그곳에서 오페라 연출자는 우리에게 과거 무대에 올린 《토스카》와 과거의 합창단에 관한 이야기를 들려준다. 과거 어느 연출자는 소년들에게 무대에서 그녀가 어딜 가든 따라다니라고 말했다고 한다. 어느 날 그녀가 자살을 하려고 뛰어내릴 때 소년들도 그녀를 따라 뛰어내렸는데, 다행히 모두들 위험한 장면에 대비해 설치한 오케스트라 석 트램펄린에 떨어졌다. 프리마돈나가 무대에서 뛰어내리는 연기를 하다가 트램펄린 때문에 다시 튀어 올라온 일도 있고, 역시나 프리마돈나가 가슴에 넣는 보호 패드를 잃어버린 채로 무대에서 뛰어내리다가, 오케스트라 단원들과 충돌하는 바람에 쇄골이 부러진 일도 있었다고 한다.

나는 연습을 하는 동안 이 이야기들을 조금씩 결합해, 우리 모두 토스카를 따라가다가 그녀와 함께 무대에서 뛰어내리고, 모두들 쇄골이 부러진 채로 다시 튀어 올라와 다 함께 공중에서 만나는 장면을 상상한다.

오늘은 엄마가 연습실로 나를 데리러 온다. 엄마는 학교에서 학부모 상담을 마친 후 나에게 왔다. 나를 가르치는 스트라우스 선생님과 크리스티 선생님은 내가 집에서 잘 지내는지 묻는다. 엄마는 내가 잘 지낸다고 말해 그들을 안심시킨다.

선생님들이 그러는데, 너 친구가 없다며. 엄마가 나에게 말한다. 엄마는 케이프엘리자베스로 향하는 다리 위로 차를 몬다. 다리는 러시아워로 차가 밀린다. 우리 앞에 늘어선 차들의 브레이크등이 선명한 붉은 색과 탁한 붉은 색 사이의 중간쯤 되는 불빛으로 이른 저녁을 비춘다. 이번 주에 아빠는 스웨덴에 있다. 나는 아빠의 반짝이는 까만 머리카락이 작은 얼룩처럼 수많은 금발에 둘러싸인 모습을 상상한다. 엄마도 금발이다. 그래서인지 스웨덴은 엄마의 고향 같다. 아빠가 스웨덴에 간다고 말했을 때, 나는 큰 에릭의 책들이 생각났다. 아빠도 그런 책들을 본 적이 있을까.

부모님은 둘이 한 팀이 되어 나를 돌본다. 엄마는 사람에 대해, 아빠는 과학에 대해 가르친다. 그리고 이 각각의 주제들은 나에게 인내심을 가르친다. 엄마와 나는 차 안에 조용히 앉아 나에 관한 평가를 숙고한다. 친구들은 전부 성가대에 있는걸. 마침내 나는 엄마에게 말한다. 엄마는 나를 집에 데려다주면서 고개를 끄덕인다.

16

석고 톱이 내 깁스를 금세 벗겨낸다. 석고로 감쌌던 팔은 하얀 비늘 같은 피부 위에 까만 털이 빳빳하게 솟아 있다. 팔은 어떠니?
의사 선생님이 미소를 지으면서 말한다. 장밋빛 혈색에 살찐 남자
는 커다란 까만 테 안경을 쓰고 있다.

　괜찮아요. 내가 말한다. 나는 팔을 앞으로 뻗는다. 그리고 이건
거짓말이 아니다. 깁스한 팔에 달린 손은 마치 괴물 손 같다. 엄마
가 자른 장미 가지들을 생각한다. 장미의 가지를 잘라 한 달 동안
덮어놓으면, 마침내 가지는 살기 위해 필사적으로 새 뿌리를 뻗는
다. 이 손을 보니 완전히 새로운 소년으로 자랄 만반의 준비가 된
것만 같다.

　대기실에서 기다리던 엄마는 내가 문 밖으로 나오자 자리에서
일어선다. 우리 집 나무 타는 소년이 왔구나. 엄마가 말한다. 차를
타고 집으로 가는 길, 햇살은 나무들 사이로 커다랗게 입을 벌려,
더 멀리서 보면 불이라도 난 것 같다. 곧 서머타임이 시작돼 시간이
앞당겨지면 밤은 터틀넥 칼라처럼 줄어들 것이다.

17

　여러분들은 코러스니만큼 순진무구한 소년 성가대원의 역할을
해야 한다. 큰 에릭이 오페라 합창단에게 말한다. 그렇지만 플로리
아 토스카를 열렬히 사랑한다는 것도 보여주어야 해. 그러니까 두
가지 역할을 모두 해내야 한다.

　이제부터는 토요일 아침마다 오페라 연습을 한다. 우리 여덟 명
은 교회 연습실에서 따로 연습한 다음 잠시 후 다른 출연자들과 모
여 오케스트라와 함께 연습한다. 내 동생들이 텔레비전으로 스머

프를 보는 동안 나는 복수와 사랑, 그리고 서서히 죽어가는 삶에 관한 노래들을 배운다. 오늘 큰 에릭은 우리가 오페라에서 해야 할 역할에 대해 우리에게 설명하고 있다. 그가 가지고 온 커피 때문에 연습실 공기에 쓴 맛이 퍼지는 동안, 우리는 모두 목을 가다듬고 좋은 소리를 내기 위해 따끈한 레몬차를 마신다. 이번에도 이야기의 사연을 아는 것이 별 도움이 되지 않는다. 이야기 자체는 재미있지만. 토스카는 잘생긴 화가 카바라도시의 연인이다. 그녀는 카바라도시를 고문하는 이로부터 그를 보호하기 위해 카바라도시를 배신한다. 토스카는 자신의 몸을 내어주면 연인을 구할 수 있기에, 사형을 거짓으로 꾸미는 대가로 고문자에게 몸을 바치기로 한다. 그러나 고문자가 토스카에게 다가오자 토스카는 충동적으로 그의 침실에서 나이프로 고문자를 찔러 죽인다. 토스카는 감옥에 있는 카바라도시를 찾아가 그는 안전할 거라고 확신을 주지만, 사형이 집행된 후 카바라도시의 곁으로 달려갔을 때 그가 정말로 죽었다는 사실을 확인하고 만다. 고문자를 살인한 이가 누구인지 밝혀지고, 경찰이 토스카를 찾아오자 토스카는 난간에서 뛰어내려 죽음을 맞는다.

오페라는 주로 사랑의 배신에 관해 이야기하지. 큰 에릭은 연습실을 긴 보폭으로 서성거리면서 설명한다. 그가 이 말을 할 때 스테인드글라스 창에서 새어 나오는 지저분한 빛이 그를 감싼다. 최근에는 세련되게 각색이 되고 있지. 그가 우리에게 말한다. 그의 둥그스름한 대머리가 희미하게 빛나고, 몇 가닥 남은 굵은 머리카락은 길게 자라서 양쪽 귀 위에서부터 내려와 그의 콧수염, 턱수염과 만난다.

잠시 후 큰 에릭이 내 자리로 다가온다. 《천국의 불꽃》을 좋아하니? 그가 나에게 묻는다. 그는 내가 책에서만 읽었을 뿐 한 번도 본 적 없는 방식으로 양손을 비빈다. 그렇게 손을 비비는 사람은 내가 아는 사람 중에 그가 유일하다.

좋아해요. 나는 말한다. 나는 그 책을 좋아했다. 큰 에릭은 나에게 이 소설을 읽도록 권했고, 나는 도서관에서 대출을 받았다. 책을 가지고 집에 왔을 때, 그가 왜 나에게 이 책을 읽도록 권했는지 알았다. 소설은 알렉산드로스 대왕에 관한 이야기로, 대왕은 십대 시절에 연상의 남자 교사와 연애를 한다.

큰 에릭은 미소를 짓는다. 정말 아름다운 이야기 아니니? 다음엔 《페르시아 소년》을 읽어라. 황제와 거세된 남자 노예의 사랑 이야기란다.

네, 그럴게요. 나는 말한다.

나는 가끔씩 랠프를 생각한다. 죽은 랠프를. 우리가 연습하는 예배당으로 날아 들어와 허공을 맴돌다 서서히 사라지는 랠프는 전보다 창백해 보인다. 아무도 그를 볼 수도 없는데 이런 식으로 나타나는 건 바람직하지 않은 것 같다. 우리는 캠핑장 근처 시골 교회에서 열린 랠프의 추도식에서 랠프를 위해 노래를 불렀다. 추도식은 합창예배라는 것으로 진행되어, 우리는 노래 몇 곡을 골라 부른 뒤 랠프를 추모하고 노래로 기도를 했다.

이따금 나는 그날 밤 캠프에서 본 구상 번개가 랠프였을지도 모른다고 상상한다. 호수 바닥에서 잃어버린 그의 신체 일부가 마침내 호수 밖을 벗어나, 작은 묘지에 누워 있는 자신의 작은 몸을 찾으러 떠돌아다니는 거라고. 그는 이제 도깨비불이 되었다고.

밧줄로 벨트를 매고 있어서인지, 매듭을 묶을 때면 종종 랠프를 떠올린다. 보트의 밧줄은 너무 두꺼워 아이가 쉽게 풀기 어렵다. 나는 보트를, 그리고 랠프 위의 노걸이를 떠올린다. 성당의 천장을 올려다보며 생각한다. 랠프는 빗속에서 보트 바닥을 향해 고개를 돌리며 하느님을 생각했을까? 노아를 생각했을까? 무슨 기도를 했을까?

잠시 후 큰 에릭이 방향을 홱 돌리자 그의 모습이 드러난다. 그리고 나는 성부와 성자와 성령을 입속말로 중얼거리면서, 진짜 입은 아름답기는커녕 아름다운 것들을 노래하는 노예라는 생각을 마음에 간직한다. 혹은 키스의 노예거나.

18

학교에서 나에게 친구가 필요하다고 했기 때문에, 엄마는 나에게 밖에서 운동을 해야 한다고 말한다. 부모님은 수영 실력이 좋은 나를 수영팀에 합류시키기로 결정한다. 나는 선생님들 말을 이렇게 곧이곧대로 믿는 부모님에게 다소 화가 나지만, 달리 방법이 없어 부모님 말에 따르기로 한다.

케이프엘리자베스 고등학교 수영장. 천장은 일반 건물보다 세 배는 높고, 천장까지 닿는 높은 벽마다 가늘고 긴 창문이 둘러쳐 있다. 수심이 얕은 수영장 끝에 있는 출발대는 제단을 연상시킨다. 25야드 길이의 풀장에는 여섯 개의 레인이 있다. 물을 정화하기 위해 염소산을 부어 언제나 연한 청록색을 유지하는 물에서는 코를 찌르는 냄새가 난다. 이제부터는 수업 시간과 성가대 연습 시간 사이에 도서관에서 시간을 보내는 대신 이곳에서 레인을 돈다. 그 바람에 그 동안 내가 읽은 모든 이야기는 사라진다. 물안경으로 풀장 바닥을 내려다보니 레인 바닥마다 I자 모양의 줄무늬가 하나씩 새겨져 있다.

우리는 거리와 속도 훈련을 반복한다. 그리고 기본적인 수영법을 하나씩 익힌다. 처음엔 팔 동작만 익히고 그 다음엔 다리 동작, 그리고 전체 동작을 결합해서 훈련한다. 우리는 몸을 뻗고 누워 코치의 시각화 지시를 따른다. 자신이 경기에서 이기는 모습을 상상합니다. 코치가 말한다. 코치는 댄이라는 젊은 남자인데 살짝 튀어나온 자신의 똥배를 보고 있다. 자신이 선두에서 헤엄치는 모습을 그려봅시다. 내 모습이 어떻게 보이나요?

나는 상상한다. 남들보다 훨씬 앞선 내 모습이 보인다. 나는 경기에서 이기기 시작한다. 할머니에게 메달을 드린다. 할머니는 메달에 입을 맞춘 다음 나에게 키스를 한다. 우리 손자가 챔피언이 됐구나. 할머니가 말한다. 할아버지는 웃으면서 손으로 메달을 쓰다듬으며 말한다. 여우도 헤엄을 빨리 친단다.

나는 웨이트 트레이닝을 해야 하기 때문에 가끔 체육관에서 잭을 본다. 잭은 라크로스 팀에서 활약하고 있다. 잭이 어깨를 으쓱해 보이며 말한다. 안녕. 우리는 요즘 자주 보지 못하지만, 잭의 소식은 학교에 빠르게 퍼지기 때문에, 어느 땐 잭이 어디에 있든 잭이 있는 곳을 아는 기분이다. 그렇지만 또 어느 땐 잭이 세상에 존재하지 않는다는 느낌이 들기도 한다.

우리 교실로 와라. 그는 가끔 이렇게 말한다. 나도 가끔 이렇게 말한다.

우리는 잭의 교실에서 키스를 한다. 영화에서처럼 천천히 오래 키스를 하면서, 나는 그의 치아 개수를 세고 그는 내 입술을 깨문다. 우리가 이런 식으로 서로를 보지 않은 게 오늘로 한 달이 넘었다. 작은 에릭의 엄마가 성가대원 카풀을 위해 차를 멈추고 경적을 울릴 때야, 우리는 서로에게서 떨어져 잠시 가만히 누운 채 서로를 물끄러미 바라본다. 부스스 헝클어진 머리, 부은 입술. 바지 입어야겠다. 잭이 말한다. 나가서 아직 출발하지 말라고 말할게. 나는 그가 반바지를 끌어올리는 걸 잠시 기다렸다가, 일어나서 그의 페니스를 내 쪽으로 당겨 재빨리 그 위에 입을 맞춘 다음, 문을 열고 나가 요한센 부인에게 잭은 곧 나올 거라고 말한다.

10월 말.

성 앤드류 성당에서 열리는 콘서트에서 피터가 데스캔트를 맡아 부른다. 잭과 그의 부모님이 이곳에 오신다. 성당 스테인드글라스에는 성인들의 생애가 묘사되어 있다. 몇몇 천사들이 자신의 사명을 수행한다. 이 콘서트를 위해 우리는 가운에 밧줄로 만든 벨트를 매고 작게 축소된 모형 수도원으로 이루어진 합창석에 선다. 관객들이 우리를 본다. 프로그램이 중간쯤 진행될 무렵 관객 한 명 한 명의 눈동자에서 미풍 같은 힘을 뿜어내는 느낌이 들 때, 우리는 강풍 같은 관심을 받으며 무대에 오른다. 오르간이 연주를 시작하고 우리는 노래를 부른다. 나는 기다린다. 곧 피터가 데스캔트를 시작할 것이다.

피터가 숨을 들이마시며 이곳 공기를 전부 빨아들이기라도 한 것처럼, 내가 노래를 부르려 할 때 갑자기 숨이 막히는 느낌이 든다. 우리는 목과 배를 반복해서 온 힘을 주며 대기에 화음을 토한다.

피터가 입을 벌린다. 첫 음이 대기를 가르고 다음 음이 공중에 부유하는 성가대의 화음 안으로 들어가 마침내 우리와 합해진다. 이제 모두의 소리가 한데 뒤얽혀 하늘을 휘감으면 피터가 타고난 고음으로 슬며시 소리를 높인다. 피터가 호흡을 유지하면서 온몸으로 계속해서 더 많은 공기를 토해낼 때, 내 질투심은 사라진다. 불길은 서서히 잦아든다.

사랑은 우리 안의 모든 가혹한 감정을 진정시킨다. 그 사랑이 이루어지는 만큼 더욱더. 사랑은 나를 부드럽게 어루만졌다. 피터, 오직 너만이 그럴 수 있었지.

곧이어 내 차례다. 그러나 믿을 수 없게도, 나는 노래를 잊어버렸다. 가사를 기억해내려 애썼지만 전혀 생각이 나지 않았다. 우리가 악보의 페이지를 고정시킬 때, 큰 에릭의 두 눈이 내 눈을 찾는다. 나는 식은땀이 흐른다. 내 얼굴이 파랗게 질린다. 첫 세 단어 이상은 도무지 떠오르지 않는다. 객석에 앉은 사람들 모습이 선명하게 눈에 들어온다. 작은 모자, 주름, 수년간 피곤에 지친 피로한 눈동자. 큰 에릭의 두 눈은 이제 올빼미의 눈을 닮았으며, 지금은 공중에서 하강하는 올빼미처럼 보인다. 하늘을 날며 제 몸을 숨기면서 밤하늘 어딘가에서 우리를 내려다보는 올빼미.

그 순간 내 가슴 바로 안쪽에서 공간 하나가 열린다. 큰 에릭은 그의 입에 마우스하프를 가져다 대고, 내가 시작해야 할 음정에 맞추어 그것을 분다. 내 가슴에서 음정이 열리고 언어가 되어 넘실거리다 내 입을 연다. 지금까지 나는 내가 노래를 부른다고 생각했다. 하지만 아니다. 나를 통해 그가 노래를 부르는 것이다. 그가 그의 입을 열면 내가 노래를 부른다. 내 입은 그의 입이다.

내 아버지가 다섯 길 바다 속에 잠들어 있네 ……

아이들이 나를 둘러쌀 때 나는 이제야 비로소 성가대 입구에 돌아온 느낌이다. 나는 잠시 혼자였고, 이곳에서 사라져 다른 곳에 가 있었다. 그렇지만 다시 이곳으로 돌아왔고, 계속해서 노래를 부른다.

잠시 후 아이들은 부모님과 친구들을 맞이하며 서 있다. 이때 나는 피터와 함께 이곳에서 벗어나고 싶다. 천국의 명령에 따라 성 안드레아의 집으로 향하는 모든 문이 활짝 열려서 피터와 함께 널빤지 같은 햇살을 따라 천국으로 걸어 올라가, 그곳에서 하느님의 얼굴을 보길, 그리고 신의 얼굴을 보는 모든 인간이 그렇듯 우리도 불꽃으로 타오르고 싶다.

하지만 우리는 탈의실로 돌아와 묵은 먼지를 피우며 냄새나는 두꺼운 면양말을 갈아 신고, 옷걸이에 가운을 걸고, 옷걸이 목 부분에 밧줄 벨트를 감고, 자기 옷으로 갈아입는다. 그리고 서로를 바라본다.

피터는 안다. 이 모든 노래들이 무언가를 봉인시킨다는 걸. 피터가 말한다. 너 정말 잘하더라.

고딕 양식의 어두운 골방에서 먼지가 우리 주변을 맴돈다. 너도 굉장했어. 나는 말한다. 네가 아니면 그런 소리를 낼 수 없었을 거야. 너야말로 정말 잘했어.

천만에, 네가 대단했지. 피터가 말한다. 정말 잘하더라.

나는 피터를 내 쪽으로 끌어안는다. 그리고 갑자기, 피터에게 입을 맞춘다. 입술에. 짧게. 내가 뒤로 물러나자 피터는 그 자리에서 얼음이 되어버린다. 옆으로 시선을 돌린 채.

누군가에게 도청이라도 당하는 것처럼, 나는 잭이 문 밖에서 우리를 지켜보고 있다는 것을 느낀다.

그래, 너희 둘 다 아주 잘했어. 잭이 말한다. 이제 그만 가자.

밖에서는 할아버지와 할머니가 환하게 미소를 지으며 보도에 서있다. 두 분은 왠지 주변의 다른 사람들보다 더 차분하고 더 강한 것 같다. 중력이 그분들을 좀 더 가까이 끌어안는 것일까. 한국 사람들은 노래를 아주 잘한단다. 할머니가 말한다.

아무렴. 할아버지가 말한다. 노래를 정말 잘하고말고. 넌 아주고운 한국인 목소리를 가졌어. 목소리가 아주 우렁차.

이번에도 할아버지는 한국에서는 모두가 한국 노래를 전부 알고있고, 틈만 나면 노래를 부른다고 말한다. 버스에서도, 거리에서도. 뮤지컬에서처럼 모든 사람이 노래를 부른다고. 내가 노래를 부르고 싶었던 건 어쩌면 순전히 한국 사람이기 때문은 아닐까 하고 잠시 생각해본다. 다른 사람들과 함께 그쪽에 속하지 않아서라고.

할아버지와 할머니는 지금까지 내 공연에 온 적이 없다. 사실 두분은 좀처럼 집 밖을 나오지 않는다. 할머니는 정원을 좋아하고 할아버지는 주방을 좋아한다. 하지만 오늘 두 분은 이곳에 계시고, 두

분이 보시기에는 내 안의 모든 악한 모습들이 책의 윗면에 쌓인 먼지가 날아가듯 날아간 것 같다. 두 분은 나를 사이에 두고 포옹한다. 할아버지가 얼간이라고 부르는 사람들이 주변의 차가운 보도를 걸어 집으로 향하고 있다.

19

무대 뒤편. 비더퍼드 오페라 하우스의 공연 첫날 밤. 우리는 탈의실에서 분장한 얼굴로 의상도 그대로 입은 채로 앉아 카드놀이를 하고 있다.

프리마돈나가 우리 탈의실에 슬쩍 들어온다. 메어 윈슬로우라는 이름의 젊고 아름다운 소프라노 가수다. 역할을 위해 머리카락을 붉게 염색했다. 드레스는 가슴이 깊게 파여 풍만한 가슴이 훤히 드러난다. 그녀가 우리를 향해 미소 짓는다. 정말 아름다워요. 모두들 어쩜 목소리가 그렇게 예쁘죠.

그녀의 말에는 다른 의미가 숨어 있다. 안됐지만, 목소리가 언제까지나 지금 같지는 않을 거라는. 우리 중 일부는 카운터테너가 될지 모르지만, 나에게 카운터테너는 어릴 때나 대단했지 지금은 지나치게, 터무니없을 정도로 여성적으로 보인다. 소년의 목소리가 남성적인 이유는 소리의 높낮이 때문이 아니라 목소리에 흔들림이 없기 때문이다. 연습 시간에 목을 풀 때 그녀가 참석했던 때가 기억난다. 그때 내 목소리와 피터의 목소리는 여전히 끝없이 높이 올라갔는데, 나중에 그녀는 이렇게 말했다. 나도 그렇게 높은 음은 못내요. 그녀는 우리를 부러워했고, 그 모습은 나무 위를 오르는 원숭

이를 보면서 꼬리를 잡고 싶어 하는 아이와 조금 비슷했다.

잠시 후 무대에 오른 그녀는 조명 불빛에 얼굴을 땀으로 번들거리며, 객석을 향해 온 힘을 다한 소리를 열정적으로 뿜어낸다. 토스카는 연인이 성당에서 그리고 있는 마리아 막달레나 초상화가 아타반티 후작 부인과 닮았다면서, 초상화의 눈동자를 지우고 자신의 눈동자 색깔과 똑같이 다시 그려 달라고 요구한다.

나는 그녀의 연기를 보면서, 그녀가 우리 목소리와 자기 목소리를 비교한 건 잘못되었다고 생각한다. 여성의 목소리는 다르다. 그것도 아주 많이 다르다. 더구나 그녀의 목소리가 비브라토에 의해 물결처럼 일렁이고 톱니날처럼 들쭉날쭉하다면, 우리 소년들의 목소리는 검으로 찌르듯 곧장 앞으로 향해 조금도 흔들림이 없다. 우리의 순진무구함은 이렇게 음악으로 표현된다. 무언가를 안다는 것, 특히나 열정을 안다는 것은 우리를 전율하게 만드는 것 같다. 잠시나마 앞으로 나가기 위해, 짧고도 아름다운 생을 노래하며 신 앞에 자신의 열정을 증명하는 걸 보면. 심지어 상실의 고통에도 열정이, 그리고 사랑이 있으며, 이런 고통은 죽음에 비하면 차라리 축제이기도 해서 고통을 새겨 넣을 칼날이 필요할 지경이다. 그녀가 무대 위를 종횡무진 누비는 걸 바라보고 있노라니 정말 그런 것 같다.

우리는 1막에서 한 차례 노래를 부르고, 다른 장면에서 한 번 더 노래를 부른다. 2막에서 토스카가 파르네세 궁전에서 왕 앞에서 노래를 부르기 전 무대 밖에서 연습할 때 우리도 그녀와 함께 노래한다. 우리는 거리에서 노래를 부르는 것처럼 묘사하기 위해 작은 목소리로 노래한다. 작곡가는 우리가 부르는 부분과 대위 선율을 이루어 스카르피아 경감의 심문 장면을 편곡했다. 이후 3막 초반에 죄수들이 마당을 돌아다니는 장면에서는, 프레디 모런이 관객이 보이지 않는 곳에서 짧게 독창을 하기도 한다. 이때 프레디는, 바람에 나뭇잎이 바스락대는 만큼 수많은 한숨을 그대에게 보내오, 라고 노래한다.

이후 토스카는 감옥에서 카바라도시와 함께 노래한다. 우리의 사랑은 바다 위 타오르는 무지개처럼 빛날 거예요. 그런 다음 토스카는 카라바도시의 사형 집행 전에 그에게 작별인사를 한다. 천 번의 키스로 당신의 눈을 감겨주겠어요, 수천 번 당신의 이름을 부르겠어요.

어째서인지 피터는 어둠 속에서도 환하게 빛난다. 조명들은 일제히 그를 빛내기 위한, 그에게 온갖 색채를 선물로 남겨주기 위한 구실을 찾고 있는 것만 같다. 정작 소년 성가대 복장을 한 피터는 오페라가 진행될수록 지루해하며 얼른 집에 가서 이불 속을 파고들고 싶어 하는데.

마침내 피터는 자신을 보고 있는 나를 본다. 피터는 조용히 미소 지으며 손을 흔든다. 나도 손을 흔든다. 나는 마음속으로 말한다. 빛조차도 감히 널 사랑할 수 없어.

공연이 끝나고, 나를 데리러 올 엄마를 기다리며 앉아 있는데, 메어가 텅 빈 무대 위를 걸어와 내 옆에 앉더니 의상으로 입은 드레스 자락을 정리하면서 한숨을 쉰다. 분을 바른 그녀의 가슴이 손가락 사이에 낀 포도 알갱이처럼 바싹 모아져 있다. 오늘밤엔 웃음이 나와서 혼났어. 그녀가 말한다.

나는 며칠 후면 이 공연에서 빠져나와 다른 노래를 부를 메어의 모습을 상상한다.

저도 그랬어요. 내가 말한다. 그런데 왜 그랬어요?

이런 사랑이 너무 웃기잖아. 서로를 향해 소리 지르고, 질투심에 불타 비명을 지르고, 죽고 죽이는 사랑 말이야. 그것도 내내 노래를 부르면서.

전 아름답다고 생각하는데요. 내가 말한다.

물론 아름답지. 메어가 말한다. 점점 음을 높이는 순간 문득 깨닫게 돼. 정말이지 이보다 아름다운 건 없을 거다, 다 왔어, 바로 여기야. 여기라고. 그러면 바로 그때 나를 향해 음악이 활짝 열리거든. 그 순간 그 자리에 있는 건 더 이상 내가 아니라 …… 음악에 속하는 다른 무언가라는 걸 알게 돼. 그건 결코 내가 아니야.

이번 월요일엔 연습이 없다. 아빠가 스웨덴에서 돌아온다. 아빠는 컨설팅 사업을 시작했다. 내가 알기로 컨설팅 사업이란 사람들에게 무슨 일을 어떻게 해야 하는지, 그 일을 하는 데 비용이 얼마나 드는지 알려주고 돈을 받는 일이다. 아빠는 출장에서 돌아올 때마다 내 동생들과 나, 우리 모두에게 줄 선물을 가지고 온다. 테디는 스케이트를 받는다. 샘은 라플란드 지역의 순록 봉제 인형을 받는다. 나는 스키 스웨터를 받았는데, 엄청 힘 센 사람이 혈기왕성한 동물의 털로 짠 것 같다. 이 옷을 입으니 이 스웨터는 더 이상 회색 스웨터가 아니라, 어떤 힘의 장막 같은 걸 입은 기분이다. 스웨터

덕분에 내 근육이 더 커 보이는 것 같다. 거울에 비친 내 모습은 소년 영웅처럼 체격이 탄탄해 보인다. 하지만 이 스웨터가 스웨덴에서 만든 것이라는 걸 떠올린 후로 다시는 그것을 입지 않는다.

큰 에릭이 신입 알토 단원들을 대상으로 두성조와 가성에 대해 일장 연설을 늘어놓는 동안, 나는 〈마음을 미움으로 채우는 방법〉이라는 제목으로 그러한 내용의 시를 쓴다. 마음(Heart)이 미움(Hate)되려면, 연민(Rue)(마녀가 끓이는 후회의 차(茶))의 R을 빼고, 한때는 함께(Together)의 T였지만 지금은 공포(Terror) 또는 시간(Time)의 T로, 에로스(Eros)의 E와 예술(Art)의 A를 분리한다. 그러나 결코 잃어버려서는 안 될 것이 있으니, 마음으로 돌아가는 길에 놓인 천국(Heaven)의 H를.

피터는 머리를 짧게 잘랐는데, 자기 말로 페이드컷(옆머리를 짧게 친 헤어스타일—옮긴이)이라고 한다. 금발이 그의 맨 머리를 서리처럼 덮고 있다. 마침내 알토 단원들을 향한 큰 에릭의 연설이 끝났지만, 연습 시간도 거의 끝났다. 나는 악보집을 닫아 내가 쓴 시를 덮는다. 큰 에릭이 연습을 마무리하면서 겨울에 있을 순회 여행에 대해 말한다. 메인주 전 지역의 학교와 교회를 순회할 예정이라고.

연습을 마친 후 나는 프레디가 그의 엄마를 기다리는 동안 천천히 원을 그리며 걷는 모습을 본다. 피터는 내 옆에서 검은색 매니큐어를 꺼내 손톱 전체에 칠하기 시작한다. 우리 누나가 한번 발라보랬어. 피터가 나에게 말한다. 손톱 열 개 다 칠하면 50달러 준대.

정말? 내가 말한다. 가톨릭 학교에서 그래도 되냐?

으음. 안 되지. 교복하고 어울리질 않잖아. 피터는 이렇게 말하고 키득키득 웃는다. 하지만 머리카락하고 잘 어울려. 어쨌든 다른 애들처럼 주머니에 손을 찔러 넣고 걸으면 괜찮을 거야. 피터의 초록색 눈동자가 내 쪽으로 시선을 던진다. 너도 바를래? 피터가 말한다.

새끼손가락만. 나는 언젠가 시내에서 보았던, 머리카락을 붉게 물들이고 새끼손가락을 까맣게 칠한 한 소년을 떠올리며 말한다.

내일 밤에 굉장한 쇼가 열리는데 너도 갈래? 미성년자도 갈 수 있어. 밴드가 7개 나온대. 우리 누나하고 나는 갈 거야. 누나 차로.

그래. 내가 말한다.

집으로 가는 길. 나는 내 손톱에 피터를 바른 기분이다. 주머니 속에 두 손을 넣고 오므리고 있어서 다음 날 수영 강습이 있을 때까지 아무도 내 손을 보지 못한다. 수영 강습 때 아이들은 그저 코를 찡긋해 보일 뿐이고, 수영하는 다른 사람들도 대수롭지 않은 태도를 보인다. 강습이 끝난 후, 나는 자전거를 타고 학교 근처 은행 모퉁이 옆에 있는 이발소로 향한 다음 의자에 앉아 5달러를 주고 페이드컷으로 이발을 한다. 페이드(fade). 무언가가 서서히 사라져 가다. 포마드 발라줄까? 이발사가 묻고, 나는 그게 뭐냐고 되묻는다. 이발사의 설명을 듣고, 나는 그에게 내 머리를 맡긴다. 잘 다듬어진 붓의 *끄트머리*처럼 위로 쭉 뻗은 머리카락이 반짝거린다. 나는 포마드를 산다. 누군가가 죽인 새의 깃털처럼 바닥에 흐트러진 머리카락을 밟고 밖으로 나온다.

다음 날 피터의 집에 도착하자, 피터는 머리 모양이 근사하다고
말하고는 손으로 잠시 내 머리를 쓸어본다.

밴드 이름이 뭐야? 나는 피터에게 묻는다.

우리는 피터의 방에 들어와 문을 닫는다. 크고 못생긴 구닥다리
스테레오 오디오의 볼륨이 최대로 키워져 있다. 뉴 오더. 피터가 말
한다. 피터는 말보로를 피우며, 방 너머 햇살 속으로 연기를 내뿜고
있다. 우리는 포틀랜드로 가기 위해 피터의 누나 엘리자베스를 기
다린다. 엘리자베스는 욕실에서 아쿠아넷 헤어스프레이를 뿌려 머
리카락을 정돈하고, 아이라이너로 눈의 윤곽을 길게 그린다. 펑크
록 파라오 스타일이란 거야. 내가 무슨 스타일이냐고 묻자 엘리자
베스가 말한다. 리즈 테일러처럼 그리려고 했는데, 오늘 일진이 사
납겠는걸.

나는 엘리자베스 누나가 좋다. 엘리자베스와 피터는 서로가 싫
다고 한다. 누나는 내 담배꽁초를 몰래 가져간단 말이야. 피터가 말
한다. 피터는 완전 재수탱이야. 엘리자베스가 말한다. 엘리자베스
는 예쁘다. 파랗게 염색한 모히칸 헤어스타일을 보면 돛이나 칼날,
혹은 도마뱀 머리의 볏이 연상돼 힘이 난다. 오늘 우리는 굿윌(중
고시장—옮긴이)에서 쇼핑을 한 다음 그곳에서 곧장 쇼를 보러
갈 것이다.

굿윌에서 피터는 물건을 잔뜩 뒤지더니 그 가운데 나에게 어울
리는 것 하나를 꺼내든다. 매장에는 팔꿈치에 패치를 덧댄 스웨터,
바짓단을 높이 걷어 올린 완전 새것 같은 인디고 청바지, 인쇄된 글

자가 희미하게 바랜, 라이벌 고등학교나 멀리 떨어진 지역의 고등학교 교복 티셔츠, 값비싼 검정 오버코트가 있다. 10달러면 살 수 있어. 완전 싸지. 엘리자베스가 말한다. 그녀는 구슬 박힌 낡은 까만 드레스를 발견했다. 지금 입어봐야지. 엘리자베스는 이렇게 말하고 차 안으로 뛰어 들어간다. 밖에서 지키고 있어. 그녀는 옷을 벗기 시작한다. 피터와 나는 도로 위에 앉아 엄지손톱에 은색 매니큐어를 바른다. 그러고는 엄지손가락을 주머니에 찌른 채 돌아다니기로 한다. 우리가 앉아 있는 모습을 멀리서 보면, 마치 5센트짜리 동전을 꺼내들고 동전 던지기를 하면서 앞면인지 뒷면인지 외치는 것처럼 보일 것이다.

잠시 후 피터와 나는 전체관람가인 하드코어 쇼의 뒤편에 함께 서 있다. 엘리자베스는 술에 취해 스킨헤드족에게 작업을 걸고 있다. 밴드가 기타를 향해 몸을 굽히기 시작하자 조명이 깜빡거린다. 사방에서는 아이들이 몸을 던지며 덤벼들어 서로 치고받고 쓰러진다. 나 같은 아이들 몇몇은 아무 일도 일어나지 않은 것처럼 담배에 불을 붙인다. 피터는 바지에서 면도칼을 꺼내 팔뚝 위에 면도날을 긋는다. 선명한 핏방울이 떨어진다. 피터가 다시 팔뚝을 긋는다. 다시 핏방울이 떨어진다.

피터. 내가 말한다. 대체 무슨 짓이야.

걱정 마. 피터가 말한다. 이렇게 가로질러 베면 정맥을 베지 않아. 피터는 다른 쪽 팔도 긋기 시작한다. 그런 다음 나에게 면도날을 건넨다. 피터의 양쪽 팔에 붉은색 열십자 표시가 새겨진다. 피터는 마침내 강한 흥분을 느끼며 사내아이들 속으로 몸을 던진다.

슬램 댄싱(서로 일체감을 느끼기 위해 어깨와 등을 강하게 부딪치는 과격한 춤—옮긴이)을 추는 다른 아이들 위로 피가 뚝뚝 떨어지기 시작한다. 내 팔을 바라보고 있으려니, 팔의 살갗을 어떻게든 해버릴 것 같은 기분이 들기 시작한다. 시험 삼아 면도날을 팔에 대보지만 누르지는 못한다. 피터가 숨을 헐떡이며 돌아온다. 사람들 위로 피가 막 튀었어. 그가 말한다. 맙소사, 완전 신나. 그러고는 다시 사람들 속으로 뛰어간다.

두 팔에 면도날로 그은 흔적을 남긴 채 수영 연습을 하는 내 모습을 상상해본다. 그처럼 상처가 벌어진 상태로는 수영을 할 수 없을 것이다. 담배를 꺼내 불을 붙인다. 담배 연기 속으로 상상의 이미지가 흩어진다.

쫄보 새끼. 피터가 내 앞에 다시 나타나며 말한다. 이제 피터의 두 팔과 흰 티셔츠에는 말라붙은 핏자국이 까맣게 남아 있다. 그거 좀 줘 봐. 피터가 내 지포 라이터를 가져간다. 피터가 두 손 위에 라이터 기름을 붓고 기름통을 닫더니, 한 손에 라이터 불을 붙인 다음 다른 손에 다시 불을 붙인다. 이제 피터의 두 손에는 흰빛이 섞인 파란 불이 타오르고, 피터는 머리 위로 두 손을 올리며 몸을 휙 돌려 사람들 무리 속으로 향한다. 와! 피터는 소리를 지르며 바닥으로 내려왔다가 다시 올라가고, 여전히 두 손에 불이 붙은 채로 무대 가장자리에서 뛰어내려 뒤엉킨 사내아이들을 향해 떨어진다. 마침내 피터의 손에 타오르던 불이 꺼진다.

나는 엘리자베스를 바라보고 있다. 엘리자베스는 술을 마시며 자기보다 10센티미터쯤 작은 귀여운 외모의 스킨헤드족 소년과 밤새

이야기한다. 나는 그 모습을 바라보며, 저 아이가 올해 안에 10센티미터 더 자랄 수 있을지 궁금하게 여긴다. 소년은 거의 우리 또래로 보인다.

우리 누난 완전 창녀야. 내가 엘리자베스를 보고 있는 걸 다 알고 있다는 듯 피터가 말한다. 피터는 자리에 앉는다. 이 지역이며 포츠머스며 할 거 없이 가랑이 사이에 안 끼워 본 피부색이 없거든. 피터는 이렇게 말하며 담배에 불을 붙인다. 피터는 얼마 전 보스턴에서 이곳으로 이사를 왔고, 틀림없이 엘리자베스에 대한 소문을 들었을 것이다. 피터가 뒤편 바닥에 침을 뱉는다.

우리 엄마에게는 내가 피터의 집에 가 있는 것으로 되어 있다. 피터의 엄마에게는 엘리자베스 누구가 우리를 심야 영화에 데리고 간 것으로 되어 있다. 대충 공연이 끝난 뒤 우리는 콘그레스 스트리트 위편 아파트 건물로 향한다. 그곳에서는 시끄러운 음악이 울리고, 대략 일흔 명의 스킨헤드족과 애송이들이 맥주를 마시며 섹스를 하려고 시도하고 있다. 피터와 나는 짓궂은 인간들을 피하기 위해 그늘에 가려진 아파트 밖으로 몸을 숨기고 서로의 코트로 몸을 감싼다. 스킨헤드족은 우리에게 머리를 밀라고 위협하고 있다. 근사한 피부를 만들어 준다면서. 짧게 깎은 머리는 히피 스타일이라면서. 아까 우리가 밖으로 나올 땐 그들 중 한 명이 나에게 뭐냐고 물었다.

뭐냐니, 무슨 뜻이지? 내가 물었다.

너, 동양인이냐 뭐냐? 아, 베트콩인가? 그래?

누나가 뻗어버렸구먼. 피터가 캄캄한 거리를 내려다보며 말한다. 가로등이 거리 양쪽에 흐릿한 빛을 던지고 있다. 잘됐어. 어차피 스킨헤드족 인간들은 우리 머리를 미는 것보다 누나를 건드리고 싶을 테니까. 보나마나 위층에서 누나 위에 엎어져 있겠지. 피터가 숨을 쉬자 피터의 기분처럼 찬 겨울 공기 위로 입김이 서린다.

피터가 그의 주머니에서 내 지포 라이터를 꺼내 비틀어 열고 엄지손가락 위에 라이터 기름을 붓는다. 이제 기름통을 닫고 청바지 위에 기름이 흐르는 채로 라이터 불을 켠 다음 엄지손가락에 불을 붙인다. 어둠 속에서 피터의 손가락 위에 촛불 같은 파란 불꽃이 일렁인다. 피터가 옆에 놓인 쓰레기통 안에 엄지손가락을 가져다 대자, 그 안에 들어 있는 우유팩과 종이에 불이 붙는다. 경찰이 오면 노숙자인 척하면 돼. 피터가 말한다. 피터는 건물 옆으로 걸어간다. 여기서 기다려. 피터가 말한다. 누나를 데리고 와야겠어.

불길이 점점 커진다. 이 어두운 모퉁이에서 약간의 빛이 평화로운 온기를 주지만, 냄새는 조금 맵다. 나는 담배를 꺼내 불을 붙인다. 이렇다 할 이유 없이 괜히 마음이 차분해져서, 이럴 땐 좀 당황해야 하지 않을까 생각해보지만 그 역시 이유를 찾지 못한다. 추위가 내 등에 손을 대고 있기라도 한 듯 불에 타고 있는 쓰레기통을 향해 앞으로 나를 떠민다. 나는 엘리자베스의 차를 쳐다보다가 그리로 건너가 자동차 덮개 위에 앉아서 피터가 나오길 기다린다. 마침내 피터는 다른 여자아이와 함께 누나를 데리고 밖으로 나온다. 그들은 엘리자베스가 걸을 수 있도록 돕고 있지만, 멀리서 보면 오히려 엘리자베스가 공중에 떠서 그들을 부축해 미끄러지듯 움직이는 것 같다. 잠깐만. 엘리자베스는 이렇게 말하며 옆으로 고개를 돌린다. 누렇고 탁한 토사물이 뿜어져 나오는 바람에 그녀는 말을 잇지 못한다. 토사물에 뒤덮인 바닥에서 김이 올라온다. 엘리자베스의 머리에서 피가 나는 것 같지만, 자세히 들여다보니 아나키(Anarchy)의 A자를 그려 넣어 반짝이는 것이다. 립스틱으로 그린 것 같다. 젠장. 엘리자베스가 말한다. 아, 빌어먹을. 엘리자베스는 자신의 토사물 옆 바닥에 양반다리를 하고 주저앉는다.

피터는 자기 코트를 뒤져 담뱃갑을 꺼낸다. 그러고는 담배 한 개비를 누나에게 내민다. 자. 피터가 말한다.

고마워. 엘리자베스가 말한다. 피터는 누나를 위해 담배에 불을 붙인다.

엘리자베스가 쓰레기통에서 타오르는 불을 가만히 바라보더니 웃음을 터뜨린다.

아, 이거 끝내주네. 그녀가 말한다. 우리 그냥 여기서 진을 치자.

피터는 다른 여자아이의 어깨를 가볍게 두드린다. 이제 보니 수영 경기에 참가했던 어깨가 넓은 수영선수다. 여자아이는 팔머스 대표로 접영을 한다. 이 아이의 머리카락도 거의 나나 피터만큼 짧다. 여자아이가 몸을 기울이며 말한다. 알겠어. 내가 운전할게. 피터는 누나를 들어 올려 뒷좌석에 싣고, 나는 조수석에 탄다.

잠깐만. 여자아이가 운전석에 자리를 잡고 앉자 피터가 말한다. 피터는 불에 타고 있는 쓰레기통을 향해 달려간다. 나는 피터가 불을 끄려나보다, 하고 잠시 생각하지만, 오히려 피터는 쓰레기통을 발로 차 건물 한쪽 눈 덮인 바닥에 쓰레기를 쏟아낸다. 그런 다음 돌멩이 하나를 주워들어 창문을 향해 던진다. 불이야! 피터는 깨진 유리를 뒤로 하고 소리를 지르고는 차를 향해 유리를 뻥 찬 다음 내 무릎 위로 몸을 던진다. 탕 소리를 내며 자동차 문이 닫히고, 다른 쓰레기통들 위로 불길이 튀어 맹렬히 타오르기 시작한다. 내 옆 자리 여자아이는 차가 삐걱거리다 결국 시동이 걸리자 페달을 밟으며 조용히 욕을 내뱉는다. 잠시 후 우리는 케이프엘리자베스를 향하는 도로 위를 달린다.

피터가 나에게 말한다. 피, 뒤 좀 돌아봐. 우리 누나, 완전 곯아떨어졌지?

나는 흘끗 뒤를 돌아보다가, 눈을 크게 뜨고 엘리자베스를 빤히 쳐다본다. 엘리자베스는 가슴 앞으로 두 손을 교차한 채 뒷좌석에 뻗었다. 아무것도 쥐지 않은 한 손이 곧 바닥에 툭 떨어진다. 나는 바닥에서 담배를 발견하고 그것을 주위들어 피터에게 건넨다. 누나가 떨어뜨렸어. 내가 말한다. 피터는 눈썹을 치켜뜨더니 자동차에 부착된 라이터를 누른다. 피터가 누나의 담배에 다시 불을 붙이자 오렌지색 동그란 담배 끝이 피터의 얼굴을 비춘다. 피터는 크게 숨을 들이쉬고 양쪽 콧구멍으로 연기를 내뿜는다.

왜 그랬어? 운전 중인 여자아이가 우리에게 묻는다.

누나가 절대로 돌아가지 못하게 하는 한 가지 방법이지. 피터는 이렇게 말하고 소리 내어 웃는다. 씨발, 그 재수 없는 인간들 완전 마음에 안 들어. 마침내 피터는 나에게 파고들고, 나는 집으로 가는 내내 한 번도 몸을 움직이지 않는다.

늦게야 집에 도착한다. 부엌에 전등 하나만 켜놓은 채 나를 기다리던 엄마는 내가 문을 열고 안으로 들어가자 읽고 있던 책을 내려놓는다.

반항하는 거니? 엄마는 내 손을 잡고 헝겊으로 매니큐어를 문지른다. 헝겊에 묻힌 아세톤 냄새에 머리가 어지럽다. 나는 뚜껑을 닫은 변기 위에 앉는다. 목을 할퀴고 싶다.

마약 했어, 안했어. 그것만 말해. 엄마가 말한다. 어휴, 그런 건 생각해본 적도 없어. 나는 말한다.

그래, 잘했어, 우리 아들. 학교 선생님들이 널 너무 걱정해서 엄마가 이러는 거라고 생각해주렴. 그렇지만 네가 이러고 다니면 수영팀 아이들하고 친하게 지내기 힘들지 않을까.

괜찮아. 내가 말한다. 걔네들 너무 멍청해서 마음에 안 들어.

엄마는 내 손을 놓고 내 머리를 쓰다듬는다. 그런 말 하는 거 아니야. 머리 감을래? 엄마가 묻는다.

글쎄. 나는 머리 모양을 흩뜨리고 싶지 않아 이렇게 말한다.

요 꼬맹이가 완전히 반항아가 다 됐네. 에고, 마음 넓은 엄마가 봐준다. 그런데 이거 핏자국이니? 엄마는 마치 내가 다른 사람 자식인 것처럼 나를 찬찬히 살펴본다. 나는 침착하려 애쓴다. 내가 너한테 신경 안 썼다고 하지 마라. 엄마가 말한다.

나는 엄마가 나에게 묻어 있는 핏자국을 지우지 않길 바란다. 그래도 머리를 모히칸처럼 자르지는 않았잖아. 나는 말한다.

다음 날, 피터와 내가 똑같은 머리 모양을 하고, 똑같이 굿윌에서 산 옷을 입고 함께 연습실에 들어서자 큰 에릭이 묻는다. 너희가 사관학교 학생이냐, 소프라노 단원이냐?

소프라노 사관학교 학생인데요. 내가 말한다.

나중에 브리튼의 〈전쟁 레퀴엠〉을 배울 때 모두 이렇게 짧게 스포츠머리를 할 거다. 큰 에릭이 말한다. 그는 보면대를 두드린다. 탁 탁 탁. 내가 이상한 행동을 보이면 나를 내보내겠다는 그의 약속은 지켜지지 않았다.

20

피터 팔 봤어? 잭이 나에게 묻는다.

잭의 베이지색 방에서 우리는 벌거벗고 있다. 일요일 오후. 잭의 부모님은 외출하고 안 계시고 그의 형들도 집에 없으니, 이상하게도 이 집이 우리 집 같은 기분이 든다. 나는 물 한 잔을 가지러 일어서서 머리를 짧게 깎은 알몸의 내 모습을 본다. 그 순간 내 미래를 예감한다. 지금 이 모습은 장차 내 모습의 예고편이라고. 나는 돌아가 잭의 옆에 자리를 잡고 앉는다. 잭은 나에게 피터에 관해 몇 가지 묻는 중이다.

못 봤는데. 나는 말한다. 피터 팔이 어떤데?

담뱃불로 지진 것 같았어. 동그란 빨간 딱지가 앉았더라. 물집도 잡혀 있고. 제임스 딘이 그랬다면서.

나는 제임스 딘을 떠올린다. 어떤 각도에서 보면 피터는 제임스 딘과 똑같이 생겼다. 치켜 올라간 눈썹, 아름다운 눈, 신뢰를 얻기 위해 얼굴 전체를 앞으로 기울이면서, 그러면서 나만을 위해 무언가를 속삭이는 것 같은 태도. 나는 말한다. 피터는 귀를 뚫을 거래.

까짓 그게 뭐라고. 자기 몸을 태우는 것도 아니잖아? 잭이 내 머리를 문지른다. 난 네 머리 만지는 게 좋아. 잭은 우리가 만난 첫날에도 그렇게 말했다. 부드러워.

피터 팔에서 아무것도 본 적 없어. 하지만 팔이 어떤지 한번 봐야겠어. 내가 말한다. 그리고 어둠 속에서 드러나는 창백한 두 팔, 불이 붙은 두 손을 떠올린다.

나는 잭의 페니스에 얹은 내 손을, 은색 매니큐어를 칠한 내 손톱을 보기 위해 아래를 내려다본다. 잠시 후에 우리는 옷을 입고 밖으로 집을 나설 테고, 아무 일도 일어나지 않은 것처럼 이야기를 나눌 것이다. 한번 봐야겠어. 나는 말한다. 그러나 피터의 팔이 어떤지 다음에 말해주겠다는 말은 굳이 하지 않는다.

잭은 내 팔뚝을 뒤집어본다. 아무 자국 없구나. 잭이 말한다.

21

프레디 모런의 집은 땅의 대부분을 건물이 차지하고 있어서, 주변을 둘러싼 마당이라고 해봐야 좁다란 띠 정도 넓이가 고작이다. 프레디는 우리 집에서 멀지 않은 케이프엘리자베스의 올드오션하우스 로드에서 신축 주택이 들어선 마을에 살고 있다. 최근에 지은 그의 집에는 새 카펫이 깔려 있고, 2층에 넓은 방이 있으며, 선루프를 통해 루프 덱에 올라가면 볼트로 나무에 고정시킨 강철 삼각대 위에 망원경이 설치되어 있다.

나는 이따금 지극히 평범한 아이가 된 기분을 느낄 때가 있는데, 오늘이 바로 그런 날이다. 프레디와 나는 그의 엄마가 만든 피자를 먹고 텔레비전을 본다. 우리는 별을 볼 수 있을 만큼 하늘이 캄캄해

지길 기다린다.

너 엑스맨 좋아하냐? 또 한 차례 광고가 나가는 동안 프레디가 묻는다.

응. 내가 말한다. 넌 등장인물 중에 누가 제일 좋아?

찰스 자비에르. 프레디가 말한다. 찰스가 사람들 마음속으로 들어가 사람들 생각을 읽는 게 좋아.

난 피닉스. 내가 말한다. 피닉스는 까딱하면 전 세계에 구멍을 뚫을 수 있잖아.

곧 크리스마스가 다가온다. 모런 부인은 상자 하나를 들고 갑자기 집 안으로 들어온다. 상자를 열어보니 장식들로 가득 차 있다. 소나무 가지, 진짜 깃털을 붙이고 철사로 발을 만든 모형 새들을 노끈으로 휘감은 나뭇가지, 반짝반짝 빛나는 전구. 모런 부인은 천장 가장자리를 따라 줄 전구를 설치하기 시작한다. 안녕, 얘들아. 오늘 재미있게 보냈니? 부인이 묻는다.

네, 재미있었어요. 내가 말한다.

피는 1월 말에 여행 가서 신나겠구나. 모런 부인이 묻는다. 네. 내가 말한다. 정말 신나요.

보나마나 네 독창은 굉장했겠지. 피, 네 목소리는 정말 아름답잖니.

사람들이 칭찬하면 감사하는 마음으로 받으렴. 나는 엄마의 말을 떠올리며 말한다. 고맙습니다.

부인은 작고 머리가 둥근 망치로 압정을 톡톡 두드려 고정시킨다. 프레디는 4월 부활절에 벤저민 브리튼 공연에서 독창을 하게 될 거라고 우리에게 말한다. 우리는 그의 노래를 듣길 기대하고 있다.

텔레비전은 혼자 정신없이 지껄여댄다. 프레디가 독창을 맡을 거라는 말은 들어본 적이 없지만 그럴 만하다고 생각한다. 나는 말하고 싶다. 아주머니 아들이 다치지 않게 해주세요. 나는 말하고 싶다. 달아나 프레디, 계속 계속 달아나서 여기에서 벗어나. 간호사들이 고의로 정맥에 공기를 주사하거나, 러시아 악당들이 국제적인 사건인 척 조작하려 끙끙대는, 아무리 위험해봤자 우스꽝스런 난장판이 될 뿐이라서 아무도 꼬박꼬박 위험에 맞서지 않아도 되는 영화처럼, 이 일이 그렇게 되길 바란다. 그럼 설사 강도가 문을 두드린다 해도 어떻게 대처해야 할지 알 텐데.

우리는 별을 보러 위층으로 올라간다. 아득히 멀리 떨어져 있어 우리 눈에는 그저 쉽게 소멸하는 작은 불빛으로만 보이는, 이 각각의 불지옥으로 가득한 밤하늘에도 사람이 살고 있을까. 프레디와 나는 토성과 목성의 고리를 찾으려 애써보지만, 맑게만 보이는 하늘은 쉽사리 허락하지 않는다.

2월. 몹시 어두웠던 이날 밤이 기억난다. 길고 어두운 밤과 짧은 낮이 이어지던 며칠간의 여행과, 먹으면 졸음이 몰려오는 탄수화물투성이 음식도 기억난다. 우리를 보면서 우리가 어디에서 왔는지 알아맞히려는 가족들도 기억난다.

차가운 밤공기를 차단하기 위해 모든 창문을 닫아 놓아, 우리가 묵는 바하버의 모텔은 캄캄하다. 피터는 내 옆에서 담배를 피우고, 보안등 외에 유일하게 새어나오는 불빛인 담배 끝은 점점 선명하고 짙어진다. 우리는 기름 냄새가 나는 주차장 눈 더미 위에 함께 앉아 있다. 피터는 울고 있고, 내가 그의 곁에 있는 이유는 오직 그의 눈물 때문인데도 나는 그의 울음을 모르는 체한다.

난 아니야. 피터가 말한다. 개새끼. 난 아니라고.

언제나처럼 박수갈채를 받으며 모든 학교 공연을 마쳤다. 모두들 서른 번쯤 박수를 쳤다. 나는 숫자를 세어왔기 때문에 몇 번쯤 박수를 치면 박수 소리가 잦아드는지 알고 있다. 교회에서 열린 공연은 조금 특이했다. 희끗희끗한 백발의 노인들이 신도석에서 천천히 걸어 나와 서로를 집까지 바래다주는 모습을 보고 있노라니, 마치 노인들이 기도만 하는 어떤 나라를 방문하고 있는 것 같았다. 우리는 바하버에 도착해 해안가 바위로 향했다. 남자 인어가 목을 가다듬기라도 하듯 밀물이 저음으로 쿵 소리를 내면서 수면 바로 밑을 지난다. 목구멍 같은 터널을 빠져나온 밀물이 높이 물거품을 일으키면 바위 위로 후두두 바닷물이 떨어져 내렸다. 그 후 다른 유명한 명소들을 지나, 달갑지 않게 일찍 찾아온 어둠 속에서 저녁 식사로 피시앤칩스를 먹으며 일정을 마무리했다. 시간이 얼마나 흘렀을까. 짐을 풀고 텔레비전을 보고 있으려니 피터가 우리 방문을 노크하고 나를 데리고 나갔다. 내가 방을 나갈 때 잭은 눈짓으로 늦게까지 안 자고 나를 기다리고 싶지 않다는 신호를 보냈다. 순회공연 기간 내내 애덤과 메를은 베개만 베면 곯아떨어지는 데다 서로 그렇게 심하게 코를 골면서도 한 번도 깨지 않아, 우리는 버스기사의 신혼여행 같은 시간을 보냈다. 두 버스기사의 신혼여행.(busman's honeymoon은 busman's holiday(버스기사의 휴일)에 빗댄 표현으로 짐작된다. busman's holiday는 근무일과 다름없이 일을 하며 보내는 휴일로, 순회공연 동안 피터와 둘만의 시간을 보내는 아피아스는 그 시간을 버스기사의 신혼여행이라고 생각한 것 같다. ─옮긴이)

금방 올게. 나는 잭에게 말했다. 그게 몇 시간 전이었다.

지금 우리는 어두워진 집들과, 환한 거리와 담배를 내뿜을 때마다 차가운 금속 맛이 나는 공기에 둘러싸인, 한밤의 느린 소동 같은 주차장에 앉아 있다. 이번엔 말할 거야. 피터가 나에게 말한다. 빌어먹을, 이걸 누가 믿겠어.

누구 다른 사람은 없었어? 내가 묻는다. 마치 누가 있었다면 일이 크게 달라지기라도 할 것처럼. 지금 질서를 어지럽히는 것들을 바로잡을 수 있는 세세한 계획이라도 있는 것처럼. 피터가 방으로 돌아왔을 때, 큰 에릭이 욕실에서 나왔다. 바지의 지퍼를 내린 채였고 제법 흥분한 상태였다. 순회공연이 시작된 후로는 그런 일이 없었기 때문에, 우리는 이번에도 그런 일이 결코 일어난 적 없었던 것처럼 굴었다. 우리가 뭔가 말을 할 수 있는 기회가 있었던 것도 같은데, 그게 정확히 언제였는지는 생각나지 않는다. 나는 요 몇 년 내내 꿈속에서 노래를 하고 가끔씩만 깨어 있는 몽유병 환자 같다. 여기서 시간이 지나면 다시 꿈이 시작될 것이다.

우리의 입김이 연기처럼 보인다. 피터가 담배를 쳐다보다가 구부리는 걸 보니 잭이 말했던 담뱃불이 생각난다. 나는 돌아서서 피터의 눈을 바라본다. 그런 다음 피터에게 달려들어 눈 더미 위에 피터를 때려눕히지만, 피터는 한참 후에야 자신에게 일어난 일을 알아차린다. 피터가 피우던 담배는 몇 피트 떨어진 곳으로 튀어나가 불빛을 깜박거리고, 피터는 내 밑에서 신음소리를 내며 울고 있다. 무슨 짓이야. 피터가 흐느끼면서 말한다. 왜 그러는 건데.

나는 피터의 양쪽 손목을 놓지 않으려고 이빨로 스웨터 소매를 끌어올려 그의 손목을 본다. 옅은 붉은 색 선들이 열십자 모양으로 그어져 있고, 간혹 자줏빛 둥근 모양이 볼록 튀어나와 있다. 칼로 오목놀이라도 한 것 같다.

이게 다 뭐야? 내가 묻는다.

뭔 거 같냐, 이 호모 새끼야. 피터가 말한다. 날 그냥 내버려 둬. 꺼지라고. 빌어먹을 이 손 놓으란 말이야. 피터는 나를 밀쳐보지만 한동안 내 손에서 벗어나지 못하다가, 옆으로 구를 때 불쑥 몸을 일으켜 용케 내 손을 뿌리친다. 멍청한 자식. 피터가 내 위쪽에 쌓인 눈을 발로 차면서 말한다. 멍청한 자식. 내 얼굴에 묻은 눈이 녹기 시작한다.

피터. 내가 말한다. 널 사랑해. 나는 똑바로 앉아 젖어 있는 피터의 어두운 얼굴을 본다.

대체! 이게! 뭐야! 그가 단어 하나하나를 뱉으며 고함을 지른다. 왜! 날! 붙잡고! 난리냐고!

불빛 하나가 주차장 옆 공간으로 들어온다. 나는 벌떡 일어나 달아난다. 피터가 따라오는 소리가 들린다. 모퉁이를 향해 달려 멀리 눈 쌓인 언덕을 올라가려는데, 뽀드득 소리를 내며 눈 속에 단단히 발을 딛는 피터의 발소리가 들린다. 그 소리가 마치 피터가 내 심장을 밟는 소리처럼 들린다. 나는 눈이 쌓인 곳 반대편 주차장에 도착해 자동차 사이의 빈 공간으로 향하고, 우리는 그곳에 마주 앉아 서로의 어깨 너머를 바라본다. 양쪽으로 망을 보기 좋은 위치를 반사적으로 취하는 것이다. 우리는 숨을 헐떡인다. 피터는 담뱃갑에서 담배 한 개비를 꺼내 불을 붙이려다, 조금 전 나하고 뒹굴다가 담배 필터가 찌부러진 걸 발견한다. 나쁜 새끼. 피터가 보란 듯이 내 쪽으로 담뱃갑을 들이민다. 그런 다음 손가락 끝으로 필터를 한번 탁 튕긴 후 담배에 불을 붙이고 연기를 내뿜으면서 담배 부스러기를 뱉어낸다.

아까는 죽여 버리고 싶더라. 피터가 낄낄 웃으며 말한다.

피터. 내가 말한다.

입 닥쳐. 넌 …… 빌어먹을 내 친한 친구잖아, 안 그래? 아니다, 그냥 친구로 하자. 그냥 친구 ……

그래. 나는 이렇게 말하고, 그의 담배를 향해 손을 뻗는다.

우리는 아직 순회공연 중이다.

프레디 모런과 그의 부모가 제출한 경찰 조서에 따르면, 1월 27일 밤 9시경, 프레디는 잭, 애덤, 메를과 함께 내 방에서 텔레비전을 보다가 자기 방으로 돌아갔다. 방 안에 들어갔더니 큰 에릭이 옷을 벗고 침대에 누워 자위를 하며 페니스를 발기시키고 있었다. 방에는 프레디 말고는 아무도 없는 것 같았다. 큰 에릭이 아무 일도 아니라는 듯 태연하게 프레디에게 말을 걸기 시작했고, 피터를 보았느냐고 물었다. 프레디는 자기는 내 방에 있다가 왔고, 피터와 내가 둘이 나가서 돌아오지 않았다고만 간신히 대답했다. 그 순간, 경찰 조서에는 고렌츠라는 이름으로 기록된 큰 에릭이 안절부절 못하는 것이었다.

던전앤드래곤 하러 갔겠지, 그렇지? 그렇겠지? 아마 그는 이렇게 물었던 것 같다.

프레디는 다음 날 아침에 모두들 일찍 일어나야 하기 때문에 자기가 알기론 그날 밤 게임 계획은 없다고 말했다. 그러면서 고렌츠 씨에게, 경찰 조서에는 에릭 요한센이라는 이름으로 기록된 작은 에릭의 행방을 물었다. 그때 프레디는 방 안에 몇 걸음만 들어가 있는 상태였다.

여기 있다. 고렌츠 씨가 대답하면서 침대 옆 바닥을 가리켰다. 프레디 모런은 그의 말을 확인하기 위해 가까이 다가가 에릭 요한센을 보았는데, 잠을 자고 있는 건지 의식을 잃은 건지 확실하지가 않았다. 나중에 확인된 바에 따르면, 그 시간 에릭 요한센은 고렌츠 씨가 피터나 프레디를 유혹할 때 방해받지 않으려고 먹인 수면제를 받아먹고 자고 있었다고 한다.

에릭 요한센은 옷을 모두 벗은 채였다. 프레디는 작은 에릭이 아직 살아 있는지 확인하기 위해 그의 가슴이 오르락거릴 때까지 기다렸고, 곧이어 조용히 앉아 있던 고렌츠 씨가 한기를 느꼈는지 이불을 끌어당기는 걸 보았다. 에릭은 곤히 잠든 모양이구나. 고렌츠 씨가 이렇게 말하고 작은 에릭의 몸 위로 타월을 떨어뜨렸다. 프레디는 뒷걸음질 쳤다.

그 때 큰 에릭은 자신이 사진에 찍혔더라도 전혀 알아차리지 못했을 것이다. 프레디는 무언가를 찾고 있는 척하다가, 잠시 후 문을 걸어 잠그고 냅다 뛰었다. 큰 에릭이 알몸인 채로 자신을 쫓아오지는 않을 거라는 걸 알았다. 프레디는 문을 쾅쾅 두드리며 잭에게 안으로 들여보내 달라고 했고, 안으로 들어가자마자 엄마에게 전화를 걸었다. 난 괜찮아. 프레디가 말했다. 다치거나 아픈 건 아니고, 그냥 무서워. 그때 큰 에릭이 잠긴 방문을 쾅쾅 두드렸고 갖은 협박을 하며 고함을 질렀다. 프레디의 어머니는 경찰에 전화했다. 큰 에릭이 낯선 사람이라 여기고 겁이 난 호텔 직원들이 이미 경찰에 신고를 했던 터라 경찰은 금세 호텔에 도착했다. 그들은 그가 호텔에 체크인 했던 친절한 남자라는 걸 알아보지 못했다고 진술했다.

경찰은 주차장에서 자동차들 사이에 나란히 앉아 잠이 든 피터와 나를 발견했다. 처음 우리를 보았을 때 그들은 우리가 죽은 줄 알았다. 프레디가 작은 에릭이 죽은 줄 알았던 것처럼.

22

정확히 몇 명이나 되는지 늘 궁금했기에 수를 세 본 적이 있었다. 그리고 열두 명이라는 걸 확인하고 깜짝 놀랐다. 메를과 에릭 B를 제외하고, 나를 포함한 거의 모든 성가대원이 해당되었다. 애덤이 포함되었다는 사실은 의외였다. 애덤은 다부진 체격에 머리카락이 갈색이어서, 내가 알기로 큰 에릭이 좋아할 타입이 아니었다. 애덤은 나하고 비슷했다. 지금까지 열두 명의 소년은 성가대원 절반에 해당했다. 당시 나는 우리가 흐릿한 행렬 안에 있다고만 생각했다. 큰 에릭이 사르트누스여서 두려움과 식탐으로 우리를 삼켜버렸던 거라고 생각했다. 지금 우리는 그에게서 벗어나 동굴 밖을 행진하고 있으며, 저 위에서는 랠프가 이제 행복한 모습으로 천사 같은 날개가 아닌 참새나 피비처럼 작은 갈색 날개를 달고 하늘을 날고 있다고 생각했다. 랠프는 날개가 제 몸을 지탱할 수 있을지 신뢰할 수 없다는 듯 종종 담장을 꼭 붙들고 쉬곤 했다. 그때 담장에 다른 건 아무것도 없었다.

23

네 잘못이 아니야. 아빠는 나에게 말한다.

나는 안다. 아빠는 모른다는 걸. 아빠는 이해할 수 없다. 실은 순전히 내 잘못이라는 걸. 우리는 집 뒷마당에 나와 있다. 할머니가 도마에 올린 음식을 써는 모습이 보인다. 할머니가 무얼 썰고 있는지 모르지만, 나를 위해 요리하고 계신다는 걸 알 수 있다. 처음 며칠 동안 모든 신문이 이 스캔들에 대해 떠들어댈 때도, 엄마와 아빠가 할머니에게 상황을 말씀드렸을 때도, 할머니는 줄곧 아무 말이 없었다. 할머니는 한숨을 쉬었는데, 그 소리는 다른 슬픔을 겪었을 때 배운 한숨 소리 같았다. 할머니의 표정은 잠시 심각해졌고, 이내 여러 번 수심에 잠겼다. 여태 처음 보는 표정이지만, 언젠가 다시 여러 번 그 표정을 보게 될 터였다.

내 잘못이야. 내가 말한다.

아빠는 숨을 깊이 들이마신다. 우리는 널 사랑해, 아피아스. 그래서 몹시 괴롭단다. 이런 일이 일어났는데 우리는 널 보호하지 못했으니 말이다. 아빠는 이렇게 말하며 무릎을 꿇고 나와 눈높이를 맞춘다.

아빠의 눈동자는 섬 하나 보이지 않는 망망대해 대서양의 빛깔처럼 까맣다.

다시 말하지만 내 잘못이야. 순전히 내 탓이란 말이야. 이제 내 얼굴에 눈물이 흘러내린다. 전부 다 내 탓이야.

그때 할머니가 잔디밭을 가로질러 뛰어온다. 할머니가 뛰는 모습을 한 번도 본 적이 없다. 할머니 역시 울고 있다. 그리고 치마폭에 나를 감쌌다. 아피아스. 할머니가 말한다. 아피아스. 이리 와서 할머니가 널 위해 뭘 만들었는지 보렴. 들어와서 보렴.

피터와 나는 바다 옆에 있다. 팔머스 해변의 모래톱. 저 멀리 바다에서 연기처럼 잔물결이 일렁인다. 다 끝났어. 피터가 말한다. 그 자식은 수감됐어.

감옥에 있지. 내가 말한다. 아이들이 상황을 알게 되자 피터는 전학을 가야했다. 피터는 이제 포틀랜드에 있는 웨인플리트사립학교에 다닌다. 그리고 학비에 보탬이 되기 위해 아버지가 운영하는 바에서 바텐더 보조로 일한다. 천사 같은 피터의 얼굴은 이제 전형적인 웨이터의 모습이 되고 있다. 이제는 건장한 체격까지 더해지고, 다달이 강인한 점이 유약한 점을 앞지르며 남자로서의 면모도 갖추고 있다. 범인도 사라졌겠다, 넌 어떻게 할 거냐? 나머지 이야기는 어떻게 쓸 거야?

범인은 아직 여기에 있어. 이야기는 지금부터야.

악보는 우리가 무엇을 하려 애쓰고 있는지, 소년들이 5세기 동안 무엇을 하려 애써왔는지 말해주었다. 그 옛날 사람들은 가장 아름다운 목소리를 지닌 소년들을 거세했다. 우리는 이 사실을 알고는 두려웠지만 동시에 흥분도 됐다. 상식적이라고 할 순 없지만 이해할 수 있을 것 같았다. 언제까지나 이런 목소리로 노래할 수 있다면. 그렇게 5백 년 동안 아름다운 목소리가 이어져왔다. 내가 소년 시절 노래를 불렀을 때 내 목소리는 가슴 속 어딘가에 몰래 숨은 작은 별에서 솟아나는 가는 물줄기 같았고, 내가 입을 열어 소리를 내보낼 땐 주변의 연약한 것들이 모두 사라졌다. 우리는 목소리를 배웠고, 자신의 목소리를 위한 감옥이 되었다. 너희들은 문이 늘 열려 있는지 확인해보고 싶을 것이다. 종처럼 소리를 내라. 큰 에릭은 이렇게 말하곤 했다. 하지만 그는 몰랐다. 우리가 타격을 가해야만 소리를 나는 종 같은 존재가 아니었다는 걸. 우리는 타격을 가해야 소리가 내는 무엇이기도 했지만 동시에 악기이기도 했다. 공기를 담아 흔들어 소리를 낼 수 있다면, 아마 세상에 내지 못할 소리가 없을 거라는 걸 우리는 알게 된다. 어쩌면 이곳을 걸어 나가 흔적 없이, 아무런 흔적 없이 사라질 수도 있다는 걸.

열다섯 살. 나는 내 목소리를 잃어버린다. 새로 얻은 목소리는 불에 그을린 줄을 문지를 때 나는 소리 같다. 노래를 부르는 건 접촉하는 것이다. 우리가 공기를 울려 그 공기가 우리 내부에서 무언가를 이동시키고 그것이 음역을 움직이면, 이것이 이른바 '소리'가 된다. 우리가 서로를 향해 노래를 부를 때 우리는 서로의 사이에 놓인, 공기로 이루어진 기다란 관을 통해 서로에게 접촉하고 있는 것이다. 목소리가 변하자, 나는 이 새로운 생명체가 더 이상 의미 있는 접촉을 할 수 없으리라는 걸, 변신을 꾀할 수 없으리라는 걸 알게 된다. 이 목소리는 나를 지우지 못하고, 나를 다른 곳으로 데려가지 못하며, 나를 한쪽으로 떼어놓지 못한다. 새 목소리에서는 빛이 보이지 않는다. 이 목소리는 고작 '안녕, 좋은 아침이야, 잘 자' 같은 말을 하기 위해 간신히 공기를 밀어낼 뿐이다. 그리하여 나는 이쯤에서 이야기를 그친다.

학교 음악 선생님이 테이프에 녹음해 준 내 목소리를 듣는데, 낯선 목소리 같다. 길에서 이 목소리로 내가 나를 불렀다면 나는 알아듣지 못했을 것이다. 외면하고 계속 걸었을 것이다.

나의 옛 목소리에 대한 기억, 그러니까 소년 시절 소프라노 목소리에 대한 기억은 간절한 소망에 대한 기억이다. 목소리에 힘을 빼고 싶은 소망. 먹이를 잡은 가마우지가 바다를 떠나듯, 성대를 풀어내고 육체에서 벗어나고 싶은 소망. 하늘을 나는 것이 아니라 나는 존재가 되고, 소리를 전하는 것이 아니라 전달 자체가 되고 싶은 소망.

나는 수영 수업에 참여한다. 수영이 좋다. 나를 전부 벗어버릴 수 있다. 물속에는 아무것도 없다. 모든 곳이 무해하며, 반복되는 동작은 나를 흥분시킨다. 내가 이런 기분을 느끼는 동안, 사방에서는 나를 고까워한다. 내가 아무리 경기에서 이겨도 수영팀 아이들은 나를 피한다. 잭과 나는 여전히 만나고 있다. 피터와 나는 이따금 그의 누나와 함께 술을 마시지도 약을 하지도 담배를 피우지도 않는 '바른생활' 쇼에 간다. 피터는 집에 오는 길에서만 담배를 피운다. 피터는 곧 또 전학을 가야 한다. 때때로 나는 궁금하다. 내가 아무 말 말아달라고 누누이 부탁했던 이유를 피터는 알고 있을지. 왜 내가 큰 에릭을 뻔히 보이는 곳에 숨도록 도왔는지. 그땐 피터에게 해줄 수 있는 말도 없었지만, 피터 역시 결코 묻지 않았다. 지금은 이유를 말할 수 있다.

그를 숨겨야 내가 숨을 수 있었다는 걸.

제 2 부

1월의 대성당

피 FEE

1

유일하게 그를 본 사람은 교회 성가대 지휘자의 딸이다. 그는 온몸에 불이 붙은 채 누군지 알아볼 수 없는 모습으로 저 멀리 모퉁이를 향해 걷다가, 불길이 허파 밖으로 공기를 앗아가자 소리 한번 내지 못하고 쓰러졌다. 아마도 그는 몸에 불을 붙이고 앉아 있다가 고통을 참지 못해 걸음을 옮겼을 테고, 그렇게 걷는 동안 딱한 멜린다가 그를 보았을 것이다. 멜린다는 집에서 시리얼을 먹고 있었다. 몇 분 후면 집을 나와 길을 내려가 버스를 탈 터였다. 그가 바닥에 쓰러지던 그날 아침, 멜린다의 엄마는 벌써 학교에 가고 없어, 멜린다가 집을 나와 구조를 요청했다.

그때가 8월 말, 아마도 그달 말일 아침 7시쯤이었을 것이다. 피터는 2년 동안 자신의 죽음을 계획해왔다. 친구들에게 보낸 편지에서 피터는 열한 살 때 처음으로 자살을 시도한 일을 이야기했다. 피터는 이미 자살에 실패한 전적이 있었는데, 그의 자살 시도를 아무도 짐작조차 하지 못했다. 당시 피터는 이 일을 비밀로 간직하고 다음부터는 계획을 철저하게 세우기로 결심했다. 여름학기가 시작된 첫날밤이었기 때문에 피터는 늦게까지 던전앤드래곤 게임을 붙들고 있다 집어치웠고, 잠시 후 우리도 집에 가려고 일어났다. 그때 피터가 나를 불러 세우더니 폴라로이드 카메라로 같이 사진을 찍자고 말했다. 자, 여기. 피터는 이렇게 말하고 나에게 카메라를 주더니 소리 내어 웃었다. 이젠 게임도 별로 재미없다, 그치. 그때 나는 이렇게 말했다. 그러자 피터는 말했다. 그러게, 별로네.

그날 밤이 끝날 무렵, 피터는 침대에서 몇 시간 눈을 붙인 뒤 새벽녘에 일어나 몸에 불을 붙이기 위해 휘발유를 사러 나갔다.

멜린다가 무슨 이유에서인지 한동안 집을 떠나 있다가 다시 돌아왔을 때, 눈동자에 늘 머물러 있던 호기심이 사라져 있던 기억이 난다. 약간 늦된 멜린다는 유리병만큼이나 두꺼운 안경을 썼는데, 그 아이의 안경은 그 아이에게 사물을 보여주기보다는, 오히려 사람들에게 그 아이의 내면에서 무슨 일이 일어나고 있는지 보여주는 것 같았다.

멜린다가 돌아올 때, 이번에도 나는 교회에서 맨 처음 멜린다를 본다. 멜린다는 겨울을 보내는 동안 키가 자랐고, 더 이상 나와 눈을 마주치지 않는다. 멜린다는 예전처럼 사람을 피하기 위해 안경을 치켜 올리는 몸짓을 더 이상 하지 않는 것 같다. 아니, 이제는 차라리 숨어버리는 것 같다. 온몸이 불타는 소년을 보았기 때문에 누군가 자신을 비난한다고 생각하는 것일까. 그 탓에 지금 이 아이는 자신을 다시 어딘가로 보낼 다른 어떤 일을 보아도 딱히 흥미를 갖지 않는 것일까.

피터의 모습을 보면 피터와 영원히 함께 있는 기분이 들지 궁금하다. 왠지 그럴 것 같다. 피터에게 묻고 싶다. 불을 지를 때, 그가 태우려는 것이 무엇이었느냐고. 그리고 그것이 불에 탔느냐고, 그래서 지금 완전히 사라졌느냐고. 사진 속 피터는 하얗게 눈이 부시다. 사진 속 피터의 얼굴은 주먹만 하고 황금빛 머리카락이 얼굴의 윤곽을 드러낸다. 파란 눈은 한껏 생기발랄한 표정으로 환하게 빛난다. 정작 불에 탄 건 너잖아. 나는 속으로 말한다. 피터가 증오했던 건 그대로 남아 있다. 그건 내 곁에 있으니까.

피터의 장례 기간에 피터의 어머니가 나에게 다가온다. 피. 그녀가 말한다. 이따가 경야 때 잠깐 우리 집에 오겠니. 네 엄마가 널 데리고 오면, 집에 갈 땐 우리가 데려다주마. 주로 가족들만 참석할 테지만, 넌 피터와 친한 친구였잖니. 우린 네가 와주면 좋겠구나.

장례식을 치르는 동안 나는 짙은 갈색 흙더미를 물끄러미 바라보았다. 땅속 2미터쯤 머리가 누워 있을 자리에 창백한 꽃들이 놓이고 그 위로 흙이 쌓여갔다. 아무도 말하는 사람이 없었다. 피터가 여전히 이곳에 있으면 좋겠다고. 피터가 이 세상에 없다는 사실에 아무도 분개하지 않는 것 같았다. 조문객을 둘러보니, 모두들 이 일을 기막혀 하면서도 받아들이고 있다는 걸 알았다. 피터가 다니던 사립학교 남녀 학생들이 두세 명씩 줄줄이 내 앞을 지나갔다. 지금까지 피터의 어머니는 내가 피터에게 받은 편지를 보여 달라고 하지 않았다. 나 역시 편지를 보여드리겠다고 하지 않았다. 그때까지만 해도 편지가 어떤 면에서는 피터 어머니의 소유일지 모른다는 생각이 안 났다. 그때 피터의 어머니가 한숨을 쉬며 나를 끌어안은 뒤 자리를 이동했다.

나는 모두가 집으로 돌아갈 때까지 남아 있었다. 어쩌면 울 수 있는 때를 기다리고 있었던 것 같다. 내가 완전히 부서지기를, 그래서 다시 살아나 내 부스러기 한가운데에 서 있는 피터를 발견하기를 기다리고 있었던 것 같다.

장례식을 마친 후 오후 늦은 시간, 나는 피터의 방에 와 있다. 바닥에 깔린 카펫에 햇살이 환한 조각을 만들어, 그 조각이 바닥 위를 천천히 움직이는 모양을 가만히 바라본다. 정신을 차리고 보니 그곳에 있은 지 한 시간이 지났다. 나는 피터의 침대 위에 잠시 몸을 던져 이불 밑에서 나는 담뱃재 냄새, 담배 냄새, 오래된 맥주 냄새, 짭짤한 카네이션 냄새 같은 피터의 냄새를 맡는다.

아래층에 내려가 피터의 아버지 옆을 지나간다. 아저씨는 아무 말 없이 나에게 고개만 끄덕인다. 피터의 아버지는 바닥에 스카치 위스키를 쏟을까봐 그러는지 잔에 담긴 얼음을 조심스럽게 흔들고 있다. 피터의 어머니는 상복을 입고 있을 뿐 여느 때처럼 부엌 주변을 분주히 움직이고 있다. 나는 머리를 파랗게 물들인 피터의 누나, 엘리자베스를 찾기 위해 문을 열고 밖으로 나간다. 엘리자베스는 장례식을 위해 모히칸 헤어스타일을 땋아 모자 안에 감추었는데, 그래서인지 전체적으로 굉장히 우아해 보인다. 여름이 끝날 무렵이라 그럭저럭 열기를 견딜 만하다. 엘리자베스는 왼팔로 오른팔 아래를 받치고 오른손으로 담배를 피운다.

너도 할래? 엘리자베스가 물으며 말보로 담뱃갑을 내민다. 피터가 피우던 담배 종류다. 곧이어 나는 담뱃갑 위에 피터가 손으로 쓴 글씨를 알아본다. POH.

엘리자베스는 내가 그 글씨를 읽는 모습을 본다. 피터는 항상 이렇게 써놓았어. 지금 처음 보는 거야? 내가 자기 담배를 못 가져가게 항상 이렇게 써놓더라. 그래도 난 늘 가져갔지만.

나는 한 개비 빼서 담배를 피운다. 이층에 반 갑 있어. 엘리자베스가 말한다. 집에 갈 때 몇 개 가지고 가.

마당 한 구석에서 탐색을 마치고 돌아온 피터의 개가 울타리 사이로 들어온다. 별 일이야. 엘리자베스가 연기를 내뿜으며 말한다. 죽을 애가 담배를 왜 사니.

이후 몇 주 동안 나는 시내에 갈 때마다 엘리자베스를 본다. 내가 가는 곳마다 엘리자베스가 있는 것 같다. 엘리자베스는 미소를 짓고, 고개를 끄덕이고, 껌을 씹고, 누군가와 이야기를 나누면서 담배를 피운다. 그녀는 왼쪽 귀에 옷핀 일곱 개를 꽂고, 버클 달린 부츠를 신어서 걸음을 옮길 때마다 달그락 소리가 난다. 나는 엘리자베스를 보며 그녀의 옷 안쪽 어딘가에 피터의 이름 첫 글자들이 끼워져 있을지 모른다고 생각한다. 나는 엘리자베스를 유심히 지켜보다가 그녀가 나를 이상한 애라고 생각할 뿐 아니라, 내가 머리를 짧게 깎지 않는다는 이유로 그녀의 남자들 목록에서 게이로 의심받는 아이 중 하나라는 사실도 알게 된다. 전에 피터는 자기 누나의 목록에 대해 말한 적이 있다. 목록에 우리 이름도 있다는 걸 알리기 위해 누나가 자기에게 보여주었다면서. 나는 엘리자베스가 새로 사귄 남자친구와 함께 있는 걸 본다. 엘리자베스는 말보로 담배를 피우다 더 이상 피우지 않는다. 어느 날인가 엘리자베스의 손가락 사이에 노란 필터 대신 하얀 필터가 끼워진 걸 보면서 말보로가 다 떨어진 걸 알게 된다. 나는 엘리자베스가 가는 곳마다 놓인 온갖 깡통 속에, 곳곳의 쓰레기통과 강둑에 내버려진, 피터의 이름 첫 글자가 쓰인 담뱃갑들을 생각한다. 엘리자베스를 졸졸 따라다니며 모조리 줍고 싶었던 그녀가 버린 담뱃갑들을 생각한다.

2

푸르른 나뭇잎 사이로 캐럴을 부르러 가요, 캐럴을 부르러 가요
......

크리스마스이브. 내가 사는 지역에서는 항상 매년 이맘때면 마을 사람들이 집 앞 거리에서 캐럴을 부른다. 맨 마지막 집에서는 모두를 집 안으로 초대해 에그노그(맥주나 포도주 등에 계란과 우유를 넣고 끓인 술—옮긴이)를 대접한다. 올해 날씨는 줄곧 온화하더니 갑자기 한파가 닥치고, 크리스마스 며칠 전부터 계속해서 눈이 내린다. 모두들 케이프엘리자베스가 변하고 있다고 입을 모은다. 이제 이 도시에 좋은 꼴 볼 일이 없다는 의미다. 새로 이사 오는 사람들에게 항상 이렇게 말해주지만, 그들은 설마 이 말이 그런 의미일 거라고는 생각하지 못한 채 일종의 텃세려니 여긴다. 마스리치네 집은 브렌트우드 거리 옆 콩팥 모양의 침체된 지역에 있다. 이

곳에서 파티를 즐기는 사람들 역시 이런 말이 귀에 들어오지 않는다. 우리는 모두 이 거리에 처음 발을 들인 사람들이다. 집들은 어느 집 할 것 없이 10년이 채 되지 않는다. 캐럴을 부르면서 나는 도로 아래쪽에 사는 다른 아이가 했던 말을 비로소 이해했다. 그 아이는 우리 집이 자기 집하고 똑같기 때문에 우리 집에 한 번도 와보지 않았지만 우리 집 욕실이 어디에 있는지 알 수 있다고 했다. 이제야 안 사실이지만, 네다섯 개의 서로 다른 도면을 번갈아 이용해 집을 지어 옆집끼리는 구조가 달랐다. 우리 집처럼 식민지 국경 지역에 위치한 마스리치네 집에서 내가 계단에 앉아 있을 때, 어른들은 각자의 손에 에그노그가 담긴 환한 빛깔의 컵을 들고 내 옆을 이쪽저쪽으로 줄줄이 지나가고 있었다. 집을 안내해 드릴게요. 집에 새로 사람이 올 때마다 마스리치 부인은 이렇게 말했고, 그러면 그들은 위로 아래로 집 안을 이동했다. 이곳은 재봉실이랍니다, 욕실은 이쪽이에요, 같은 소리가 위층 복도에서 들린다. 코트는 저쪽에 걸어두세요.

나는 지난해에 10센티미터가 자랐다. 다리도 굵어졌다. 나는 수시로 내 다리를 보고, 보면서 놀라곤 한다. 허벅지는 머리통만큼 굵다. 지난 여름휴가 때 할아버지와 함께 허벅지를 마사지해주겠다는 남자에게 갔던 일이 생각난다. 알다시피 지금은 고향에 내려와 축구 코치로 일하고 있단다. 체격도 좋고 잘 생겼구나. 남자가 나에게 말했다. 우리가 묵은 호텔에는 수영장 주변으로 사막 풍경 모형이 설치되어 있었는데, 복숭앗빛이 도는 갈색 시멘트로 만든 모래 언덕에 가려져, 졸고 있는 할아버지와 동생들에게는 그와 내 모습이 보이지 않았다. 나는 그에게 말했다. 전 그렇게 생각하지 않지만 아무튼 고맙습니다. 그는 혹시 나중에라도 내 다리가 쑤실지 모른다며 자기 방 번호를 알려주었다. 그날 밤 늦은 시간, 나는 내 호텔방에서 어떻게 하면 그 자식을 죽일 수 있을지 생각했다.

계단 아래로 엄마가 나에게 다가온다. 엄마는 물거품 같은 초록색 크루넥 스웨터를 입고 두꺼운 겨울 코트를 어깨에 걸쳤다. 어깨 위로 내려오는 머리에 머리핀을 꽂아 반묶음을 해서 대부분의 엄마들보다 훨씬 젊어 보인다. 왜 계단에 앉아 있니? 엄마가 묻는다. 엄마는 내 다리에 손을 얹는다.

엄마가 나에게 뭐라고 묻지만, 나는 생각에 골몰하느라 듣지 못한다. 미안 엄마, 뭐라고 했어? 내가 묻는다.

아깐 분명히 엄마를 똑바로 쳐다봐놓고는. 엄마는 이렇게 말하고, 내 귀를 잡아 엄마 쪽으로 살짝 기울인다. 괜찮냐고 물었어.

물론이지. 내가 말한다. 크리스마스 행사니 뭐니 해서 조금 우울해진 것뿐이야. 사실 난 음악만 마음에 들어.

별로 설득력이 없는데. 요즘 넌 잔뜩 화 나 있잖아.

아닌데. 나 화 안 났어. 나는 일어나서 계단을 내려와 현관으로 향한다. 봐. 나는 큰방으로 향하며 말한다. 내가 얼마나 행복한지 알겠지?

빈정댈 필요는 없잖니. 엄마는 배에 팔꿈치를 받치고 얼굴 가까이에 음료를 가져다 댄다.

어이, 노라, 이리 와. 아피아스, 이리 오렴. 아빠가 근처 모퉁이에서 다가온다. 아빠는 발갛게 상기된 얼굴로 엄마의 손을 잡는다. 이리 와봐.

텔레비전에서는 2년 전에 촬영한 《크리스마스 콘서트의 의미》 중 일부 장면이 나왔다. 합창단이 성인 성가대와 함께 포틀랜드 교향악단의 연주에 맞추어 노래를 불렀고, 《카르멘》을 제작한 비더포드 오페라 프로덕션의 특별 출연자 몇 명도 무대에 서 있었다. 화면에서 내 얼굴을 보았던 아빠가 다시 나를 찾았다. 아까 네 모습이 나왔는데. 아빠는 내 얼굴이 나왔던 화면 한쪽 구석을 가리키며 말했다. 바로 저기.

3

끝나지 않을 것 같던 1월이 가고 역시나 끝이 없을 것 같은 2월로 접어든다. 한낮의 화창한 햇살이 겨울 동안 쌓인 눈에 닿는 걸 보면서, 나는 빛이 싫어진다. 코를 얼얼하게 만들어 놓고 실내로 들어가면 이내 화끈거리게 만드는 갑작스러운 한파도 싫다. 나는 며칠 내내 책만 읽으며 시간을 보낸다.

나는 정형시에 관한 영어 과제물을 준비하고 있다. 정형시는 스리랑카에서 처음 시작되어 비단에 둘둘 싸여서 이탈리아로 건너온 문학 형식이다. 어쩌면 흑사병에 감염된 벼룩들을 데리고 들어온 비단이 이 비단인지도 몰랐다. 나는 벼룩에 물어뜯긴 채 나라에 죽음을 퍼트리며 달리던 우아한 말들을 떠올린다.

공부를 하다 잠깐 쉬는 동안, 침침한 겨울 빛에 어스레한 부엌에서 꼼꼼히 신문을 들여다보는 할아버지를 발견한다. 곧 저녁 시간이 다 되어가는 오후. 할아버지는 할머니로부터 숨을 장소로는 우리 집 부엌이 유리하다고 생각한다. 할머니도 할아버지로부터 숨을 장소로 할머니 부엌이 유리하다고 생각한다. 안녕하세요. 나는 식탁 의자에 앉으며 한국말로 인사한다. 요즘 몇 가지 한국말을 연습하고 있다. 할아버지와 할머니가 웃으시기 때문이다.

할아버지는 거의 눈물이 비칠 정도로 껄껄 소리 내어 웃으신다. 제법이구나. 할아버지가 눈을 동그랗게 뜨면서 말한다. 할아버지가 하는 영어는 대부분 미군들한테 배운 것이어서 오줌 마려, 같은 말이 전부다. 하지만 워낙 기지가 넘치는 분이라, 미군들에게 영어를 배운 건 우연이 아니었다. 할아버지가 신문을 내려놓는다. 우리 똑똑한 손자, 요즘 잘 지내냐?

잘 지내요. 내가 말한다. 나는 구인 광고란을 보기 위해 신문을 펼친다. 일을 해서 용돈을 벌기로 결심했기 때문이다. 마침 이런 광고를 본다.

구인: 책 작업을 도와줄 학생 조사원 구함. 적극적이고 똑똑하며 빨리 배우는 사람, 역사, 특히 14세기 유럽사에 관심 있는 아주 조용한 사람은 연락 주세요. 에드워드 스펙, 전화번호 ……

나는 광고란에 적힌 번호로 전화를 걸어 온화하고 내성적인 남자와 통화를 한다. 남자는 나에게 자기를 찾아오라고 말하며 인근 사우스포틀랜드에 위치한 그의 집 주소를 알려준다. 딱히 무슨 이유가 있어서는 아니지만 그 지역은 한 번도 가본 적이 없다. 다음 날 오후에 나는 그곳으로 차를 몰고 간다. 신축 주택들로 둘러싸인 동네에 어울리지 않게 적갈색 벽돌로 지은 커다란 집 초인종을 누르는 내 모습을 발견한다. 이 집은 오랜 세월 혼자 이곳에 서 있다가 어느 날 갑자기 갓길의 회양목 너머 잔디밭이 깔린 이웃으로 합류하게 된 것 같았다.

에드워드 스펙은 아주 왜소한 남자다. 쾌활한 얼굴 위로 흰 머리카락이 날린다. 나를 집 안으로 들이는 모습이, 문틈으로 진작 내 파악을 끝내놓고 당장 오늘 오후부터 나를 고용하기로 결심한 사람 같다. 스펙은 옥스퍼드에서 공부했고, 컬럼비아 대학교에서 박사 학위를 받은 자신의 이력을 간략하게 말한 다음, 이 집은 원래 할머니 집이었는데 자기가 늘 이 집을 원해서 결국 이곳에 살게 되었다고 설명한다. 전부 할머니 소유인 이 가구들은 디자인이 독창적이다. 스펙은 나에게 아무것도 묻지 않는다. 이 집에 내가 가져다 놓은 건 없어요. 그가 말한다.

머드룸에 들어선 나는 양쪽 벽의 거울 달린 벤치에 유독 감탄한다. 벤치는 무스의 뿔을 닮은 청동 장식으로 고정되어 매달려 있다.

추운 계절엔 이 집에서만 지냅니다. 스펙이 말한다. 우리는 응접실로 향해 이 집에 어울리는 커다란 가죽 안락의자에 앉는다. 그가 앉은 의자 앞에는 거대한 발받침이 놓여 있다. 여러 가지 검붉은 색으로 짠 페르시아 러그가 우리의 목소리를 빨아들인다.

그건 왜죠? 내가 묻는다.

찬 공기가 산소를 효과적으로 모아주거든요. 뇌에 아주 좋아요. 게다가 일 년 중 이 시기엔 아무도 여길 오려고 하지 않기 때문에,

찾아오는 사람이 없어 혼자 있을 수 있지요.

그렇군요. 나는 그의 말이 이해가 된다.

우리는 급여를 상의한다. 그가 결정한 액수가 내 예상보다 크다. 그리고 나서 내가 해야 할 일들을 간략하게 소개한다. 그가 검토할 수 있도록 그에게 온 모든 우편물을 개봉해 파일에 정리할 것, 책상 오른쪽에 쌓아놓은 책들은 서재에 가져다 놓을 것, 문 옆에 놓은 책들은 안쪽 면지를 확인한 뒤 포틀랜드 도서관이나 대학교 도서관에 반납할 것. 가끔 자료를 찾아서 관련된 기사와 함께 복사하거나, 책을 대출해오라고 부탁할 때도 있을 겁니다. 스펙이 말한다. 글을 쓰거나 집안일을 할 필요는 없을 거예요. 가끔 운전을 부탁할 수는 있어도. 일주일에 10시간에서 12시간 정도 일해주면 됩니다.

스펙이 자리에서 일어난다. 자, 이제 집을 안내해 드리지요.

어두운 집의 천장은 그나 나보다 훨씬 키가 큰 사람에게도 문제 없을 것 같다. 서재는 지금 생각해도 부럽다. 처음 서재에 들어서는 순간, 이곳에 오기 위해 보수 없이도 일하게 될 거라는 걸 직감한다. 사방 벽에 설치된 3층 정도의 높이의 책장들, 철제 사다리로 연결된 황동 선반들. 책들은 책장에 꽂히고도 모자라, 십자 무늬로 장식된 유리문 뒤까지 쌓여 있다. 빛이 쏟아지지만 방 안을 은은하게 비추도록 창문은 윗부분만 살짝 여닫는다. 천장에 장식된 프레스 코화에는 한 가운데에 산이 위치한 어두운 도시가 묘사되어 있다. 과연 뛰어난 천재가 차지할 만한 공간이다.

이 도시는 어디인가요? 내가 묻는다.

에든버러. 그가 대답한다.

이 산은요? 내가 묻는다.

아서시트. 언덕이지요. 그가 말한다.

서재에서 나오는데 그가 나를 보며 묻는다. 어디 출신이지요?

나는 이 질문에 익숙하다. 이런 걸 물을 때 사람들이 어떤 표정을 짓는지 안다. 사람들은 내 얼굴에서 내 출신을 알아내려 하지만, 좀처럼 맞추지 못한다. 어떤 사람은 나를 보는 것을 꽤나 혼란스러워 한다. 그런 사람들은 나를 똑바로 보기까지 남들보다 많은 시간이 걸린다.

반은 한국인이고 반은 스코틀랜드계 영국인이에요. 내가 말한다.

러시아 사람을 닮았군요. 정말로 젊은 카자크인 같아요.

나는 몽골을 생각한다. 레이디 타마모. 작은 몽골 사람도 닮았지요. 내가 말한다.

오래된 혈통이로군요. 스펙은 잠시 말을 멈추고 출입구 안쪽에서 불을 켠다. 훌륭해요. 스펙이 말한다. 그럼 조만간 또 봅시다. 아, 그나저나, 날 스펙이라고 불러요. 다들 그렇게 부르니까. 그 말과 함께 스펙이 거대한 문을 닫는다.

4

내가 도서관에서 책을 잔뜩 대출하자, 사서들이 소리 내어 웃는다. 차에서 책을 내릴 땐 엄마가 어처구니없다는 표정을 짓는다.

이해하는 척하진 않을게. 엄마가 내 방에 잔뜩 쌓아올린 책 더미를 훑어보면서 말한다. 하지만 아무리 네가 좋아서 하는 일이라도 그렇지.

정말 흥미로운 작업이야. 내가 말한다. 우리가 오늘날 문화라고 알고 있는 많은 것들이 이때부터 시작됐거든.

아이고, 네. 엄마가 말한다. 엄만 너랑 네 아빠가 이걸 얼른 검토 하고 끝내버리면 좋겠어.

내가 정말 하고 싶은 일이야, 엄마. 내가 말한다. 엄마는 문을 닫 으면서 말한다. 한 시간 뒤에 저녁 먹으러 내려오렴. 한 시간 뒤다.

나는 책들을 훑어본 다음 문을 닫고 아래층으로 내려간다. 이제 알겠다. 나에겐 일이 목적이라는 걸. 나는 어떤 사명감을 느낀다. 스펙과 함께 하는 시간 동안 보호 받는 느낌이 든다. 조용한 집을 돌아다니며 내가 할 일을 처리한다. 스펙의 지시에 따라, 4시에 학 교 수업을 마치면 그의 집에 도착해 그와 이야기를 나누고 6시에 그곳에서 나온다. 이 시간 외에 다른 시간에 일을 해야 할 경우엔, 당연히 스펙이 나를 데리러 온다. 이런 제약들은 침묵 안에서 자유 로운 기분이 들게 한다. 스펙의 집에서 이 침묵은 의자의 색을 바래 게 하고, 아무리 표지를 잘 씌워 놓아도 책을 죄다 누렇게 만드는 빛으로부터 그의 어두운 집을 보호하는 휘장만큼 두껍다. 아무 말 도 하지 않아도 되는 안도감. 나는 다른 소음이 부재한 이 침묵의 상태가 늘 소중했다. 나는 침묵을 소중히 여길 수 있어야 분명한 표 현 역시 가능하다는 걸 이 집에서 알게 된다.

5

나에게 공립 고등학교는 수치심과 폭력을 통하지 않고는 도무지 학기의 시작과 끝을 구분할 수 없는, 4년간 계속되는 야만적인 의식과도 같다. 나는 대학입시반에서 수업을 들으며 그 같은 상황으로부터 몸을 숨긴다. 이 반에 속하는 서른 명의 학생들은 졸업반이 될 즈음엔 백 명의 다른 동기생들과 별개의 인종처럼 보일 것이다. 우리보다 한 학년 위인 한 여학생은 졸업앨범 사진을 찍을 때 그녀의 아기와 함께 찍었다며 놀림을 받는다. 아이 아빠는 죽었다. 나는 사진을 본다. 그들의 모습은 견딜 수 없을 만큼 아름답다. 여학생은 머리를 꼼꼼하게 말았고, 아기는 머리를 위로 묶어 리본을 맸다. 내 기억에 그녀는 언제나 지독하리만치 말이 없는 여학생이었고, 작고 예뻤다. 그러나 지금은 거인처럼 보인다. 나는 학교에서 무덤덤한 태도로 그녀를 본다. 과부, 어머니, 고등학교 졸업반. 그녀를 보면서 나는 생각한다. 그녀의 인생에 비하면 우리 인생은 아무것도 아니라고.

나는 또 할아버지와 할머니를 본다. 두 분은 나를 매료시킨다. 두 분의 귀는 청력 범위를 한참 벗어난 어떤 신호에 의지하는 것 같다. 두 분은 조용하고 민첩하다. 할아버지는 매일 아침 동틀 녘에 일어나 뒷마당 잔디밭에서 떠오르는 해를 향해 태극권을 한다. 할머니는 명상을 한 다음 할아버지의 아침 식사를 준비한다. 할머니의 미소는 할머니만큼 나이를 먹어 그만큼 단단한 기쁨의 힘을 지닌다.

잭과 나는 계속 만나고 있다. 우리가 왜 계속 만나는지 우리는 모른다. 우리가 하는 짓을 한 번도 대놓고 말해본 적이 없다. 우리는 말한다. 내가 그쪽으로 갈게. 혹은, 네가 이쪽으로 올래? 마치 둘 중 한 사람이 상대방을 찾아가기로 했지만 상대방에게 아직 아무런 연락을 받지 못한 것처럼. 나는 잭을 사랑하지 않는다. 잭도 나를 사랑하지 않는다. 지금 우리는 서로에게 상처를 주고 싶지 않기 때문에 더더욱 서로를 할퀴고 있다. 나중에 나는 그의 하얀 허벅지와 갈색 팔을 보면서, 우리가 서로에게 원하는 게 무엇이든 그것이 언제나 같을 거라는 걸 깨달으며 진정한 애정을 느낀다. 우리가 뭘 하면서 시간을 보내는지 아무도 묻지 않는다. 잭의 부모님은 집에 잘 안 계시기 때문에 알 길이 없다. 내가 그곳에 있었는지도.

피터에게 받은 편지를 침대에 보관하고 있다. 피터가 죽은 뒤에 도착한 것이다. 나는 그 편지를 피터의 사진과 함께 봉투에 넣어 간직한다. 엄마는 내 침구를 갈 때도 그것을 치우지 않는다. 영원히.

6

스펙의 또 다른 집은 뉴욕시에 있다. 스펙은 언젠가 나를 그 집에 데려다 주겠다고 약속한다. 뉴욕은 특별한 도시지. 스펙이 말한다. 그곳에 있으면 젊어지는 기분이 들어. 주변의 모든 것이 나보다 훨씬 나이가 들었거든.

태양이 다가와 더 오래 머물기 시작하고, 쌓인 눈이 녹아 모든 죽은 풀이 모습을 드러내는 어느 오후, 스펙은 우리가 지키던 침묵을 깨뜨린다. 나는 그의 청구서 더미 속에 파묻혀 지불을 마친 청구서를 표시하고 있다. 구독료, 공공요금. 병원비. 아아. 그가 말한다. 이봐, 이것 좀 보지 않겠니?

나는 표정으로 대답을 대신한다.

이리 와봐라. 스펙이 말한다. 어서. 나는 이걸 다시 한 번 살펴보고 나서, 아마도 두 번 다시 상자 밖으로 꺼내지 않을 거다. 내가 살아 있는 동안에는 결코. 스펙은 나를 서재로 데리고 간다. 유리 아래에 펼쳐진 책갈피 사이에 편지 한 장이 끼어 있다.

오래된 건물을 보수하던 중에 지하 저장고에서 건물이 무너지거나 했던 모양이다. 스펙이 말한다. 그 바람에 미완성된 옛날 성당 첨탑이 얕게 묻힌 게 발견된 거지. 그리고 첨탑 꼭대기에서 이 편지가 발견되었다. 번역은 내가 한 거란다.

*

1361년. 에든버러. 파괴된 이후로 날짜는 모름. 마지막 편지.
누군지 모르지만 언젠가 이곳을 발굴할 정도로 열의가 있어,
이 편지를 발견하는 이에게.

이 건물은 스코틀랜드의 왕이었던 로버트 2세를 위해 지은 대성당이었지만 지금은 내 집이다.
나는 자고 있었다. 갑자기 열이 나 하숙집에 남아 있었던 것이다. 아직 떠나지 않은 사람 중에 죽지 않고 살아남은 사람은 내가 마지막인 것 같다. 아무튼 집은 텅 비었고, 나는 우리 주님께서 나와 함께 해주시길 청했다. 곧 그렇게 되었지만.
우리 지역은 온 사방에 화재가 나서 아무도 이곳에 들어올 수도 나갈 수도 없었다. 이 읍내 거리의 사망자 수는 빠르게 늘어만 갔고 계속해서 가파르게 증가해, 이러다간 조만간 죽은 이를 묻으러 올 사람조차 없을 정도였다. 죽은 채 남겨진 이들

과, 때때로 집이 불에 타는 장면이 그 집의 가족이 모두 떠났음을 보여주었다. 나는 교회의 정기 예배에 참여하지 못해서 대신 이곳에 왔다. 그리고 아직 완성되지 않은 이곳 대성당에서 너무나 비참하고 몹시도 불안한 날들을 보내다가, 열이 가라앉자 다가올 내 운명에 관해 얼마간 평온을 느끼려 애썼다. 이런 일은 꿈에도 상상하지 못했다.

나는 그들이 어떻게 이 일에 성공했는지, 무슨 재주로 우리를 묻었는지 전혀 상황을 모른다. 어쨌든 지금 형편은 이렇게 됐다. 창문으로 빛 한 줄기 들어오지 않는다. 문틈으로 내다보니 좁고 위태로운 터널이 보인다. 지붕은 목재로 만들었다. 그곳에 먼지가 잔뜩 쌓여 있다. 아니, 쓰레긴가. 그 순간 나는 이 냄새가 여기 남아 죽은 이들과 이곳으로 끌려와 아무렇게나 내동댕이쳐진 이들에게서 나는 냄새라는 걸 알게 된다. 어쨌든 지금 우리는 무덤이나 다름없는 거리에 있으니까. 그래서 공기는 더럽고 텁텁하며, 지금은 내 몸에서 냄새가 난다고 의심이 들 만큼 악취가 진동을 한다. 그래도 나는 운이 좋은 것 같다. 아무도 인두로 종기를 지지려 하지 않을 이곳에서 지금에야 몸에 종기가 났으니 말이다. 나는 요즘 한 친구가 흑사병에 대해 했던 말을 종종 떠올리곤 한다. 지금은 나병 요양원이 모두 폐쇄되었다고 했다. 나환자가 모두 죽었기 때문이다. 곧 우리도 모두 죽을 것이다.

내 이름은 앤드류 헌터다. 나는 노르만인이며, 최근 내 가족이 애런섬의 삼림 관리를 맡게 되었다. 나는 석조 건축을 연구하기 위해 오래전 이곳에 왔다. 내 고향인 노르망디에 돌아온 후로 나는 로마 시대 다리에 관심이 생겨 층층이 돌을 쌓았고, 다리가 서 있을 때조차 이 돌들 사이로 물이 지나가게 했다. 나는 다리의 구조를 연구하느라 많은 날들을 다리를 보면서 보냈다. 하지만 나는 괴롭지 않다. 내가 이곳에 있는 건 분명 신들의 뜻이기 때문이다. 내가 이곳에 살아있는 건 그 동안 있었던 일을 기록하라는 하늘의 뜻이 분명하다. 그렇지 않으면 아무도 이 일에 대해 쓰지 않을 테니까. 이곳에서 일어난 일을 기록하지 않을 테니까. 새로운 사망자 명부는 그야말로 이곳에 묻힌 영혼들의 이름이며, 이 거리의 이름임을 나는 믿어 의심치 않는다. 조금도 의심하지 않는다.

나는 크고 까만 쥐를 끔찍하게 무서워하는 편이다. 쥐들은 이곳의 남은 양초로 내가 끌어낼 수 있는 것, 그러니까 촛불을 무서워한다. 양초는 나중에 예배를 드리기 위해서가 아니라, 오직 지금 이 일을 위해 태워져야 한다. 내가 아는 한, 적어도 움직일 수 있는 생존자는 나 말고 아무도 없다. 가끔 신음 소리가 들리는 것도 같지만, 저 위의 땅이 무거워져 나는 소리인지, 혹은 아직 살아있는 누군가가 자기 집에서 오랫동안 죽어가는 소리인지 알기 어렵다. 음식을 먹은 지가 언제인지 기억나지 않지만 나에게는 별로 중요하지 않다. 나는 이 양초들 중 세 개를 태웠다. 최근에 네 개째 양초에 불을 붙이기 시작해 지금 타고 있다. 그리고 나는 지옥 같은 이곳에서조차, 틀림없이 지옥이 되고 말 이곳에서조차 희망을 품고 있는 나 자신을 발견한다. 서른 개의 양초를 모두 태울 만큼 오래 살고 싶은 희망을. 이런 곳에서도 나에게 내 목숨은 소중하며, 이 어둠 속에 살아 있는 것이 소중한 기억이기 때문이다. 비록 정신을 잃기 전에 어둠에 촛불을 빼앗길까봐 벌써부터 두렵 긴 하지만.

세 개의 양초가 남았다.

잠을 잤다. 일어났다. 열은 내렸다. 죽을 고비는 넘겼지만, 어 쩐지 이 도시가 치유될 때까지 살아남지 못할 것 같다. 성당을 살펴보다가 탑을 발견했다. 목재 버팀대가 계단 형태로 빙빙 돌아 올라가 설치되어 있어서 올라갈 수 있을 것 같다. 잘 하 면 기어서 탑을 나올 수 있을 것 같다는 생각이 든다. 물론 나 는 죽음을 등에 지고 갈 테지만. 저 버팀대들 사이로 위를 올 려다보자, 내 촛불이 화들짝 놀라며 공기가 움직이고 있다는 걸 말해주었다. 부드러운 바람이 분다.

우리에게 죽음을 피하는 법을 알려주기 위해 도시에 왔던 이 탈리아 사람이 기억난다. 그는 죽음과 닮아 있었다. 긴 겉옷을 입고 매부리코 가면과 후드를 썼다. 죽음을 피하려면 이렇게 입어야 합니다. 그는 우리에게 말했다. 우리는 그를 보고 큰 소리로 웃었다. 그는 거리에 서 있는 우리들 사이를 지나다니 며 설명했는데, 가면에 가려져 그의 눈은 볼 수 없었지만 내 곁을 지나갈 때 그가 웃고 있는 것 같은 느낌이 들었다. 그의 생김새가 희한해서가 아니라, 우리는 할 수 있는 게 아무것도 없었다. 우리는 그를 보면서 이 방법은 스코틀랜드에서 통하는 방법이 아니라고 생각했다. 긴 겉옷과 마스크라니. 차라리 전부 죽고 말지. 안 그래도 이탈리아가 전 세계를 다스리는 마당에.

이탈리아 사람이 지나간 후, 어떤 사람이 우리를 이 지경으로 만든 게 로마라고 말하는 소리를 들었다. 하지만 나는 그건 아니라는 걸 알았다. 누군가가 그에게 커다란 낫을 쥐어주고 뭐라고 말하자 곧이어 더 크게 웃음이 터졌다. 다시 돌아갈 수 있다면, 나도 그런 차림을 할 수 있을 것 같다. 나로부터 사람들을 보호할 수 있다면. 내가 죽은 줄 아는 사람들로부터 나를 위장할 수 있다면.

*

편지는 여기에서 끝이 난단다. 내가 편지를 다 읽었다는 걸 알고 스펙이 말한다.

주방에는 그의 가정부가 저녁을 차려놓았다. 우리는 포마이카 식탁에서 조용히 저녁 식사를 하며 서로 시선을 피해 구석을 응시한다. 잠시 후 스펙이 접시에서 고개를 들며 말한다. 곧 떠날 거야. 몇 주 후에.

여름이라 뉴욕에 가시는군요. 내가 말한다.

응. 그가 말한다. 정말 잘됐어. 모두들 휴가를 떠난단다. 내 친구들도 모두 동부나 그 비슷한 도시로 떠나고 없으니 이 틈에 어느 정도 일을 끝낼 수 있을 거야.

세상에서 가장 아름다운 곳이죠. 내가 말한다.

스펙은 지체 없이 대답한다. 그렇지. 나도 그렇게 생각한단다.

그러니까 그들은 이웃사람 전체를 물은 거로군요. 내가 말한다.

그렇단다. 그가 말한다. 최근엔 간혹 성당을 견학시키기도 하더 구나. 하지만 그건 굉장히 위험한 일이야. 계속해서는 안 될 거다. 시장이 시찰하다가 다치기라도 하기 전에 당장 그만 두어야 해.

집에서 혼자 침대에 누워, 스펙의 서재 천장에 그려진 에든버러 프레스코화를 상상한다. 터널을 지나 죽 따라 내려간다. 나는 잠자 리에 들기 전에 엄마의 스코틀랜드 부족에 관한 안내서를 훑어보 았다. 그 책에 따르면 헌터의 문장(紋章)에 "나는 사냥을 마치노 라."라는 제명이 새겨져 있었다. 왕관 그림 위에는 장식용으로 개 한 마리가 앉아 있었다.

내가 죽은 줄 아는 사람들로부터 나를 위장할 수 있다면. 나는 편지 속 그가 목재 버팀대를 기어가는 모습을 상상한다. 그가 편지 를 두고 가는 모습을 상상한다. 그는 투신자살을 했을까? 아니면 정말 그곳을 떠났을까? 그럴 수 있었을까? 이런 생각을 하느라 아 침이 오는 줄도 모르고 뜬눈으로 밤을 새웠다. 창밖의 푸르스름한 빛깔이 하얗게 번져, 평생 해온 느린 춤 동작을 수련하는 할아버지 의 그림자가 선명하게 눈에 들어온다. 아침의 세계에서 볼 수 있는 빛깔들이다.

7

네가 들어온 후로 내 안에는 너만 한 크기의 구멍이 생겼어.

흑사병 이후의 에든버러.

나는 터널을 파기 시작한다. 요즘 나는 온실을 지나 언덕 꼭대기
에서 잭을 만나 자주 술을 마시는데, 그곳에서 지하 저장고 하나를
발견한다. 바닥에 흙이 깔린 옛날식 저장고로, 불에 탄 목재 몇 개
말고는 아무것도 남은 게 없다. 나는 도로에서 보이지 않도록 키 큰
풀들로 저장고 앞을 가리고 주변에 네모난 펫장을 두른다. 시청의
조사 결과 이 부지의 매각은 확정되어 있지만 30년째 방치 중이다.
백오십 년 전 이곳 농장이 새까맣게 타버린 후 아무것도 세워지지
않았다. 지금까지도.

나는 대학에 들어가기 전 1년 반 동안 줄곧 이곳을 손본다. 언덕
안쪽에는 십자가도 세운다. 대충 만들었지만 그 사이로 바람이 지
나간다. 심문 받는 언덕. 나는 삽을 들고 흙을 파서 습지 가장자리
까지 운반한다. 허리가 쑤시지만, 일이 아름다운 건 내가 무언가를
만드는 동안 그것 역시 나를 만들기 때문이다. 나는 더 강해진다.
이제 나는 그곳에 삽과 손수레를 놓아둔다. 2년 내내 삽질을 했더
니 이젠 내 등마저도 밑은 좁고 위는 널찍한 삽처럼 변한다. 아주
통통하게 살이 올랐구나. 터널이 거의 완성되어가던 어느 날 엄마
가 나에게 말한다.

고마워. 나는 문으로 향하면서 약간 과장된 동작으로 사과를 움
켜잡으며 말한다.

두 달쯤 땅을 파서 첫 번째 터널을 만들었다. 두 번째 터널은 물

속에 잠긴 기반암층 주변을 파내야 했다. 마지막 흙을 옆으로 파내고 이 끝에서 저 끝까지, 그런 다음 다시 저 끝에서 이 끝까지 구석구석 사방을 오갔다. 피라미드나 봉분에 관해 샅샅이 읽어봤지만 내가 포장한 이 길, 도시 아래 도시인 나의 에든버러에 버금가는 건 어디에도 없는 것 같았다.

겨울에 언덕 꼭대기에 서면 나무 사이로 스퍼윙크 교회가 보인다. 도로 위에 우뚝 서 있는 한 귀퉁이 하얀 첨탑도, 뒤뜰의 무덤들도, 저 멀리 습지도. 언덕 밑 지하의 벽에 돌출된 촛대를 설치하고, 모기를 쫓아낼 시트로넬라 오일 램프를 놓는다. 바닥엔 슬레이트를 깐다. 나는 지하로 내려간다. 언덕의 왕에게 비밀이 있으니, 그는 지하에서 언덕을 다스리노니. 어둠 속에서 담배를 피우며 이따금 노래를 부른다. 지금이 흑사병이 돌던 시대인 양, 나는 이곳에 남겨진 채 매장된 도시에서 죽어가면서도 죽은 이들을 위해 노래를 부른다고 상상하면서. 가끔은 피터를 생각하면서.

어느 날 스펙의 집에서 돌아오는데 할아버지가 미소를 지으며 나를 기다리고 있다. 너 옛날 물건들 좋아하지 않니? 할아버지가 말씀하신다. 나는 책들을 내려놓고 할아버지를 따라 할아버지 댁으로 간다. 담요가 덮인 할아버지의 침대 밑에 엉뚱한 물건이 놓여 있다. 대포였다. 구릿빛. 믿을 수 없을 만큼 흉측하게 생긴. 짧고 뭉툭한 대포. 어디서 났어요? 내가 묻는다.

미군한테 얻었지. 할아버지가 말한다. 하지만 포르투갈제다. 아주 오래된 거야. 16세기 때 거니까. 미군이 한국의 안전을 돕기 위해 준 것이란다. 아주아주 오래 전에 말이다, 미군이 가지고 있다가 다른 필요한 걸 구하느라 나한테 주었지.

나는 할아버지의 배에서 찍은 할아버지 사진들을 떠올린다. 아주 긴 어선. 미군들은 때마침 이런저런 물건들이 필요했던 게 분명하다. 이거 마음에 드시오? 라고 미군은 물었겠지. 헤이, 우리한테 발사 장치가 있소. 포탄도 같이 드리지요.

우와. 내가 말한다. 할아버지, 우리 전쟁을 선포해도 되겠어요.

할아버지가 이번에는 눈물이 주르륵 흐르도록 아주 크게 웃는다. 그리고 그때가 아마도 할아버지가 우는 모습을 본 유일한 때라는 걸 나중에 알게 된다.

발사해보고 싶어요.

스펙에게 이 대포에 대해 말하자 그가 웃는다. 향료 무역이라도 하셨나보구나. 스펙이 말한다. 하지만 진짜 대포란 말이지? 그렇다면 값이 꽤 나가겠구나. 잘 관리해라. 그리고 누가 무슨 말을 해도 절대로 사용하게 해서는 안 된다.

나는 엄마에게 대포에 대해 말한다. 엄마는 저녁상을 준비하면서 말한다. 우리 가족이 평범할 리가 있겠니. 엄마하고 약속하렴. 밖에서 아무한테도 말하지 않겠다고. 왜냐하면, 엄마가 한숨을 쉰다. 왜냐하면 할아버지는 이걸 개인적으로 소장해도 되는 건지 알아보지 않았잖니. 이건 한국의 국보야. 엄마가 말한다. 한국 사람들은 이런 문제에 집착이 강한 사람들이야. 가진 걸 거의 다 외국에 빼앗겼거든. 자, 엄마는 미국식 참수이(고기와 야채를 볶은 미국식 중국 요리ー옮긴이)가 담긴 냄비 뚜껑을 열면서 말한다. 맛 좀 보렴.

8

생존자는 말을 하게 돼 있어. 누가 아직 살아있는지 확인했어? 어느 날 아침 잭이 나에게 전화를 해서 말한다. 여름 내내 우리는 거의 대화를 하지 않았다. 서로 전화 한 통 주고받지 않고 조용히 지냈다. 재판을 받은 지 3년이 지났고, 우리가 마지막으로 섹스를 한 지는 석 달이 지났다. 섹스를 하고 얼마 지나지 않은 어느 날 밤, 잭은 차를 타고 우리 집에 찾아와 나에게 물었다. 내가 게이라고 생각해?

잭은 우리 집 진입로에 차를 세우고, 나는 조용히 이야기하기 위해 그의 차에 탄다. 잭이 자동차 앞 유리에 머리를 기댄다. 잭의 두 형들은 그에게 여자 친구가 생겼냐며 놀렸다고 한다. 잭은 형들에게 그만 좀 하라고 말했고, 형들은 여자 친구랑 자야 한다고 했다. 나는 자동차 유리를 내린다.

우리가 했던 건 …… 아무것도 아니었잖아. 내가 말한다.

뭐라고?

우린 어렸잖아. 내가 말한다. 너도 알다시피 호기심에 몇 번 해 본 것뿐이야. 말도 안 돼. 네가 무슨 게이냐.

넌 아니라고 생각한다 이거지.

당연하지. 넌 나하고 달라.

내가 그렇게 말한 순간, 우리 사이의 모든 것이 과거형이 되었다. 내가 말을 뱉은 순간 모두 지난 일이 되었다. 우리 사이에 있었던 한때의 일이 되었다. 넌 나하고 달라. 내가 그렇게 말하는 순간, 나는 이제부터 그가 나와 같지 않으리라는 걸 알았다. 그러던 어느 날 오후, 곧 개학을 하면 둘이 어떻게 학교에 갈지, 차라리 개학 전에 친척들을 보러 한국에 가버릴지 생각하고 있을 즈음 잭에게서 연락이 온다. 잭이 전화로 말한다. 온실에서 만나자. 오늘 밤에.

불안하다. 잭이 만나온 친구들은 나를 엄습하는 내 방어적인 생각들을 한눈에 꿰뚫어보기 때문에, 그들이 나에게 안녕 하고 인사하면 나는 곧장 그들의 소리를 차단해버린다. 그들이 나에게 말을 건네자마자 나는 내 목소리를 듣는다. 그들이 불쾌해질 걸 알기에 차마 크게 말할 수 없는 소리들을. 피아니스트가 뼈가 으스러질 것 같은 강한 힘 앞에서 악수를 피하는 것처럼 내 귀는 아무런 소리도 듣지 않는다.

그래. 나는 말한다. 8시쯤 거기서 보자. 그런데 너 잘 지내는 거지?

잘 지내. 잭이 말한다. 바깥에는 고래의 깊고 파란 쐐기 모양의 입 같은 밤이 우리 위로 열린다.

나를 만나기 몇 시간 전, 잭은 자신의 집 주변을 서성거린다. 그는 옷장에서 샷건을 꺼내고 찬장을 뒤져 총알을 찾은 다음, 어깨에 재킷을 걸치고 열쇠를 가지고 나와 한참을 서성거린다. 잭은 기록적인 시간 안에 거기까지 차를 몰아 길에서 멀리 떨어진 곳에 주차한다. 그는 지나가는 경찰 눈을 피하려면 어디에 차를 세워야 하는지 알고 있으며, 심지어 일몰 시간에 순찰차가 돌아다니는 동안에는 차 안에서 밖을 주시한다. 나는 잭이 온실에 들어가 잠시 앉아서 깨진 유리창 사이로 위를 올려다보았을 거라고 상상한다. 잭은 하늘을 보았을까, 아니면 앞의 깨진 유리를 보았을까? 샷건은 발가락으로 방아쇠를 걸 만큼 길지 않지만, 양손으로 쉽게 잡아당길 만큼 짧지도 않기 때문에 잭은 틀림없이 총을 붙들고 버둥거렸을 것이다. 이 글을 쓰는 지금, 그 일에 다른 사람 손을 빌렸을 거라고는 생각하지 않는다. 그럴 리가. 나뭇가지가 거들었을 수는 있어도, 결국 그 손은 잭의 손이었고 총알이 그의 머리를 관통해 정수리 쪽을 날렸을 때에야 두 손을 아래로 떨구었을 것이다.

지금까지는 내 상상이다. 도착해서 내가 본 상황은 이제부터다. 그의 가슴 위에 까마귀 한 마리가 내려앉는다. 방어적으로 양 날개를 위로 힘차게 움직이는 모습이 마치, 죽었어, 맞지? 라고 말하는 것 같다. 까마귀는 까만 날개를 파닥거리며 하늘까지 가지고 갈 충분한 공기를 감싼다. 경찰을 불러오기 위해 내 차로 돌아가는 길에 여우 한 마리가 내 앞을 가로지른다. 여우는 어깨 너머로 시선을 던져 나를 보더니 다시 몸을 돌려 가던 길을 재촉한다. 펄쩍 뛰어 공기 속으로 사라지는 것처럼 보인다.

오늘 밤은 세상 모든 것이 하늘을 날 수 있나보다. 너 빼고. 나는 속으로 말한다.

나는 서둘러야 했다. 엔진을 가속시켜 곧장 경찰서로 향한다. 동물들이 잭을 덮치지 않도록 하기 위해서.

9

지금도 나는 여우가 나는 걸 볼 수 있다. 그해 여름 친척집에 방문하기 위해 할아버지 할머니와 함께 한국에 갔을 때, 할아버지는 여우가 한국 전 지역에서 가장 중요한 동물이 된 사연을 말해준다.

할머니는 우리가 마실 인삼차를 식탁에 내려놓으며 혀를 끌끌 찬다. 우리는 서울에 있는 고모할머니 댁에 와 있고, 할머니와 고모할머니는 우리가 도착한 후 쉴 새 없이 이야기를 나누고 있다. 할아버지는 입을 다문다. 네게 아주 중요한 이야기란다. 할머니는 다시 부엌으로 향하면서 말한다. 여우는 아주 영리한 동물이야. 할아버지가 다시 이야기를 시작한다. 안 먹는 게 없어요, 먹을 수 있는 상황이 되면. 굉장히 똑똑하단다. 제일 강하다고는 할 수 없지만, 다른 동물들보다 똑똑해요.

할머니가 다시 식탁으로 돌아온다. 한국에서 가장 중요한 동물은 여기 있지. 할머니는 이렇게 말하고 내 머리에 가볍게 입을 맞춘다. 그러고는 웃으면서 다시 부엌으로 돌아가 우리가 차를 다 마실 때까지 기다린다.

나는 고모할머니들을 모신 사당을 순례하기로 한다. 우리 집안 사당은 조상들이 몇 세대에 걸쳐 살아온 물산도라는 섬에 있다. 내가 너무 말랐다며 안타까워하던 친척들까지 서울을 다녀간 후, 우리는 넓은 기차 안으로 몸을 밀어 넣고 한국의 해안에서 떨어진 곳으로 향한다. 철로가 끝날 때까지 기차를 타고, 길이 끝날 때까지 택시를 탄 다음, 여객선을 타고 신의 눈물처럼 몹시도 푸르고 아름다운 바다 한가운데로 향한다.

물산도는 물의 산이라는 의미다. 도착하기 전에 나는 머릿속으로 파도처럼 생긴 물산도를 그려본다. 어떤 불가사의한 힘에 의해 영원히 그 자리를 지키며 바닷속에 높이 솟은 파도 같은 모습. 도착했을 때 처음 바라본 섬의 인상은 과연, 다가갈수록 수평선을 배경으로 점점 높이 솟아오르는 파도를 닮았다. 바로 가까이에서 보이는 물산도의 실제 모습은 홍수에 잠긴 산처럼 생겼다. 해안은 대체로 바위가 많고 해변 몇 개가 전부라 음울한 분위기를 자아낸다. 바다가 깊어 여객선이 좌초될 위험은 없다. 여긴 택시가 한 대뿐이란다. 여객선이 다가오자 할아버지가 말한다. 찻집이 두 개, 호텔이하나, 주민은 2백 명인데 그 중 약 1백10명 정도가 우리 친척이란다. 할아버지의 짐작에 나머지 아흔 명은 '외지인'이다. 할아버지는 이 말을 하면서 소리 내어 웃는다. 나는 한 발을 보트 밖으로 내밀어 부두에 내딛으며, 보트가 가파른 바위 같다고 생각한다. 바람이 내 몸을 잡아당긴다. 나는 바람 쪽으로 몸을 기울이고, 사람들은 배에서 내리는 할아버지를 부축한다. 모두들 내 앞을 지나치면서 주위를 둘러보고 서로 미소 짓는다. 마치 비밀을 간직한 사람들 같다. 우리를 밀어낸 바람 속에 숨은 혼령들이 잠시나마 행복한 모습으로 나타나 그들을 맞이한 까닭일까. 내가 여객선의 널빤지를 다 건너오자, 햇볕에 그을린 선원들이 활짝 웃으며 달려와 배에 올라 수하물과 음식을 내린다. 나는 할아버지와 할머니를 따라서, 한눈에 얼핏 내려다봐도 부두까지 얼마 걸리지 않는 읍내로 향한다. 그리고 할아버지가 언급하는 모든 것의 숫자를 센다.

여행하는 내내 자주 그랬던 것처럼, 지금도 할아버지와 할머니는 은근한 시선으로 나를 보다가 나를 향해 미소를 지으며 고개를 끄덕인다. 할아버지는 귀신의 존재를 믿고 있고, 지금은 나도 문득문득 그 존재를 떠올린다. 이곳은 할아버지가 누이들과 함께 자란 곳이다. 황립학교에 다니던 시절, 누이들을 데려가 망가뜨린 이들의 언어를 배우며 일본 문법이 마음속에 차츰 번져가는 동안 할아 버지는 매일같이 이곳을 떠올렸다. 생각하는 모든 것이 일본어로 먼저 떠오르고, 꿈조차 일본어로 꾸던 시절이었다. 할아버지가 목 재로 만들어진 부두를 건널 때, 자상하게 할머니를 부축해 초록색 택시를 태울 때, 택시 기사와 소리 내어 웃으며 한국어로 한 마디 한 마디 말할 때, 나는 할아버지가 잠시 멈추어 일본어를 침묵시키 고 한국어를 꺼내고 있는 것 같다. 한 마디 한 마디가 할아버지의 입에서 구출되고 있는 것이다.

이제 할아버지 주위로 햇살이 비치고, 할아버지는 이런 생각에 빠져있는 나를 향해 손을 흔든다. 이리 오너라, 이쪽으로. 할아버지 가 말한다. 이리 와서 기사님한테 인사해라. 나는 기사에게 다가가 그와 악수를 한 다음, 섬의 반대편에 있는 절을 향해 출발한다. 기사 는 알고 있다는 생각이 든다. 내가 말을 할 줄 모른다는 걸 아는 것 같다. 내가 말을 배우려 애쓰는 중이라는 걸 그는 알고 있다. 내 입 은 죽은 시체처럼 무겁고, 말을 할 때마다 혼이 나가버린 듯 입만 열 면 번번이 실패하기 때문에, 나는 하려는 말을 하지 못한 채 꿀 먹은 벙어리가 되어 멀뚱멀뚱 앞만 보고 있다.

기사님이 네가 아주 잘생겼다고 하는구나. 할아버지가 웃으면서 말한다. 네가 제 씨 집안사람처럼 생겼단다.

나와 뒷거울로 시선이 마주치길 기다리던 기사에게 미소를 짓는다.

우리는 돌로 지은 우아한 절에서 무릎을 꿇고 기도한 다음, 돌아 가신 분들이 드시도록 음식을 차린다. 그분들이 점심으로 간단히 드시기에 제법 훌륭하다. 우리는 그분들을 위해 차례로 소주를 따른다. 나는 읽을 수 없는 글자들을 손가락으로 짚으며 따라 내려간다. 이 고모할머니들에게는 무덤이 없다. 할아버지는 그분들이 끌려간 날만 알 뿐 사망한 날은 알지 못한다. 그분들에게는 찾아 뵐 무덤 하나 없다. 우리는 오직 물산도에만 올 수 있을 뿐이다. 내가 기도할 차례가 되었을 때, 나는 도움을 요청한다. 기도의 내용이 번역되어 닿길 바란다.

피터는 제 몸에 불을 질렀다. 잭은 스스로 제 몸에 방아쇠를 당겼다. 그런데 나는 나 자신이 총알이 되고, 불길이 되고, 내 손으로 잭의 머리에 구멍을 낸 것 같다. 내가 불을 지른 것 같다. 때로는 그들의 죽음에 관한 산만한 생각들이 내 안에 불을 질러 흉측하고 붉은 흉터를 남기고, 번개에 맞은 나무처럼 나를 완전히 태워버린다. 빗발치는 번개에 겉모습 전체가, 내면이, 까맣게 숯덩이가 된다. 어느 땐 텅 비어 투명한 느낌, 바람의 아이가 된 느낌이다. 아무것도 만질 수 없고, 아무것도 나를 건드릴 수 없는. 나는 언제 이 상태에서 저 상태로 바뀔지 아무런 예고도 받지 못한 채, 두 가지 상태를 번갈아 오간다.

그들은 떠났어. 나는 바다를 향해 말한다. 아무도 내게 돌아오지 않아.

여객선을 타고 섬을 떠나 돌아가는 길. 태양은 내 앞에 서 있는 두 소녀의 머리카락을 비추고, 아니나 다를까, 나는 그들의 머리카락에서 붉은 가닥을 본다.

그로부터 몇 년 뒤, 뉴욕의 거리마다 여우 털 코트를 입은 여자들이 내 곁을 분주히 돌아다닌다. 나는 이 여자들에게 묻고 싶다. 그 코트를 입으면 날 수 있을 거라고 생각하세요? 그 코트를 입으면 다리에 난 솜털들이 금방이라도 날게 해줄 것 같나요?

물산도에서 출발하는 기차에서 내려 버스로 돌아오는 길에, 은퇴한 남자들이 입을 법한 헐렁한 리넨 정장을 입은 노인이 내 앞에 앉아 내 옷에 라이터를 댄다. 올이 풀린 실에서 불꽃이 희미하게 올라가는 모양이 보이기 시작한다. 노인은 나에게 미소를 짓는다. 실이 심지 같다. 실이 다 탄다. 불도 꺼진다.

잠시 후 나는 버스에서 내린다. 할머니는 올빼미가 쥐를 보듯 나를 본다. 할머니는 나에게 입을 맞춘다. 올빼미의 젖은 깃털 같은 느낌이다. 왜 이렇게 비쩍 말랐니. 어서 집에 가자. 할머니가 말한다.

고모할머니는 댁에서 자꾸만 음식을 차려 내온다. 전통적인 식사가 끝나고도 계속해서 음식이 나온다. 썰어서 볶은 스팸. 계란 프라이. 감자칩 한 봉지. 맛있게 먹어라. 고모할머니가 말한다. 할머니가 너 먹으라고 준비했단다. 할아버지는 내가 음식을 다 먹을 때까지 기다렸다가 식탁에 다가온다. 버스 기사가 마당에서 담배를 피우며 서성거린다.

고모할머니가 기사에게 물을 따라주면서 한국말로 뭐라고 말을 한다. 그는 고모할머니를 보면서 눈썹을 치켜뜬다. 고모할머니가 다시 부엌으로 다가와 식탁 앞에 앉는 동안 그는 깅엄체크 무늬 옷을 입은 고모할머니의 등에다 대고 뭐라고 말한다. 네 할머니가 널 보이려고 누굴 불러오라시는구나. 그가 말한다. 네 혼이 보이지가 않아. 고모할머니가 말한다. 내일 혼을 부르는 무당을 모실 겁니다! 기사는 할머니에게 고함을 친 다음 다시 나를 향해 말한다. 아주 무서운 무당이야. 귀신을 부르거든. 음악 소린 또 얼마나 시끄러운지.

10

아침에 무당이 도착한다. 그녀는 남자 같은 걸음걸이로 허리를 뒤로 젖히며 재미있어 죽겠다는 표정으로 들어온다. 누가 네 혼을 가져갔느냐. 무당이 거의 내 안에서 울리는 소리처럼 굵은 목소리로 나에게 말한다. 무당은 자신의 황갈색 바지 앞을 잡아당기고 리넨 소매를 끌어올린다.

모르겠는데요. 내가 말한다.

그렇담 우리가 찾아줘야겠구나. 무당이 말한다. 그러고는 집안을 돌아다닌다. 오래된 가구들이 빼곡히 들어찬 3층까지 올라간 다음 다시 내려온다. 집안 전체를 샅샅이 뒤진다. 할아버지는 좋아하는 장소인 미8군 장교회관 술집에 가고 안 계신다. 할머니는 정원을 서성거린다.

갑자기 무당이 굿을 하기 시작한다. 무당의 목소리는 돌연 피리소리처럼 음이 높아지고 말하는 목소리와 완전히 달라진다. 나는 무엇이 그런 차이를 만들었는지 눈으로 보면 알 수 있을 것처럼 물끄러미 무당을 쳐다본다. 무당이 노래를 하고, 간간이 손뼉을 치며 천천히 춤을 추면서 앞으로 나오기 시작한다. 할아버지와 할머니의 초록색 마당에서 할머니는 절을 하고, 무당은 굿을 한다.

그러다 갑자기 무당이 나에게 다가와 말한다. 네 방으로 가거라. 거기서 기다리고 있어. 그러고는 다시 굿을 하기 시작한다.

나는 내 방에서 기다린다. 한국에 침대가 유행하기 전부터 이 손님 방에 두었던 얇은 면 이불이 깔린 내 서양식 침대에 누워서 열린 창문으로 내 귀에 무당이 굿하는 소리를 듣는다. 얼굴이 땀으로 번들거리는 게 느껴진다. 그렇게 누워 있는 동안 창문으로 굿하는 소리와 함께 미풍이 불어온다. 어느새 눈이 감긴다.

초록색을 띤 황금색의 홍채 없는 두 눈이 어둠 속에서 나를 향해 빛을 발한다. 안녕. 목소리가 말한다. 날 잊었니?

아니. 내가 말한다.

사람들이 널 위해 날 이리 데리고 왔어.

사람들은 뭔가가 오길 원해. 내가 말한다. 너, '여우' 말이야.

잠시 후 나는 굿하는 소리에 눈을 뜬다.

불길해. 무당이 방으로 들어오면서 말한다. 어떻게 살라 그러지? 혼 없이 어떻게 살라 그래? 그러더니 무당은 웃으면서 머리를 흔든다. 오, 머지않았네. 무당은 이렇게 말하지만 나는 묻지 않는다. 머지않았어. 걸어 다니는 다이아몬드가 되겠어.

뭐가요? 내가 묻는다.

다이아몬드. 무당이 할머니의 손을 잡는다. 할머니 손에는 무척 아름다운 다이아몬드가 빛나고 있다. 땅에서 벗어나면 굉장히 아름답게 빛날 거다. 빛을 비추는 데 다이아몬드만큼 아름다운 건 없거든. 하지만 그 전에 땅속에 숨어 있구나. 네 혼처럼 말이다.

네? 내가 말한다. 나는 그 말을 생각해본다. 태양과 다이아몬드

와 구름 아래 어딘가에서 반짝이고 있는 혼이라니. 내 혼이 다이아
몬드 같다면, 누가 나에게서 그것을 파냈다는 걸까? 나는 그 혼이
이 세상 하늘 위를 나는 걸 보고, 대낮에 UFO를 보았다고 착각했
을까? 나는 아까 눈을 감고 누워 있을 때 들었던 목소리에 대해 말
하지 않는다. 그래봤자 아무런 좋은 일이 생기지 않을 거라고 생각
한다. 우리는 혼을 부르는 무당에게 안녕히 가시라고 인사한다. 할
머니는 무당에게 고맙다고 인사하면서 그녀의 두 손에 돈을 찔러
넣고, 무당은 그것을 바지 속에 접어 넣으며 얼굴을 찡그린다.

잘 가라. 무당이 내게 말한다. 머지않았다. 머지않았어. 알겠니.
혼이 없으면 죽기도 힘드니 그나마 다행이구나. 그러고는 콧노래
를 흥얼거리며 집을 나선다.

11

내가 가기로 결정한 학교는 웨슬리언이다. 엄마가 기뻐해야 하
는 거지? 엄마는 말한다. 거대한 묘비 같은 현대식 시멘트 건물들
이 들어서 있고, 커다란 수양버들로 아름답게 꾸며진 거대한 예술
대 교정을 가리킬 때조차 엄마는 내 선택을 이해하지 못한다. 이 학
교에 다니면 행복할 것 같아. 나는 엄마에게 이렇게 말하고, 이 말
에 엄마는 이내 마음이 누그러진다.

물론 진짜 이유는 교정을 연결하는 거대한 지하 터널 때문이다.
예비 신입생 모임 때 이 터널들을 발견하고 그 안을 돌아다녔다. 어
떤 건 좁고 어두웠고, 어떤 건 점점 넓어져서 방들로 이어진다. 어
떤 건 해독할 수 없는 낙서로 뒤덮여 있고, 어떤 건 사방으로 회색

의 홀쭉한 파이프들이 설치되어 있다. 이제야 마침내 집을 찾았어. 나는 생각했다. 내 잃어버린 도시. 나는 스펙에게 엽서로 터널에 대해 설명한다. 스펙은 답장에서 터널 사진을 보내 달라고 부탁하고, 나는 그렇게 한다.

첫날, 자동차를 몰고 가서 클라크 기숙사의 작은 방에 도착한다. 나는 텍사스주 보몬트 출신의 칼렙 오스왈드 에반스라는 남자아이와 함께 이 방을 사용해야 한다. 방문에는 그의 이름과 고향이 또박또박 적혀 있고, 내가 그것을 읽고 있을 때 홱 하고 문이 열린다. 클라크 홀에 온 걸 환영해. 이 칼렙이라는 아이가 말한다. 칼렙은 반바지 하나만 달랑 걸친 채 자기 침대에 앉아 있다. 근육질의 몸매가 한눈에 드러난다. 내 눈은 곧장 그의 부드러운 발바닥에 초점을 맞춘다. 창문은 전부 활짝 열려 있어서 문을 잡아당긴 건 바람일 거라고 생각한다. 여기는 에어컨도 없어. 칼렙이 말한다.

그러게. 나는 이렇게 말하고 가방들을 조심스럽게 내려놓는다. 하얀 방 두 개가 나란히 붙어있다. 카키색 반바지 차림의 칼렙은 하얀 침대 위에 양반다리를 하고 앉아 《도덕경》을 읽는다.

그러니까 앞으로 우리가 이렇게 지낼 거라는 거지. 내가 말한다.

우리는 서로를 보면서 미소 짓는다. 칼렙의 모습이 낯이 익지만 나는 이 느낌을 무시한다. 나는 칼렙의 의자에 앉아 그와 악수한다.

코우라고 불러라. 칼렙이 말한다.

그럴게. 내가 말한다.

담배를 피운 덕분에 입학한 지 며칠 만에 많은 친구들을 사귄다.

신입생을 대상으로 학장이 연설하는 동안 나는 테이블 위에 싸구려 거울처럼 반짝이는 재떨이를 본다. 아무리 기다려도 아무도 담배를 피우지 않는다. 이윽고 나는 담배에 불을 붙인다. 담배 연기가 신호라도 되는 듯, 이내 다른 테이블에서 희미한 담배 연기가 새어 나온다. 나는 주위를 둘러보다 검은 머리, 검은 눈동자에 깡마른 여자아이와 시선이 마주친다. 여자아이는 나를 향해 살며시 손을 흔든다. 연설이 진행되는 동안 더 이상 아무도 담배를 피우지 않는다. 나중에 이야기할 때 여자아이가 말한다. 아니, 테이블 위에 재떨이가 있었잖아. 그래서 난 피우고 싶으면 피워도 되는 줄 알았지. 네가 담배 피운 거, 나한텐 정말 의미 있는 일이야.

나는 그 아이가 계속 말하게 내버려두기로 한다.

여자아이의 이름은 페니 필즈이고 나이아가라폴시에서 왔다. 나하고 키가 같은 그 아이는 파티에서 나를 찾아와 말을 거는 유일한 사람이다. 나는 검은색 셔츠와 검은색 청바지에 부츠 차림이다. 페니가 묻는다. 누가 죽었다고?

두 사람이. 내가 말한다.

그래? 그거 재밌네. 피. 페니는 시험 삼아 한번 신발을 신어보는 것처럼, 그냥 한번 내 이름을 불러본다. 피. 페니가 내 셔츠 단을 붙잡고 살짝 앞으로 당긴다. 피, 우리 저기에 있는 테이블에 올라가서 춤추자.

페니는 담배를 입에 물고, 디제이 근처에 있는 기다란 테이블을 의미심장한 눈길로 응시한다. 파티는 풋볼팀 동호회 건물인 DKE 건물에서 열렸고, 크고 어두운 방에는 테이블 말고도 두꺼운 카펫으로 덮어씌운 것 같은 의자 몇 개가 놓여 있다.

난 됐어.

가자. 페니가 말한다. 전에 너 춤추는 거 봤어. 제법이던데. 테이블에 올라갈 자격 있어. 페니는 담배에 불을 붙인다. 너도 알겠지만, 춤 잘 추는 사람들이 따로 있지. 이제 페니는 필터 끝이 회색의 재가 될 때까지 뻐끔뻐끔 담배를 피운다. 과시욕이 강한 사람들 말이야. 페니의 입에서 나온 이 마지막 말이 흐린 연기에 덮인다.

담배에 불을 붙일 땐 연기가 파랗다가 연기를 내뿜을 땐 하얘지는 거, 본 적 있어? 내가 묻는다.

그래서? 무슨 말이 하고 싶은 건데? 그녀가 말한다. 우리는 테이블을 향해 다가간다. 나는 테이블 위로 몸을 끌어당겨 올라간다. 우리 안에 모든 색깔이 들어 있는 거지. 나는 이렇게 말하고 페니에게 손을 뻗는다. 페니는 내 손을 잡고 치마를 누르면서 테이블 위로 올라온다. 음악이 어찌나 큰지 내 갈비뼈가 울릴 지경이다.

속옷을 입어서 다행이네. 페니가 말한다. 색깔 있는 속옷이야. 페니는 나에게 담배를 건넨다.

여기 풋볼팀은 실력이 썩 좋은 편이 아니지만, 아무도 신경 쓰지 않는다. 남자아이들은 귀엽고 비교적 친절하며, 여자아이들은 남자아이들을 높이 평가한다. 우리는 나란히 서서 풋볼팀을 향해 춤을 춘다. 우리는 그들을 지켜보지만 그들은 아무도 우리를 보지 않는다.

12

나는 온통 검은색 차림으로 학교에 도착했다. 부츠, 청바지, 셔츠, 스웨터, 목까지 단추를 잠그는 가을겨울용 캐시미어 롱코트, 그리고 가을용 바람막이 재킷까지. 메인주에서는 이렇게 입으면 마음이 편했고, 아무도 이 차림새를 보고 당황하지 않았다. 그래서 코네티컷주에서 처음 맞는 가을에, 나는 교정 위의 검은 반점이 되어 담배 연기를 뻐끔거리며 걸어가고 있다. 이곳에서는 엄마 아빠의 시야에서 벗어나 얼마든지 담배를 피울 수 있기 때문에, 나는 실컷 담배를 피운다. 할머니는 내가 이곳에 도착하자마자 나에게 한국산 붉은 산호 목걸이를 준다. 나는 목걸이가 보이지 않도록 셔츠 안에 조심스럽게 고정시킨다. 첫 주에 코우는 나와 함께 시내 중심가에 있는 아서 이발소에 간다. 코우는 내가 스포츠머리로 깎는 모습을 지켜보더니, 이발을 마치자 의자에 앉으며 말한다. 똑같이 해주세요. 아서는 웃으면서 윙윙 소리 나는 이발기의 버튼을 누른다. 옅은 갈색 머리카락이 재빨리 잘려나가자, 코우는 누군가와 놀랄 만큼 닮았다. 이제 알겠다. 코우는 피터를 닮았다. 피터가 살아서 역기를 많이 들었다면 말이다. 야, 너 여기 있었냐. 나는 속으로 말한다.

어때, 괜찮아? 우리가 나갈 때 코우가 묻는다.

응. 나는 말한다.

이발도 새로 했겠다, 우리는 8번 운하 건너편에 있는 페니의 기숙사까지 걸어간다. 페니와 그녀의 기숙사 친구 몇 명이 머리에 비닐봉지를 뒤집어쓰고 기숙사 바닥에 앉아 잡지를 읽고 있다. 헤나 염색 중이야. 페니는 거의 고개도 들지 않은 채 이렇게 말하고는 슬쩍 코우를 본다. 어머, 안녕. 페니가 말한다. 오늘 신사 분들이 방문해주실 줄 몰랐네. 우리는 말 나온 김에 전부 빨간 색으로 머리를 염색하기로 했다.

형광 레드로 해. 한 여자애가 잡지를 보면서 말한다. 잡지는《인터뷰》였다. 네가 우리한테 그걸로 해줬잖아. 그 아이는 여전히 고개를 들지 않고 말한다.

너희도 이 색깔로 해야 해. 그 아이가 말한다.

코우와 나는 웃는다. 좋아. 코우가 말한다. 재미있겠다.

페니. 내가 말한다. 난 못하겠다. 나는 레이디 타마모, 여우를 떠올린다. 불길해. 내가 말한다.

뭐라고? 페니가 말한다.

나한테는 그렇다고. 나한텐 불길한 색이야.

뭔 소리야. 페니는 이렇게 말하고 자기 방으로 들어가 헤나 염색약과 비닐봉지 두 개를 가지고 나온다. 자. 페니가 말한다. 해 보자고. 마음에 들지 않으면 다시 스포츠머리로 자르면 되잖아. 코우와 나는 자리에 앉고, 페니는 가지고 온 재료로 우리 머리카락을 문지른다. 이제 너흰 형광레드맨이 되는 거야. 쌍둥이인 줄 알겠는걸. 완전 예쁘겠다.

와, 근사하겠다. 코우가 말한다.

그러게. 내가 말한다. 이제 예뻐질 거야.

잠시 후 기숙사로 돌아온 우리는 서로를 보며 웃는다. 우리는 샤워장으로 가서 몸을 씻는다. 코우는 내 맞은편 샤워실에 서 있다.

갈색을 띤 초록색 헤나 염료가 코우의 몸에 흘러내린다. 코우가 눈을 감고 몸을 뒤로 젖히자 거품이 흘러넘쳐 그의 매끈하고 아름다운 두 발 아래에 모인다. 코우가 눈을 뜬다. 애개. 그가 미소를 지으며 말한다.

다 지워졌잖아. 내가 말한다.

13

지난 몇 년 간은 화를 낸 적이 없다. 그런데 요즘은 행복한 기억을 떠올리기 전에 화부터 난다.

이런저런 이유를 생각해보지만 모르겠다. 아무것도 이유가 아닌 동시에 모든 게 이유가 된다. 왜 죽고 싶은 거지? 나는 스스로에게 묻는다. 달리 그만 둘 방법이 없잖아? 죽으면 모든 문제가 끝나니까. 타마모의 모습이 보인다. 자기 손으로 남편의 두 눈을 가리고, 공기를 들이마신 후 입김을 불어 불을 내뿜는 타마모와, 그녀를 지켜보는 가족들의 모습이 보인다. 이만하면 됐어. 타마모는 생각했을 것이다. 타마모의 입술 위로 뿜어져 나오는 불길. 그것은 이제 나를 끝낼 것이다.

창문 밖에는 거미 한 마리가 마치 공중부양을 하듯 허공 속을 유유히 지나간다. 사실 거미는 밑에서부터 이어진 3미터쯤 되는 줄에 매달려 있을 것이다. 나는 그걸 확인하기 위해 가까이 들여다본다. 거미는 허공에서 위로 실을 뽑은 다음, 바람에 의지해 털 달린 다리 사이로 실을 붙잡아 위로 올린다. 마침내 실의 한쪽 끝이 어딘가에 닿아 고정되면, 이 동작을 계속해서 반복해 집을 완성한다. 나는 거미가 결국엔 자기 집을 완전히 먹어 치워 부순다는 사실을 이 장면과 연결시키면서 계속 거미를 지켜본다.

코우가 내 방에 들어온다. 일어나. 그가 말한다. 연습 갈 시간이야. 시계는 오전 6시를 가리킨다. 우리는 조정팀에 가입했다. 나는 이불을 차내고 코우가 미리 골라 놓은 옷으로 얼른 갈아입는다. 우리는 운동할 때 회색 옷을 입어도 좋다고 결정했다. 우리는 기숙사에서부터, 교정의 높은 언덕을 거의 일직선으로 내려가면 도착하는 강 아래 보트 창고까지 달려간다. 어둑한 아침에는 만물의 중심(Center Of Everything, COE, 코우—옮긴이)에 황금빛 태양이 있다. 이 순간 죽음은 멀리 떨어져 있어 감히 다가올 수 없을 것만 같다. 여름이 그 끝에서 시작을 어루만질 때 우리는 차가운 강에 도착하고, 코우는 미소를 짓는다. 태양 같은 코우.

관심은 빛과 같다는 걸 나는 페니에게서 배운다. 열이 나지 않는 빛과 같다는 걸. 그 앞에 서는 것으로 자신의 그림자 인형을 만드는 것과도 같다는 걸.

칼렙 오스왈드 에반스, 텍사스주 보몬트 출신이라 이거지. 페니가 말한다. 밤에 페니의 방에 있을 때다. 슬립 차림에 플립플롭 슬리퍼를 신고, 손발톱에 빨간 매니큐어를 바른 페니는 신입생 사진첩을 넘기며 코우의 페이지를 발견한다. 그리고 빨간 손톱으로 코우의 이름 옆에 A자를 그려 표시한다. 코우는 네 애인이지, 양성애자 씨. 페니가 말한다.

나는 방금 페니의 질문에 대답하면서, 내가 양성애자라고 말한

셈이었다. 무슨 일 있어? 페니가 물었다. 나는 아무 일 없다고 말하고 싶었다. 하지만 오히려 정반대의 대답을 암시하려 애썼다. 모두가 문제투성이라고.

페니가 이렇게 물으면 나는 아무 말 하지 않는다. 페니는 나에게 담배를 피우겠냐고 묻고 나는 거절한다. 웬일이야, 담배 끊으려고? 페니가 말한다.

이제 조정팀이거든. 내가 말한다.

그러니까 뭐야, 남자 하나가 아니라 떼거지들 때문에 날 버리시겠다? 하지만 넌 양성애자들 안에서는 양성애를 오래 고수하지 않을걸. 페니가 쿡쿡 웃는다. 맞다, 너《어나더 컨트리》(1930년대 영국 사립학교를 배경으로 동성애자와 공산주의자의 이상과 꿈, 좌절을 그린 영화—옮긴이) 봤어?

응. 내가 말한다.

넌 남자들한테 로맨틱한 애정을 원하지만, 정확히 말하면 남자들의 행동에서 연애감정을 느끼는 거야. 페니는 담배에 불을 붙이고 이어서 말한다. 요즘 난 두 사람 때문에 담배를 피우고 있는 것 같다니까.

내가 하고 다니는 짓을 페니 네가 어떻게 생각하는지 알아. 그렇지만 나도 몸 좀 만들자. 더구나 처음부터 연애감정에 의미를 두지 않았다면, 애초에 아무것도 시작하지 않았을 거야. 사람들은 언제나 착각을 기반으로 평가하고, 착각은 힘이 세지.

그러니까 네가 혼자인 거야. 페니가 말한다. 페니는 플립플롭 슬리퍼를 벗고 무릎을 꿇고 앉아서 사진첩 위로 몸을 구부린다. 사진첩에는 신입생들의 고등학교 사진도 있다. 벌써부터 모두가 안정되어 보이고, 더 매력적이고 더 어른스러워진 것 같다. 사진 속 얼굴들은 진짜 같지가 않다. 사진첩에 있는 코우의 모습은 재킷에 넥타이 차림인데, 나는 코우가 이렇게 입은 모습을 처음 볼 뿐더러, 무엇보다 급하게 옷을 차려입은 인상을 준다. 태권도라고 써 있네. 페니가 말한다. 코우가 정말 태권도를 해?

아직 본 적 없는데. 내가 말한다. 하지만 코우는 허풍을 떠는 편이 아니다. 이제 페니는 의자 쿠션에 등을 기댄다. 두 팔을 양 옆으로 뻗은 모습이 마치 외계의 포유동물 품에 안겨 있는 것 같다.

나한테 다 털어놔 봐. 페니가 말한다. 코우 아버지가 대단한 사람이라는 거 너도 알고 있지. 네가 자기 아들한테 관심 있는 거 걔네 아버지가 좋아하지 않을 걸.

뭔 소리야. 내가 말한다. 오늘 나는 연습을 마치고 코우의 등을 마사지해 주었다. 코우는 내 외모의 절반이 한국인인 것처럼, 자신은 내면의 절반이 한국인이라고 말했다.

페니가 머리를 뒤로 젖힌다. 너희 둘 그만 끝내라. 페니가 말한다. 나는 웃는다. 내가 아는 이유 말고는 아무것도 우리를 말릴 수 없기 때문이다. 오늘 아침 내가 코우의 따뜻한 등을 마사지할 때 코우는 말했다. 네가 여자아이면 좋겠다.

이런, 피. 너 그만 가라. 페니가 말한다. 아무래도 너흰 희망이 안 보인다. 나 생각이 바뀌었어. 더 이상 아무 말도 안 들을 거야. 너도 알다시피 남자들끼리는 희망이 없잖아. 언젠간 너도 그걸 알게 될 거야. 페니는 마치 내가 남자가 아니라는 것처럼 이렇게 말한다. 그리고 그 말이 나에 대해 하는 말이 아니라는 걸 우리 둘 다 알고 있다.

내 방 어둠 속에서 이따금 그것을 느낄 수 있다. 내 안의 빨강. 나는 면도를 하고, 싱크대 안에 흐트러진 내 수염을 본다. 다른 색 수염과 함께 섞인 빨간 수염. 내 수염은 여러 가지 색으로 이루어져 있다. 갈색, 금색, 검은색. 그리고 빨간색.

14

아득한 옛날, 플라톤은 사랑이 영혼의 날개를 재생한다고 했다. 물론 우리가 글을 읽고 있을 때 글이 살아있는 것처럼 날개가 있는 경우는 예외지만. 종이 책장으로 만든 돛 위에 바람이 잉크를 뿌려 만든 글을 번역해본다.

…… 그는 발산하는 아름다움을 두 눈에 담습니다
그 아름다움으로 영혼의 날개가 자라 차츰 뜨거워지니,
오랫동안 바싹 말라 막혀 있어서
날개가 돋아나는 걸 방해했던 날개 구멍이
그 열기에 녹아내려 부드러워지면,
이 구멍으로 다시 날개가 성장하지요 ……

나는 세계에 대해 그동안 알고 싶었던 모든 내용을 이 글 속에서 읽는다. 이윽고 플라톤은 호메로스를 인용한다.

하늘을 나는 신 에로스의 이름은 인간의 언어로 만들어진 것이지요.

그러나 에로스는 날개를 성장시켜야 하는 신이므로, 천상의 언어로는 프테로스(Pteros)라 불립니다.(두 내용 모두 플라톤의《파이드로스》를 인용한 것으로, 'Pteros'는 '날개 달린'이라는 뜻의 어간(pt)와 에로스(eros)를 합쳐 만든 플라톤의 조어─옮긴이)

피터. 아침이 열리고 아침이 닫힌다. 내 주변 도서관에는 무수한 책과 벽돌과 유리가 교대로 쌓여 올라간다. 나는 나와 내 주변의 모든 것들 사이에 놓인 거리를 건널 수 없을 것 같다. 나는 영원히 추방되었다.

자리에서 일어난다. 서양고전사상 수업 시간이다. 나는 그리스인이야. 도서관 대리석 계단을 내려가면서 속으로 중얼거린다. 오랜 옛날, 소년들이 마음껏 사랑을 이야기할 수 있을 만큼 서로를 사랑한 도시들이 있었다. 그들은 돈보다 책을 더 사랑했다. 나는 걸음을 멈추고 다시 도서관 안으로 들어가 카드 색인 목록으로 향한다. 그리고 '메리 레놀트'를 찾아서 서가를 따라 올라간다. 그곳의 공기가 어찌나 탁한지 목이 잠길 지경이다. 알렉산드로스 대왕의 거세된 노예이자 연인인《페르시아 소년》이 그곳에 있다.

나는 책을 들추지도 않은 채 선반에 두고 나온다.

도서관 앞에는 자다 일어나 부스스한 머리에 풍덩한 스웨터를 입은 학생들이 찬바람이 불면서 다시 추워진 날씨에 고개를 푹 숙이고 걸어간다. 사랑하지 않는 이들과 어울리지 말라고 플라톤은 경고한다. 그렇지 않으면 지혜를 얻지 못한 채 9천 년 동안 지상을 헤매게 될 거라고.

15

가을 학기 끝 무렵 눈이 내린 뒤, 마치 파헤친 겨울 무덤처럼 어둡고 추운 짧은 겨울 방학이 시작된다.

처음 자살을 시도한 건 이모 집 근처 산에서다. 눈보라가 닥치기 직전에 야간 캠핑을 하기로 했다. 프렌드십 산악 지방은 캐나다, 버몬트, 뉴햄프셔, 그리고 내가 방문하는 이모 집 근처인 메인주 국경에 걸쳐 있다. 이모는 메인주 레인즐리에 25년 동안 거주하며 사서로 일하고 있다. 캠핑을 오래 전부터 계획한 건 아니지만, 재활용도 안 되는 종이 더미와 새틴 리본들 속에 파묻혀 크리스마스를 보낸 뒤, 크리스마스 때마다 선물 받는 미술 도구들을 챙기고 있을 때 문득 여행이나 가볼까 하는 생각이 들었고, 그러자 여행이야말로 '나 자신을 잃어버릴 절호의 기회'가 될 것 같았다. 지금까지도 계속되는 이런 융통성 없는 패턴이라니.

표면상으로는 그림을 그리고 스케치를 하기 위해 이곳에 와 있다. 며칠 전부터 폭풍이 예보되었지만, 태양이 그림처럼 환하게 빛났고, 그늘이라고 해봐야 태양과 맑은 하늘과 쌓인 눈 사이로 언뜻언뜻 발 밑에 숨어 있을까 말까 할 정도였다. 엄마의 동생인 팻 이모는 나에게 정말 갈 거냐고 걱정하며 재차 물었다. 이모는 최근 이혼을 하고 다시 행복하게 데이트 중인데, 젊음을 통째로 갉아먹은 기생충을 이혼 덕분에 제거해버린 것 같다. 요즘 이모는 안색을 되찾고 머릿결에도 다시 윤기가 나는 것 같다. 여행 준비로 분주한 그날 아침, 나는 이모의 식료품저장실에 두었던 가방을 꺼내면서 주방 선반을 다시 정리한다. 이모, 조리용 돼지기름이나 시나몬을 사야겠다 싶어도 절대 아무것도 사지 마세요. 나는 잔뜩 쌓여있는 식료품 속에서 찾아낸 것을 가리키며 말한다. 이모는 재료를 찾다가 못 찾으면 그냥 구입해버리는 데다, 죽을 때까지 지워지지 않을 쇼핑 목록이 머릿속에 꽉 차 있고, 냉동 베이글, 크림치즈, 시나몬, 돼지기름, 전자레인지용 팝콘, 통조림 콩 등은 기본으로 늘 재어 놓는다. 하늘이 두 쪽 나도 이것들이 있으면 마음을 놓을 것처럼.

폭풍이 지나갈 때까지 며칠 기다려 보면 좋겠는데. 이모가 바지를 털어내며 말한다. 이모는 수리한 농가를 덥힐 장작 난로 세 개에 통나무를 더 집어넣기 위해 방금 장작 보관 창고에서 나왔다. 이모는 엄마와 체격이 비슷하고, 엄마와 마찬가지로 움직임이 절제되어 실제로 내면에 지닌 힘은 잘 드러나지 않는다. 이모가 손으로 머리를 쓸어내린다. 네가 산에서 저체온증으로 죽었다고 네 엄마한테 전화하는 바보 같은 짓은 안 하게 해다오. 이모가 웃으며 말한다.

내가 죽으면 엄마한테 직접 전화할게요. 약속해요. 그런 다음 나는 배낭을 들어 올려 등에 맨다.

기름은 충분하지? 내가 그날 아침에 임차한 설상차에 자리를 잡고 앉을 때 이모가 현관 앞에서 외친다.

네. 내가 대답한다.

그럼 됐다. 이모는 이렇게 말한 뒤 뭐라고 더 말을 잇는 것 같지만, 설상차의 공기조절장치가 작동하면서 굉음을 내는 바람에 이모의 말은 묻히고 만다. 이모가 뒤로 물러난다.

눈보라는 처음엔 비처럼 시작되더니 이윽고 진눈깨비가 되어 내린다. 어느 쪽도 눈보라와는 거리가 멀다.

산길을 달리면서 설상차가 단단하게 다져진 눈 위에 세게 부딪칠 때조차 나는 눈보라에 대해 생각하지 않는다. 나는 아무것도 생각하지 않는다. 흰 눈이 펑펑 쏟아지는 1월의 풍경은 어디에서든 볼 수 있다. 벌써 새해가 시작되었고, 눈은 봄이 올 때까지 세상 만물이 완벽하게 보이도록, 모든 것을 깨끗하게 쓸어내고 걷어낸 것처럼 보이도록 만들어준다. 그나마 상록수가 이곳에 나무가 있다는 걸, 하얀 헬멧을 뒤집어 쓴 초록의 흔적이 있다는 걸 어렴풋이 알려준다. 헐벗은 나무들은 땅의 것을 하늘에 모두 내어주려는 듯 하늘을 향해 혈관처럼 한껏 팔을 뻗는다.

나는 야영지로 정해놓은 장소에 도착해 텐트를 치고 음식을 숨길 구덩이를 판다. 내 심장 소리와 숨소리만이 거대한 소음이 될 깊은 고요 속에서 오랜 명상을 할 자리를 만든다. 불구덩이 주변에 둑을 쌓고 불을 피운다.

잉크를 씻은 것처럼 파란 하늘에 물이 뿌려진 듯 군데군데가 어두워지는가 싶더니 이내 다시 환해진다. 태양은 빛으로 땅을 차지하려는 듯 가능한 모든 곳에 빛을 뿌린다. 도와줘. 태양은 내 발치의 작은 모닥불에게 이렇게 말하는 것 같다. 이제 나는 추위의 편에 서 있을 터라 다가오는 눈보라가 반갑다. 어차피 태양은 하루걸러

한 번씩 우리를 지배하고 있으니. 이제는 폭풍 차례다. 나는 불이 꺼지도록 내버려 둔 채 추위가 엄습하는 걸 느끼며 앉은 자리에 그 대로 머무른다.

폭풍은 유리를 만드는 직공이다. 이윽고 안개는 가뜩이나 차가 운 나무를 어루만져 얼음으로 뒤덮는다. 이제 바람은 바다와 호수 에서 슬쩍 훔쳐온 물과 내 머리카락과 내 입김으로 유리를 뽑아내 고, 폭풍은 사방에 존재하는 우리 모두에게 물을 얻어 와, 온 산맥 을 아무도 알지 못하는 성인이 그려진 스테인드글라스로 만든다. 대성당은 차가운 1월, 모두가 증오하는 이 회색의 혹독한 시기를 견디게 하는 장소다. 모든 이들이 어서 이 계절이 떠나가길 바랄 때 이곳에 숨어들어 자비를 구하는 이들은 오히려 영원히 이 안에 머 물길 기도한다.

검은 숲 사이를 조심조심 걸어가 호숫가로 향한다. 이곳의 얼음 은 비교적 신선하다. 나는 얼음이 깨지길 바라며 그 위에 발을 내딛 는다. 호수가 나를 데려가길 청하면서도 이렇게 걷는 것이 겁쟁이 처럼 보이지만, 그럴 수밖에 없다고 생각한다. 호숫가에서 반마일 쯤 떨어진 곳에 섬이 하나 있고, 나는 그곳으로 향한다. 길에서 죽 는 것이 한결 쉬울 것 같다. 폭풍이 부는 동안 눈 속에 눕는 것은 예 로부터 이누이트들이 저승으로 향하는 일종의 통행권이었다. 겨울 밤 드넓고 파란 하늘이 우리를 감싸면, 우리는 아주 쉽게 그 파란 하늘의 품에 안기게 될 것이다. 하지만 이 여정에는 인내심이 필요 하다는 걸 나는 안다.

얼음이 깨질 때, 나는 내가 무엇을 하러 왔는지 잊어버린다. 달려드는 얼음 사이로 왼쪽 다리가 미끄러져 들어간다. 왼쪽 다리가 빨려 들어갈 때 얼굴이 얼음에 세게 부딪치면서 차갑던 뺨이 다시 따뜻해진다. 나는 욕을 하며 발버둥치고, 발버둥치면서 두 다리를 허공 위로 휙 끌어올리다 얼음에 다리가 베인 걸 느낀다.

나는 티셔츠를 찢어 정강이를 감싼다. 그리고 처음 30야드를 네 발로 기어서 돌아가다가 나머지 거리는 절뚝거리며 걷는다. 나는 차가운 어둠 속에서 소리 내어 웃는다.

텐트로 돌아오니 불을 지핀 석탄이 벌겋다. 나무를 더 넣고 입으로 바람을 분다. 나무껍질 위로 다시 불길이 치솟는다. 이제 불꽃의 아랫면이 하늘처럼 파랗다. 마치 저 위의 천국이 불타고 있는 것처럼. 그리고 내 안의 어떤 부분들은 정말로 그러길 바란다. 저 위에 있는 피터가 구름과 구름 사이를 걸으며 불길을 퍼뜨리길.

다음 날 아침, 나무들은 추위에 쩍쩍 갈라진다. 나무 안에 있던 물이 얼어 섬유질이 찢기고, 바람이 그것을 잡아 뜯는다. 설상차를 타고 돌아가면서 보니, 사방에 나무는 안 보이고 대신 뾰족한 가지들뿐이다. 학교에서 코우가 뺨에 웬 멍이 났느냐고 물어, 나는 다리에 난 상처도 보여준다. 미친 놈. 코우가 말한다.

그러게. 내가 말한다. 정말 미쳤나봐.

16

내가 도예를 전공하기로 결정하는 데 영향을 미친 사람은 아마도 미술 강사였을 것이다. 물론 결정을 했으면 그뿐, 궁극적으로 누가 영향을 미쳤느냐는 전혀 중요하지 않지만. 어쨌든 미술 강사는 결국 내가 원하는 삶의 방식을 찾도록 도와주었고, 나는 그 점을 고맙게 생각한다. 그는 독일에서 온 객원 교수였는데, 기말 과제로 그림 열 점을 연작으로 그리게 했다. 키가 큰 미술 강사의 걸음걸이는 절뚝거리는 말 같았고, 부드러운 목소리로 서툰 영어와 독일어를 빠르게 내뱉었으며, 교정 어딘가에서 나무 아래를 걸으며 가지들 사이로 하늘을 올려다보는 모습이 자주 눈에 띄었다. 나는 도서관의 박사 전용 열람실에서부터 친구의 기숙사 방까지 안 돌아다니는 데가 없었는데, 가는 곳마다 무언가에 골몰한 표정으로 성큼성큼 당당하게 걷는 그를 발견하곤 했다. 물론 거의 일부러 그러나 싶을 만큼 절뚝거리며 걸었는데, 그 걸음걸이를 보고 있노라면 혹시 간첩 신호 같은 걸 보내는 게 아닐까 하는 의심이 들기도 했다. 미술 강사는 자기 내면에 푹 빠져서, 자신이 그리는 대상과 관계된 것이 아니면 주변에 무슨 일이 일어나고 있는지 전혀 관심이 없었다. 한번은 그가 손 위에 종이 타월을 펼치고 그 위에 조리된 베이컨 일곱 줄을 반듯하게 올려놓으며 학생 식당을 나오는 모습을 보았다. 그는 나를 보며 말했다. 그리려고 가져온 거니 걱정 마라. 괜찮으면 이따가 먹으러 오든가.

미술 강사는 스스로 섬세한 선이라고 이름 붙인 선을 그렸다. 종이를 보지 않고 두 손으로, 항상 연필을 이용해서, 위에서 아래가 아니라 굳이 아래에서 위로 힘들게 선을 그렸다. 그는 학생들의 그림을 가리키면서 선에 대해 말하곤 했다. 자, 보세요. 이 선과 이 선이 서로 언어가 달라서 선들끼리 대화를 하지 않잖아요. 혹은 이렇게 말하기도 했다. 이 선들은 지우세요. 안에 구조가 너무 많아요.

그는 전공자를 위한 상급반을 맡아 가르쳤으며, 그림에서 선은 시인이 시구를 말하는 방식과 같다고 설명했다. 이 선이 가장 좋군요. 그는 이렇게 말하면서 선을 어루만지곤 했다. 나머지는 이 선을 모방할 뿐이에요. 전부 지우고 처음부터 다시 그리세요. 이 선 모양만 그대로 유지하고. 나는 이런 식으로 그리는 게 싫었다. 이런 자세로 그리면 손이 떨렸고, 내 눈엔 형태가 추해 보였다. 나는 한 손으로 과제를 그려갔다.

과제로 조정팀 멤버인 소년 다섯 명의 누드화를 그린 적이 있었다. 이 작업이 평소보다 훨씬 재미있었다는 걸 인정한다. 그리고 나중에 깨달은 사실이지만, 이 작업은 선이 형체가 되길 기다리며 내 안에 갇혀 있던 무수한 선들을 해방시키는 시도이기도 했다. 이렇게 해서 각각의 인물이 탄생했다. 나는 지난 몇 년 동안 이 소년들을 그리고 싶었고, 그래서 내 방 조명이 가장 좋은 오후 시간에 이들이 오면 이불 위에 세워 자세를 잡아주곤 했다. 소년들은 운동선수답게 남을 의식하지 않았고, 하루가 다르게 체격이 달라졌다. 게다가 아직은 그들이 원하는 만큼 몸이 따라주기 때문에, 그들은 자기 몸을 좋아했다. 그들은 내가 제시한 아이디어를 받아들였고, 이런 식으로 오후를 즐겁게 보내면서 나는 선수 한 명 당 두 점씩 그림을 그렸다. 유독 나체가 아름다웠던 마이크가 기억난다. 거의 의사 진료실에 비치된 근육 차트처럼 몸 어디에도 군살 하나 없었다. 리치는 털가죽처럼 온몸에 털이 났다. 한때 배의 키잡이였던 이안은 특히 성 세바스찬이라는 성인의 일부를 닮았다. 그리고 코우는 도무지 그릴 수 없을 정도로 숨이 멎을 듯 아름다웠다. 나는 코우를 침대에 쓰러뜨리지 않기 위해 최선을 다했다. 애런은 모델 일을 스스로도 열심히 즐겼다. 내가 이런 식으로 애런을 그리는 데에는 두 가지 이유가 있다는 걸 우리 둘 다 잘 알고 있었다. 그리고 두 번째 이유가 오직 그림 안에서만 표현되리라는 걸 알았기에 개의치 않았다. 애런은 오직 내 시선을 받는 것에서만 즐거움을 찾았고, 시선 외에 나머지는 딱 잘라 거절했다.

뭘 말하려는 건지 모르겠군요. 내가 과제를 제출했을 때 미술 강사는 말했다. 이어지는 그림들이 무엇을 표현하는 건지 정말 몰랐다면 강의실에 있던 학생들 전부 웃었을 것이다. 아름답기만 하네. 선들이 정말 섬세하잖아. 나는 생각했다. 설마 이런 그림에 낙제점을 주겠어? 미술 강사는 손가락으로 그림을 가리키며 말했다. 그림들이 페르노 같아요.

나는 그가 포르노를 말하려 했다는 걸 알고 있었다.

아쉽게도 이건 그림이 아닙니다. 그가 말했다. 이 선들은 전부 선이라고 말할 수조차 없어요. 그리고 이 선들은, 흠, 이것들은 저마다 다른 언어로 말하고 있어요. 이 말을 할 때 그의 표정은 몹시 슬퍼 보였다. 믿을 수가 없군요. 그가 말했다. 그는 나의 아름다운 남자들 아래로 고개를 푹 숙였다.

그날 밤 나는 예술대학 건물 앞마당으로 나오는 도예과 학생들을 보았다. 예대 건물 도예 공방에서는 라쿠 기법으로 도자기를 굽고 있었다. 나는 둘둘 말린 내 그림들을 발치에 두고 앉아 줄담배를 피우고 있었다. 그러고 있으면 그날 내 머릿속 너덜거리는 실밥을 풀 수 있을 것처럼. 미술 강사가 슬픈 표정을 짓는 것도 당연했다. 나는 포르노를 그리려 한 게 아니었다. 나는 한때 숨을 들이쉬었던 것처럼 무언가를 내 안에 채우고 싶었고, 노래를 불렀을 때처럼 그것을 내보내고 싶었다. 하긴, 아무것도 없는 데서 난데없이 뭘 만든단 말인가. 노래를 부른다고 떠나보낼 수 있을까. 이런 식이라면 세상에 만들지 못할 게 없을 것이다.

나는 라쿠 작업을 하는 학생들이 자기 작품을 젓가락으로 끄집어내 잘게 찢긴 종이 위에 내려놓는 모습을 지켜보았다. 뜨거운 도자기가 즉시 종이를 불태운다. 이것도 쓰세요. 나는 내 그림들을 길게 죽죽 찢으면서 말했다. 내가 통 속에 종이 조각을 던져 넣고 도예과 학생들이 그 위에 작품을 식히자, 종이 조각들이 검게 광택을 내며 가마 주위 허공을 떠다녔다.

그림을 그릴 땐 그리면 그릴수록 망가진다. 만들 때라고 다르지 않다. 나는 이제 사랑하고 싶은 누군가가 있는 한 자유롭지 못하리라는 걸 알았다. 나는 그 존재에 대해 선을 그릴 수 없을 테고, 내가 나인 한 이 선은 언제나 저마다 다른 언어 안에 있을 것이었다. 진흙, 물, 발을 굴리면 돌아가는 기구. 계속해서 발을 굴리면 진흙이 위로 올라가 가늘어지고, 엄지손가락으로 살짝 건드리면 납작하게 펴져서 보기 좋은 모양으로 만들어지는. 학생들은 그렇게 해서 만든 것을 거의 천 도 가까운 뜨거운 가마에 넣었다. 어떤 학생들은 아직 유약을 바르기 전이거나, 유약을 긁어내거나, 유약을 발랐으며, 어떤 학생들은 초벌구이를 하거나 재벌구이를 하면서 도자기에 금이 가지는 않을지, 유약이 떨어져 쌓이지는 않을지 기다리며 지켜보았다. 이런 식이라면 괜찮을 것 같았다. 더구나 마르는 동안 진흙이 갈라지더라도 재활용 더미 속에 던져질 뿐, 아무것도 망가 뜨리지 않아도 될 터였다. 작품을 불 속에 넣고 나에게 어떤 형태로 돌아올지 지켜보는 것 외에 내가 따로 할 일은 아무것도 없을 것이 다. 나는 도자기가 구워지는 과정을 지켜보며 이런 생각을 했고, 무 언가가 불을 견딘 후 돌아오는 걸 지켜보았다.

그리고 다음 날 아침 도예학과에 전공 신청을 했다.

17

다음 해에 나는 피터가 살아 있던 마지막 날 밤 그와 함께 찍은 폴라로이드 사진을 내가 죽고 싶을 때만 기록한 일기장 안에 간직 했다. 그해 나는 거의 매일 이 일기장을 들추었다. 날짜 대신 '안녕, 죽음'이라고 썼는데, 때로는 그렇게 쓰면서 혼자 웃을 때도 있었다. 나는 84번 도로를 달리며 수로를 보고 생각하곤 했다. 이대로 가서 돌아오지 않는다면 어떻게 될까, 계속 앞으로 달려 시멘트 제방에 처박혀서 감긴 눈처럼 차가 찌부러지고, 크고 굼뜬 아가리에 집어 삼켜진 것처럼 내 몸이 물어뜯기면 어떻게 될까 하고. 나는 정신을 차리고 싶었고 아무런 감정도 느끼고 싶지 않았다. 누군가 내 인생 에 들어와 그날 밤 내 피부에 들러붙은 모든 신경을 끊어내 주었더 라면 내 인생도 그럭저럭 나쁘지 않았을 거라는 생각이 들었다. 나 에게 감각이 없다면, 그럼 얼마나 좋을까. 내가 더 살 수 있도록 한 번만 더 도와주세요.

몰려다니는 학부생 무리가 있었다. 금발인 그들을 보면 언제나

'이슬이 찰랑인다'는 표현이 떠올랐다. 그들은 마치 이슬이 혀를 날름거리다 한 방울 남겨둔 것 같았다. 나는 거의 퇴폐적일 정도로 로맨틱한, 내가 반한 모든 이들에 관한 길고 엉망진창인 시를 썼다. 페니는 그 시를 보고 웃었고, 이번엔 대상이 누구냐고 매번 물었다. 페니는 이 소년들이 모두 똑같이 표현되고 있다는 걸 알았다. 이 소년들은 모두 피터의 대역이었고, 코우만큼 중요하지는 않았다.

내 친구들은 혐오스럽다는 내색을 적극적으로 드러냈다. 넌 백인의 힘을 사랑하는 거야. 백인의 승인을 구하는 거지. 그들은 이렇게 말하곤 했다. 단지 이런 이유에서, 나는 작년까지만 해도 제법 열심히 참여했던 학내 정치 활동과 조심스럽게 거리를 유지했다.

코우와의 우정은 더욱 내밀해졌다. 이제 우리는 학교 소유의 아파트에 살았다. 정신 요양원 바로 맞은편에 위치한 고층 아파트로 알려진 악랄한 건물이었다. 길 건너 정신병 환자들이 쌍안경을 소중히 품에 안고 철창 달린 창문과 현관 뒤에서 우리를 지켜보고 있을 때, 나는 아침에 주차장으로 걸어가면서 지금 이 안에 사는 내 모습이 어떤 미친놈의 상상은 아닐까 생각했다. 코우는 나하고 같은 층 복도 끝에 살았는데, 나는 학교에 다니는 동안 컴퓨터가 없었기 때문에 과제물을 타이핑하기 위해 자주 그의 아파트에 갔다. 우리는 더 이상 조정팀에서 활동하지 않았고, 그의 룸메이트이자 예전에 조정팀 멤버였던 리치는 이제 하키팀에서 활약했다. 우리는 성적을 올리려 애쓰느라 스트레스로 멍해져서는 아무렇게나 옷을 걸치고 내내 집 안에서만 돌아다녔다. 나는 아무에게도 보이지 않는, 공기가 통하지 않아 답답한 거품 안에 갇힌 기분이었다. 시도

때도 없이 불이 켜진 회색 건물들이 내 방을 마주보고 있어 짜증이 났다. 그 해에 나는 긴 그림자를 통과하고 있었다.

아래층에는 나나 코우의 상태와 별반 다르지 않은 두 남학생이 살았다. 한 명은 리처드고 룸메이트는 레이프였다. 레이프는 검은 머리에 키가 크고 기품 있게 잘 생긴 친구였고, 리처드는 성난 듯 빨간 머리에 엄청난 술고래로 평판이 자자했다. 둘은 요즘 코우와 나처럼 거의 하루 종일 붙어 다녔고, 바로 위층에 살고 있는 나를 도저히 견디지 못하는 것 같았다. 레이프와 코우에게는 여자 친구 가 있었다. 하는 수 없이 리처드와 나는 같이 보내는 시간이 점점 많아졌다. 우리가 각자의 연인이 있어야 할 곳에서 서로를 응시하 는 밤이면, 나는 그가 나를 미워하고 싶어 한다는 걸 알 수 있었다. 나는 그에게 나를 미워할 구실을 던져주어 그의 바람이 이루어지 길 바랐고, 그러다 이런 사달이 났다.

이클렉틱이라는 건물에서 파티가 열린다. 이 건물은 한때는 클 럽이었지만, 지금은 신고전주의식 기둥에 칠했던 페인트는 벗겨지 고 담배는 질색이라면서 마약과 코카인에 취하거나 대마초를 피워 대는 인간들로 북적인다. 지붕을 간신히 떠받치고 있는 남부 저택 스타일의 이 맥주홀은 다 쓰러져 가고 있다. 리처드는 현관에 있고, 그의 곁에 다른 사람들이 몇 명 앉아 있다. 하도 빨아서 거의 회색 으로 바랜 검정 진에 티셔츠를 입고, 빨갛게 물들인 긴 머리카락을 흔들며 걸어오는 리처드의 가녀린 옆모습이 보인다. 어, 안녕. 그가 말한다. 내가 리처드를 발견했을 때 그는 벌써 취한 상태다. 너 꼬라지가 그게 뭐냐? 나는 대답 대신 눈썹을 치켜 올린다. 재수 없게 안 보이려면 가서 맥주나 마셔라. 리처드가 담배를 쥔 손으로 맥주통이 있는 방향을 가리키며 명령조로 말하고, 나는 웃으면서 그쪽으로 향한다.

건너편에 레이프가 있다. 나는 지나가면서 레이프에게 안녕 하고 인사한다. 레이프는 성인 남자처럼 길쭉한 체격이지만 얼굴은 아직 소년 같다. 옆에 있는 여자가 레이프에게 뭐라고 말하자 레이프가 히죽히죽 웃는다. 이런 곳을 좋아하기엔 그야말로 너무나 범생이처럼 생겼지만 말로는 리처드 때문에 와 있으며, 사실 리처드 없이 뭘 할 위인도 아니다. 섹스는 예외지만. 내가 지나가자 레이프가 고개를 끄덕이면서 괜히 여자의 말에 집중하는 척한다. 리처드는 그들의 시선이 닿는 주변을 서성거린다.

코우도 이 안에 있다. 코우는 담배를 피우고 있다. 젠장, 지금 뭐 하는 거냐. 나는 담배를 가리키면서 말한다.

너처럼 해볼라 그런다. 코우가 빙그레 웃으며 말한다. 코우의 곁에는 여자 친구 로라가 있다. 작고 당돌한 금발의 로라가 쓴 안경이 어둠 속에서 반짝거린다. 로라는 나를 향해 미소를 짓고, 나는 로라 앞을 지나가면서 그녀에게 장난을 건다.

이 자식한테 저것 좀 치우라고 해. 나는 로라에게 말한다.

네가 말해봐. 네 말은 잘 듣잖아. 로라가 말한다.

남은 밤은 우리 곁에 이렇게 쌓여 가고, 사람들이 주차 공간을 찾는 자동차처럼 왔다갔다 서성거리며 피워 댄 담배로 연기가 자욱하다. 나 담배 끊었어. 나는 방금 도착한 페니에게 말한다. 도저히 숨을 못 쉬겠잖아.

시끄러. 페니가 말한다. 행여나 그러시겠다. 담배 피우는 인간들이 담배 때문에 불평하는 게 제일 꼴 보기 싫더라. 페니는 맥주를 시키러 가면서 이렇게 말한다. 리처드가 비틀비틀 걷는다. 이런 걸음걸이는 언제나 불길한 신호다.

그 자식이 저 여자애를 사랑한다고 생각하냐? 리처드가 뜬금없이 아주 진지한 목소리로 묻는다.

나는 그 자식이 누군지 묻지 않는다. 나야 모르지. 내가 말한다.

잡년들. 리처드가 말한다. 둘 다 마찬가지야. 전부 창녀들이라고. 더러운 년들. 그가 방금 라이터 불을 켠 담배를 밟아버린다. 이제 담배 끊든지 해야지. 리처드가 숱 많은 머리카락을 얼굴 뒤로 넘긴다. 이리 와 봐. 그가 말한다. 술이나 한 잔 하자. 우리 집에 위스키 있어.

나는 파티 장소 주변을 둘러본다. 코우는 가고 없다. 더 이상 이곳에 있을 이유가 없다. 그러니까, 사실상 죽으려는 마당에 이곳에 있을 까닭이 없기도 하지만 실제로도 이유가 없다. 그래서 나는 말한다. 좋지. 위스키나 마시러 가자. 이제 리처드는 다른 사람들처럼 멀쩡하게 걷는다. 우리는 파티장을 빠져나온다.

리처드의 아파트. 리처드가 책상 램프를 켜자 램프 주변으로 어둠이 어른거린다. 리처드는 벽을 마주본다. 언제나 끔찍한 가로등만이 징그럽고 환하게 집 안을 비추지. 달빛을 받으며 잠을 자서 미쳐버린다면, 가로등 불빛을 받으면 어떻게 될까? 나는 생각한다.

나는 뒤를 돌아본다. 리처드가 위스키 병을 따고 있다. 그는 셔츠를 벗었다. 소년의 몸, 성인의 얼굴. 리처드는 레이프와 반대다. 어둠 속에서 민숭민숭한 그의 가슴뼈가 드러난다. 그는 영화 속 카우보이처럼 위스키 병을 입으로 가져가 벌컥벌컥 들이킨다. 그러면서 손가락으로 자기 젖꼭지를 탁탁 튕기고는 책상 앞에 앉아 병을 내민다. 그의 작은 방에 앉을 데라곤 침대뿐이라, 나는 그의 침대에 앉는다. 나는 병을 향해 손을 뻗으며 뒤로 몸을 젖힌다. 그가 더 마시고 싶으면 내 쪽으로 와야 가져갈 수 있을 거라고 계산하면서.

나는 아직 준비가 되어 있지 않으며, 그 사실이 나를 흥분시킨다. 리처드보다 조금 더 과격하거나 똑같이 행동해볼까. 입에 병을 기울이자 위스키는 목에서 잠시 머물다 아래로 내려간다. 나는 위스키를 삼키면서 코로 숨을 쉰다. 내가 병을 치우자 리처드는 병에다 손을 뻗으며 내 신발과 양말을 벗기고 있다. 나는 토마스 만의 책들이 쌓여 있는 침대 옆 탁자에 병이 쓰러지지 않도록 올려놓고, 리처드가 내 팬티를 벗길 때 엉덩이를 들어 올린다. 이제 리처드는 무릎을 꿇고 나를 향해 걸어와 키스를 하기 위해 몸을 숙이다가 내 입술 위에서 문득 멈춘다.

누구한테 말하기만 해. 그가 말한다. 리처드의 숨결이 내 몸을 적신다.

안 해. 내가 말한다. 나는 안다. 리처드는 상관하지 않는다는 걸, 내가 거짓말을 하고 있다는 걸. 그리고 그는 안다. 내가 거짓말을 하고 있으며 나도 그걸 알고 있다는 걸. 리처드는 그저 내가 나중에 이 일을 말할 때 자기가 말하지 말라고 했다고 말하길 바라는 것뿐이다. 또한 당분간 믿고 싶기도 하다. 소년들이 같이 자는 건 비밀이라는 걸. 우리는 소년이고, 아이 같은 차림으로 다니다 일 년이 지나서야 그 사실에 놀란 성인 남자가 아니라는 걸. 그리고 나는 리처드가 나에게 키스할 때, 그가 키스보다 비밀을 더 좋아하는 건 아닌지 확인하려 한다. 그런 다음 리처드가 좋아하는 건 키스라고 결론을 내린다. 그날 밤 리처드는 거칠다. 폭풍처럼. 레이프를 잃는 슬픔이 시시포스의 끝없는 과업처럼 매일같이 되풀이된다는 걸 나는 안다. 매일 레이프가 언덕 아래로 내려오면, 리처드는 매일 그를 언덕 위로 끌어올리려 애쓴다. 끝도 없을뿐더러 어디에서도 좀처럼 위안을 찾을 수 없다.

나는 리처드의 바지 속 고환 아래로 손을 뻗어 그의 항문 안으로 손가락을 집어넣는다. 나는 이곳의 피부가 몇 개의 두꺼운 세포로만 이루어져 있다고 생각한다. 섹스는 상대방의 가장 여린 피부를 만져도 되는지 묻는 것이다. 리처드의 눈이 감긴다.

나는 레이프가 돌아오기 전에 위층으로 올라간다. 리처드는 내가 문을 닫기 전에 잠이 든다. 나는 리처드의 푸르도록 창백한 피부가 검은 밤하늘을 가르는 꿈을 꾼다.

며칠 후. 우리는 학생회관 옥상 카페에 앉아 함께 커피를 마신다. 리처드는 《마의 산》을 읽고 나는 수강신청 편람을 획획 넘겨본다. 우리는 아무 말도 하지 않는다. 햇빛 속에서 그의 페니스 윤곽이 드러나고 나는 그것을 가만히 바라본다. 거리에서 반사되는 빛에 그의 페니스 주변에 난 빨간 털이 반짝이는 걸 본 것 같다. 마침내 우리는 자리에서 일어난다. 우리는 그의 아파트에 가서 옷을 벗는다. 내가 뭘 먹을지 말지 생각하기도 전에 리처드는 코카인을 조금 덜기 시작한다. 리처드가 무릎 위에 거울을 올리고 그 위에 코카인을 덜어 나에게 내민다. 리처드가 미소를 짓는다. 해 봐. 그가 말한다.

나는 코카인을 흡입하고 리처드에게 다시 거울을 넘겨준다. 난 코카인이 너무 좋아. 그가 말한다. 왜? 리처드가 거울 위에서 코카인 가루를 앞뒤로 밀며 정리할 때 내가 묻는다.

이걸 할 땐 울 수가 없거든. 그가 말한다. 내가 코카인을 할 땐 볼 수 없는 게 없는 것과 마찬가지였을까.

리처드를 사랑할 수 있길 바랐어. 나는 나중에 페니에게 이 일을 이야기하면서 이렇게 말한다.

자꾸 짜증나게 그럴래. 페니가 말한다. 그건 생각할 필요도 없어. 걔가 지독하게 못생긴 것만으로도 됐거든. 어쨌든 페니도 마음이 어지럽다. 리처드는 아직 이런 일로 소문나진 않았지만, 페니가 나와 전화 통화를 마치면 그건 시간문제다.

못생기진 않았지. 내가 말한다. 하지만 페니에게 더 이상의 말은 하지 않는다. 리처드의 가장 큰 장점은 둘만의 일을 사람들에게 잘 누설하지 않는 거라는 걸 이제 나는 안다. 나는 리처드에 관한 일을 말해버린 걸 곧장 후회한다.

18

미술 강사가 나에게 모델을 서 달라고 부탁해서, 어느 날 오후에 나는 알몸으로 그의 스튜디오에 앉았다. 시험 기간 전이지만 이미 시험 준비를 마친 상태였다. 5월의 코네티컷주는 지독하게 습해서 나도 모르게 땀이 흘러내렸다. 독일인 미술 강사는 날씨에 아랑곳

하지 않는 것 같았다. 그는 그림을 그리고, 다 그린 종이를 옆으로 치우고, 다시 그림을 그렸다. 나는 한동안 이런저런 알레르기로 고생했는데, 이렇게 앉아서 훌쩍훌쩍 눈물을 짜고 있는 걸 보니 알레르기가 다시 도진 게 분명했다. 그러니까 나는 벌거벗은 채 미술 강사 앞에 앉아 울고 있었던 것이다. 미술 강사는 나에게 왜 우느냐고 한 번도 묻지 않았다. 한 시간 후, 나는 우는 이유를 말하고 싶어도 그럴 수 없겠다는 생각이 들었다. 무거운 침묵 속에서 미술 강사는 한 마디도 입을 열지 않았고, 나 역시 아무 말 없이 스튜디오에서 훌쩍거리고만 있었다. 자세가 흐트러질까봐 눈물을 닦을 엄두도 내지 못했고, 어쨌든 보수가 괜찮으니 다음에도 다시 모델을 설 수 있길 바랐다. 그리고 그가 눈물도 그리고 있었다는 확신이 들었다.

　나중에 내 방에서 지금까지 본 그림자 중 가장 긴 회색 그림자를 들여다보게 되었을 때에야 다시 숨을 쉴 수 있었다. 그리고 며칠 뒤, 그날 훌쩍거리며 울던 걸 떠올리며 담당 의사에게 전화를 해야겠다고 생각했다. 의사는 나에게 눈이 가려웠냐고 물었고, 가려워서 눈물이 나는 건 알레르기 반응이지만 그렇지 않다면 감정적인 반응이라고 말했다. 미술 강사는 내가 취한 포즈를 일일이 폴라로이드 사진으로 남겼는데, 그날 그렇게 눈물을 훌쩍거리는 와중에도 큰 에릭이 우리를 찍은 사진들이 한 장도 발견되지 않았다는 걸 어렴풋하게 떠올렸다. 증거로 온갖 것들이 제출되었지만 그 가운데 사진은 없었다. 그때 나는 큰 에릭과 내가 찍은 사진들이 어딘가에서 책으로 만들어질지 모른다는 생각이 들었다. 다른 사람들의 구경거리가 될지 모른다고.

분명히 더 많은 신호들이 있었을 테지만 나는 그게 신호인지 뭔지 알아차리지 못했을 테고, 알았다 한들 속수무책이었을 것이다. 내장 기관에 잠복해 있다가 시시때때로 나타나 생명을 갉아먹으며 번식하는 바이러스처럼, 사진들은 내 안 어딘가에서부터 시시때때로 나를 변화시켰다.

며칠 뒤 아래층으로 내려가 리처드와 코카인을 조금 더 마시고 있는데, 리처드가 우리가 같이 잔 걸 누가 말하고 다니더라면서 혹시 내가 누구한테 말한 거 아니냐고 물었다.

나는 봉투를 집어 쟁반 위에 하얀 가루를 좀 더 덜었다. 리처드 말이 맞았다. 코카인을 하면 15분 동안은 울 수가 없었다. 마치 코카인이 찢어진 조각 같은 초침에 불을 붙여 일 초 일 초 타오를수록 시간이 줄어드는 것 같아, 그 15분 동안은 취한 채로 기분이 좋아졌다. 나는 코카인 가루를 한 번, 또 한 번 나누고, 그렇게 나눈 걸 다시 반으로 나눈 다음 마침내 리처드와 시선을 마주쳤다. 리처드는 담배를 피우고 있었고, 입가에 미소를 지을까말까 하고 있었다. 그때 엘라 피츠제럴드의 노래가 흘렀다. 나는 그 노래를 따라 부르기 시작했다. 그림으로 그린 종이달이지만……

피. 리처드가 말했다.

내겐 진짜로 보여요.

피. 그러지 마.

우리가 같이 나가는 걸 다들 봤잖아. 내가 말했다. 그래서 소문이 났나보지. 이러쿵저러쿵. 나는 리처드의 손에서 둥글게 말린 지폐를 뺏어 들고 코카인을 들이마신 다음 그에게 거울을 건넸다.

리처드는 내 말을 믿지 않았지만, 그는 내가 건넨 쟁반을 보면서 어차피 그건 중요하지 않다는 걸 알았다. 리처드가 쟁반을 멀뚱히 쳐다보는 동안 나 역시 죽치고 앉아서 그가 코카인을 마저 들이마실 때까지 기다렸다. 그럼 그렇지. 그가 코카인을 끝냈을 때, 나는 그에게 묻진 않았지만 그의 말마따나 이 관계를 그만 둘 때가 됐다는 걸 알아챘다. 나도 그만 두고 싶었다. 색채와 질감을 진정으로 결정하는 것은 햇빛이라는 걸, 그림을 그리면 가장 먼저 배우게 된다. 우리는 둘 중 누구도 아침을 깨우는 새벽빛 속에서 이런 몰골로 서로를 보고 싶지 않았다.

19

두 번째 자살 시도. 해 질 녘 아파트. 난로는 아마도 내 방으로 향하는 길을 처음 발견한 햇살에 황금빛으로 물들고, 나는 그 앞에 잠들어 있다. 한 학기 내내 붙잡고 있던 그림 몇 점을 완성하겠다고 이틀 동안 코카인을 들이부은 바람에 완전히 뻗어버린 모양이다. 정신을 차리고 보니 침대 옆에 리처드가 서 있다. 리처드의 바지 지퍼는 열려 있고 페니스는 쑥 나와 있다. 내가 눈을 뜨자 그가 미소를 짓는다.

네가 먼저 원하는 걸 선택해. 리처드가 말한다. 리처드는 내 가까이에서 자신의 물건을 흔들어댄다. 나는 그것의 분홍색 끄트머리가 올라갔다 내려갔다 하는 걸 지켜본다. 페니스가 보란 듯 공처럼 튀어 오른다. 그것은 여전히, 언제나, 매력적이다.

커피. 내가 말한다.

여자애들, 커피도 안 내려놨네. 자, 선택해.

커피 달라니까. 내가 다시 말한다. 그러고는 다시 침대 위에 드러눕는다. 리처드가 부엌에서 움직이는 소리가 들린다. 그 순간 그가 어떻게 우리 집에 들어왔는지 기억이 나지 않는다는 생각이 든다. 어떻게 들어왔어? 내가 묻는다.

자물쇠 따고 들어왔지. 리처드가 말한다. 기숙학교 다닐 때 연마한 기술이시다. 나중에 보여주지. 리처드는 담배에 불을 붙인다. 포르노 영화에서나 볼 수 있는 이 멍청한 자세들이 아무런 효과가 없다니 안타깝네.

오, 이런. 내가 말한다. 나도 안타깝네.

너 내가 싫어하는 게 뭔지 알지. 자살할 것처럼 굴어 놓고 쪽지니 뭐니 뻔히 보이는 데다 흘리고 다니는 거, 딱 질색이야. 그게 뭐 하는 짓이냐? 내 말은, 죽을 거면 실비아 플라스처럼 죽으라고. 그 여자는 죽음을 가지고 놀았잖아.

책상 위 램프가 리처드의 하반신만 간신히 비춘다. 그림자 진 그의 페니스가 모든 걸 말해주고 있다. 담배는 꺼져가는 깜부기불 위를 오가는 반딧불이처럼 창백한 주황색이다. 어쩌자고 내 인생에 저런 자식을 끌어들였는지 내내 의문이었는데, 문득 이유를 알 것 같다. 그리고 지금 기분이 너무 좋다. 다른 선택이 뭔지 알겠네. 내가 말한다.

코카인. 리처드가 말한다. 그런데 이번엔 좀 센 거야. 리처드가 일어나 커피를 가지고 돌아와서 침대 옆 탁자에 내려놓는다. 우리는 둘 다 머그 잔 속에 담긴, 나침반 바늘 같은 숟가락 손잡이를 바라본다.

그 여자애들이 코카인을 가지고 왔구나. 내가 말하자 리처드가 다시 미소를 짓는다.

코카인을 가열해서 연기가 나면 꼭 카펫 태우는 냄새가 난다. 집이 불타는 냄새. 지금 몇 시나 됐을까.

알게 뭐야.

이번엔 신중했다고 생각했는데, 기회만 노리다 끝난다. 바늘, 칼, 어둠 속의 폭력배, 대낮의 폭력배. 세상의 모든 것이 언제라도 내가 그 안으로 들어오길 기다린다. 예를 들어, 내 부엌에 있는 거의 모든 것을 나를 죽이는 데 사용할 수 있다. 다음에 오는 시간은 내 온 신경을 따라 추위를 태우는 하얀 불에 감싸여 도착한다. 리처드와 섹스를 하는 동안 나는 신이 된 기분이다. 나는 한 번의 손길로 모든 것을 불지를 수 있을 것 같아, 하늘로 뛰어올라 돌아오지 않는다. 새벽 다섯 시에 리처드가 담배를 피우러 아파트로 내려가는 사이에 나는 내 몫의 코카인을, 아니 더 많은 양을 가열할 수 있을 것 같다.

나는 새벽 다섯 시의 빛이 모이는 곳으로 자신을 날려 보낸다. 그러는 내내 한 번도 울지 않는다. 모든 것이 이미 너무나 빨리 움직이고 있지만, 지구의 중력을 피하려면 훨씬 더 빨리 속도를 내야 한다. 초당 7마일. 제발 내게 더 많은 연료를.

하얀 불이 검은 망치에 맞는다. 흩어진다. 나는 쓰러지지만, 내가 쓰러지는 그 시간에 나는 이미 그곳에 없다. 나는 끝없는 어둠 속을 부유하면서 내 몸이 나로부터 아주 먼 곳으로 굴러 떨어지는 걸 느낀다. 쪽지 한 장 남기지 않고. 리처드는 이해하겠지.

20

리처드가 구급차를 불렀다. 리처드가 내 아파트에 돌아왔을 때 커튼에 불이 붙어 있었지만 그가 재빨리 커튼을 걷었다. 리처드는 응급 상황에 대처를 잘 한다. 여태 본인은 모르고 있었겠지만. 어쩌다 불이 난 건지는 아무도 모른다. 내가 담배를 피우고 있었을 거라고들 짐작하지만, 나는 담배를 피운 기억이 없다. 우리 둘 다 담배가 떨어졌다. 리처드가 아래층에 내려간 것도 그래서였다.

나는 눈을 뜨기 전에 내가 돌아와 있다는 사실을 안다. 화상을 입었을 거라고 잔뜩 기대했지만, 병원 침대 맞은편 거울에 비친 내 모습은 누군가에게 흠씬 두들겨 맞은 것처럼 몰골이 말이 아니다. 실제로 리처드가 처음 나를 발견했을 때 손바닥으로 나를 수차례 쳤다는 걸 나중에 알게 된다. 누가 나를 그토록 두들겨 팼다니. 하지만 리처드는 심폐소생술을 한 것이었다. 정제된 코카인에 맛이 간 상태에서. 그 바람에 곳곳에 생긴 멍들은 몇 달이 지나도록 지워지지 않을 것이다.

내 곁에는 코우가 있다. 내 침대 옆 의자에 앉아 책을 읽다가 나를 올려다본다. 코우의 뒤에 비친 햇살이 내 눈을 할퀸다.

날 죽이려고 용을 써라. 코우가 말한다.

딱 계획대로 될 수 있었는데. 내가 말한다. 내 목소리가 이상할 정도로 활기차다. 그리고 내가 이제 안전장치에 묶여 있다는 걸 알게 된다. 이런. 내가 말한다.

그게 말이지. 아무래도 네가 자살 기도를 한 것 같아서. 코우가 말한다. 그러고는 내 손을 잡는다. 네가 자살 기도를 한 것 같다고 병원 측에 말했어.

나는 고개를 끄덕인다. 고개를 끄덕이는 건 아주 오래된 동의의 표현이다. 그리고 우리는 한동안 이렇게 앉아 있다.

물론 리처드는 절대로 날 용서하지 않지만 그건 별로 중요하지 않다. 코우는 나와 함께 졸업한다. 나는 여름에 집에 들렀다가 샌프란시스코에 간다. 코우는 시티뱅크에서 일하기 위해 방콕으로 향한다.

리처드는 마땅히 내 마음에 그의 자리를 마련할 자격이 있다. 그자리는 불이 타오르고 꽃들이 흩뿌려져 향기를 내뿜는 성지다. 그곳의 사과나무도 불에 타오르겠지. 하지만 이제 와서 그를 맞이하기엔 너무 늦다. 기근은 사람들을 나약하게 만들어서, 사람들은 대답 없는 신에게 기도를 올리고 소년들을 희생 제물로 제단에 바친다.

리처드에게 말하고 싶었다. 알다시피 나는 다른 사람을 사랑하게 됐다고. 너도 그러지 않느냐고. 우리는 함께 밤을 보내며 서로 추억을 나누며 사귀었지만, 이제 더 이상 나눌 추억이 없다.

21
메인만의 아쿠아리움 건립을 위한 기금 모금 행사에 엄마의 데이트 상대로 참석해 데이비드 형제를 만난다. 파티는 포틀랜드 중앙 부두 한쪽에 정박한 요트 위에서 열린다. 메르세데스, 사브, 신형 볼보 들로 꽉 들어찬 주차장이 번쩍번쩍 빛난다. 나는 파티장에 들어서자마자 곧장 이들 형제를 알아본다. 이곳을 가득 메운 사람들 속에서 무척이나 아름다운 모습으로 나란히 선 두 형제는 바깥에 세운 자동차들처럼 반짝반짝 빛이 난다. 만일 지팡이를 휘둘러 그들을 개로 변신시킬 수 있다면, 그들은 황금색 래브라도 레트리버로 변할 것이다. 그들은 함께 있을 때 더 아름답고 안전한 것 같다. 그래야 두 사람을 번갈아 바라볼 수 있을 테니까. 우리 엄마와 그들의 엄마는 서로 아는 사이여서 우리는 곧 악수를 하며 인사한다. 안녕, 내 아들 피란다. 이쪽은 캐시 아주머니고, 아주머니 아들 매트와 리보란다. 칵테일 쟁반들이 우리 머리 위를 떠다니고, 사람들은 색색의 이쑤시개가 꽂힌 작고 따뜻한 음식을 권하며, 나는 검은 생머리와 검은 눈동자를 지닌 두 사람을 바라보고 있다. 우리는 같은 모퉁이를 향해 동시에 시선을 옮기며 눈살을 찌푸리고, 모두 같은 생각이라는 듯 말없이 어깨만 으쓱해 보이고는 하이네켄을 받아들고 담배를 꺼낸다. 매트가 예의 바르게 머리를 숙이며 내 담배에 불을 붙인다.

곧 4번가에서 파티를 열 거야. 매트가 말한다. 너도 와야 해.

꼭 와. 리보가 말한다. 집에 환각 버섯이 반 파운드 있는데, 여기엔 아는 사람이 아무도 없거든. 케이프엘리자베스에 이사 온 지 얼마 안 돼서, 환각 버섯이 한 봉지나 있어도 할 일이 별로 없어.

동생 매트는 나와 동갑이고, 형 리보는 세 살 위로 그리넬에서

막 학교를 졸업했다. 매트는 아직 그리넬의 학교에 다니고 있다. 좀 더 덩치가 있는 리보는 진짜 성인 남자의 모습을 갖추기 시작한 반면, 매트는 아직 소년처럼 마르고 장미 열매처럼 입술이 짙다. 광대뼈 바로 아래에 1인치쯤 그어진 선명한 흉터에 주름이 잡혀 있다. 우리 셋은 거의 밤늦게까지 이야기를 하다가, 매트가 엄마들이 곧 도착한다고 신호를 보내자 피우던 담배를 얼른 모래 양동이 안에 던져 넣고, 엄마들이 계단에서 모습을 드러내자 떠날 준비를 한다. 엄마에게 대처하는 방법에 대해 우리 모두 아주 간단하게 암묵적으로 합의한 것이 나는 다소 당황스럽다. 이런 형제애가 익숙하진 않지만, 마음에 든다.

너희들이 함께 있는 걸 보니 흐뭇하구나. 매트의 엄마가 말한다.

며칠 후 화창한 오후에 나는 다시 그들 집에 간다. 우리는 지난번 피우다 만 담배를 찾아서 테라스에 앉아 맥주를 마시고 그동안 리보는 환각 버섯과 진저에일, 셔벗을 블렌더에 넣고 갈아서 버섯 펀치를 만든다. 슬슬 여자애들이 도착한다. 남녀 비율이 거의 4대 1은 될 것 같다. 리보와 매트는 활짝 웃으며 그들을 향해 손을 흔들고, 여자애들은 친척집을 방문하듯 익숙한 태도로 집에 들어온다. 그리고 얼음을 채운 쓰레기통에서 맥주를 꺼내 가볍게 흔들어 물기를 턴 뒤, 맥주에서 뿜어져 나오는 거품에 움찔하며 뒤로 물러선다. 두 형제의 집은 바다 위에, 그러니까 도로에서 한참 떨어진 곳에 위치한 커다란 석조 저택이다. 자작나무와 소나무 숲에 둘러싸여 있고, 실내와 실외에 각각 수영장이 있으며, 유리로 둘러싸인 실내 수영장에는 나무들이 늘어서 있다. 몇 시간 안에 이 집은 라벤더

색으로 반짝이는 립스틱과 베이지 매니큐어를 바르고, 수영복 자국을 남긴 채 선탠을 하고, 매끈하게 털을 민 다리에 머리는 포니테일로 묶은 여자애들로 가득 찬다. 어째서인지 남자애들은 보이지 않는다. 새들의 습성과 반대로 이 집에 모인 수컷들은 배경 속으로 사라지려는 경향이 있는 반면, 여자애들은 어깨 뒤로 머리카락을 넘기며 희고 가느다란 담배를 피우다가 순서가 되어 자리를 옮기면 피우던 담배를 비벼 끈다.

환각 버섯 펀치에 한 모금이라도 입을 대지 않는 사람은 없다. 매트와 나는 작은 종이컵으로 두 잔째 펀치를 재빨리 털어 넣는다. 분필 가루 같은 이상한 느낌의 환각성 곰팡이가 목구멍 안으로 부드럽게 쑥 넘어간다. 그리넬 대학교식 조리법이지. 우리가 부엌에서 세 잔째 펀치를 들고 건배하자 리보가 말한다. 얘들, 큰일 나겠네. 리보의 말에 우리는 웃는다.

30분이 지난 뒤 매트가 말한다. 괜찮겠지?

다시 30분이 지나고, 매트와 나는 잔디밭에 누워, 해질 무렵에 여자애들이 원반던지기 하는 모습을 지켜본다. 야외에 설치된 스테레오 오디오에서 음악이 흐르고, 반짝이는 여자애들이 반짝이는 원반을 던진다. 세상에, 쟤들 너무 예쁘다. 여기 정말 아름다워. 매트가 말한다. 그리고 여자애들은 정말 여신 같다. 세상 모든 것이 오직 그들을 더 아름답게 꾸미기 위해 이곳에 와 있는 것만 같다. 매트는 허우적대며 셔츠를 벗고 그 위에 누워, 여신들 못지않게 환히 빛나는 몸을 드러낸다. 눈동자만큼 커다란 젖꼭지, 볼록 튀어나온 배꼽 주위로 잘게 주름이 진 매끈한 배를 지닌 반짝이는 갈색 몸을. 나는 몸을 숙여 그의 배꼽에 입을 대고 싶은 충동을 억누른다. 그가 가스를 채워 부풀리는 풍선이라면 제일 처음 그곳이 부풀어 오를 것 같다.

대신 나도 셔츠를 벗자 매트가 말한다. 와우, 몸 좋은데. 그리고 이어서 말한다. 여기 한번 만져볼래? 그는 자신의 알통이 튀어나오게 만들고는, 왠지 몸을 움직이지 못하는 나를 위해 직접 몸을 일으킨다. 나는 살갗 아래에 주먹이 하나 들어 있는 것 같은 그의 근육을 만진 뒤 손을 내리다가 그의 젖꼭지에서 램프처럼 열이 나는 걸 느낀다. 반짝반짝 빛나는 여자애들이 우리를 지켜보다가 원반을 몇 차례 던지더니, 그들 중 하나가 큰 소리로 말한다. 팔씨름 해봐. 그 외침이 마치 여신들의 명령인 것만 같아서, 우리는 엎드려 서로의 손을 맞잡고 팔씨름을 시작한다. 우리가 두 팔에 힘을 주는 순간, 나는 우리 둘이 사라지는 것 같은 기분이 들기 시작한다. 여자애들은 우리를 둘러싸고 앉아서 팔씨름을 지켜보고 있는데, 우리는 땅속에 집어 삼켜져 사라지고 있다. 둘 다 힘이 거기서 거기이기도 하지만, 나는 딱히 이기고 싶지도 않고 팔씨름에서 이겨본 적도 없다. 마침내 리보가 다가와 우리 손을 잡고 매트의 손 위에 내 손을 얹는다. 그러자 매트는 서로의 몸이 포개질 정도로 위로 몸을 끌어올리고, 그 바람에 내가 매트의 어깨 가까이로 밀려들어가는 사이에 매트가 자기 쪽으로 손을 넘긴다. 그때 리보가 두 손으로 동생의 머리를 움켜잡고는 그의 입술에 억지로 찐하게 키스를 한다. 잇몸이 부딪칠 정도로, 쪽 소리가 나도록. 매트가 나를 옆으로 팽개치고 입술을 닦고 침을 뱉자, 리보는 웃으면서 벌떡 일어난다. 매트가 자기 형에게, 이 똥대가리야! 라고 고함을 지르자 나와 반짝이는 여자애들은 모두 하던 동작을 멈춘다. 리보는 날카로운 목소리로 자꾸만 웃고 또 웃는다. 그들의 모습에 기뻐한 여신들은 집 안으로 들어와 맥주를 더 달라고 하고, 부엌 조리대에서 담배 한 갑을 다 태운 뒤 일어난다.

지금쯤 나는 이 일이 언젠가 본 듯한 상황이며 그때와 같다는 걸 깨달으며, 이 모든 일을 바라보면서 어이없이 서 있다. 파란 하늘과 햇살, 고급 자동차를 타고 온 예쁜 백인 소녀들이 소용돌이처럼 빙글빙글 도는 세계. 매트의 몸이 닿았던 내 몸의 일부가 책이라도 읽을 수 있을 것처럼 환하게 빛나고, 그 열기로 빙글빙글 도는 세계. 그 안에서 나무 한 그루 한 그루의 숨소리가 들린다. 나무들이 숨을 쉬어. 잠시 후 나는 아직 해가 지지 않았다는 걸 어렴풋이 인식하며, 매트에게 셀 수 없이 여러 번 이렇게 말한다. 매트는 대꾸한다. 모든 건 숨을 쉬어. 온 세상이 한꺼번에 숨 쉬는 걸 느껴봐. 그리고 우리는 조용히 그 자리를 떠난다.

매트와 나는 수영장으로 향한다. 맥주를 마시며 원반던지기를 하는 여신들은 아직 도착하지 않았다. 매트가 둥근 수중 등을 켜자 푸른 기가 도는 황금색 불빛이 바닥에서부터 퍼진다. 그는 재빨리 셔츠를 벗어 알몸이 된다. 서둘러. 그가 말한다. 나는 어느새 어린 넵튠으로 변한 그의 모습에 감탄하며 옷을 벗는다. 매트는 손을 더듬거리며 페인트가 담긴 병을 연 다음 그 안에 손을 집어넣더니 팔뚝 전체에 굵은 줄무늬를 그린다. 페인트가 마르면서 파랗게 빛을 발한다. 이제 그가 나에게 다른 페인트 병을 건넨다. 나는 그것을 열어 시험 삼아 배 위에 그려보고 오렌지색이 드러나는 걸 확인한다. 고개를 들어 매트를 보니 그의 얼굴 위에 가느다란 줄이 죽죽 그려져 있다. 매트는 미소를 지으며 내 얼굴에 손가락 몇 개를 평평하게 대고 쓸어내려 줄무늬를 만든다. 그의 손은 나의 턱 아래에서 멈추고, 내 얼굴을 끌어당기고는 파랗게 빛나는 마른 입술로 이빨이 부딪치도록 키스를 한다.

매트가 웃으며 수영장 안으로 들어간다. 불빛은 물속에서 매트의 몸 위에 빛과 어둠을 흩뿌리고, 파란 물은 점점 짙어져 그의 하얀 미소가 마치 번개의 꺾인 모양처럼 보인다. 물속에 있는 매트의 모습이 언젠가 비행기 안에서 내려다본 폭풍처럼 보여, 그가 물을 끼얹어 나를 흠뻑 적실 땐 그와 나의 거리가 아득히 멀리 떨어진 느낌이다. 그만 쳐다보고 수영이나 하시지. 매트가 말한다.

나도 물속으로 들어간다. 잠시 후 수면 위로 올라와, 맥주의 여신들이 수영장 주변에서 천천히 옷을 벗고 고래 배처럼 하얀 가슴을 드러내는 모습과, 그들 뒤로 마침내 하늘이 검게 물드는 광경을 바라본다. 여신들은 페인트로 서로를 꾸며주기 시작한다. 음악이 시작되고, 이 소리가 내 머리에서 울리는 것이 아니라 수영장 벽에 설치된 스피커에서 나는 소리라는 걸 깨닫는다. 저쪽에서 반바지를 벗은 리보가 보인다. 여신들은 한 명은 그의 가슴에, 다른 한 명은 그의 얼굴에 페인트칠을 하며 웃기 시작한다. 내가 뒤편 발코니에서 잠시 첨벙거리는 물소리를 듣는 동안, 매트는 여신들을 전부 물에 빠뜨리고, 곧이어 그들 뒤에 놓인 옷을 발로 찬다. 수영장 안은 이내 비키니 탑이며 청 반바지 들로 어지럽게 널브러지고, 맥주의 여신들은 발갛게 타오르는 풀속으로 웃으며 뛰어 들어가, 좋다고 소리를 지르면서 자기들 옷을 잡으러 다닌다. 리보는 동생에게 욕을 하고, 리보의 곁에 있는 두 여신들은 그가 동생에게 원하는 것에는 흥미가 없는지 그를 말린다. 나는 물에서 내 셔츠와 매트의 셔츠를 건져내고 타월을 찾아 밖으로 향한다.

잠시 후 나는 내 잔과 매트의 잔을 들고서, 어느 비밀스런 파란 태양에서 빛이 비치기라도 한 것처럼, 파란 줄무늬를 빛내며 벌거벗은 채 잔디밭에 누워있는 매트를 발견한다. 건배. 그가 건배를 외치고 우리는 맥주를 마신다. 하늘에는 혜성들이 빼곡하고, 초승달은 떠오르기 전 누군가를 칼로 벤 것처럼 끄트머리가 살며시 분홍빛으로 물들어 있다. 우리가 반짝이는 수영장에서 리보와 장난치는 여신들의 모습을 바라보고 있을 때, 매트가 말한다. 춥지 않냐. 우리 집에 옷이 좀 있는데. 우리는 땅이 발밑을 감싸는 걸 느끼며 잔디밭을 걸어 집으로 향한다. 잠시 후 그의 방에서 매트가 말한다. 자, 이거. 매트가 나에게 콜드크림을 건넨다. 이놈의 페인트를 지우려면 이게 있어야 해. 매트는 셔츠를 벗어 내 오렌지색 페인트를 지우기 시작하고, 나는 가만히 드러누워 그가 지우도록 내버려둔다. 마침내 매트가 내 앞에 무릎을 꿇고 앉아 나의 그것을 입에 넣고 콧노래를 부른다. 어둠 속에서 내 몸은 더 이상 빛나지 않고 콜드크림으로 번들거린다.

이제 불꽃놀이가 시작되어 팡팡 하는 소리와 함께 어둠이 걷히고 온 사방으로 불꽃이 퍼진다. 맥주의 여신들이 데리고 온 투명인간 소년들 중 하나가 어딘가에서 스테레오 오디오를 발견한 것일까. 누군가 뉴 오더의 앨범을 올렸는지 가수가 노래를 부르기 시작한다. 어떤 느낌일까 -너처럼 날 대한다면- 매트는 파란 빛을 발하며 침대 발치에서 나를 삼키고, 나는 창문 밖을 내다보면서 별 안쪽에 매달려 뉴 오더의 노래를 따라 부르는 피터를 발견한다. 여전히 피터는 엄지손가락에 불이 붙어 있지만, 이번엔 폭죽에 불을 붙이며 나에게 말한다. 사랑은 영혼의 날개를 재생하는 거야. 이제 하늘 위에, 그리고 어둠 속에서 나를 삼키는 매트 위에 파란색으로 노래 가사가 지나간다. 나는 매트의 열기에 이불 속으로 녹아들며, 나오지 않는 목소리로 피터에게 부탁한다. 날 가엾게 여겨줘. 나도 같이 데려가줘. 그러나 피터는 내 말을 들어주지 않는다. 넌 올 수 없어. 아직 준비가 안 됐잖아. 무슨 준비가 필요하다는 거야? 내가 말하자 피터는 플라톤의 구절을 암송한다. '그는 발산하는 아름다움을 두 눈에 담습니다, 그 아름다움으로 영혼의 날개가 자라 차츰 뜨거워지니, 오랫동안 바싹 말라 막혀 있어서 날개가 돋아나는 걸 방해했던 날개 구멍이, 그 열기에 녹아내려 부드러워지면, 이 구멍으로 다시 날개가 성장하지요……'

곧이어 매트가 내 위에서 몸을 뻗자 파란빛이 흘러넘쳐 내 몸에 닿는다. 매트는 하늘에 숨겨놓은 보물 상자라도 찾는 듯 내 몸 구석구석에 입을 맞추고, 나는 개가 어디선가 우는 소리를 들으며 고개를 돌려 창문 밖 하늘의 피터를 바라본다. 이제 피터는 손을 흔들며 말한다. 넌 이제 자유야. 자유라고. 그러고는 나선 은하수 모양의 날개를 펼치고 불길에 휩싸여 하늘 높이 오른다. 피터는 하늘을 환하게 밝힌다. 그리고 이제 매트가 내 앞에 나타나 말한다. 이런 말

소사. 매트가 말한다. 왜 울고 그래. 이윽고 우리는, 우리 세 사람은
짙은 파랑 속으로 사라진다.

제 3 부

그리고 두 눈에
밤의 검은 잠이 내리고

워든 WARDEN

1

목소리가 여름날 같구나. 할아버지는 나에게 이렇게 말한다.

나는 열두 살이고, 지금 뜰에 나가 노래를 부르고 있다. 이곳은 메인주 요크비치다. 할아버지와 할머니가 나를 돌봐 주었으며, 이제 두 분은 나를 메인주 북부의 기숙학교에 보내기 위해 준비하고 있다. 실험 시설이 잘 되어 있는 학교라는구나. 할머니는 내가 과학을 좋아하는 걸 알고 이렇게 말한다. 크기도 아담하고. 네 마음에 들 거다.

어머니와 아버지는 감옥에 수감 중이다. 내가 아는 건 그 정도가 전부다. 부모님을 그리워하기엔 그들에 대해 아는 게 전혀 없다. 내가 알기로 그들은 체포되어 재판을 받고 형을 살게 되었다는데, 내가 기억할 수 있는 나이가 되기 훨씬 전에 일어난 일들이다. 간혹 무언가를 그리워하는 나 자신을 발견할 때가 있지만, 그 대상이 어머니인지, 아버지인지, 가족인지 확실히 말하기가 힘들고 또 불가능하다. 4년 동안 나를 키운 양어머니는 나에게 다정했고 내 상황을 전혀 숨기지 않았다. 넌 내가 빌려온 설탕이란다. 양어머니는 나에게 이렇게 말하곤 했다. 컵에서 널 발견했지.

부모님이 나를 면회하지 못하도록 법원에서 금지 명령을 내렸다는 걸 잘 알고 있다. 대신 나는 편지를 받는데 가끔 사진이 동봉되기도 한다. 가끔. 사진은 어쩌다 한 번씩 온다. 최근까지 내가 받은 사진은 십대 시절 아버지 사진이 전부였다. 아버지는 하이킹 길에 반들반들한 화강암 바위에 기대어 서 있다. 숱 많은 갈색 머리카락을 손수건으로 두르고서. 역시나 십대인 어머니는 핼러윈 복장을 위해 간호사로 분장한다. 두 사람은 대학 때 만났단다. 내가 물으면 할머니는 이렇게 말한다. 그런 다음 두 분의 결혼식 사진들을 보여준다. 최근에 받은 사진에서 아버지는 머리가 벗겨져 있다. 머리가 왜 이렇게 된 거예요? 내가 묻는다.

규칙이란다. 할아버지가 말한다. 할아버지는 회색 거품처럼 풍성한 머리카락을 문지른다.

그런데 난 왜 이렇게 숱이 없어요? 내가 묻는다. 부모 자식은 서로 닮기 마련이라는 걸 알 만큼은 안다. 내 머리카락은 금발이고, 눈동자는 라벤더 잎처럼 엷은 녹색을 띤 파란색이다. 이 집 가장자리에 죽 심어진 라벤더 잎처럼. 할머니는 이곳에 장미와 달콤한 향이 나는 허브를 심었다. 할머니는 아무 말 하지 않지만, 잠시 후 저녁식사 전에 다락방에서 무언가를 들고 나온다. 이것들을 치워 놓았는데, 이젠 없애려 해봐야 소용없겠구나. 할머니가 말한다. 사진 속에는 아마빛 머리카락의 발리언트 왕자처럼 머리를 깎은 금발의 어린 소년이 있다. 작은 전사의 머리에 반짝이는 헬멧이 씌어져 있다. 누구예요? 내가 묻는다.

네 아버지란다. 할머니가 대답한다. 내 아들.

2

내가 열세 살 때 어머니가 교도소에서 석방된다. 아버지와는 이혼하고 스웨덴으로 돌아간다. 네 엄마 고향이 스웨덴이란다. 할머니가 나에게 설명한다. 가족들이 그곳에 있지.

3

열네 살. 크리스마스를 맞아 요크비치에 있는 기숙학교에서 집으로 돌아온다. 요크비치는 휴양 도시라, 겨울엔 일 년 내내 거주하는 일부 주민을 제외하고 텅 비어 있다. 나무 아래에 놓인 선물 하나가 유독 눈에 띈다. 할아버지와 할머니가 집에서 만든 반짝이 장식과는 달리 상점에서 포장된 것이다. 커다란 상자를 손으로 만지작거리다, 안에 든 내용물이 약하게 부딪치는 소리를 듣는다. 내가 상자를 만지작거리는 건 할아버지와 할머니가 나를 유심히 쳐다보고 있기 때문이다. 마침내 상자를 여니 잠자리채가 툭 하고 튀어나온다. 곤충을 마취시키는 약병. 나비 수집에 관한 책 한 권. 벽에 걸 수 있도록 액자에 넣어 작은 핀으로 꽂은 곤충 표본들. 예쁘구나.

할아버지는 이렇게 말하고, 할머니는 목이 메는 듯 할아버지를 바라본다.

곱기도 해라. 할머니는 일어나 다른 방으로 향하기 때문에 할머니 목소리가 방 뒤쪽에서 들린다.

애야, 해볼 테냐? 할아버지가 묻는다.

물론이죠. 내가 말한다. 나는 사진 속 아버지를 떠올리며 우리는 똑같이 금발이라고 생각하고 있다. 그리고 또, 내가 변하지 않길 바란다고 생각한다. 내 머리카락 색깔이 변하지 않으면 좋겠다고.

4

나는 이제 토머스베튠 사립 중학교 2학년이다. 오라노와 블루힐 사이에 있는 메인주 이스트노트의 사립 학교로 남학생 2백 명과 여학생 70명이 다닌다. 이 학교는 몇 해 동안 내 집이 되어주었다. 식당을 사이에 두고 뉴이스트와 뉴웨스트, 두 개의 부속 건물로 이루어진 현대식 기숙사와, 왜 그렇게 부르는지 모르겠지만 모두들 블루라고 부르는 예술인문 건물, 그리고 패런이라고 부르는 과학수학 건물이 있다. 두 건물은 독특한 옛날 건물이다. 블루는 영주의 석조 저택으로, 원래는 열세 개의 침실과 무도회장, 식당, 주방, 하인들 숙소, 도서관, 서재, 일광욕실로 이루어져 있었다. 한때 여러 개의 헛간과 온실로 이루어졌던 패런에서 지금은 식물학과 축산업을 전문적으로 연구한다. 새로 지은 체육관은 정크 본드에 투자해 큰돈을 번 졸업생이 기증한 것으로 수영장과 실내 트랙도 갖추어져 있다. 나는 대부분의 시간을 이 체육관에서 보낸다. 수영은 점점 짙어지는 내 머리카락을 금발로 유지하는 데 도움이 된다. 내 이름은 에드워드 아든 고렌츠다. 내 친구들은 나를 워든이라고 부른다.

5

소문을 잠재우기 위해 수영팀을 보조할 코치가 새로 왔다. 수년 동안 우리 수영팀 코치를 지낸 필즈 선생님은 미혼인 상태에서 임신을 했는데, 아이는 갖되 결혼은 하지 않고 직장도 계속 유지하기로 결정했고, 학교 측에서도 이례적으로 우호적인 입장을 보이며 필즈 선생님의 제안에 동의했다. 학교 이사회는 낙태 반대론자들이 대부분이어서, 필즈 선생님은 현명하게도 이들의 성향을 고려하여 자신의 의견을 밀어붙였다. 새로 온 코치는 필즈 선생님의 훈련 스타일과 연습 상황을 파악하기 위해 일찍 일을 시작하기로 했다. 위원회는 점점 배가 불러오는 여자 선생 옆에 남자가 있는 걸 보면서, 학생들에게 그들이 지지하는 표준적인 이성애에 대해 환상을 심어주길 바랐다.

제 선생님은 미술부에서도 아이들을 가르쳤는데, 보기 드물게 건장한 순수 미술가였다. 제 선생님은 도자기 공예를 해요. 학생들의 질문에 필즈 선생님이 답한다. 스피도 원피스 수영복을 입은 필즈 선생님의 배가 반구형으로 드러나기 시작한다. 나는 저 안에 아기의 머리가 있을 거라고 상상한다. 아기는 엄마 뱃속의 포근한 잠자리 안에서 똑바로 앉으려 애쓰고 있을까. 몸을 웅그리고 있을까. 그나저나 필즈 선생님은 저 몸으로 예전처럼 물속에 뛰어들어 힘차게 손발을 놀리면서 우리를 도와줄 수 있을까. 그때 부코치가 도착한다.

사실 부코치는 그렇게 큰 편이 아니며, 오히려 나보다 약간 작다. 가무잡잡하면서도 약간 창백하며 어려 보이는 게 아직 대학생 같다. 아무튼 서른 살이 되려면 아직 멀었다. 넓은 어깨, 수영 강사답게 떡 벌어진 가슴, 튼튼하고 넓적한 다리. 그는 러닝 팬츠에 플립플롭 샌들, 하얀 일체형 수영복을 입고 목에는 산호로 만든 목걸이를 걸고 있다. 군인처럼 짧은 머리카락에, 앞이마의 V자 머리 선은 아래턱에 난 염소수염을 향하고, 그 수염은 그의 발밑을 향하고 있다. 외모로 보아 러시아나 유라시아 사람 같다. 언젠가 보았던 카자크 사람들 사진이 생각난다. 그가 나를 보고 미소를 짓고, 그 미소는 내 가슴을 두드린다. 마치 그가 손을 뻗어 내 가슴을 쾅쾅 두드리기라도 한 것처럼. 내 가슴이 열리고, 심장이 그를 받아들인다. 안녕하세요. 나는 인사한다.

안녕. 제 선생님이 말한다. 제 선생님은 수영팀 아이들 곁을 빙 돌면서 그들과 악수를 한다. 내 차례가 되자 그는 내 이름을 묻는다. 워든(warden, 교도소장이라는 뜻—옮긴이)이에요. 나는 대답한다. 그의 왼쪽 눈썹이 올라간다. 만나서 반갑다. 그가 말한다. 감옥이 참 근사하구나.

6

제 선생님은 학교 근처에 집을 빌린다. 근처지만 아주 가까운 건 아니고, 학교에서 두 블록 떨어진 마을 변두리에 윌로우가라고 불리는 작은 거리에 있다. 그곳에서 제 선생님은 올브라이트 포레스

터라는 이름의 룸메이트와 함께 살고 있다. 내가 그 이름을 알게 된
건 어느 날 연습 전에 그가 광고 우편물을 내다버리는 걸 보고 쓰레
기장에서 찾아봤기 때문이다. 우편물에는 이렇게 적혀 있었다. 올
브라이트 포레스터 님, 《집과 정원》의 특별 할인 구독료 이벤트에
당첨되셨습니다. 그날 연습 때 나는 그 이름을 읊조렸다. 올브라이
트 포레스터, 올브라이트 포레스터. 염소로 소독된 파란 물속에서
나는 그 이름을 중얼거렸다.

제 선생님 집은 소금그릇형 목조 주택(앞은 2층이고 뒷면은 단
층으로 지붕이 경사진 목조 주택 ─ 옮긴이)이며, 바다가 없는데도
지붕 위에 모자처럼 망대가 세워져 있다. 집은 좀 허름하지만 룸메
이트는 집을 관리하는 것 말고는 달리 할 일이 없는 모양인지, 두
사람은 무서운 속도로 집과 마당을 새로 꾸민다. 뒷마당 텃밭 옆에
는 잘 가꾼 정원이 있고, 작은 마당에는 아마도 래브라도 레트리버
와 핏불테리어가 혼합된 듯한, 형제 같은 잡종견 두 마리의 집이 있
다. 올브라이트는 제 선생님보다 어리다. 키가 약간 더 크고 예쁘장
하며, 어깨까지 내려오는 머리카락을 늘 앞으로 내려뜨려 수영장
물 색깔 같은 눈동자를 가리고 다닌다. 그는 세상 어디에도 낯선 곳
은 없다는 듯, 아무리 한가운데에서 주위를 살펴보아도 무엇 하나
관심을 끄는 대상이 없다는 듯, 이따금 무심한 태도로 학교를 방문
해 교정을 어슬렁거린다. 올브라이트가 이렇게 학교를 찾아올 때
마다 엄청난 이목을 끈다고 말한다면 그건 상당히 얌전한 표현일
것이다. 그가 제 선생님에게 인사하면서 미소를 던질 때, 그 미소에
는 키스 이상의 은밀한 무언가가 있다.

나는 몇 주 뒤에 차를 운전해 그들의 집으로 간다. 클러치 페달에 발을 떼고 낡은 검은색 볼보 승합차를 출발시킨다. 올브라이트가 손에 전지가위를 들고 나와 진입로 앞 라일락 덤불로 향한다. 그가 자동차를 향해 눈을 깜빡거린다. 나는 기어를 바꾸어 차를 움직이기 시작한다. 올브라이트는 다시 가지치기로 돌아가고, 그의 손에 꽃들이 떨어진다. 나는 뒷거울을 보면서 클러치를 풀고 달린다. 제 선생님이 그가 있는 집에 오는 상상을 하는 동안 그에게서 눈을 뗄 수가 없다. 그들은 현관에서 키스를 할까? 아니면 형제처럼 행동할까? 기어를 바꾸었더니 엔진이 약간 삐걱거리며 속도가 느려진다. 브레이크 등을 켜서 괜히 관심을 끌고 싶지는 않다. 유턴으로 방향을 돌려 후진해 마당에 있는 올브라이트를 본다. 그는 나에게 아무런 관심 없이 라일락 줄기에서 잎을 떼어내고 있다. 나는 얼른 그곳을 떠난다. 그날 밤 침대에 누워, 그들의 테이블 한가운데에 라일락이 꽂힌 유리병이 놓이고 그 주위로 저녁이 차려지는 모습을 상상한다. 창문 아래 선반에 놓인 검은 형체가 눈에 들어온다. 나비를 잡을 때 사용하는 쌍안경이다.

다음 날 오후에 수업이 끝난 뒤 시간을 내서, 학교에서 멀지 않은 목초지에 차를 세운다. 잠자리채와 마취약병을 꺼내고 얼굴에 선크림을 바르면서 혼잣말을 한다. 헤더와 들장미가 늘어선 들판을 따라 걸으며 멧누에나방만 잡을 거라고. 다른 건 찾지 않을 거라고. 나는 꽤나 열의를 갖고 씩씩하게 목초지를 걷지만, 한 시간이 지나도록 아무것도 발견하지 못한다. 그러다 문득 미나리아재비처럼 생긴 무언가가 산들바람과 겨루려는 듯 하늘 위로 날아오르는 모습을 본다. 나는 그물망을 휘두른다. 가뿐하게 무언가가 걸려들어 재빨리 안으로 끌어당긴다. 연두색 나방이 잠자리채 안에 떠 있다가 거의 체념한 듯 마취약병 안에 자리를 잡는다. 날갯짓으로도 성격이 드러난다. 나는 쌍안경을 머리에 올리고, 수영 코치의 집을 가린 숲 저쪽 끝에 집중적으로 모여 있는 기반암 꼭대기로 향한다. 뼈대처럼 튀어나온 언덕 가장자리가 이끼로 덮여 있다. 나는 아주 나지막한 목소리로 겨우 들릴락 말락 하게 말한다. 조심해.

바로 그때 나는 화들짝 놀라 뒷걸음질친다. 초록색 군용 담요 위에서 누군가 점심을 먹고 있다. 매끈한 몸매에 반바지 하나만 달랑 입고 선글라스로 아름다운 눈을 가린 사람은 바로 올브라이트다.

안녕, 수집가 학생. 그가 말한다.

안녕하세요. 내가 말한다.

거기 서 있다가 애먼 데로 떨어지면 다친다. 아니지, 적당한 데 떨어져도 다칠걸.

죄송해요. 내가 말한다. 습관이 좀 별나서요. 전망 좋은 곳을 찾으려다 보니 그만.

저런. 그가 웃으며 말한다. 난 브리디라고 한다. 그가 이렇게 말하고 나를 향해 손을 내민다.

전 …… 에드예요. 거짓말을 한 건 아니다. 하지만 문득 내가 여기에 왔다는 걸 피가 모르게 하고 싶다. 우리가 만났다는 걸.

베튠 학생인가? 그가 묻는다.

네. 내가 말한다.

그렇구나. 그가 말한다. 나비를 잡기엔 이르다고 생각하지 않니?

난 나비 연구가는 아니지만.

　그럭저럭 잡히는 편이에요. 나는 마취약병을 가리키며 말한다. 그 안에는 포로 한 마리가 불안하게 우왕좌왕하며 고속 촬영한 꽃처럼 날개를 폈다 접었다 하고 있다. 오늘은 나방 한 마리를 잡았어요. 내가 말한다. 나는 이제 막 일어서려는 참이다. 그럼 나중에 또 봬요. 내가 말한다. 전 이만 가봐야 해요. 소풍을 거의 망쳐버려서 정말 죄송합니다.

　내 앞의 그가 환하게 반짝인다. 그의 모든 것이 빛을 뿜어낸다. 검은 머리카락, 빛나는 눈동자, 부드러운 피부. 마치 우리가 거인의 왕관 위에서 소풍이라도 즐기고 있었던 것처럼, 그를 둘러싼 풀들은 칙칙한 갈색이다.

　천만에. 걱정 마라. 그가 말한다.

7

　이제 나에게 여자 친구가 생긴다. 이름은 알리샤이며, 나와 같은 수영팀이다. 추억이 낙원으로의 회귀를 기억하는 것이라면, 나에게 그녀가 바로 그런 존재다. 때때로 알리샤는 뭔가 잘못되고 있다는 걸 느끼지만, 나는 수영 코치를 사랑하게 됐다는 걸 그녀에게 어떻게 말해야 할지 모르겠다. 연습을 마치고 우리는 매일 만난다. 오늘도 만나서 체육관 건물 밖으로 나오는데, 알리샤가 포니테일로 머리를 묶기 위해 물에 젖은 검은 머리를 털면서 빙긋, 나를 보며 웃는다. 알리샤만큼 미소가 인색한 사람이 없지만, 우리가 리놀륨이 깔린 홀을 지나 운동장으로 나오는 동안 알리샤는 나에게 미소를 지어 보인다.

왜 이렇게 조용해? 그녀가 묻는다.

네 말을 듣느라 그렇지. 내가 말한다. 우리는 웃는다. 프랑수아 트뤼포의 영화《두 명의 영국 여인과 유럽 대륙》에서 한 남자가 두 자매 중 한 사람에게 하는 대사다. 남자는 둘 모두와 연인 사이다. 영화 생각을 해서인지 알리샤가 다시 허물없이 느껴져, 우리는 우리와 풀을 적시는 촉촉한 봄밤을 한가로이 걷는다. 알리샤의 존재는 나를 다른 사람처럼 보이게 한다. 지금 뭐 하는 거냐? 나는 스스로에게 묻는다.

그림자에 부드러운 살결이 가려진 채 알리샤가 몸을 돌려 나에게 묻는다. 아버지가 출소하시기 전에 아버지하고 친했어?

응. 나는 알리샤에게 거짓말을 한다.

뭐 기억나는 일이 있니?

음악. 나는 말한다. 정확히 어떤 음악인지는 모르겠어. 사람들이 노래를 불렀어. 그래서 아버지를 생각하면 음악이 떠올라. 그 부분은 사실이다. 나는 그렇다고 생각한다. 그런 것 같다.

근사하다. 알리샤는 이렇게 말하고 기숙사의 뉴웨스트 건물로 향하는 문을 연다. 그러자 빛이 새어 나와 알리샤가 지닌 색깔들이 모두 원래대로 돌아온다. 이제 아름다운 그녀의 모습이 다시 드러난다. 알리샤가 나에게 키스한다. 잘 가. 그녀가 말한다. 괜찮으면 나중에 전화 해.

그래. 내가 말한다.

내 아버지는 서류상으로만 존재한다. 교도소 주소로 전달되는 편지들 속에 존재한다. 한 번도 들어본 적 없는 범죄를 저지른 사람. 살아 있는 어머니는 아주 오래 전에 이혼을 했고 감옥에서 풀려난 뒤 우리를 떠났다. 내 서류상 아버지는 말한다. 네 엄마는 널 사랑했단다. 그래서 널 떠난 거야.

8

봄방학 훈련 기간에 수영팀을 최대한 활용하기 위해, 학교 측에서는 우리가 새로 부임한 미술 선생이며 조각가이자 도예가인 제 선생님의 지도하에 종교와 무관한 예배당을 느슨한 석조 건축 양식으로 짓게 될 거라고 발표한다. 가끔 버몬트에서 석조 건축 전문가가 와서 작업을 감독하게 될 것이다. 아직 베튠에는 예배당이 없다. 철저하게 진보 성향인 위원회는 특정한 종교나 영성에 치우치지 않은 각 기숙학교들을 연합해 다양한 종교의 예배를 체험하게 해왔다. 학교 신문인 《베튠 트리뷴》은 아직까지 예배당이 없다는 건 그만큼 학교 측의 주의가 미치지 못했음을 보여주는 방증이라고 언급했다. 학교는 설립 10주년을 맞아 '차분히 명상'할 장소를 마련하겠다고 결정했다. 때마침 제 선생님은 느슨한 구조의 석조 건물을 짓는 데 관심 있다고 말한 적이 있고, 그리하여 이제 본격적으로 건축 부지를 찾기 시작한다. 2주간의 봄방학이 지나면 착공식이 열릴 것이다. 그리고 예배당이 완공되면 이런 형식 가운데서는 가장 큰 현대식 건물이 될 것이다.

그럼 부지를 불에 그슬리겠네. 톰 루드첸코가 신문을 접으려 애쓰면서 말한다. 우리는 기숙사 방의 전기 콘센트 옆에서 전기냄비에 부은 찻물이 끓기를 기다린다.

그게 무슨 말이야? 내가 묻는다.

사방에 샐비어 연기를 피우겠지. 난 회반죽을 제대로 바르지 않은 곳에서는 차분한 명상이고 뭐고 못할 것 같아. 톰이 벽에서 플러그를 뽑자 플러그의 튀어나온 쇠를 따라 벽에서 불똥이 튄다.

엉덩이 힘으로 하는 거지. 내가 말한다. 나는 차가 우러나는 걸 지켜본다. 이 예배당 작업에 참여하면 미술이나 과학 과목에서 점수를 얻는다.

그럼 이제 졸업생들이 여기에서 결혼식도 할 수 있겠다. 톰이 말한다. 기껏해야 열 명 앉으면 꽉 들어차겠지만.

결혼식 손님도 네 명밖에 못 오겠다. 나는 말한다.

톰 루드첸코와 나는 4년 동안 룸메이트로 지내고 있다. 나는 톰이 열두 살에서 열세 살로 넘어가는 한 해 동안 키가 10센티미터쯤 자라는 걸 보았다. 톰은 어느 해 여름엔 셔츠 한 장 달랑 걸친 금발의 말라깽이였다가, 다음 해에는 소녀 같은 눈동자를 하고서 축구 선수로 활동했다. 하지만 어깨 위에 올라타 공을 빼앗아오는 드잡이질을 하고 싶지 않아서 골키퍼를 맡았다. 우리는 한 달에 한 번 토요일에 백스터 특수학교에 가서 청각 장애인 학생들과 친구가 되어준다. 우리는 그들에게 말하는 법을 가르치고, 그들은 우리에게 입술 읽는 법을 가르친다. 입술 읽는 법은 톰에게 굉장한 기술이며 스파이 활동에도 탁월한 도구다. 톰과 나는 우리가 데이트하는 여자아이들에 관해 이야기할 때, 학기 초에 선생님과 상담할 때, 그리고 부모님이 하는 일을 염탐할 때 이 기술을 이용한다. 이따금 톰은 내가 알리샤와 이야기를 나누는 동안 방 저편에 서서 내 입모양을 관찰한다. 내가 알리샤가 강조하는 말 같아서 특정한 말을 되풀이하면, 당연히 알리샤는 대체 왜 자꾸 내 말을 반복하는 건데? 매번 이렇게 물으며 짜증을 내고, 그러면 톰은 곧 새로운 전략을 짜기 위해 나를 만날 준비를 한다.

이번 토요일엔 교장 선생님인 월터 소로 (발음은 '스루'라고 하지만) 여사의 레인지로버를 타고 간다. 사실 이 프로그램은 교장 선생님의 아이디어이며, 교장 선생님이 이 프로그램을 운영한다. 선생님의 형제는 청각 장애인으로 지금은 백스터에서 근무한다. 우리가 백스터에서 세 시간 동안 대화를 나누며 시간을 보내는 동안 선생님은 프리포트 할인점에서 쇼핑을 즐긴다. 선생님의 남자 형제는 사실상 급진적인 청각 장애인 단체의 회원으로 최신 수술 방법에 의한 청각 교정이나 보청기를 인정하지 않는데, 선생님은 차라리 쇼핑이나 즐기면서 그들의 끝도 없는 정치적 논쟁이 끝내길 기다리는 것이다. 교장 선생님이 즐기는 또 한 가지는 우리를 구워삶아 요즘 학교에서 어떤 소문이 도는지 알아내는 것이다.

그래, 새로 온 수영 코치 선생님은 어떠니? 교장 선생님은 톨게이트를 빠져나가자마자 갑자기 속력을 내며 이렇게 묻는다. 마치 학교 주변이 톨게이트까지 이어지기라도 한 것처럼, 언제나 여기에서부터 대화가 시작된다. 우린 새 코치 선생님에게 기대가 아주 크단다. 교장 선생님은 이렇게 덧붙이며 앞으로 이어질 대화의 방향을 암시한다.

좋은 분이세요. 내가 말한다. 그가 수면 위를 맴도는 모습, 수영

복을 벗는 모습을 상상하느라 앞에 펼쳐진 도로의 전망이 흐려진
다. 나는 톰이 아무 말이나 지껄이는 걸 막기 위해 조수석에 앉는
다. 문신도 있던데요. 나는 덧붙여 말한다.

요즘 유행이지. 교장 선생님은 중간쯤에 시선을 던지고 빙긋이
웃으며 말한다. 피어싱은 안 한 것 같더구나.

피어싱한 건 안 보이던데요. 톰이 뒷좌석에서 말한다. 교장 선생
님은 다시 웃는다. 이제 톰이 질문한다. 그런데 선생님, 필즈 선생
님 아기 아빠가 누군지 아세요?

톰. 교장 선생님이 말한다. 그런 말은 좀 품위 있게 하면 안 되겠
니? 하지만 사실을 말해주마. 필즈 선생님은 아기를 가진 게 아니
란다.

그럼 성모마리아처럼 배만 부른 건가요? 나는 배에다 바구니를
대고 바느질하는 필즈 선생님을 잠깐 상상하면서 말한다.

절대 비밀이다. 교장 선생님이 말한다. 새 예배당을 지으려면 졸
업생들의 지원이 무척 중요하단다. 잘하면 기숙사를 하나 더 지을
수도 있어. 지금까지 교장 선생님은 많은 지원을 받아왔는데, 그만
큼 성공적으로 정치적 수완을 발휘한 덕분이다. 가령, 아무도 필즈
선생님의 임신에 대해 꼬치꼬치 캐묻지 못하도록 다른 쪽으로 관
심을 돌리는 식으로.

뭐, 그건 그렇고, 너희 둘 중 하나는 건물 짓는 일에 참여하겠지?
너희 둘 다 봄 시즌 훈련 때문에 학교에 남는 걸로 아는데.

톰도 나도 곧바로 대답하지 않는다. 오늘따라 주변의 차들은 평
범한 가족들로 가득 차 있다. 지나가는 사람들은 우리를 월터 소로

선생님의 자식들이라고 생각할까. 교장 선생님은 인상이 날카로운 40대 여자다. 차림새가 단정하며, 검은 머리카락을 짧게 자르고, 혈색 좋은 얼굴에 립스틱과 마스카라를 살짝 바른다. 말괄량이라는 말이 어울릴 것 같다. 그러니까, 어린 소년 같달까.

너희들이 참여하겠다고 약속해주면 좋겠구나. 교장 선생님이 말한다. 우리가 함께 하면 프로젝트가 더 잘 되지 않겠니?

그럴게요. 내가 말한다.

선생님이 정 원하신다면요. 톰이 소로 선생님에게 말하자 선생님은 다시 웃는다.

9

우리는 청각 장애 특수학교에 도착해 소란스런 오후를 보낸다. 긴 창밖으로 바다가 내려다보이는 교실에서 톰과 나는 개인교사가 되어 말하는 방법을 가르친다. 우리 집에 오신 것을 환영합니다. 안녕하세요. 미생물학은 제가 대학에서 전공하고 싶은 공부 중 하나입니다. 우리는 그들에게 입 모양 만드는 법을 가르치고, 소리가 나는 음 높이가 한 음 높거나 낮은지 지켜보며 반음 낮은 음과 반음 높은 음 사이에서 바람에 나뭇가지가 흔들리듯 소리를 진동하게 한다. 한편 우리는 수화를 연습한다. 우리의 손이 빠르게 움직이며 입이 길게 늘어나고 닫히는 동안 몸짓은 침묵을 메우며 모든 소리를 대체한다. 모든 이가 귀가 들리지 않아 입술을 읽게 된다면 모든 사람들은 나머지 사람들에게 적어도 하나의 단어와 같다. 우리가 만나는 모든 사람들은 하나의 문장이다.

나는 학생들 중 한 명에게 묻는다. 피오나, 입술을 읽을 때 무슨 소리가 들려?

그녀는 웃는다.

입술을 읽을 때 느낌이 어때? 나는 다시 묻는다. 나는 입술을 읽을 때 머릿속에서 목소리가 들려. 너도 그래?

피오나는 내 말에 어리둥절한 표정이다. 내 머릿속에 있는 것들을 어떻게 말해야 하는지 모르겠어. 피오나는 수화로 말한다. 그녀의 두 손이 가슴 근처에서 나비처럼 팔랑거린다.

한 번도 소리를 들어본 적이 없니? 나는 묻는다.

나는 소리를 느껴. 피오나가 말한다.

그럼 읽을 땐 어때? 입술이든 글이든 말이야. 내가 묻는다. 어떤 느낌이 들어? 내용이 어떤 식으로 처리되니? 누군가 소리를 내는 것 같니 아니면 그 소리가 온몸에서 느껴지니?

그 질문은 나중에 따로 연락해서 알려줄게. 피오나는 미소를 지으며 수화로 말한다. 피오나는 아일랜드인 특유의 피부와 칼날에 반사된 하늘처럼 파란 눈을 지닌 귀여운 소녀다. 그녀의 주변을 감도는 고요는 그녀의 가장 예쁜 곳을 부각시키려는 듯, 대기의 침묵은 그녀의 눈에 초점을 맞춘다. 마치 말을 하면 누군가를 보는 것이 더 힘들지도 모른다는 듯이.

좋아. 내가 말한다. 이메일로 보내줘.

10

집에 돌아오니 할아버지와 할머니로부터 이메일이 와 있다.

에드워드에게: 회신: 크리스마스 인사……

네 아버지 편지를 보니, 이번 크리스마스 무렵에 가석방이 될 것 같구나. 그래서 말인데, 네 아버지를 집에 오라고 해야 할지 어째야 할지 네 결정이 중요할 것 같다. 이런 문제에 대해 우리 생각을 말한 적이 거의 없는데, 그건 우리가 널 보호하고 있다고 생각해서가 아니라, 단지 네가 우리와 별개로 네 나름의 생각을 갖길 바랐기 때문이란다. 사실 네가 어렴풋이나마 우리 생각을 이해할 거라는 확신도 있었고.

이메일은 기본적으로 데려온 아이인 나를 키운 과정에 관한 일종의 논문으로 내용이 제법 길다. 두 분은 언젠가 내가 폭발해서 백 명의 성난 에드워드처럼 되진 않을지 나에 대해 늘 조마조마해 했다. 돌이켜보면 나에게는 다중 인격 장애 같은 게 발병할 위험이 다분했다. 눈앞에 아버지가 없는데 있다는 식의 철저한 인지부조화를 겪고 있었으니 말이다. 그렇지만 우리는 서로 조심스럽게 지내왔고, 우리 모두 그걸 느끼고 있다는 걸 나는 안다. 또한 시간이 갈수록 그 이유를 차츰 이해하기 시작했다는 걸 나는 편지를 읽으며 깨닫는다. 마침내 두 분은 정확한 이유를 말한다.

…… 네 아버지는 1982년에 아동성추행 및 성폭행 관련 혐의, 미성년자 성매매 등 열두 건의 죄목으로 유죄를 선고받았다. 네 어머니는 네 아버지와 공범 행위로 유죄 선고를 받고 좀 더 짧은 기간

동안 복역했지. 두 사람이 돌보던 양자의 죽음에 관해 이런 저런 의혹이 있지만, 조사 결과 살인 혐의는 배제하는 걸로 판결이 났다. 우리는 자식으로서 네 아버지를 사랑했고 지금도 마음속으로는 그 애를 용서하려 애쓰고 있지만, 이런 문제는 재범률이 높아 걱정이구나. 네 안전을 특별히 걱정하지는 않는다. 다만, 네가 이런 상황을 다 알고 난 뒤에 결정을 해야 한다고 생각한다. 우리는 네가 성년이 되어갈수록 속 깊은 청년으로 자라고 있다고 생각하니까, 확신을 갖고 이 이야기를 꺼내는 거란다. 아무튼 여기까지는 우리가 의논해야 할 많은 이야기의 시작에 불과해. 이 편지를 읽고 나면 전화해 주렴. 이 문제를 자세히 의논하고 싶다. 네가 원한다면 너를 위해 상담사와 예약을 잡아놓으마.

　네 안전을 특별히 걱정하지는 않는다, 라고 했다. 그 말은 이제 내가 그를 상대할 만큼 성장했다는 의미다. 그의 상습적인 범행이 교정되었다는 의미가 아니라. 톰이 기숙사로 돌아올 무렵, 나는 다시 차분해져서 샤워를 마치고 공동욕실 변기에 토한 흔적을 청소하고 있다. 와우. 톰이 현관에 들어서며 말한다. 왜 이렇게 깔끔을 떠는 거냐. 이런 거 해 주러 오는 사람이 따로 있는데.
　그 사람들 청소 상태가 별로더라고. 나는 말한다.

11

　플립 턴 동작이 늘 골치였다. 벽에 발을 차 공중제비 하듯 돌 때, 나는 주변을 보고 거리를 재느라 잠깐 멈춘 다음 발로 벽을 찬다.

지금도 주변을 본다. 뒤에서 세차게 물이 밀려들어 고개를 돌리기가 어렵다. 그래서 필즈 선생님이 나를 지켜보는 동안 제 선생님이 물속에 뛰어들어와 내 옆으로 다가온다. 오늘 제 선생님은 우리에게 자기를 그냥 피라고 부르라고 했다. 내 동작을 잘 봐라. 피가 말한다.

피는 잘 하면 머리가 벽에 부딪칠 것처럼 벽을 향해 죽 다가간 다음 몸을 회전하는 동시에 발로 벽을 탕 치는데, 그러는 사이에 한 번 꿈틀거리지도 않고 순식간에 몸을 뒤집는 것 같다. 피가 숨을 쉬기 위해 물 밖으로 나오며 말한다. 미리 숨 쉬지 마라. 숨은 나중에 쉬면 돼. 머리를 아래로 유지하고 바닥의 십자 표시를 봐. 그 표시를 기준으로 네 위치를 판단하렴. 고개를 들면 그때부터 효율성이 떨어진단다. 이제 내가 하는 걸 다시 잘 봐라. 머리가 저기 피스톤 봉 위에 있을 때 자세를 뒤집을 준비를 해야 한다는 걸 기억하고, 나와 벽 사이의 거리를 측정하면 된다.

앞으로 나가면서 접영킥을 하면 실격이야. 벤치에서 필즈 선생님이 외친다. 이때쯤 선생님 배에는 작은 농어 한 마리가 들어 있다.

밑에서 내가 하는 동작을 봐라. 피가 말한다. 나는 숨을 들이쉰 다음 잠수를 해서, 피가 벽을 향해 헤엄치는 모습을 물 밑에서 지켜본다. 피는 옆으로 젖힌 나이프처럼 두 팔을 앞으로 벌려 뒤따라오는 물살을 가르고, 거품을 일으키며 발을 차면서 앞을 보지 않고 전진해 벽에 도착한다. 피는 내가 잠수한 곳으로부터 60센티미터 위에서 수영을 하고, 그가 지나가면서 일으키는 파도에 나는 부드럽게 바닥에 부딪친다.

이제 알겠니? 우리가 다시 물 위로 올라오자 피가 묻는다. 피는 내 앞을 지나갈 때면 나에게 시선조차 두지 않는데, 왠지 지금도 나를 보지 않는 것 같다. 마치 내가 유리로 만들어져 투명해진 것 같다. 동작을 확실히 익히기 위해 본격적으로 수영을 하기 전에 지금 바로 벽 앞에서 플립 턴 스무 번 해보자. 피가 말한다.

주변의 수영팀 아이들이 차가운 파란 물을 두드린다. 나는 제대로 이해했다는 걸 분명히 보여주기 위해, 피가 지켜보는 가운데 수영장 끝 쪽 얕은 물에서 연거푸 몸을 회전한다. 나는 기억을 짜내, 내 위에서 수영하던 피를 떠올리려 한다. 그의 모습이 아니라 그때 느꼈던 내 감정을. 내 위에서 오로라처럼 퍼지던 열기와 그의 피부를. 차가운 물속에서 그의 열기를 느끼기란 불가능하다는 걸 안다. 하지만 나는 느낀다. 나중에 지나치게 덥고 어두운 기숙사 방에서 얇은 홑이불 하나를 덮고 누워있을 때, 그때의 느낌이 다시 떠오른다. 그건 내 안에 간직된 부분, '엔텔레키'다. 대학 수능시험 단어장에서 본 이 단어가 문득 머리를 스친다. 내면에 본래 간직된 에너지. 운동의 원천.

톰이 침대에서 몸을 뒤척이는 소리가 들린다. 톰. 내가 말한다.

왜?

나 예배당 프로젝트 참여하려고. 나는 톰에게 말한다. 너도 할 거지?

알겠어. 아, 졸려, 졸려. 그가 말한다. 톰이 4년 동안 매일 밤 하는 말이다. 그리고 오늘밤은 마법의 주문처럼 나도 그 말을 듣자마자 거의 곧바로 잠이 든다.

12

구덩이는 불도저로 미리 파놓았다. 근처 채석장에서 캐낸 돌들이 몇 대의 트럭에 실려 구덩이 옆에 무더기로 쌓인다. 그 모든 과정에서 나는 소음이 생각보다 크지 않다. 바위가 전부 굴러 떨어지면 이런 소리가 날까. 나는 내 방 창가에 서서 밖을 내다보며 혼잣말을 한다. 바위가 살금살금 움직일 줄은 분명 아무도 몰랐을걸? 하지만 바위들은 그렇다. 바위는 마치 용의 비늘인 양 트럭에서 떨어져 내려, 여기 내 기숙사 방에서 저기 예배당으로 향하는 언덕까지 먼 거리를 물에 젖은 것처럼 빛나게 한다. 그럭저럭 맑은 3월의 어느 날 우리가 모인 건 이렇게 굴러 떨어진 돌들을 모아 예배당을 짓기 위한 준비를 하기 위해서다. 서른 명의 아이들은 스웨터 위에 플리스 조끼를 걸친다. 와, 무슨 광고 찍는 거 같다. 우리 주변에 모인 하나같이 예쁜 아이들을 보면서 톰이 말한다. 모두들 곱게 자란 아이들처럼 눈망울이 초롱초롱하다.

무슨 광고? 청소용품? 내가 말한다.

타미힐피거. 톰이 말한다.

알리샤는 얼굴을 찰싹찰싹 두드리며 선크림을 바른다. 언제나 그렇듯 얼굴이 발그레하다. 알리샤는 화장을 약간 했는데, 아마 평소보다 진한 것 같다. 지금 알리샤는 나를 지나치면서 날카로운 목소리로 안녕 하고 인사한다. 나는 알리샤를 뒤따라간다.

응. 내가 말한다.

톰하고 플로리다에 가기로 계획하고 있다면서? 톰한테 들었어. 어떻게 그럴 수가 있어?

오해야. 내가 말한다. 그동안 너무 바빠서 말하는 걸 잊어버렸어. 너한테 진작 말하려고 했어. 정말이야. 내가 말하는 사이에 나머지 스물여덟 명의 학생들이 제 선생님을 따라가고, 선생님은 우리를 쳐다본 다음 다시 앞으로 향한다. 나중에 얘기하면 안 될까? 내가 묻는다.

그래, 넌 시간이 널리고 널렸지. 알리샤가 말한다. 톰을 위해서라면 말이야. 웃겨 정말. 알리샤의 눈이 가늘어지고 콧구멍이 벌렁거린다. 마치 무언가가 한쪽 콧구멍으로 빠져나왔다가 다른 쪽 콧구멍으로 들어가기라도 하는 것처럼. 하지만 이 순간 나는 더 이상 알리샤를 생각하지 않는다. 알리샤는 내 머리에서 완전히 지워져, 알리샤를 보고서야 그녀가 내 앞에 있다는 걸 알아차린다.

어떤 여자앤지 알아내면 가만 두지 않겠어. 알리샤는 내 어깨 너머로 뒤편 바다를 보면서 말한다. 뜨거운 맛을 보여주겠어.

알리샤. 내가 말한다. 나한텐 너밖에 없어.

됐거든. 누가 있지 않고서야 이럴 리 없잖아. 이제 알리샤는 돌아서서 책상다리를 하고 주저앉는다. 나도 알리샤 옆에 주저앉는다.

지퍼 달린 회색 터틀넥 스웨터를 입은 제 선생님 모습은 마치 출발을 준비하는 선원 같다. 선생님은 어깨를 움츠리며 간혹 미소를 지으면서 우리 앞을 왔다 갔다 하다가, 긴장되는 목소리로 우리가 할 일을 간단히 설명한다. 퍼즐 맞추기라고 생각하면 될 거다. 선생님은 이렇게 말한 다음 잘 생긴 금발 남자를 소개한다. 태어난 후로 죽 햇볕에 버려진 것처럼 갈색 피부인 남자는 이 분야의 전문가다. 우리는 남자와 제 선생님이 돌 몇 개를 조립하는 모습을 지켜본다.

돌을 쥐고 소리를 들어보세요. 전문가가 말한다. 나는 돌이 떨어질 때 내던 바스락거리는 소리를 떠올린다. 돌은 저마다 모양이 있어서, 아래에 놓인 다른 돌의 어느 부분과 만날지 돌 스스로 살펴본 다음 그 돌 위에 올라가도 괜찮을지 물을 겁니다. 그런 식으로 마치 중력이 돌을 제자리에 붙잡아두는 것처럼 돌들끼리 서로 결합하는 거지요.

첫날은 기초를 닦고 둑을 쌓는다. 밤에 기숙사에서 내다보니 거인 발자국처럼 생겼다. 땅 위에 신이 서 있던 자리 같다. 다음 날 아침, 우리는 우스갯소리 한 마디 하지 않고 조용히 돌을 맞추어 쌓는다. 둘씩 짝을 지어 작업하는데, 한 사람은 돌을 쥐고 있고 다른 한 사람은 그 돌을 놓을 위치를 찾아서 길게 줄을 지어 쌓아 올린다. 우리는 차곡차곡 돌을 쌓아올려, 점심시간이 되어 한숨 돌릴 쯤엔 우리 정강이 높이까지 예배당 벽이 세워진다. 아이들은 다가올 일을 노래하기라도 하듯 아직 지어지지 않은 예배당 모양을 어렴풋이 상상한다.

알리샤가 지나가면서 내 뒤통수를 탁 치지만, 나는 아무런 반응을 하지 않는다. 톰 루드첸코가 입모양으로 나에게 말한다. 무슨 일 있었냐? 나도 입모양으로 말한다. 모르겠어.

우리는 다시 예배당을 짓기 시작한다.

13

일주일 뒤에 예배당이 완성된다. 밤에 톰은 내 어깨를 안마하며 플로리다 소녀들에 대해 이야기한다. 나는 아무런 대꾸도 하지 않은 것으로 기억한다. 알리샤는 우리 반 아이들 모두에게 내가 자기를 속이고 바람을 피우고 있다고 말했고, 어떤 여자앤지 찾아내면 가만 두지 않겠다고 으름장을 놓았다. 특히 마지막 말을 할 땐 오른 주먹으로 왼 손바닥을 치면서 강조한다. 탁. 탁.

누구냐? 톰이 예배당을 짓는 마지막 날 작업을 마치고 나에게 묻는다. 네 친구 톰한테는 말해도 괜찮아, 암.

알리샤가 오해한 거야. 내가 말한다. 이젠 톰조차 알리샤의 말을 믿다니. 나는 비웃듯 웃으며 나를 책망하는 알리샤에게 질려서 벽에서 알리샤의 사진들을 떼어내고 있다. 난 여전히 알리샤를 사랑해. 나는 말한다. 다른 여자는 없다고.

그럼 이 사진들은 왜 전부 떼어내는 건데? 톰이 말한다. 그래도 난 네가 제일 친한 친구한테까지 거짓말할 줄은 몰랐다.

나는 사진들을 전부 흩뜨린다. 햇살 좋은 날 소풍 같은 미소들, 카타딘산 야외 수업, 알리샤의 가족과 함께 몬태나로 떠난 자동차 여행. 나는 사진들을 서류철에 넣은 다음 캐비닛 안에 넣는다. 넌 나의 제일 친한 친구야. 내가 말한다. 그리고 지금은 알리샤한테 조용히 가르침을 주는 중이시다.

그러니까 뭐냐, 알리샤 말이 맞은 거네. 톰이 말한다. 톰은 벽 쪽으로 다가가 한 손으로 벽을 짚는다. 그럼 이제 여기에 대신 뭘 붙일 거냐?

몰라. 그리고 알리샤 말은 사실이 아니래도. 내가 말한다. 사실을 알게 되면 알리샤가 무안해질 거야.

아, 네. 톰이 말한다.

치사한 자식. 다음 날 아침 알리샤는 기숙사 벽을 보고 이렇게 말한다. 정말 너무해.

톰은 샤워를 하기 위해 방을 나간다. 내 말 좀 들어봐, 알리샤. 내가 말한다. 넌 네가 틀렸다는 걸 인정하기만 하면 돼. 그러면 사진을 다시 벽에 붙일게.

네가 무슨 사진을 붙이든 상관없어. 알리샤가 말한다. 너 바보니? 내가 영역 표시나 하는 앤 줄 알아? 내 사진 어디다 뒀어? 알리샤는 이제 책상 서랍을 잡아당긴다. 어디다 뒀냐고? 내 숙제가 와르르 바닥에 쏟아진다.

알리샤가 나를 보지 않는 틈을 타 나는 방을 나가 욕실로 향한다. 욕실에서는 톰이 이를 닦고 있다. 톰은 입 안에 거품이 고인 채 말한다. 잔인한 자식. 아주 잘 한다. 나는 다시 방으로 돌아간다. 방에서는 알리샤가 바닥 한가운데 무릎을 꿇고 앉아 있다. 그녀가 떨어뜨린 듯 그녀 주위에 신문이 펼쳐져 있다. 너, 미워. 알리샤가 말한다.

널 사랑해. 내가 말한다.

14

플로리다로 떠나기 전날 밤, 나는 살그머니 방을 빠져나와 우리가 언덕 위에 지은 고요한 석조 건물을 찾아간다. 완공된 이후 줄곧 이곳에 혼자 와보고 싶었고, 알리샤가 길길이 날뛰며 화를 낸 후로는 교정 어딘가 알리샤를 떠올리지 않을 수 있는 곳을 찾고 싶었다.

사방이 트인 반구형 모양, 중앙의 화강암 제단을 마주보며 줄지어 놓은 슬레이트 재질의 의자들이 마치 학교가 세워지기 전부터 이미 이 자리에 있어온 것 같다. 바다를 향하는 오르막 경사로에 위치한 예배당은 길을 가리키는 커다란 표지처럼 학교 기숙사를 굽어보고 있다. 아직 전기도 난방장치도 전등도 설치되지 않아서, 캄캄한 한밤중 입구에 다가설 때조차 누군가 안에 있는 걸 보지 못한다. 하지만 단지 문 밖에 서 있을 뿐인데도, 이 방문자에게서 풍기는 어떤 따스한 공기가 돌의 서늘함을 뚫고 나에게까지 전달된다.

나는 기다린다. 밤바다가 해변으로 밀려들며 요동치는 소리, 보트의 널빤지가 삐걱삐걱 내뱉는 소리가 들린다. 조용히 바닥에 주저앉아 안에 있는 방문자에게 내 온기를 숨기며 예배당의 거친 벽에 등을 기댄다. 그가 누군지 분명히 알겠다. 예배당을 짓자는 아이디어를 낸 바로 그 사람, 피다. 나는 그가 뿜어내는 열기만으로도 곧장 그를 알아볼 수 있다고 생각하고 싶다.

잠시 후 소리가 들린다. 희미한 소리가 바다 위를 돌아 내 귓가에 이른다. 노래를 부르는 걸까. 가사 없이 음악 소리만 들리는 걸 보면 콧노래를 부르는 걸까.

소리를 듣고 있으려니 그에게 살짝 웃어주고 싶지만, 어쩐지 여기에 있는 돌들조차 이 소리를 들어서는 안 될 것 같다. 노랫소리는 나무가 불꽃을 튕기듯 내 신경을 건드린다. 나는 돌의 냉기가 서서히 몸속으로 스며드는 걸 느끼며, 차가운 바닥에 앉아 조용히 기다린다. 이윽고 피가 재빨리 예배당을 나서며 전속력을 다해 달린다. 나는 냉기에 갇혀 꼼짝하지 못하는데 그는 이 냉기를 피해 달리고 있다.

그가 가는 뒷모습을 지켜본다. 피가 분명하다. 저 멀리 주차장에 세워진 그의 차가 주차장 전체에 빛을 토해내고, 흰 빛과 붉은 빛을 어지럽게 비추며 출발한다. 나는 일어서서 다리를 흔들어 저린 다리에 피가 통하길 기다렸다가, 라이터 불을 켜 예배당 곳곳을 지나간다. 피는 누군가를 사랑하는구나. 나는 그의 온기가 남아 있는 예배당 안으로 들어가면서 생각한다.

양초 하나를 발견해 심지에 불을 붙인다. 아직 온기가 남아 있다. 피가 방금 촛불을 끈 게 분명하다. 새로 불을 붙이자 내 주위로 촛불의 연기가 맴돌고, 이제 나는 그 연기 냄새를 맡을 수 있다. 빛이 비치자 누군가 제단 근처 바닥을 어지럽힌 흔적이 드러난다.

제단의 화강암은 근처 피터버러에서 채석한 것으로, 크고 윤이 나는 짙은 회색 돌이다. 오각형의 화강암 위로 쭈그리고 앉은 내 모습이 비친다. 그때 돌들을 나란히 붙여 만든 바닥 한쪽에 돌이 완벽하게 결합되지 않은 자리, 그래서 마치 돌로 만든 봉투처럼 생긴 자리에 사진 한 장이 말려 있는 걸 발견한다. 확신할 순 없지만, 사진을 보니 날씨만큼은 혹은 바깥의 어둠만큼은 분명히 알겠다. 두 손으로 사진을 쥐는 순간, 나를 위해 놓아둔 사진이라는 판단이 서기 때문이다. 나는 주머니에 사진을 넣는다. 아까는 이런 한밤중에 왜 굳이 이곳에 오고 싶었는지 이유를 몰랐지만, 지금은 알겠다. 이 사진 때문이라는 걸.

기숙사 방으로 돌아오니, 청각 장애인 학생 피오나에게서 이메일이 와 있다.

회신: 읽을 때 머릿속에서 생각나는 것:

아까는 말하고 싶지가 않았어. 무언가를 들을 때 어떤 느낌이
냐고? 그냥 그런가보다 해. 내가 소리를 듣나보다 하는 거지.
누가 나에게 말을 하면, 눈 속에 광섬유가 있어서 그걸 통해
소리가 머리로 전송되는 느낌이야. 마치 스피커처럼. 사실 다
른 사람과 이야기하는 거 너무 좌절스러워. 그런 식으로 듣는
게 진짜 소리를 듣는 것과 다르다는 걸 알거든. 정말이지 다른
사람들이 나와 의사소통을 할 때처럼 나도 그들과 우아하게
대화를 나눌 수 있으면 좋겠어.

플로리다에서 톰과 즐거운 시간 보내.

피오나

15
플로리다를 지나는 동안에는 어디에도 시선을 돌릴 데가 없는 것
같다.

하늘은 금방이라도 숨을 토해낼 것처럼 잔뜩 힘을 주고, 우주의
진공 상태가 하강해 땅 위의 모든 것을 갈기갈기 찢어버린다. 그렇
지만 양쪽으로 끝도 없이 펼쳐진 사탕수수밭 너머로 어쩌다 학 한
마리가 날아가면, 나무들 꼭대기 근처에 언뜻언뜻 드러나는 파란
색 사이로 찻물 얼룩 같은 흰 얼룩이 힘없는 하늘에 스친다. 사탕수
수밭을 태우느라 질식할 것 같은 자욱한 연기가 피어올라 곳곳에
서 우리의 시야를 가린다.

짧은 방학 동안 시즌 훈련이 끝나고 우리는 5일간 휴가를 받는다. 연습을 통해 매일같이 축적해 온 엄청난 에너지는 이 기간 동안 차츰차츰 줄어들다가 마침내 급히 소진되어버리고 말지만, 그때쯤 되면 우리는 다시 앞다투어 처음의 에너지를 회복한다. 톰 루드첸코와 나는 해마다 톰의 조부모님 댁을 방문하기 위해 이곳에 내려온다. 오늘 아침 톰의 조부모님은 아침식사를 하면서, 디즈니월드에 도착하면 가족들을 만나게 될 거라고 말했다. 그들의 말에 분홍빛 얼굴의 톰이 파란 눈을 굴리자, 그들은 비슷한 파란 눈동자로 톰을 보며 웃었다. 파랑과, 파랑과, 파랑. 나는 커피를 식히며 계속 파란색을 떠올린다.

사실 우리는 디즈니를 싫어하게 됐지만 그 근처에 톰이 아는 다른 수영팀 소속 여학생들의 캠프가 있다. 마운트데저트라는 이 수영팀은 수영법 훈련을 위해 전원이 이곳에 내려왔다. 알리샤가 알면 날 죽이려 들겠지만 톰만 입 다물면 아무도 말할 사람이 없는 데다, 언제나 그렇듯 내가 자백하면 모를까 톰이 알리샤에게 말할 일은 잘 없다. 게다가 알리샤가 날 죽이려 들 일은 이 일이 아니더라도 수두룩하다.

우리는 어느 표지판 앞을 지나간다. 〈영을 읽어드립니다, 전생 여행, 타로, 필적 감정, 스페인 온칼라의 예지력자, 영은 우리를 어디로 데려가는가, 볼루시아 카운티에 오신 것을 환영합니다.〉 같은 표지판을 지나간다. 이게 다 뭐야? 나는 톰에게 묻는다.

근처에 카사다가라는 마을이 있는데 오래 전부터 영매들이 살고 있어. 톰이 말한다. 그런데 최근에 이 마을이 너무 커지다 보니 내

부에 다툼도 있고 여러 가지 문제가 있었나 봐. 그래서 몇몇 영매들이 새로운 마을을 찾아 이곳으로 옮겨 와서 비슷한 일을 하고 있어. 톰은 커다란 어깨를 으쓱해 보인다. 왜, 관심 있어?

나는 관심이 생겨 그렇다고 말한다.

톰이 차에서 기다리는 동안 나는 분홍색 포장을 씌운 방문객 안내소에서 친절한 백발의 남자에게 몇 가지 질문을 받고, 곧이어 책자 하나를 건네받는다. 예지력을 지닌 자. 온칼라의 타냐 루는 투시력 및 투청력 협회 공인 투시자로서 ……

우리는 지도가 가리키는 방향으로 몇 블록을 더 간다. 이번에도 톰은 차에서 기다리고, 그동안 나는 바닥부터 천장까지 암청색 벨벳이 덮인, 작고 하얀 테이블 한가운데에 눈부신 크리스털 공이 놓인 응접실에 앉아 있다. 얼마 전에 만든 신용카드를 테이블에 내려놓자 타냐가 응접실에 들어온다. 검은 머리의 타냐는 굉장히 젊은 여자이며 충격적일 정도로 가냘프다. 나는 이 일이 끝나길 벌써부터 간절히 바란다.

나는 얼른 내 소개를 한 다음 사진을 건넨다. 한 소년의 사진에는 1983년 8월이라는 날짜가 적혀 있다. 소년의 머리칼은 한낮의 여름 하늘처럼 완벽한 금발이다. 소년은 사진을 찍는 이에게 뭐라고 고함을 지르고 있고, 그의 눈동자는 매력적이지만 어쩐지 슬픈 표정이 교차한다. 영매는 사진을 건네받자마자 얼른 놓아버린다.

너무 뜨거워. 영매가 말한다. 그녀는 사진에서 몇 인치 위로 손을 올린다. 최대한 가까이 대고 있는 거야. 사진이 타고 있거든.

나는 그녀의 조언에 귀를 맡긴다. 소년은 저세상으로 갔지만 불은 여전히 타오르고 있어. 사진을 없애지 않으면 불이 널 덮칠 거야. 내가 차에 타자 톰이 나를 보며 미소 짓는다. 돈 낭비 잘 했냐? 그가 묻는다.

물론이지. 나는 이렇게 말하고, 읽으려고 가져온 《왑샷 가문 연대기》 안에 사진을 끼워 넣는다. 우리 차가 출발할 무렵, 저녁노을이 하늘 맨 아래에 붉은 자국을 남기기 시작한다.

다음 날 디즈니월드에서 나는 아이들을 관찰하는 내 모습을 발견한다.

작은 몸집. 꽃잎 같은 피부. 곧 헝클어지고 말 머리카락. 밤의 호수 같은 눈망울. 음식을 깔끔하게 먹지 않아도 되는 자유. 부모들처럼 걸어보려고 다리를 드는 모습. 나는 내 아버지가 이런 아이들에게서 무엇을 보았기에 그런 짓을 저질렀는지 상상하려 애쓴다. 아이들의 모습 어디에도 그런 짓을 저지를 만한 데가 없다. 분명히. 이곳에서 에로스를 찾아본다. 어쨌든 에로스는 종종 남자 아기의 모습으로 표현되니까. 사랑과 전쟁을 대표하는 아이. 하지만 소용없다. 비슷한 아이조차 보이지 않는다. 녹아 흐르는 막대 아이스크림을 들고 있는 아이. 얼굴이 끈적하게 더럽혀진 아이. 고함지르는 아이. 주먹질 하는 아이가 있을 뿐. 스페이스 마운틴을 타기 위해 줄을 설 때, 톰은 내가 아이들을 보고 있다는 걸 알아차리고 말한다. 왜요, 늦기 전에 아이를 가지시려고요? 이 말은 소로 선생님이 심심하면 하는 말이다.

스페이스 마운틴이 무서운 속도로 어둠 속에서 움직인다. 누군가가 이 놀이기구를 운전하고 있다. 그들이 주의를 기울이지 않으면 아이들이 죽을 수도 있다. 어린 시절도 마찬가지다. 우리는 이 놀이기구를 타기 위해 줄을 선다. 내 앞에 키가 작은 열한 살 남자아이가 서 있다. 아이는 벌써부터 체격이 다부지고 몸통은 영웅처럼 역삼각형이다. 떡 벌어진 어깨, 홀쭉한 허리와 엉덩이, 튼튼한 두 다리. 아이 안에 남자가 기다리고 있는 게 훤히 보인다. 하지만 그렇다고 해서 만질 수 있는 대상이 되는 건 아니다. 그것은 사랑이 아니라는 걸 나는 안다. 그것은 피가 나를 만져주길 바라는 것과 다르고, 알리샤의 목을 잡고 내 앞으로 끌어당겨 키스를 하는 것과 다르다.

톰의 조부모님이 우리에게 저녁을 사주신다. 한 마리에 2킬로그램 정도 무게가 나가는 바닷가재 요리다. 바닷가재가 이 정도 크기가 되려면 30년을 살아야 한다. 우리는 커다랗고 빨간 몸통을 부숴서 푸짐하게 차린 네모난 테이블에 둘러앉아 그것들의 살을 빼서 노란 버터에 흠뻑 적신다. 주위의 아이들은 부모의 관심을 끌기 위해 소리를 지른다.

16

방학이 끝나고 돌아오면 시간이 한 달은 지난 것 같지만, 사실 일주일도 채 지나지 않았다. 톰도 비슷한 기분이다. 우리는 이 교실 저 교실을 멍하니 오가고, 선생님들 목소리를 흘려듣고, 교정의 네모난 잔디밭으로 터덜터덜 걸어가 축축한 풀 위에 주저앉는다. 이곳에서 우리는 저 아래 세상으로부터 벗어나려는 섬처럼 황급히 달려가는 구름을 바라본다. 블루힐이 세상에서 제일 아름다운 지역이라는 건 누구나 아는 사실이야. 톰이 나에게 말한다. 그러니까 우린 침울해하면 안 된다 이 말씀이지. 하지만 우리는 침울하다. 톰은 플로리다 수영 캠프에서 훈련하는 틈틈이 즐긴 모험에서 만난 여학생 한 명을 그리워하고, 나는 예배당에서 발견한 사진을 간직하고 있다. 이 사진 어딘가에 피가 있다. 말할 것도 없이 나는 사진 속 어느 소년인지 궁금하지만, 나는 소년을 모르기에 소년은 점점 희미해지다 투명해진다. 그리고 소년이 투명해질 때 나도 투명해진다. 내가 알던 소년은 녹아서 사라진다.

취해서 장미꽃 속에 누운 꿀벌을 본 적이 있는가? 사람들 눈에 띄지 않으려고 그 작은 몸을 꽃잎 깊숙이 옹그린. 나도 그렇게 최대한 빈들거린다. 최대한 은밀하게.

훈련을 마친 우리 팀은 대회 전 에너지를 축적하기 위해 고탄수화물 식사를 하러 이탈리아 음식점에 간다. 이 음식점에는 마음껏 먹을 수 있는 뷔페가 마련되어 있어서 나이 지긋한 계산원에게 각자 6달러씩만 지불하면, 유리컵에 든 양초가 은은한 빛을 밝히는 실내로 들어가 양껏 배를 채울 수 있다. 우리는 뒤쪽 부스 세 개를 차지하고 앉아 시끄럽게 떠들면서 음식을 먹는다. 내 옆자리에 앉은 필즈 선생님의 모습이 불편해 보인다. 얘, 에드워드. 선생님이 말한다. 네, 선생님. 우와, 선생님 배가 많이 불렀어요. 나는 선생님의 배를 가리키며 말한다.

넌 요즘 어때, 괜찮니? 필즈 선생님이 말한다. 선생님은 포크에 스파게티를 돌돌 말아 입 안에 넣는다.

저요? 네, 뭐. 괜찮아요. 왜요?

아니 그냥. 요즘 네가 어떤가 해서. 필즈 선생님은 스파게티를 씹으며 말한다. 그냥 물어봤어. 그나저나 뱃속에 뭐가 들어차 있는 기분이야.

이렇게 선생님 몸속에 누가 있다는 게 이상하세요? 내가 묻는다.

선생님은 음식을 넘기다 말고 웃음을 터뜨리는 바람에 살짝 사레가 들린다. 와우. 근사한 질문인걸. 그래, 맞아. 아주 이상하지만 정말 멋지기도 해. 선생님이 말한다.

멋지다고요, 내가 말한다. 필즈 선생님은 아기 아빠가 누구인지 말할 것 같은 사람이라면 누구에게든 결코 사실을 알리지 않는다. 잠시 후 제 선생님이 내 옆에 와서 앉는다.

많이 먹어라. 제 선생님이 말한다. 어두운 음식점에서 그의 큰 머리가 마치 어두운 동굴 속 램프 같다.

제 선생님이 예배당을 완공하는 기념식, 그러니까 개관식에 대해 이야기를 꺼낸다. 부활절 예배는 거기에서 드릴 수 있겠어요. 제 선생님이 말한다. 교장 선생님은 부활절 예배를 드린다는 의견을 마음에 들어 하세요. 물론 날씨 때문에 간단히 하는 걸로요. 눈이 올지도 모르니까요, 라고 필즈 선생님이 덧붙인다. 예수님은 돌을 굴려서 치우셨는데, 우리 예배당은 돌을 쌓은 날이기도 하니까요.

많이 먹으럼. 필즈 선생님이 나에게 말한다.

나는 먹는 걸 멈추고 있었다는 걸 알아차리고 다시 포크를 집어 든다. 잠깐 쉰 거예요. 나는 이렇게 말하고 내 접시의 자작한 소스에 담긴 음식들 중에서 반짝이는 파스타 면 하나를 찍는다.

제 선생님이 내 이마에 손을 짚는다. 온기가 없네. 약간 축축한 것 같기도 하고. 그가 말한다. 제 선생님의 두 손은 따뜻하고 건조하며 얼핏 달콤한 시나몬 냄새가 난다. 다른 수영 선수들의 대화 소리에 주위는 귀가 먹먹하도록 소란스럽다가, 갑자기 모든 소리가 뚝 끊긴다. 모두가 일제히 소리를 죽인 것 같다. 곧이어 바닥이 올라오는 느낌이 들더니, 나는 옆으로 쓰러지며 바닥을 친다.

그러니까 나는 누군가 사진을 훔쳐갈지 모른다는 생각에 기절을 했고, 그것이 제 선생님이 나를 안아 든 첫 번째 이유다. 나는 이 일을 나중에야 기억할 것이다. 제 선생님은 나무처럼 단단한 두 팔로 나를 안아 들고 밖으로 향한다. 여러 개의 문을 거쳐 밖으로 나가 몸속으로 다시 공기를 들이킬 때, 바깥의 빛이 우리 위로 비처럼 쏟아진다. 제 선생님은 잔디밭 위에 나를 누이고 내 위로 몸을 굽히며 한쪽 눈꺼풀을 들어 올려 눈을 살펴본 다음 다른 쪽 눈을 살펴본다. 필즈 선생님의 기둥 같은 두 다리가 불쑥 눈에 들어오더니 곧이어 내 위로 몸을 굽히는 선생님 모습이 보이고, 그 위로 파란 하늘이 아무런 걸림 없이 활짝 펼쳐진다. 에드워드는 괜찮나요? 필즈 선생님이 묻는다.

그런 것 같아요. 제 선생님이 대답한다. 괜찮니, 에드워드? 그가 묻는다.

나는 눈을 감는다. 네. 내가 대답한다. 괜찮을 거예요.

나는 기숙사 공중전화 박스의 문을 닫고, 빠른 통화 연결을 위해 직통전화 서비스를 이용해 전화를 건다. 손에는 신문 광고에서 발견한 전화번호 하나가 쥐어져 있다. '동성애자, 양성애자, 혹은 그쪽 성향이 의심되는 젊은이 상담.' 광고를 낸 사람의 이름은 케빈, 나이는 서른다섯 살이며, 거주지는 포틀랜드다. 그는 우리의 대화가 비밀이라는 걸 명심하길 바란다고 말한다.

상대가 당신에게 어떤 감정인지 알고 있나요?

몰라요. 나는 말한다. 저기 그러니까, 상대의 감정을 생각할 필요 같은 건 없는 거죠. 전 그냥 그의 학생일 뿐이거든요.

당신 말로는 상대가 동성애자라는 걸 알고 있다면서요. 그가 학교에서 그렇게 밝혔나요?

아니요. 나는 말한다. 저기, 그 사람 집에 간 적이 있어요. 그가 남자친구와 함께 있는 걸 봤어요.

하긴 우린 《꼬마 스파이 해리》(동네 사람들을 몰래 관찰해서 모두 일기장에 기록한 꼬마의 이야기를 담은 영화—옮긴이)니까요. 그가 껄껄 웃으며 말한다. 죄송합니다. 제 말은 《척척박사 브라운》(소년탐정 소설—옮긴이)이라는 뜻이에요.

아니에요, 괜찮아요. 나는 말한다.

다른 남자들에 대해서도 공상에 잠기나요? 그가 묻는다.

아니요. 나는 말한다. 그러지는 않아요. 전 공상 같은 건 안 해요.

흐음. 그럼 이건 어떤가요. 당신이 그 사람을 생각할 때 주로 어떤 일을 상상하나요?

그 순간 뜬금없이 아버지가 생각난다. 주저하는 걸 보니 뭔가 끝내주는 상상인가 보군요. 그가 말한다.

아, 잠깐 딴 생각을 했어요. 잘 모르겠어요. 그래서 전화 상담을 하는 거잖아요. 지금 이게 어떤 상황인지 잘 모르겠단 말이에요. 나는 말한다. 나는 전화선을 빙글빙글 돌린다. 벽에다 볼펜과 연필로 적어 놓은 전화번호들이 어떤 나라의 지형도처럼 보이기 시작한다. 여기는 산맥, 저기는 강. 공중전화 위에는 경고 문구가 부착되어 있다. 통화 시간은 20분으로 제한하시기 바랍니다. 나는 시계를 본다. 벌써 13분이 지났다.

그럼 이런 상황을 상상해보면 어떨까요? 상담사가 말한다. 상대는 해고당하고, 당신은 원인 제공자로 의심 받거나 퇴학을 당한다고 말이에요. 당신은 아직 열여덟 살이고 상대는 당신 선생이잖아요. 당신 이야기로 미루어 보건대, 이 관계가 해피엔딩으로 끝날 거라고는 아무도, 정말 아무도 생각하지 않을 거예요. 당신도 그렇잖아요, 안 그래요?

네. 나는 말한다. 그러니까, 저도 그렇다고요.

그러니 이게 다 무슨 가치가 있겠어요.

전 그를 사랑해요. 나는 말을 뱉어 놓고 깜짝 놀란다. 그가 근처에 있으면, 내 안의 모든 걸 그가 마음대로 다루는 것 같은 기분이 들어요. 저도 이런 기분을 어떻게 해야 할지 모르겠어요. 키스를 하고 싶나요? 모르겠어요.

원, 세상에. 상담사는 잠시 말이 없다가 이윽고 입을 연다. 그런 식이라면 사랑에 빠졌다고 말하지 않을 사람이 아무도 없겠어요.

나는 웃는다.

걱정돼서 그래요. 상담사가 말한다. 학교에서 공부할 게 얼마나 많아요. 졸업까지 한 일 년 남았으니까, 그때까진 아무 일도 저지르지 않겠다고 단단히 마음먹어야 하지 않겠어요? 지금 당장은 졸업이 제일 중요하잖아요. 그러다 보면 그 일 년 동안 자신이 뭘 원하는지 분명하게 알게 될 거예요.

그땐 그가 떠날 텐데요. 나는 말한다.

내 말이 그 말이에요. 상담사가 말한다. 이봐요, 당신 감정이 어떤지 알겠어요. 하지만 당신 나이엔 사흘에 한 번씩 이런 감정을 느끼기 마련이에요.

죽을 것 같은 감정을요? 나는 묻는다. 사흘에 한 번씩이요?

당신은 죽지 않아요. 상담사가 말한다. 장담해요. 하지만 당신이 어떻게든 일을 벌인다면, 그땐 정말로 죽고 싶은 생각이 들 만큼 큰 곤경에 빠질 수 있어요. 하지만 그러면, 정말 그러면 안 되는 거잖아요. 사랑은 우리를 살고 싶게 만들어야 하는 거잖아요.

복도에서 내 앞을 지나가는 알리샤의 갈색 등이 보인다. 내 방으로 향하는 모양이다. 시간이 많지 않다. 나는 상담사에게 말한다. 황금이 땅이 흘리는 피라고 믿는 멕시코계 인디언들이 있어요.

오, 아름다운 이야기로군요. 상담사가 말한다. 그 이야기가 우리 일과 무슨 상관이 있지요?

우린 세상을 버리고 결혼할 거예요. 나는 말한다.

사람들은 어떻게 생각할지 모르지만, 결혼은 이 상담 전화에서 중대한 주제가 아니랍니다. 상담사가 말한다.

난 그를 위해 세상을 버릴 거예요. 나는 말한다.

그를 위해 수업까지 빼먹지는 마시고요. 상담사가 말한다. 자기 자신을 돌보세요. 아직 젊잖아요. 남은 일 년 동안 또래의 멋진 소년을 찾아봐요. 알겠어요? 그리고 한 가지 더. 그가 말한다.

네. 나는 말한다.

무슨 일이든 시도하기로 결심할 경우, 먼저 이 번호로 나한테 전화하세요. 일을 벌이기 전에 먼저 나하고 이야기해요. 알겠죠?

공중전화 박스 창밖에서 알리샤가 입모양으로 말한다. 누구랑 얘기하는 거야? 나는 손을 올려 알리샤에게 잠깐 기다리라는 신호를 보내고, 상담사에게 알겠다고 말한다. 전화를 끊고 나는 상담사가 일지에 기록하는 모습을 상상한다. 1997년 4월 30일 6:15 p.m. 정체성을 의심하는 17세 소년. 통화 시간 18분. 학교 선생을 사랑함. 알리샤가 문을 잡아 당겨 연다.

안녕. 알리샤가 말한다. 그래서 새로운 여자 친군 누구냐?

뭔 소리야. 나는 말한다.

이 공중전화 박스 안에는 사방에 다른 사람들 이름이 적혀 있다. 알리샤가 뒤로 물러난다.

너 말고 딴 여자애는 없어. 나는 말한다.

알리샤가 뒤를 돌자 머리카락이 그녀의 얼굴을 덮는다. 알리샤는 머리카락을 뒤로 넘기고 나를 본다. 혜성 보러 가자. 알리샤가 말한다.

밖에는 헤일-봅 혜성이 하늘에 떠 있다. 알리샤와 나는 잔디밭에 앉아 혜성을 바라본다. 혜성은 불타는 얼음, 꽁꽁 언 기체다. 마찰을 일으키면 고체가 되어 타오르는 몹시 차가운 연료다. 그래서 지구에서는 아주 뜨거운 혜성을 보게 되는 것이다. 난 네 기분을 정확히 알 것 같아. 나는 혜성에 대고 말한다.

정말 놀랍지 않니. 알리샤가 말한다. 혜성 말이야. 평범한 별처럼 몇 주 동안 매일 밤 볼 수 있다니 말이야.

하늘 아래쪽 끄트머리에 묻은 환한 얼룩. 이동 속도에 맞추어 타종처럼 소리를 울리며 서서히 타오르는 빛. 검고 불룩한 밤하늘에 흘리는 환한 눈물.

그거 알았어? 나는 혜성을 보러 나온 사람들 곁을 빠져나오기 직전에 알리샤에게 묻는다. 눈물을 흘린다는 의미의 동사 'tear'랑 찢는다, 뜯는다는 의미의 동사 'tear' 철자가 같다는 거? 그냥 이 단어만 써놓으면 이걸 읽는 사람은 운다는 의미인지 따로 떼어놓는다는 의미인지 모르겠지?

넌 알걸. 알리샤가 말한다. 넌 알 거야.

17

아무리 느린 천사도 우리가 아는 방법보다 빨리 움직인다.

영어 졸업 논문을 쓰려면 올해 안에 주제를 정해야 한다. 나는 그냥 되는 대로 정하기로 한다. 수영팀 아이들이 버스에서 하던 행운의 딱정벌레 게임에서 착안해, 나는 버스로 수영 대회장을 오가는 동안 폭스바겐을 마주칠 때마다 번호판의 글자와 숫자를 적어 듀이 십진법으로 만든다. 그렇게 만든 숫자를 도서관 컴퓨터에 입력해 해당하는 책의 제목을 검색하자 화면에 금세 제목이 뜬다.
《사포의 시집》

사포에 대해 논문을 쓰고 싶어요. 나는 대회가 끝나자마자 영어

담당 교사인 오트리 선생님에게 말한다. 활발한 성격에 갸름한 얼굴, 커다란 눈, 빨간 머리카락을 지닌 선생님은 요정을 연상시킨다. 선생님은 능청스럽게 웃으면서 주제를 승인한다. 행운을 빈다. 선생님은 말한다.

뭘요? 나는 말한다.

그 논문 말이야, 평생이 걸려도 다 못 쓸걸. 선생님은 말한다. 사포에 관한 의문은 끝이 없거든.

나중에 사포를 읽어보니 과연 오트리 선생님 말이 맞다.

사포의 시 168:

그리고 두 눈 위에 밤의 검은 잠이 내리고.

그는 편지를 쓴다.

에드워드에게

이번 크리스마스엔 널 볼 수 있길 이루 말할 수 없이 고대하고 있단다. 아무튼 이렇게 기도가 이루어지는구나. 네 할아버지와 할머니는 세상이 보내준 최고의 사람들이다. 두 분이 널 무척 훌륭하게 키우셨고 넘치는 사랑을 주셨다고 확신한다. 할아버지와 할머니가 이곳에 있는 나에게 정기적으로 편지를 보내 네가 어떻게 지내는지 알려주신 덕분에, 너와 직접 연락하지 못하는 건 가슴 아프지만 그래도 이곳 기한을 다 마치면 우리가 만날 수 있을 거라고, 적어도 친구는 될 수 있을 거라고 늘 희망을 품으며 지냈단다. 내가 이곳을 나가서 하룻밤 사이에 무슨 마술 부리듯 네가 여태 가져본 적 없는 아빠 노릇을 할 거라는 생각은 안 해도 된다. 그렇지만 나는 널 내 아들로 기억하고 있단다. 그러고 보니 널 안아본 지도 굉장히 오래 됐구나. 청년이 다 된 너를 보면 놀랄지도 모르겠다. 크리스마스 때마다 네 사진을 받아서 사진으로 널 보긴 했다만, 널 직접 만나면 사진으로 보는 것과는 전혀 다르겠지.

법원이 처리한 방식은 조금도 만족스럽지 않았어. 그 점을 알아주길 바란다. 또 네 엄마도 널 사랑한다는 사실을 기억해라. 네 엄마와 나는 이제 더 이상 연락하지 않지만, 네 엄마가 복역 기간을 마친 직후에 나에게 편지로 그러더구나. 할아버지와 할머니에게 널 맡기는 것이 엄마 나름대로는 널 사랑하는 방법이라고. 이상하게 들릴지 모르겠지만, 네 인생에서 자기를 지우는 것이 사랑의 의무라고 진심으로 믿었단다. 네 엄마다운 행동이지.

편지는 이 밑으로 계속 이어진다. 그냥 편지일 뿐이야. 그날 아침 나는 잠자리에서 일어나 셔츠와 반바지를 입고 수영장으로 향하면서 이렇게 속으로 되된다. 불길한 징조가 아니라 그냥 편지일 뿐이라고.

몇 년 후에 나는 이 일을, 맨 처음 찾아온 직감을 믿어야 하는 몇몇 순간 중 하나로 여기게 된다. 그러니까, 어떤 촉이 오는데도 번번이 무시하는 이유는 그것이 사실이라는 걸 뻔히 알면서도 애써 외면하려 하기 때문이다. 어쨌든 지금 나는 여름의 학교 잔디밭을 가로지른다. 견학 온 학생들과 여름 캠프에 온 아이들을 맞이하기 위해 잔디밭은 환하게 눈이 부신 초록이다. 나는 사포를 읽기 위해 여름 학기 특별 자율학습 프로그램에 신청해 등록했고, 피는 나에게 수영장에서 인명 구조원으로 일해보라고 제안했다. 올해 내 여름은 이 두 가지 일, 그리고 아버지에게서 온 편지로 채워진다. 사포와 수영, 아피아스 제 선생님, 그리고 소아성애 성범죄자, 그러니까 내 아버지의 편지로.

'phile'은 '사랑하다', 'fil'은 아들이라는 의미다. pedophilial, pedofilial. Fil de pede.(워든이 만든 단어로 각각 '소아성애자의', '소아성애자 아들의', '소아성애자의 아들'이라는 의미 — 옮긴이) 교정을 가로지르는 동안 운을 맞춘 목소리가 머릿속을 메운다. 수영장에 도착해 문마다 자물쇠를 연 다음, 환한 형광 빛에 염소 냄새가 코를 찌르는 라커룸과 복도 안으로 들어선다. 입구 한쪽에는 트로피가 진열되어 있고, 분홍빛 피부의 어린 소년 소녀들이 카메라 앞에 몸을 약간 움츠리며 모여 있는 사진들이 걸려 있다. 서늘한 실내에는 내 플립플롭 슬리퍼가 내는 핏핏핏 소리 말고는 에어컨 배수펌프 소리가 전부다. 나는 곧이어 호루라기를 불어 아이들을 부르고, 라커룸 문 빗장을 푼 다음, 라디오 볼륨을 40까지 높이고, 머리카락을 뒤로 넘기고 이마에 반다나를 맨다. 그리고 이제 내 의자에 털썩 앉는다.

phil de pede. 어린아이들을 향한 사랑. 그렇다면 아이가 어른을 사랑하는 건 뭐라고 부르지? 그러고 보니 이것과 반대 의미를 일컫는 단어가 없다. 나는 더 이상 아이가 아니다. 서류상 아버지에

서류상 아들. 내가 원하는 건 서류에 적힌 단어 나부랭이가 아니다. 그렇지만 서류상 나는 그렇게 적힌다. 아들이라는 단어로 존재하고, 만들어지고, 적힌다.

오늘의 첫 번째 수영 손님은 교사 가족이다. 대수학과 연산을 가르치는 화이트 선생님 부부는 일곱 살 쌍둥이인 금발의 어린 두 아이와 함께 온다. 아이들은 꺅꺅 소리를 지르며 물속을 드나들기를 반복한다. 화이트 부인은 매우 상냥한 사람으로, 지금은 쌍둥이를 키우느라 밀린 잠을 자는 것 같다. 화이트 선생님은 세월이 무색하게 여전히 십대나 다름없는 외모를 유지하고 있다. 쌍둥이들은 아빠를 닮아 금발에 코가 뾰족하다. 화이트 부인은 창백한 피부와 짙푸른 눈동자로 눈에 띄는 외모를 지녔는데, 아이들도 부인의 피부색과 눈동자 색을 빼다 박았다. 쌍둥이들이 아무것도 아닌 일로 키득거리자 화이트 선생님은 나를 보고 미소를 짓는다. 창백한 그의 눈동자는 할머니가 요리할 때 쓰는 바다 소금을 연상시킨다. 할머니는 고등어를 절일 때 바다소금을 사용한다.

사포는 잘 돼가니? 화이트 부인이 묻는다. 화이트 부인은 튼튼한 두 팔로 받쳐 몸을 끌어올린 뒤, 풀장 위로 올라온 다음 몸을 돌려 내 발 근처에 앉는다. 그녀가 머리카락을 비틀자 파인 홈 안으로 물이 뚝뚝 떨어진다.

사포는 정말 대단해요. 고대 그리스의 레즈비언은 단연 최고죠.

화이트 부인은 이 말에 눈썹을 찌푸린다. 그러니까 제 말은 레스보스섬 사람들이 멋지다고요.

사포의 성 정체성이 논란을 일으키는 주제긴 하지. 화이트 부인은 아득한 표정을 지으며 말한다.

그래요? 나는 묻는다.

소로가 그러더라. 화이트 부인이 말하는 소로는 소로 교장 선생님이다. 두 사람은 뉴욕 채핀스쿨 시절부터 서로를 성으로 불러온 오랜 친구다. 그들이 서로 화이트, 소로라고 부를 땐 마치 남편 성을 갖게 된 걸 놀리는 것처럼 들린다.

사포를 읽어보니 확실히 그런 것 같아요. 나는 말한다.

누구 번역본으로 읽고 있니? 화이트 부인은 남편을 돌아보면서 묻는다. 화이트 선생님은 마치 물속에서 쌍둥이를 찾았다는 듯이 양 팔에 한 명씩 끼우고 풀장 위로 올라오고 있다.

가이 대번포트요. 나는 말한다.

최고지. 화이트 부인이 말한다. 내 친구가 켄터키 대학 시절에 그와 함께 공부했는데, 헤로도토스 번역본을 완성하면 우리한테 나누어주곤 했단다. 학기 초에 그가 이러는 거야. "만족스러운 번역본이 없으니 내가 번역을 마치면 나눠줄게."라고 말이야. 놀랍지 않니? 자기가 천재인 줄 아는 거지.

나는 화이트 부인을 마주보며 말한다. 그런가 봐요. 좋으셨겠어요.

네가 잘못되면 슬플 것 같아. 슬픈 정도가 아니라 비극적일 것 같아. 부인의 검은 머리카락은 이제 거의 젖은 나무처럼, 창백한 목에 드리워진 검은 나뭇가지처럼 보인다. 애들 이리 줘. 부인이 다가오는 남편에게 말한다. 세 사람이 물 밖으로 나와 부인을 향해 다가올 때, 부인의 모습은 이 창백한 세 아이를 물가에서 보호하고 거느리는 요정 같다.

　사실 사포의 시는 읽기 위한 것이 아니다. 노래로 부르기 위한
것이며, 이 노래에 맞추어 추는 춤도 있었다. 사포는 행위 예술가였
지만, 오늘날 그녀는 텍스트의 연구 과제로만 존재한다. 사포는 그
녀의 비평가들에 의해, 그리고 편지를 주고받으며 그녀를 인용하
는 사람들에 의해 명맥이 유지되어 왔다. 아침 해가 긴 창문을 통해
풀장에 거품을 일으키고, 반대편 벽에 황금색 줄무늬를 그릴 때, 나
는 사포의 번역본을 조금씩 읽는다. 사포 역시 종이로만 남은 시인
이다. 종이 소년을 위한 종이 시인. 사람들은 사포의 시가 번역되어
야 한다고 요구하지만, 그 요구는 진심이 아니다. 그들은 불완전하
게 남은 조각들 사이의 틈을 메우는 식으로 자기들의 시를 쓰기 위
해 사포를 이용한다. 시의 이중창. 사포는 자신의 시를 독창곡으로
만들려 했을 테지만, 오늘날 그녀의 시들은 예기치 않은 이중창이
되고 있다. 비록 또 한 명의 가수가 원래 가수와 조화를 이룬다 할
지라도. 게다가 이 경우 원래 가수는 무대 뒤에 존재한다. 실력 없
는 스타 대신 진짜 가수가 커튼 뒤에 숨어 노래를 부르던 그 옛날처
럼, 역사라는 벨벳 휘장에 가려진 채.
　이윽고 문이 열리고 모르는 사람이 수영장 안으로 들어오지만,
나는 별로 신경 쓰지 않는다. 처음엔 안녕하세요, 라고 인사를 하려
다 이내 그 사람이 브리디라는 걸 알아본다. 브리디는 내가 누군지
모른다. 지난번에 언덕에서 날 만났으면서 날 알아보지 못한다. 우
리가 마주치던 그날, 내가 나비를 잡는 척했던 일이 생각난다. 고대

그리스인들은 나비를 영혼의 이미지라고 생각했다. 그 구절을 읽은 후로 나는 내가 수집한 나비들을 달리 보게 되었다. 작은 영혼들이 벨벳 천에 핀으로 단단히 고정되어 있다. 아주 서서히 말라가면서.

브리디가 아주 잠깐 나를 주시하나 싶더니 이내 시선을 돌린다. 그는 명부에 사인을 하고 라커룸으로 향한다. 나는 그가 나를 알아봐주길 기대하지만 당연히 그는 그러지 않는다. 브리디는 무용수 같은 걸음걸이로 걷는다. 간단해 보이지만, 서로를 아주 잘 알고 잘 맞는 수백 개의 근육이 서로 조화를 이루어야 가능한 걸음걸이다. 브리디는 아름다운 남자다. 이런 생각을 하는 게 이상하지만, 지금 내 느낌은 그렇다.

나는 자리에서 일어나 의자에 책을 내려놓는다. 화이트 부인. 내가 말한다. 저 잠깐 샤워실에 다녀올게요. 누가 오면 그렇게 말해주세요. 화이트 부인은 검고 숱 많은 머리를 끄덕인다.

그러렴. 그녀가 말한다.

심장이 뛸 때마다 그 소리가 타일에 부딪쳐 메아리치는 것 같다. 라커룸이 너무 조용한 게 아무도 없는 것 같아, 처음엔 브리디가 풀장 안으로 들어갔나 보다고 생각한다. 나는 그에게 내 소개를 다시 해볼까 속으로 생각한다. 곧이어 샤워실을 향해 모퉁이를 도는데 브리디가 내 앞에 떡하니 나타난다. 해가 진 뒤의 꽃잎처럼 그의 긴 머리카락이 앞으로 기울어지며 그의 얼굴을 가린다. 그의 두 눈이 가지런한 머리카락 사이로 앞을 살핀다. 그가 미소를 지으며 말한다. 안녕. 그는 아무것도 걸치지 않았다. 마치 누군가가 고장 난 전등을 고치기 위해 전등을 재빨리 껐다 켰다 하는 것처럼 눈앞에 빛이 어른거린다.

안녕하세요. 나는 말한다. 브리디는 나를 호의적으로 대한다. 나를 기억하지 못하는 건가. 그러고 보니 머리에 반다나를 두르고 있다는 게 생각난다. 그래서 지난번과 많이 달라보였나 보다. 브리디는 사물함을 향해 돌아가고, 나는 화장실 소변기로 다가가 그 앞에 잠시 서 있는다. 아무것도 나오지 않는다. 나는 자연스럽게 행동하려 애쓰면서 수영복을 다시 끌어올리고 변기 물을 내린다. 내 자리로 돌아와 의자에 앉자 화이트 부인이 미소를 짓는다.

별일 없었어. 그녀가 말한다.

네. 나는 말한다.

수영을 하는 브리디의 모습은 강하고 안정적이다. 침착하면서도 힘차게 앞으로 나가고 호흡은 조화롭다. 그의 자유영은 오스트레일리아식 크롤 영법과 유사해 대부분 수면 위로 떠오른다. 그에 반해 피는 황소처럼 수영을 한다. 피는 마치 사라질 것처럼 아주 깊숙이 고개를 숙여서 두 팔로 물보라를 일으키며 앞으로 나가고 그 사이에 평평한 공간이 만들어진다.

브리디 수영 실력이 굉장한걸. 화이트 부인이 말한다. 머리가 꼭 지시봉 같아. 화이트 부인은 브리디가 풀장을 왕복하는 모습을 지켜본다. 참 잘 생겼네. 어쩜 저렇게 예쁘게 생겼을까. 하지만 그게 다 무슨 소용이니.

뭐가요? 내가 묻는다.

저렇게 반반한 외모 말이야. 남자한테. 여자들은 저렇게 반반한 남자를 보면 불쾌해지거든. 화이트 부인이 쌍둥이 중 한 명을 다리 위에 올려놓고 아기를 위아래로 흔드는 동안 그녀의 눈동자 안에 내 모습이 담겨 있다. 그런 거 모른다고 하지 마라.

제가 그걸 어떻게 알겠어요. 나는 말한다. 전 전혀 모르는 일인데요.

이런 거짓말쟁이. 그녀가 말한다. 가만 보니 무서운 사람일세. 소년들은 달라. 소년들은 …… 화이트 부인은 여기까지 말하고 뒤를 돌아 브리디를 본다. 그러고는 이렇게 덧붙인다. 어머, 내가 너한테 무슨 말을 하는 거니.

말씀해 주세요. 내가 말한다.

모두들 소년이 예쁘길 바라지. 그건 좋아. 하지만 성인 남자는 그거 말고도 갖춰야 할 게 많단다. 그래서 사람들은 아름다운 남자를 신뢰하지 않아요. 그런 남자는 중요한 면에서 뭐랄까, 여전히 소년 같거든.

그럼 선생님은 소년들을 신뢰하지 않는군요. 내가 말한다.

여자들이 남자에게서 필요한 걸 얻기 위해서는 그렇다고 볼 수 있지. 화이트 부인은 이렇게 말하고 얼굴을 찌푸린다. 그래, 난 소년들을 신뢰하지 않아.

브리디는 여전히 물보라를 일으키며 4번 레인의 중거리 코스를 헤엄친다. 그는 우리가 자기에 대해 뭐라고 말하는지 신경 쓰지 않는다. 아니, 우리가 이곳에 있든 말든 신경 쓰지 않는 것 같다. 뭐, 괜찮다. 그게 어떻다고. 다만 어이없게도 나는 화이트 부인의 평가에 기분이 좋아진 내 모습을 발견한다. 그러니까 부인의 말은 나에게 기회가 있다는 의미가 아닌가.

저 사람 누군지 아니? 화이트 부인이 나에게 묻는다.

모르겠는데요. 내가 말한다.

새로 온 수영 코치 파트너야. 네가 저 사람을 모르다니 의외구나.

제 선생님은 별로 사교적인 사람이 아니거든요. 나는 목구멍에 새 한 마리가 앉아 있는 것 같은 기분으로 말한다. 내가 화이트 부인에게 말을 하려고 입을 벌릴 때마다 그 새가 밖을 살짝 훔쳐볼 것만 같다. 내 이빨 뒤로 두 눈을 반짝거리면서. 소문에 저 사람이 미술 선생님 아기 아빠래요. 내가 이렇게 덧붙이자 목구멍 속의 새가 날아가 버린다.

화이트 부인의 예쁜 두 눈이 살짝 작아지면서 그녀가 픽 소리를 내며 웃는다. 이런 세상에. 애들 정말 못 말리겠네. 그녀가 말한다. 저 사람은 아니야. 화이트 부인은 이렇게 말하고 남편 쪽으로 쓱 시선을 던진다. 화이트 선생님은 2번 레인에서 느긋하게 수영을 즐기고 있다. 저 사람이 아이 아빠일 리가 없어. 내 생각엔 절대 아니야. 절대. 그녀가 말한다.

나는 직통 전화 상담사인 나의 새로운 친구를 떠올린다. 네. 알겠어요. 내가 말한다.

이쯤에서 이 주제는 책처럼 탁 하고 덮인다. 브리디는 물 밖으로 날렵하게 빠져나와 풀장 가장자리를 빙 돌아 걷는다. 화이트 부인. 브리디가 말한다. 그렇게 아이들하고 함께 계시는 모습이 정말 아름다우세요. 화이트 부인은 앳된 표정으로 그에게 미소를 짓는다. 여자들은 반반하게 생긴 남자들을 싫어하지 않는다. 화이트 부인을 보니 알겠다. 여자들은 아름다운 남자들을 질투할지는 몰라도 싫어하지는 않는다는 걸. 증오는 불타오르는 사랑, 길 한쪽에 타오르는 불길처럼 마음 한쪽에 불을 지르기 시작한다. 증오는 말한다. 이쯤에서 그만 둬. 끔찍한 일이 일어났단 말이야. 질투는 화상을 입은 피부와 같다. 그리고 위안은 누군가 다른 이의 피부다.

아피아스가요, 그러니까 피가 노동절에 뭘 계획하고 있다는데 무슨 일인지 모르겠어요. 천막을 치고 가든파티를 하겠대요. 브리디가 말한다. 브리디는 머리카락을 귀 뒤로 넘긴다. 안녕. 그가 나를 향해 말한다. 난 올브라이트 포레스터라고 한다. 그가 손을 내민다. 나는 그의 손을 잡고 악수를 한다.

증오. 질투. 안녕하세요. 나는 인사한다. 지금은 목 안의 새가 사라졌다. 아니, 지금은 내가 새가 된다. 까마귀? 참새라고 해두자. 에드워드예요. 에드워드 고렌츠. 내가 말한다. 브리디는 내 손을 놓고 자신의 수영복을 끌어올린다.

만나서 반갑다. 그가 말한다. 수영팀 선수인가보구나.

네. 내가 말한다. 나를 응시하는 화이트 부인의 시선이 햇살처럼 느껴진다. 저 멀리에서 비치는 따스한 햇살.

이후부터는 하루 종일 공기가 사라진 것 같은 시간으로 채워진다. 그 시간이 열리면 제 선생님이 금속처럼 반짝거리는 한가운데에서 모습을 드러내고, 날지 못하는 천사는 신에게로 가는 입구에서 미끄러져 떨어질 것만 같다. 피. 브리디는 그렇게 불렀다. 피.

물론 몇 년이 지나면 알게 될 것이다. 내 목 안의 새는 까마귀였다는 걸.

나는 개학 전 며칠을 마치 복도를 따라 늘어선 방처럼 보낸다. 그 복도에 멈추어 서서, 브리디가 있는지 확인하기 위해 주위를 둘러보다 잠시 그를 기다린 후 그 자리를 떠난다. 나는 물을 마시고 목 안으로 넘기지 못하는 것처럼, 입 안에 그의 이름을 굴린 채 며칠을 서성인다. 이후로 브리디는 이따금씩 수영장에 온다. 나는 그가 라커룸에 있을 땐 그곳에 들어가지 않는다. 때때로 화이트 부인도 수영장에 와서 두 무릎에 쌍둥이를 한 명씩 올리고 미소를 짓는다.

18

도서관 담장을 따라 핀 장미꽃들이 감쪽같이 사라진다. 곧 원인이 밝혀졌는데, 알풍뎅이가 습격해 장미가 피자마자 곧장 먹어치운 것이다. 아침엔 꽃이었지만, 저녁엔 꽃잎 한 장 남기지 않은 채 사라져 버리다니.

어느 날 저녁 수영장에서 돌아오는 길, 노란 산타 모자처럼 생긴 걸 손에 들고 장미 덤불 앞에 서 있는 제 선생님을 발견한다.

그게 뭐예요? 내가 묻는다.

알풍뎅이 잡는 덫이란다. 그가 말한다. 이 안에 알풍뎅이들을 유인할 합성 호르몬제가 들어 있어서 녀석들이 이 안에 들어가 독을 먹고 죽는단다.

짝을 찾은 줄 알고 들어간 알풍뎅이들이 오히려 죽게 되는 건가요? 이런. 나는 노란 천을 잡아당기며 말한다.

제 선생님이 나를 향해 미소 짓는다. 불공평한 거 같다 이거냐?

여름이 지루하게 길어요. 나는 말한다.

그렇지도 않단다. 그가 말한다. 8월엔 그렇게 느껴지겠지만. 제 선생님은 손가락으로 장미 줄기를 문지른다. 튼튼하게 자라거라. 그가 말한다. 하긴 친구들이 보고 싶겠구나. 그러니?

네. 나는 그런 생각은 해본 적 없지만 그렇다고 대답한다. 사실 이번 여름 학기엔 같은 반 학생들이 누군지도 거의 알지 못했다. 제 선생님이 나를 오래 봐주길 바라지도 않았다. 내가 아는 건, 선생님과 마주치길 여름 내내 바랐지만, 그리고 마침내 이렇게 마주치게 되었지만 위가 창자를 짓누르는 듯한 기분이 들어 당장이라도 왈칵 눈물이 쏟아질 것 같다는 것뿐이다. 나는 말하고 싶다. 날 만져요. 제발. 그때 잠시, 제 선생님이 내 어깨에 손을 얹을 것처럼 보인다.

곧 괜찮아질 거다. 그가 말한다. 사실 2주만 있으면 개학이잖니. 그나저나 네게 뭔가 해결해야 할 문제가 있다던데, 상담이 필요하면 이야기하렴.

우리 주위로 장미꽃 향기가 희미하게 번진다. 밤은 새벽에 증발해버린 듯, 밤의 안개 같은 해 질 녘 어스름이 모여 다시 비를 내리고, 그러다 다시 밤이 내려앉는다.

만일 그가 내 어깨에 손을 올렸다면, 내가 똑바로 서 있는 신문지 한 장에 불과하다는 게 들통났을 것이다. 담장 벽 위로 한 소년이 비친다. 그가 어떻게 날 사랑할 수 있겠어? 나에겐 빛이 다가오길 거부하는 집 말고는 아무것도 없는걸. 네. 대신 나는 이렇게 말한다. 그럴게요.

집에 내 전화번호가 있니? 그가 묻는다.

아니요. 나는 말한다.

여기에 적어주마. 그는 이렇게 말하고 주머니에서 종이 하나를 꺼내 그 위에 전화번호를 적는다. 나중에 나는 기숙사에 돌아와 침대에 누워 그 전화번호를 본다. 그가 전화번호를 적어준 종이는 영수증이었다. $10.00, 알풍뎅이, 덫과 미끼, 아우구스타 철물점.

19

구토가 시작된 건 이즈음부터다. 처음엔 뭔가 의외의 혹은 불쾌한 원인들 때문이라고 생각했다. 문제의 그날, 톰과 하루 종일 바다 카약을 해서 뱃멀미를 하는 거라고 생각한다. 하지만 지금까지 나는 어떤 종류의 멀미도 한 적이 없다.

오늘 우리는 바하버에서 바다 카약을 한다. 톰은 석조 예배당 짓기 작업에 참여한 이후로 뭐랄까 소년 지질학자가 다 됐다. 카약은 그의 생일 선물이며, 우리는 일주일에 몇 번씩 카약을 타고 연습한다. 이제 이곳은 9월이 시작되어 우리의 노가 파도를 헤칠 땐 바다 위로 쌀쌀한 바람이 불고 따뜻하던 아침은 간데없이 한랭 전선이 밀어닥친다. 우리는 가시가 돋친 약간의 돌과 스프루스 소나무가 있는 섬 번트포큐파인 근처 바다에서 카약 연습을 한다. 관광객들은 속도를 붙이거나 늦추라고 소리 높여 안내하는 친절한 강사의 지시에 따라 화려한 바다 카약을 저으며 지나가고, 톰은 그 사이를 뚫고 해변으로 우리를 안내한다. 우리는 관광객들이 지나가게 한다. 그런 다음 작은 돌이 깔린 해변 위편, 부서진 사암과 실트암 사이에, 친구 하나 없이 자리를 지키고 있는 계란 모양의 거대한 화강암 앞바다에서 빈둥거린다.

빙하 표석은 전혀 다른 시대나 기후에 있던 바위나 암석이 빙하에 의해 아주 먼 곳에서부터 떠내려온 거야. 그게 자리를 잡고 지금까지 남아 있는 거지. 톰이 말한다. 그래서 빙하 표석은 놓여 있는 장소와는 어울리지 않게 생겼어. 톰이 근처 해변을 가리킨다. 나는 그가 가리킨 곳을 본다.

저게 바로 빙하 표석이야.

정말 여기하고 너무 안 어울리게 생겼다. 나는 말한다.

나는 해안 지대만큼 기다란 30층 높이 얼음에 덮인 지역을 상상해본다. 아이스크림 가게 주인이 아이스크림에 토핑을 팡팡 두드릴 때처럼, 산들이 깎이고 암석들이 서로 부딪쳤을까. 해변을 걸을 때 내 발 밑에 조약돌이 들러붙는 것처럼, 빙하는 그 아래 들러붙은 바위들을 데리고 이곳까지 왔을까. 이런 생각에 팔려 있는 동안, 우리는 뒤편에 캣이 있는 걸 미처 알아차리지 못한다.

캣은 제트 추진 방식으로 작동하는 쌍동선 스타일의 여객선이다. 트란실바니아에서 만든 것으로, 바하버에서 노바스코샤 간의 뱃길을 일반 배로 가는 시간의 절반인 두 시간 삼십 분 만에 이동한다. 캣이 항구에서 입김을 내뿜자 파도는 부스스 잠에서 깨어 물의 요정처럼 바다를 난장판으로 만든다. 그러나 우리는 그런 상황을 미처 알아채지 못한다.

젠장. 톰은 이렇게 말하며 우리를 이리저리로 거칠게 떼미는 파도를 노로 세차게 쳐낸다. 파도를 향해 선미를 돌려!

그러나 나는 톰보다 한참 뒤에야 방향을 돌린 바람에, 카약이 파도가 솟구치는 때와 동시에 파도의 측면을 따라가기엔 너무 늦다.

카약은 정확히 원하는 방향으로 회전하지 못하고, 그 무게에 이끌려 우리 모두를 바다 속에 빠뜨리고 만다. 여기 바다의 푸른 빛 속에서 해초 같은 톰의 황금빛 머리카락이 보인다. 나는 물이 후드득 떨어지는 옷자락을 끌어올려 벗은 다음 수면 위로 올라와 침을 뱉는다. 그리고 톰이 올라오길 기다린다. 잠시 후 톰이 올라와 침을 뱉고 욕을 퍼붓는다. 머저리 같은 자식.

해변이 그리 멀지 않아, 우리는 뒤집힌 카약을 바로 돌려 해변으로 끌어당긴다. 여름인데도 물 온도는 얼음 덩어리가 셔츠 속에서 녹을 때처럼 차다. 해변의 돌멩이 위를 걷다가 그대로 드러누워 몸을 말리는 동안 어느새 몸이 따뜻해진다. 짙은 색 돌멩이는 흰 모래보다 열을 더 많이 받아들인다.

이윽고 나는 대기에서 특유의 냉혹한 기운을 느낀다. 마치 제 선생님이 보이지 않는 빛 위를 부유하며 내 앞에서 형체를 갖추길 기다리는 것 같다. 그러자 위장이 뒤틀리고 구토가 인다.

이런. 톰이 말한다. 괜찮냐?

응. 나는 이렇게 말한다. 그리고 마저 게워 낸다. 모래 위로 바닷물이 밀려든다.

개학 첫날, 나는 제 선생님에게 빙하 표석을 아느냐고 묻는다. 나는 그에게 질문할 날을 기다려 왔다. 우리는 훈련 시간을 기다리며 풀장 밖에 서 있다. 지금은 훈련 40분 전이고, 나는 그가 일찌감치 수영장에 와 있다는 걸 알고 있다. 나는 시간을 착각한 척한다. 그리고 그가 내 말을 믿을 거라고 가정한다. 최근에 내가 무슨 생각을 하는지 그가 알고 있다는 느낌이 들기 시작했다.

오, 물론이지. 정말 근사하지 않니. 제 선생님이 말한다. 그러고는 교정 가장자리에 둘러친 담장을 뛰어넘는다. 여기 풀들은 소가 풀을 뜯던 들판이었을 때부터 자리를 지키고 있고, 한가운데에는 곳곳에 커다란 장미 덤불들이 사나운 거인처럼 자라고 있다. 제 선생님은 장미 덤불의 가지를 잘라내면서 말한다. 혹시 오래된 장미 품종을 발견할지도 몰라서 가슴이 두근거린단다. 그런 장미를 발견하면 집 정원에 심을 거야. 장미가 핀 들판과 들판 사이에 거대한 바위가 몇 개 놓여 있다.

이런 바위는 잿빛에 대리석으로 물결무늬가 새겨진 게 뭐랄까, 석영처럼 보인다. 이건 엘즈워스에서 내려온 빙하 표석이란다. 제 선생님이 말한다. 꽤 오래된 것이지. 하지만 여길 보렴. 굉장히 부드럽지? 오랫동안 마찰을 견뎌왔기 때문이다. 그런데 여긴 또 달라. 그는 무언가에 찍힌 것 같은 부분들을 가리킨다. 이런 모양을 섀터마크(shatter mark)라고 한단다.

채터마크(chatter mark)요? 나는 묻는다.

섀터. 그가 말한다. 빙하가 이동할 때 암석이 그보다 더 큰 암석 쪽으로 아주 세게 밀리다가 두 암석이 동시에 깨지면서 생긴 무늬지. 작은 암석이 돌진하다가 여기에 부서진 흔적을 남긴 거란다. 큰 암석에 이렇게 무언가에 찍힌 모양이 생긴 거지.

나는 채터마크가 더 좋다. 작은 돌이 큰 돌과 이야기를 나누려 애쓰다 생긴 무늬. 빙하에 마찰하는 와중에도 서로 이야기를 나누려고 가까이 다가가려다 결국 작은 돌이 부서져서 만들어진 무늬.(shatter는 '부서지다', chatter는 '수다떨다'라는 의미. 빙하 표석의 가로 홈 모양을 채터마크(chatter mark)라고 하므로 워든이 알고 있는 명칭이 정확하다.—옮긴이)

노동절에 파티를 열 거야. 제 선생님이 말한다. 집들이를 하려고. 이따가 수영팀 아이들에게도 알릴 거다. 하지만 브리디와 나는 아무래도 도움이 좀 필요할 것 같구나. 네가 도와주면 정말 좋을 것 같은데, 어떠니? 조금 일찍 와주면 좋겠구나. 괜찮겠니?

좋아요. 나는 말한다.

파티 시간은 세 시쯤으로 할까 해. 그러니까 네가 한 시에 와주면 좋겠구나. 제 선생님은 섀터마크를 손으로 문지르면서 말한다. 이제 태양은 나무들 사이로 흘러와 제 선생님의 머리 위를 비춘다. gilt. guilt. gild.(각각 '금박을 입힌', '죄책감', '금박을 입히다', 라는 뜻—옮긴이) 내가 읽는 중세 문학에서는 gilt의 맨 처음 어원이 blooded('혈통이 …한', '피가 흐르는'이라는 뜻—옮긴이)라고 한다. 노을이 지는 지금, 제 선생님의 모습은 거의 피에 물든 것처럼 붉다. 피가 아닌 피의 정수가, 빨갛게 달궈진 적열이, 모든 생명의 교류가 그의 온몸에서 흘러내린다. 숨 쉬는 행위조차 그 행위와 행위의 결과를 확신하는 연금술이 되어, 그가 내뿜는 기체는 한 가지 색에서 다음 색으로, 파란색에서 빨간색으로 변해간다.

한 시에 갈게요. 나는 말한다. 타로 카드를 가져가서 천막에서 봐줄 수도 있어요.

그는 눈을 깜빡이며 말한다. 타로를 읽을 줄 아니?

그럼요. 나는 말한다.

굉장한걸. 그가 말한다. 그리고 그는 개를 쓰다듬듯이 암석을 쓰다듬는다.

이것은 한눈에 반하는 사랑과 크게 다르다. 나는 그의 이름 철자를 바꿔 부르는 짓은 하지 않는다. 나무 위나 화장실에 우리의 이름을 '피와 워든, 우리 사랑 영원히'라고 적어 놓고 그 둘레에 울타리처럼 하트 모양을 그리는 짓도 하지 않는다. 나는 내 생각의 흔적을 단 한 가지도 남기지 않는다. 그의 얼굴을 그리거나 그를 향한 시를 끼적인 종이 한 장은 나 말고는 아무도 발견할 수 없다. 나에게 있는 건 그날 밤 석조 예배당에서 발견한, 한때 소중히 여겼으나 포기하려 애쓴 누군가의 낡은 사진 한 장뿐이다. 불이 보여. 영매는 그렇게 말했다. 불이 붙어서 활활 타고 있어. 하, 이거 무슨 짓을 해도 소용이 없네. 색깔, 빛, 열이 그대로야. 이를 어쩐다.

하지만 불은 내 안에 있었다. 종이 소년은 종이 랜턴처럼 환하게 빛났다.

훈련이 아주 일찍 끝난다. 내가 생각해도 오늘 수영은 엉망이다. 하지만 제 선생님은 그것에 관해 거의 별말이 없다. 나는 그가 나를 지켜보고 있다는 걸 알아차리고, 유난히 부드럽고 온화한 햇살이 내 위로 쏟아지는 것 같은 기분을 느낀다. 그 부드러움이 내 안으로 강렬하게 흘러들어 와 토할 것만 같다. 그리고 마침내 훈련이 끝난 뒤엔 정말로 토해버린다.

나는 화장실 변기 앞에 서서 가뜩이나 빈 위장을 남김없이 비워 내고, 토하는 소리가 들리지 않도록 계속해서 변기 물을 내린다.

자꾸만 살이 빠진다. 이젠 모두가 한눈에 알아차릴 지경이다. 식사 시간이면 수영팀 아이들은 이러다 내가 사라지는 것 아니냐며 농담을 한다. 나는 점점 납작해지고 있다. 훈련을 마치면 일주일에 두 번씩 구토를 한다. 종이 소년이 되어간다. 이 와중에 다시 한 번 집에 다녀가라는 할아버지 할머니의 재촉에 못 이겨 그분들 댁을 방문한다.

아가, 왜 이렇게 말랐냐. 할머니가 나를 포옹하며 말한다. 원 세상에, 어깨뼈가 다 만져지네. 이러다 천사 되는 거 아니냐. 할머니는 내 왼쪽 눈과 오른쪽 눈을 번갈아 살펴본다. 마치 눈동자를 보면 알 수 있을 것처럼.

집 안 공기가 텁텁해서 사방에서 선풍기가 열심히 돌아가며 팽창된 공기를 식히려 한다. 그 가운데 유독 한 대의 선풍기가 눈에 들어오는데, 날개가 돌아가면서 환하게 빛나는 모양이 태양이 수면을 비출 때 반짝이는 모양과 거의 흡사하다.

아가. 할머니는 한사코 나를 이렇게 부르는데, 그럴 때 나는 전혀 못 들은 척한다. 애, 에릭. 할머니가 다시 나를 부른다. 그때 할아버지가 다가와 할머니 곁에 선다. 내 앞에 선 그들은 한 쌍 같다. 그들은 한 쌍(pair)이다. 부모(pare), 한 쌍의 부모(a pair pares), 제3의 누구도 끼어들 수 없는.

얘 좀 봐요, 정상적인 남자애가 이렇게 생겼을 거라고 누가 생각하겠어요? 할머니는 내 이마에 손을 얹으면서 할아버지에게 말한다.

나한테 말해요, 할머니. 둘이 말하지 말고. 나는 이렇게 말하면서 울음을 터뜨린다.

에드워드. 할머니가 말한다. 나는 할머니의 소파에 앉는다.

나, 정상적인 남자아이들처럼 생긴 거 맞거든요. 나는 이렇게 말하고 욕실로 달려간다.

헛구역질을 하는 사이사이에 욕실 밖에서 할머니가 말하는 소리를 듣는다. 애를 …… 병원에 데려가야겠어요 …… 의사들은 대번에 …… 그렇지만 에릭이 ……

이날 오후 병원에서는 내 몸에 바늘을 찔러 피를 뽑고, 불빛으로 내 몸 속을 들여다본다. 나는 병원 침대에 누워 생각한다. 이들이 내 목 안에서 새를 발견할 수 있을까. 이들이 불빛으로 내 목 안을 들여다보면, 새의 까만 눈동자와 작고 사나운 부리가 다시 돌아올 수 있을까. 그렇게 구토를 하는데도 새는 결코 밖으로 나오지 않는다. 깃털 하나 빠지지 않는다. 아니나 다를까, 나는 통 안에 머리를 처박고 왈칵 게워낸다. 새는 이런 식으로 내 몸을 파고 들어가 내 안에 공간을 만들고 그 안에서 점점 자란다.

할아버지와 할머니의 모습이, 그들의 정갈하고 아름다운 백발이 다시 시야에서 어른거린다. 백발이 되면 어떤 느낌일까. 백발인 채로 저기 저 문에서 비치는 이 빛을 보면 어떤 느낌일까. 나는 두 분의 머리를 만져 보려고 손을 뻗는다. 두 분은 이런 내 몸짓이 자신들을 향한 애정의 표현이라고 오해할 거라는 걸 알지만 상관없다. 어차피 잠시 후 목 안의 새가 나를 통제해 내가 더 이상 이런 몸짓을 할 수 없게 될 때, 이 기억이 그들에게 위안을 줄 것이다.

의사는 클립보드 너머로 모든 검사를 마쳤다고 말한다. 그런데

애가 왜 이렇게 구토를 하나요? 할머니가 묻는다. 신경성이에요. 의사가 말한다. 상담을 받아보는 게 좋겠어요. 혈액 검사 상으로는 탈수증이 의심될 뿐 아무 이상이 나타나지 않거든요.

그렇다면 다행이네요. 할머니가 말한다. 며칠 후 정신과 병원에서 신경안정제를 처방받을 때 할머니는 다시 내 구토 증세에 대해 묻는다.

많은 사람들이 신경안정제를 복용하지. 톰은 나에게 이렇게 말한다. 내 전화 상담사도 똑같이 말한다. 하지만 상담사는 이렇게 덧붙인다. 모든 걸 털어놓고 나면 더 이상 그런 약이 필요 없을 거예요.

뭘 털어놓아요? 내가 묻는다.

학생이 동성애자라는 걸. 그가 말한다.

난 동성애자가 아닌데요. 내가 말한다. 난 단지 그 사람을 사랑하는 것뿐이에요.

오. 그가 말한다. 그럼 동성애자의 뜻이 뭘까요?

동성애자는 남자를 원하는 사람이잖아요. 성적으로요. 대체로 그런 것 아닌가요? 나는 간신히 공중전화 박스의 불을 끄고, 어두운 공간에 앉는다.

자, 그럼 이 상황을 정리해 봅시다. 학생은 기절할 정도로 구토를 하고 지금 약까지 처방 받았어요. 왜? 이 남자를 몹시 원하니까. 그런데도 동성애자가 아니라는 건가요?

네. 난 동성애자가 아니에요. 나는 말한다.

그래요, 알겠어요. 상담사가 말한다.

내가 그런 쪽으로 아무런 행동도 하지 않는다고, 당신도 그랬잖아요. 나는 말한다.

지금이라도 사람들에게 말하면 돼요. 그가 말한다. 사실 학생 인생은 여기에 달려 있을지도 몰라요.

하고 싶은 말들이 어느 교회에서 길을 잃은 제비들(swallow, '제비'라는 뜻 외에 '삼키다'라는 뜻이 있음—옮긴이)처럼 내 목구멍 안을 날고 있다. 이제 새는 작아져서, 이제 수시로 내 목구멍 속을 통통 뛰어다닌다. 새는 그 작고 날카로운 부리 안에 '어쩌면'이라는 낱말을 물고 있다.

20

파티가 열리는 날은 무척 아름다워서 그날 아침에 나는 하필 오늘따라 날씨가 좋을 게 뭐냐고 푸념한다.

브리디와 피는 벌써 흰색 대형 천막을 설치해 놓았는데, 내가 근처에 다가가자 마치 빛을 가득 품은 돛처럼 마당에서 환하게 빛난다. 차를 세우는데 현관의 방충문이 쾅 하고 닫힌다. 브리디가 밀가루 반죽을 손으로 탕탕 치며 집에서 나온다. 파이 반죽이야. 그가 말한다. 처음엔 장미꽃 모양으로 종이를 오리다가 눈이 멀 뻔하더니, 이젠 파이 반죽 밀다가 불구자가 되게 생겼어. 브리디는 내 뺨에 입을 맞춘다. 피는 천막 안에 있어. 그가 말한다.

천막 안에는 피가 긴 접이식 테이블 위로 몸을 굽히며 테이블보를 씌우고 있다. 여기에 손가락을 대고 있어 봐라. 그가 나에게 인사 대신 이렇게 말한다.

나는 테이블보에 손가락을 댄다. 피는 테이블보를 삼각형 모양 모서리에 딱 맞게 잡아당기고 나머지 부분을 옆으로 내려뜨려 깔끔하게 주름을 만든다. 그런 다음 압정을 눌러 테이블보를 고정시킨다. 브리디가 만든 흰색과 분홍색 종이 장미가 다발로 묶여 천막 안에 빙 둘러 매달려 있다. 예쁜데요. 나는 말한다.

고맙구나. 피가 말한다. 사모님이 일주일 내내 도와주셨어.

다른 선생님 부인 말이야. 브리디가 안으로 들어오며 말한다.

이렇게 우리는 파티가 시작되기 전 몇 시간을 함께 보낸다. 나는 산더미처럼 쌓인 칵테일 새우 껍질을 까고, 레모네이드를 마시고, 브리디와 농담을 주고받는다. 피는 집안일이며 파티 준비를 하느라 말없이 주방을 들락거리고, 그 동안 브리디는 나에게 알리샤는 요즘 어떠냐(알리샤는 아직도 너한테 엄청 화 나 있더라), 소로 선생님 부부는 어떠냐(그 사람들 너무 이상하지 않냐, 꼭 외국 소설에 나오는 인물들 같지 않냐) 따위를 묻는다. 나는 다만 목초지에서 한껏 불어오는 바람과 페인트를 벗겨낼 정도로 환한 빛만 기억날 뿐 뭐라고 대답했는지 기억나지 않는다.

파티가 시작되기 전에 내 타로 점부터 봐 줘. 브리디는 이렇게 말하고 손에 묻은 새우 껍질을 털어낸 다음 수돗물에 손을 씻는다. 나는 테이블에 앉는다. 그는 타로 카드 위로 아름다운 머리를 숙인다. 카드를 섞은 다음 몇 무더기로 나누세요. 나는 말한다. 브리디는 전문가처럼 카드를 잡고 탁탁 치더니 몇 무더기로 나누어 놓는다. 좋아요. 그럼 이제 마음이 끌리는 쪽을 고르세요. 나는 말한다.

브리디는 세 개의 더미 중에 왼쪽을 선택한다. 저한테 주세요.

나는 말한다. 그는 나에게 카드를 건넨다. 나는 재빨리 연속해서 열 장의 카드를 돌려 켈트 십자가 배열로 늘어놓는다.

이 카드가 예쁜데. 브리디는 이렇게 말하면서 가운데에 놓인 카드에 손가락을 가리킨다. 나는 카드 전체를 찬찬히 들여다본다. 가운데 카드는 컵 에이스다. 교차해서 놓은 카드는 지팡이 시종, 그 위는 컵 5번 카드, 아래는 절제 카드다. 과거를 보여주는 카드에는 연인 카드가 나온다.

흐음. 그가 말한다.

이건 사랑에 대해 말해주는 카드예요. 나는 말한다. 하지만 연인 카드는 사실상 예술, 그리고 결단에 관해 말해주지요. 최종 결과를 보여주는 카드로는 탑 카드가 나왔네요. 지금까지 알던 모든 것이 최근에 내린 결정에 따라 조만간 바뀔 거예요. 나쁘지 않아요. 변화가 다가오는 대로 무조건 받아들이지만 않으면요. 진실한 사랑은 여기에 있거든요. 나는 말한다. 입 밖으로 간신히 토해내면서. 어쨌든 거짓으로 타로를 해석할 순 없으니까.

그러니까 이 카드가 변화에 대해 말하고 있다 이거지. 브리디가 탑 카드를 가리키며 말한다.

네. 나는 말한다. 이건 포세이돈이 세계를 파괴하는 그림이에요. 그리고 이건, 나는 에이스 컵 카드를 가리키며 말한다. 포세이돈의 딸 아프로디테가 물 밖으로 나오는 그림이고요.

피가 민소매 티셔츠에 운동복 바지를 입고 다가온다. 그에게서 어렴풋이 허브딜 향기가 난다. 감자 샐러드 했어. 그래, 미래는 잘 나오고 있냐?

피가 포세이돈이구나. 나는 생각한다. 좋아요. 나는 말한다. 아
니요. 목 안의 새가 말한다.

잠시 후 손님들이 도착한다.

모두들 근사하게 파티를 즐긴다. 따뜻한 오후와 달리 밤이 되자
일찍부터 쌀쌀해져서 모두 조금씩 가까이 모여든다. 종이 장미로
장식한 현수막들은 마치 이 땅을 온통 종이 장미가 차지했다고 말
하려는 듯 위로 펄럭이며 올라간다. 소로 선생님 부부, 화이트 선생
님 부부, 그리고 만삭이 다 된 필즈 선생님이 참석한다. 당장이라도
아기가 나올 것 같아. 필즈 선생님이 말하자 피는 걱정스러운 듯 눈
을 크게 뜬다. 알고 보니 두 사람은 아주 옛날부터 알던 사이다. 대
학 때부터예요. 걱정 마세요. 필즈 선생님이 사람들에게 말한다. 아
무 일 없었어요. 둘이 엮였다면 서로 못 잡아먹어서 안달이었을걸
요. 선생님들과 그 부인들은 접시에 음식을 가득 담고, 미리 차갑게
만들어 놓은 펀치 음료를 천천히 마신다. 잠시 후 화이트 부인이 지
갑에서 담배 한 개비를 획 하고 꺼내고, 사람들 성화에 못 이긴 피
가 찬장 위에 숨겨 둔 버번 위스키를 꺼내러 주방 조리대 위에 올라
간다.

그걸 왜 그 위에 올려놓았어요? 화이트 부인이 밑에서 담배를 태
우며 묻는다.

그래야 선생님이 못 볼 거 아니에요. 피가 말하자 화이트 선생님
이 웃는다.

선생님도 정말 재밌으시다. 화이트 부인이 말하며 담배로 그녀

의 남편을 가리킨다.

화이트 부인과 소로 선생님은 천막 안에 자리를 잡고 앉아 버번 위스키를 마시면서 담배를 피우고, 필즈 선생님에게 연기가 가지 않게 손으로 연기를 휘젓는다. 필즈 선생님은 종이 접시로 약하게 부채질을 한다. 내가 다가가자 그들은 대화를 멈춘다. 안녕. 소로 선생님이 나에게 말한다. 오늘 근사한데.

고맙습니다. 나는 말한다. 우리 할아버지와 할머니는 제가 너무 말랐다고 걱정이세요.

아직 십대잖니. 소로 선생님이 말한다. 원래 십대 땐 마르게 돼 있어.

21

어둠 속에서 산에 오른다. 마침 보름달이 떠서 그럭저럭 올라갈 만하다. 파티는 몇 시간 전에 끝났다. 달 가까이에서 보니 행성 하나가 별인 척하고 있다. 나는 그것이 행성이라는 걸 안다. 별인 척하는 가식쟁이가 달빛에 바랠 리 없으니까. 달빛 아래에서 세상 모든 별이 희미해져도 저 사기꾼 행성만은 여전히 초롱초롱 빛날 것이다.

봉투에 쪽지를 넣어 피의 우편물 더미 속에 끼워 넣었다. 우편물 두 뭉텅이가 깔끔하게 구분되어 있었다. 바깥에서 파티를 즐기는 사람들의 리드미컬한 말소리가 미풍에 실려 낮게 울렸다. 그들이 머물 침실에는 이불이 단정하게 깔려 있고, 베개는 어설픈 기하학 무늬처럼 느슨하게 쌓여 있었다.

톰의 말대로 이곳 바위 턱에 독수리 둥지가 있다. 나는 잠시 숨을 돌린 다음 둥지 안으로 들어간다. 크기가 욕조만 하다. 몸을 쭉 뻗어 누울 수도 있을 정도다. 둥지 안에 자리를 잡으니 부드러운 벽이 옆으로 죽 펴진다. 알은 없다. 나는 안심하고 눈을 감은 뒤 까무룩 잠이 든 모양이다. 시간이 얼마나 지났을까. 눈을 뜨니 독수리가 나를 빤히 쳐다보고 있다.

커다란 눈은 흰 눈[雪] 속에 박힌 금화 같고 깃털은 갑옷 같다. 무언가를 보호할 수 있을 것 같은 커다란 깃털이라니. 그런 깃털은 난생 처음 보지만, 지금 나는 고래의 수염이 물을 걸러내는 것처럼 독수리의 깃털이 어떻게 공기를 품고 걸러내는지 알 것 같다. 독수리가 날개를 젖힌다. 어둠 속에서 날개를 활짝 편 독수리는 나를 집에 데려다주기 위해 이곳에 파견된 천사일지도 모른다. 그만 집으로 돌아가라고, 피는 널 사랑한다고, 모든 게 다 잘 되고 있다고 말해주기 위해. 하지만 독수리는 천사가 아니고, 피는 나를 사랑하지 않는다. 하긴 독수리가 언제 천사인 적이 있던가. 그런데도 어떤 사람들은 독수리를 보자마자 신이 자기들을 위해 이런 식으로 천사를 보냈다고 생각한다. 이제 나는 그 이유를 알 것 같다.

독수리가 앞쪽으로 다시 날개를 접자 그에게서 사향 냄새 같은 기름 냄새가 확 풍긴다. 솜털처럼 엷은 가루가 내 코를 간질인다.

내가 서서히 둥지 밖을 나오는데 놀랍게도 독수리가 얌전하다. 괜찮아. 나는 독수리에게 말한다. 나 이제 갈게. 아침에 산을 내려오면서, 어쩐지 이제는 내 안에 있는 새를 날려 보낼 수 있을 것 같은 기분이 든다.

22

할아버지와 할머니가 기숙사에서 기다린다. 할아버지는 흰 셔츠에 황갈색 정장을 입었는데, 파란 실크 넥타이를 맨 자리에 주름이 생긴다. 할아버지의 머리카락이 껍질 속 알맹이 같은 머리를 덮어 반짝거린다. 할머니는 발목까지 내려오는 감청색 실크 드레스를 입고 휴게실 의자에 다리를 꼬고 앉는다. 내가 안으로 들어서자 두 분은 고개를 든다. 늦었구나. 할머니가 말한다.

이런 날 늦을 줄은 상상도 못했다. 할아버지가 말하자 할머니가 팔꿈치로 할아버지를 쿡 찌른다.

금방 준비하고 올게요. 나는 이렇게 말하고 샤워실로 향한다.

악취가 씻겨 내려간다. 나는 몸을 말리면서 방수 깃털을 생각한다. 앵무새의 친척인 바다오리는 물고기를 잡기 위해 물 속에 뛰어들고 물 밑에서 날개를 파닥거리며 날개로 헤엄친다. 나는 헤어 젤을 금발에 치덕치덕 바르며 이 머리카락을 누구에게 물려받았을까 궁금해한다.

안녕하세요. 나는 다시 휴게실로 나와 인사한다. 할아버지와 할머니는 아버지를 면회하는 자리에 내가 어떤 복장을 하고 나왔는지 유심히 뜯어본다. 회색 스웨터, 빨간색 폴로셔츠, 청바지.

살이 더 빠졌구나. 할머니가 말한다. 어디 아프냐?

아니에요. 나는 말한다.

나는 그에게 발목에 찬 고리를 보여 달라고 청한다. 전자발찌라 벗을 수가 없구나. 그는 뮤추얼오브오마하가 제작한 다큐멘터리

TV 시리즈 〈동물의 왕국〉에서 본 동물처럼 꼬리표가 달려 있다. 그의 새로운 거처인 메인주 벨파스트의 작은 집에서 그가 나를 보며 미소를 짓는다. 그리고 나에게 커피를 따라 준다. 맙소사. 그가 나를 보면서 말한다. 우유 마실래?

네. 나는 말한다.

할아버지와 할머니는 골동품을 찾아 차를 몰고 나간다. 두 분은 나가면서 오래된 가구를 좀 찾으러 다녀야겠다고 말한다. 거짓말이라는 걸 나는 안다. 할머니는 골동품을 싫어한다. 물려받은 게 아니라면 그런 건 고물이나 다름없지. 할머니는 말한다. 이 남자, 그러니까 내 아버지와 나, 우리는 함께 아침을 먹는다.

그가 자리에 앉아 내 앞으로 컵을 밀면서 말한다. 뭐든 물어보렴. 대답해주마.

내가 전자발찌를 보고 싶다고 청한 건 이때였다. 그가 바지를 걷어 올리자 플라스틱으로 만든 아기 뱀 같은 발찌가 반짝거린다. 됐어요. 나는 말한다.

키가 아주 크구나. 그가 말한다.

188이에요. 나는 말한다.

아직 벽에는 그림 한 장 걸려 있지 않다. 색깔이라고는 음식을 담는 메이슨 유리병 안에 이것저것 가져다 꽂은 야생화가 전부다. 이 아버지라는 자는 키가 크다. 하얗게 세고 있는 머리는 정수리 부분이 비었다. 이마는 반짝반짝하다. 손은 크고 희고 부드럽다. 근육맨 캐리커처 같다. 어떤 남자들은 감옥에 들어가면 커져서 나오기도 하는 걸까. 그는 마르고 혈색이 좋다. 때때로 안경이 희미하게 반짝여 눈이 보이지 않는다. 그의 안경 렌즈가 하얘진다. 태양빛이 아닌 다른 빛으로 이루어진 세상으로 들어가는 창문 같다.

내가 우리 아들에 대해 알아 두어야 할 가장 중요한 게 뭘까? 그의 질문을 받고서야, 내가 그를 빤히 보고만 있었다는 걸 깨닫는다.

당신이요. 나는 말한다.

그는 어머니에 대해 말한다. 어머니는 계속 미국에서 지내길 몹시 바랐지만, 발찌를 차야 하고 이웃에게 통지된다는 사실에 몸서리를 쳤다. 그런 채로 내 아들 옆을 걸을 수는 없잖아. 어머니는 편지로 아버지에게 말했다. 유죄 판결이 난 후로 두 사람은 거의 만나지 않고 편지만 주고받았다.

정말 잘 생겼구나. 그는 이렇게 말을 마친다. 우리는 길을 걷는다. 아주 좁은 아스팔트 길. 중앙선은 그어지지 않고, 가로수들조차 메말라 보인다.

고맙습니다. 나는 말한다.

23
새들은 아버지를 결코 알지 못한다. 태어나 어머니 품에서 지내며 나는 법을 배운 새들은, 자기 아버지와 같은 하늘을 날고 있다는 걸 결코 알지 못한다. 저 아래 물을 가르고 몸을 기울여 헤엄치는 물고기 떼를 쫓는 새가 아버지라는 걸. 아버지 새는 아기 새들과 매일 같은 구름을 헤치고 지나가면서, 기억은 하고 있을까? 자기에게 자식이 있다는 것을.

다들 그럴 줄 알았다더라. 알리샤가 내 방으로 더플백을 옮기며 등을 꼿꼿이 세우고 말한다. 알리샤는 가방 안에 든 내용물을 내 방 벽장 문 앞에 쏟아놓는다.

뭘? 침대에서 책을 읽고 있던 나는 책을 내려놓으며 묻는다.

네가 그만둘 줄 알았대. 어느 날 그냥 사라져서 끝낼 줄 알았다는 거지.

나 어디 안 갔는데. 나는 말한다.

아, 네. 그러시군요. 알리샤가 말한다.

그럼 어쩔 수 없네. 나는 말한다. 끝내야지 뭐. 이제 마음이 놓여? 나는 일어나 가방을 향해 다가간다. 빠진 것 없이 다 있는 거지? 한번 봐야겠다. 나는 가방 안을 살펴본다. CD 여러 장. 내 이름표를 매단 구슬 목걸이. 좋았어. 내가 이렇게 말하고 일어서는데 알리샤가 울고 있다. 하지만 더 흘릴 눈물이 남았는지 알리샤는 자리를 피한다. 분위기를 더 엉망으로 만들기 전에. 사라진 사람은 내가 아니라 알리샤다.

이제 가도 돼. 나는 말한다. 그게 낫겠어.

나는 알리샤가 가져다 준 옷가지들을 들고 〈세탁물 가져가세요〉라는 팻말이 걸린 세탁실로 향한다. 칙칙한 옷들이 낯설게 느껴지는 게, 어쩐지 한 번도 본 적 없거나 가져 본 적 없는, 누군가 다른 사람이 두고 간 옷들 같다. 목걸이를 제외하고.

어둠 속에서 그를 알아본다.

그는 예배당에 앉아 나를 기다린다. 촛불 하나 켜지 않은 채.

뭘 원하는 거냐. 그가 말한다. 그는 내가 걸어오는 방향으로 고개조차 돌리지 않는다.

선생님은 짐작도 못하실 거예요. 나는 말한다.

그는 움직이지 않는다. 그는 마치 언덕의 일부인 듯, 코트로 감싼 바위인 듯 우리가 서 있는 언덕처럼 미동도 없이 앉아 있다.

선생님을 사랑해요. 나는 말한다. 어둠 속에서 나의 두 날개는 그림자 안을 날고 있다. 땅이 드리우는 그림자 안에서 내 사랑만큼 커다란 나의 두 날개는 이제 하늘에 닿을 만큼 높이 펼쳐진다. 나는 소년이라 몸집이 작기에, 하늘만큼 커다란 날개를 달고 날아야 한다.

나는 그의 옆으로 다가가 돌로 만든 차가운 벤치에 가볍게 앉는다. 피. 나는 말한다.

그만 가야겠다. 그는 이렇게 말하고 사라진다. 그의 온기가 공기, 돌, 그리고 나에게로 퍼지는 동안 나는 잠시 그 자리에 앉아 있다. 그는 나에게서 멀어지면 날 떠날 수 있을 거라고 생각하는 걸까.

나는 또 피에게 쪽지를 한 장 써서 그의 학교 우편함에 넣는다. 브리디가 그런 식으로 피에게 쪽지를 보내는 걸 본 적이 있다. 학교 우편함은 잠금 장치가 없다. 지켜야 할 예의를 지키자는 의미일 것이다. 잠그지 않아도 훔쳐보지 말자는. 따라서 오늘 제 선생님의 우편함은 위험하지 않다. 화이트 선생님 부부는 교외로 가면서 나에게 집을 봐달라고 부탁했다. 기숙사야 무슨 일이 있을 리 없지만, 화이트 선생님 집은 이런저런 일들이 생길 수 있다. 딱 한 번 더 기회가 필요하다. 그리고 나는 용케 그 기회를 잡는다. 나는 벌집 모양으로 만든 나무 우편함으로 가서, 언젠가 브리디가 접은 모양과 똑같이 접은 쪽지를 그 안에 밀어 넣는다. 빳빳한 종이를 거의 종이 접기 하듯 기하학적인 모양으로 접은 쪽지가 무사히 우편함 안에 안착한다. 나는 마을 도서관 타이핑 실에서 발견한 타자기로 내용을 쳤고, 주소와 시간만 연필로 쓴다.

쪽지를 보낸 후 피가 나타날 때까지 나는 내내 불안하고 초조하다. 너무 떨린 나머지 밖으로 나와 길 건너 어둠 속에서 그를 기다린다. 그 없이 그의 집에서 혼자 기다릴 자신이 없다. 나는 캄캄한 밖에서 담배를 피우며 기다린다. 오래지 않아 그가 도착하지만, 나는 살아본 적 없는 수십 년을 껑충 뛰어넘어 갑자기 폭삭 늙어버린 기분이다. 나는 피우던 담배를 비벼 끄고 다시 길을 건넌다.

그가 돌아선다.

겁에 질린 그의 모습을 보니 몹시 슬프다. 나는 단지 그의 학생이고, 그는 내 선생이며 코치일 뿐인 것처럼 행동하기 위해 그가 죽을힘을 다해 애쓰고 있다는 걸 알 것 같다. 안녕하세요. 나는 말한다. 입을 여는 순간 사기꾼이 된 기분이다. 내가 열쇠를 돌려 문을 열자, 따뜻한 집에 들어온 우리를 향해 냉기가 휘몰아친다. 나는 울지 않으려 애쓰고 다행히 성공한다. 그리고 이 방법이 변화를 줄 거라고 생각한다. 우리는 따뜻한 집, 습하지 않은 집, 평소에는 아이들의 새된 소리로 가득한 집 안을 조용히 지나가 화이트 부부의 침실에 들어서고, 나는 침대에 몸을 누인다.

내가 브리디만큼 아름답지 않다는 걸 나도 안다. 하지만 상관없다. 그건 더 이상 문제되지 않는다. 그는 생소한 음식 맛을 보는 것

처럼 나에게 키스를 하고, 나는 잠시 새를 떠올렸다가 심장이 갈기
갈기 찢어진다. 그가 새의 맛을 볼까봐, 그의 혀가 새를 다치게 할
까봐 걱정이 된다. 하지만 오늘 밤 새는 얌전히 누워 있다. 나는 그
동안 원했던 모든 것을 이룬다. 생전 처음으로.

24
　내 아버지는 메인주 사람이다. 그는 자기 방문을 잠그지 않는다.
나는 다 물을 수도 없을 만큼 묻고 싶은 게 많다. 이따금 그는 밤중
에 자다 깨서 계단을 내려오다 거실에 앉아 있는 나를 발견하곤 한
다. 씨발, 이게 도대체 뭐죠? 나는 묻는다.
　나는 사진들을 손에 쥐고 포커 카드처럼 부채 모양으로 펼친다.
도대체 날 이렇게 만든 게 뭔지 알고 싶어서, 이유라도 찾아보려고
사진을 전부 꺼내 보고 있었어요. 당신들 두 사람 사진 전부 다. 나
는 말한다.
　범인들이 시간의 메커니즘을 장악하는 멍청한 영화의 희생자라
도 된 것처럼 아버지는 문 앞에서 얼어 버린다. 내 말 듣고 있어요?
나는 묻는다. 내가 사진을 바닥에 내던지자, 사진들은 서로에게서,
그에게서, 그리고 나에게서 달아나려는 듯 뿔뿔이 흩어진다. 대답
해요. 나는 이렇게 말하고 벌떡 일어서서 당장 손에 잡힐 만한 무기
를 향해 손을 뻗는다. 램프 갓이 모자처럼 바닥에 떨어지자 아무것
도 덮이지 않은 전구에서 환하게 빛이 뿜어져 나온다.
　대답하라고요! 나는 벽을 향해 다가가 램프 전구를 먼저 벽에다
내던진다. 말해! 말하라니까! 전구의 유리가 퍽 하고 깨지면서 석

고판을 그을린다. 나는 벽에 그대로 매달려 있는 램프를 뽑아 창문을 향해 내던지고, 램프는 깨진 유리와 함께 마당에 나뒹군다. 이제 나는 사진을 보관한 상자를 쥐고 창문 밖으로 내던진다. 잔디밭 위에 사진들이 펼쳐진다.

다시 그를 돌아보지만, 그는 여전히 얼어 있다. 어두운 실내에 서 있는 그의 모습은 불빛 아래에서보다 더 잘 보인다. 나는 이제야 그의 숱 많은 눈썹과 두 눈을 알아본다. 그가 두 손으로 그들의 몸을 만질 때 열여덟 명의 사내아이들은 왜 잠자코 있었을까? 이들의 눈은 칼처럼 느껴진다. 침묵이 나를 움츠러들게 만든다. 나는 그들의 이름을 알고 싶다. 그들이 누구인지 알고 싶고, 그들 하나하나를 찾고 싶다. 한 명 한 명에게 그의 몸을 떼어주고 싶다.

캄캄하고 조용한 방에서 날개가 다시 나에게 돌아온다. 자, 어서. 나는 말한다. 나는 셔츠의 단추를 푼다. 어서 말해. 셔츠를 완전히 풀어헤치자, 칼날처럼 찬 공기가 내 피부에 닿는다. 역겨워! 당신과 당신 부인 둘 다! 내가 당신한테 원하는 게 뭔지 알아?

가거라. 그가 말한다.

내가 원하는 건 당신이 죽어 버리는 거야. 나는 말한다.

그만 가.

그런 식으로 어린 애들을 따 잡수셨군. 나는 말한다.

그게 어떤 건지 넌 몰라. 그가 말한다. 그리고 이제 그만 가는 게 좋겠다.

제 4 부

파랑

피 FEE

1

가끔 고모할머니들을 생각한다. 할머니들은 침략군에게서 달아났지만 다시는 집으로 돌아오지 못했다. 당연히 지금쯤 할아버지처럼 마르고 큰 키에 은발이겠지. 단정하게 쪽진 머리는 밤에만 풀어 내리고, 딸이 있다면 그 딸이 머리 빗는 걸 도울지도 모른다. 붉은 머리카락은 사라지고 지금의 은발이 되었으려나. 백여우는 매우 귀한 영물이다. 선량하며 쌀의 신을 돕는다.

그렇지만 할머니들이 아직 살아 있다면 분명히 집에 돌아왔을 것이다. 집으로 돌아오는 길을 도무지 찾지 못하는 상황에서 과연 목숨을 부지할 수 있었을까? 나는 이따금 할머니들을 그려본다. 십대 소녀들처럼 발랄한 할머니들을. 한밤중 세찬 바람을 뚫고 머리카락을 활활 불태우며 걸음을 내딛는 그들을. 여우는 하늘을 날 때

꼬리의 털이 타는 듯 붉다. 여우들이 다가오는 걸 지켜본다. 여우들이 교회의 첨탑과 사무실 건물을 황급히 피하며 불꽃을 뿌리고 지금은 노인이 된 침략자들의 집집마다 원인을 알 수 없는 불을 지르면, 침략자들은 두려운 표정으로 어둠 속에서 모습을 드러내며 불을 끈다. 여우들은 소리 내어 웃으면서 하늘을 난다.

오빠, 사랑해. 그들은 오빠에게 말하지만, 그 목소리는 하늘의 지붕 위로 흩어진다. 오빠가 보고 싶어. 하지만 우린 집에 갈 수가 없어.

2

여우는 다른 여우와 결혼하는 날만큼은 하루 종일 말썽을 일으키지 않는다. 일본어로는 키츠네노요메이리. 비가 내리는 동시에 해가 비치는 날을 여우가 시집가는 날, 운이 좋은 날이라고 한다.

꽤 오랜 기간 지낸 샌프란시스코를 떠나 뉴욕으로 향하는 날, 브리디를 만났다. 결국 뉴욕에서 3년을 살았지만, 그 당시엔 얼마나 살지 정하지 않았다. 샌프란시스코에 살면서 나는 미술가라는 경력이 주는 허세를 전부 버리고, 일본의 라쿠 도자기에 푹 빠져서 그 지역의 몇몇 가정용품 매장에 도자기를 납품했다. 바다가 먼저 손을 댄 것 같은 디자인으로 스톰웨어라는 상품군도 출시했다. 상품은 인기가 좋았다. 잡지는 사진으로 내 작품을 담았고, 가끔은 수입도 짭짤했다. 그렇지만 혼자서 하기엔 힘에 부쳤고 그렇다고 사업을 확장하고 싶지도 않아서, 나는 다시 떠날 방법을 궁리하기 시작했다. 당연한 말이지만, 떠나기 위한 유일한 방법은 그냥 떠나는 것이다.

하루 종일 죽고 싶다는 생각에 매달리는 짓은 더 이상 하지 않았지만, 살아 있다는 사실이 몹시 불안했다. 내 인생에 의미가 없어서가 아니라, 오히려 매일 아침 공방의 물레가 돌아가는 걸 볼 때마다 내 인생이 나에게 주는 넘치는 의미에 신물이 났기 때문이었다. 아버지의 과학적인 머리는 나에게 유약의 화학 성분을 이해하는 남다른 재주를, 어머니의 단정한 몸가짐과 느긋한 태도는 자유롭고 느슨한 스타일을 물려주었다. 생활 도자기는 인기가 많아 수익이 높았고 만드는 족족 품절되었다. 나는 교회 바자회에서 발견한 별의별 허접한 물건들은 죄다 사들이면서 내가 만든 제품은 하나도 남겨두지 않았다. 가끔 정치 집회나 나가면서 대부분 조용히 지냈고, 카스트로 지구, 미션 거리, 소마 지역의 술집을 피하면서 비교적 혼자 있는 시간을 즐겼다. 대단한 예술품을 만들지도 않았고 그런 걸 만들고 싶지도 않았다. 나는 일상의 모든 곳에 약간의 아름다움을 더해 줄 물건을 많이 만들고 싶었다. 나에게는 이런 게 더 어울리는 것 같았다. 나는 음악 한 곡을 다 듣고 난 뒤, 위대한 예술은 신물이 난다고 결론 내렸다. 그리고 어느 날 오후, 내 결심은 그 어느 때보다 확고해져서 마침내 계획을 세웠다. 집 주인에게 아파트 계약 해지를 통보했고, 뉴욕에 사는 동창들에게 전화를 걸어 똑같은 소리를 들었다. 그래, 때가 됐지. 특히 페니가 가장 조바심을 냈다.

나는 동창들이 떠들어 대는 소문에서 조정팀 출신의 남자 하나가 시카고에 있는 슬릭이란 스트립쇼 클럽에서 야한 춤을 추고 있더라는 말을 들은 적이 있었다. 이런 클럽은 일주일에 몇 번 남자 댄서들이 손님 앞에서 샤워를 한 다음 홀 안을 돌아다니며 팁을 걷었다. 나는 차 안에 여행 가방을 싣고 그레이하운드 터미널에 상자들을 내려놓은 다음 계속 차를 몰았다. 떠나는 날 우편함에서 어머니가 보낸 편지 한 통을 발견했다. 나중에 열어보기로 했다.

브리디 생각이 상당히 자주 났다. 지금쯤 어떻게 살고 있을까? 친구들은 나에게 브리디에 대해 말하려 했다. 네가 있을 땐 외출도 안 했잖아. 자기가 게이라는 걸 숨겼지. 그들은 말했다. 인물은 반반한지 몰라도 애가 좀 거만하고 엄청 또라이 아니냐. 이런 말도 했다. 리노를 지나 오마하를 거쳐 아이오시티로 이어지는 구불구불한 길을 지나면서, 나는 친구들이 한 이야기를 생각하고 또 생각했다. 브리디가 뼈대 있는 집안의 부유하고 아름다운 보스턴 아가씨와 결혼했다가 이혼하게 된 과정, 나도 기억하는 어떤 남자애한테 걸려들어 이혼하지 않을 수 없게 된 사연에 대해. 듣자 하니 브리디는 이 숨 막히게 아름다운 소년에게 반해서 결혼 피로연 때 처음 그를 유혹했다고 했다. 나는 미리 계획한 대로 스트립쇼 클럽에 도착해 슬릭이라는 간판 아래에 차를 세운 다음 차 문을 잠그고 클럽 안으로 들어갔다. 문을 열고서야 친구들이 말한 그 남자가 내가 생각한 그가 맞는다면 어떻게 할 건지 생각해보지 않았다는 걸 깨달았다. 그를 알아볼 수 있을지 자신도 없었다.

나는 뒷주머니에 넣어둔 어머니의 편지를 꺼내 무대 앞 테이블에 내려놓고, 스카치와 물 한 잔을 주문한 뒤 남자들이 정해진 동선대로 왔다 갔다 하는 모습을 지켜보았다. 대부분의 고객이 장년층이었는데 그 가운데 몇몇은 나를 노골적으로 빤히 쳐다보았다. 술

집 경비원들은 눈살을 찌푸릴 뿐 아무런 조치도 취하지 않았다. 이
윽고 소문의 그가 등장했다.

그 남자를 보는 순간 그가 기억났다. 그는 아름다웠고 거만했다.
그에게 거의 관심을 갖지 않았던 기억이 났다. 나는 갓 졸업한 상태
에서 쓸모없는 내 인생에 대해 골몰하느라 딴 데 관심을 돌릴 여유
가 없었던 것으로 기억한다. 그가 무대 위를 행진하다가 내 테이블
에 걸터앉은 뒤 웅크리고 앉는 걸 보니, 그도 날 기억한 모양이었
다. 이날 밤 그는 타월 한 장만 두르고 있었다.

미친놈, 여길 다 왔네. 그가 말했다. 그는 내 눈을 똑바로 응시했
다. 여길 온 사람은 네가 처음이야. 그가 말했다.

나는 어깨를 으쓱해 보였다. 웃음이 나오려는 걸 간신히 참았다.

그거 안 열어 볼 거야? 그가 말했다. 그는 편지를 가리켰다.

열어 봐야지. 나는 말했다. 그는 내 술 위에 타월이, 그러니까 그
의 몸이 닿을 정도로 푹 웅크리고 앉았다. 술잔을 쥐려면 손을 뻗어
야 했고, 그래서 손을 뻗었다. 그리고 술잔에 손을 댔다. 그는 알아
차리지 못하는 것 같았다.

누가 보낸 거야? 그가 물었다.

우리 어머니. 나는 말했다. 저기 말이야. 널 만지려면 여기 규칙
이 정확히 어떻게 되지?

그는 웃었다. 여기에 규칙 같은 건 없어. 하지만 개인적으로 내
가 만든 규칙들은 있지. 평화를 지키기 위해서 말이야. 그는 얼굴
옆으로 머리카락을 쓸어내렸다. 타월 아래쪽에서 물 한 방울이 테
이블 위로 떨어졌고, 곧이어 또 한 방울이 내 손목 위에 떨어졌다.

나는 그의 목에 두른 것이 음부를 가리기 위한 천이고 그 천이 젖어 있다는 걸 알아차렸다.

나는 의자에서 일어섰다. 그리고 마치 아기를 기다리는 것처럼 두 팔을 앞으로 뻗었다.

뭐 하는 거야? 그가 물었다.

널 안고 싶어. 내 말은, 널 안아 들고 싶어. 잠깐만. 나는 지갑을 찾았다.

두 손을 다 내밀어야 안든 말든 할 거 아니야? 그는 그렇게 말하고는 내 쪽으로 풀쩍 뛰어내렸다. 나는 손을 뻗었고 그는 내 두 팔에 안겼다. 주위를 둘러보니 사람들이 우리를 빤히 쳐다보고 있었고, 그는 소리 내어 웃었다. 참 걱정된다. 그가 말했다.

그러게. 나는 말했다. 정말 걱정되네.

그는 따뜻했고, 방금 샤워를 해서인지 당연히 깨끗한 향기가 났다. 그가 손을 뻗어 테이블 위에 놓인 편지를 집어 들고, 내가 다시 그를 의자에 내려놓자 그가 나에게 편지를 건넸다.

고마워. 그가 말했다. 다시 봤으면 했어.

나는 편지를 열어 볼 일 말고는 마땅히 할 일도 없는 것 같아서 이렇게 말했다. 이제 자주 보면 되지. 이런 식으로만 보는 건 너무 하잖아. 너희 집에 날 데려가도 좋고.

그가 웃었다. 당신 지금 장난감 가게에서 길 잃은 꼬마 같은 거 알아?

난 여기에서 세 시간이 훨씬 넘는 곳에서 살아. 나는 말했다.

그래, 좋아. 하지만 일단 교대 시간이 끝나야 해. 그는 이렇게 말하고 다시 바 위로 올라갔다.

그는 자신의 이름은 올브라이트 포레스터라고 말했지만, 모두들 그를 브리디라고 불렀다. 나는 바에 앉아 일곱 잔을 더 마시면서 그를 기다렸고, 그가 다시 샤워를 하고 나오자 바에 있던 다른 남자들이 그가 두른 타월 안에 지폐를 밀어 넣으며 수상쩍은 눈빛으로 나를 보았다. 그는 자신이 누릴 수 있는 가장 재미있는 상황이라는 듯 여전히 쾌활한 모습이었다. 그의 피부는 진짜 피부가 아니라, 색깔과 감촉으로 이루어진 에너지장인 것 같다. 돈도, 남자들의 손가락도 그를 만지는 것 같지는 않았다. 누구든 이 일을 해야 한다면, 그의 피부야말로 이 일에 가장 적합한 피부였다.

잠시 후 브리디의 아파트에서 나는 그에게 말했다. 나 이 근처에 사는 거 아니야.

알아. 그가 말했다. 편지에 적힌 주소 봤어. 어디로 가는 길이야?

뉴욕. 나는 말했다.

웬일. 그가 말했다. 그럼 지금 가야 하잖아. 그는 베개를 탕탕 쳐서 평평하게 부풀리고 그 위로 쓰러졌다.

나는 잠시 자리에 앉았다.

젠장. 그가 말했다. 그 목소리에서 자기를 보호하려는 소년의 마음이 느껴졌다. 어서 가버려.

이렇게 와도 되지, 잠깐 얼굴 보러.

흥. 웃기시네. 당신이 뱃사람이야 뭐야.

그 뭐야를 맡고 있지. 나는 말했다. 난 뭐야야.

나중에 알게 된 사실이지만, 그는 늘 뉴욕에 가고 싶어 했다. 당신한테만 운전대를 맡길 순 없어. 잠시 후 그는 여행 가방을 싸면서 말했다.

당신이 사고라도 내면 안 되잖아. 그때, 사랑에 관해 여동생이 했던 말이 떠올랐다. 문제가 없는데 위원회를 열 필요는 없지, 라고 했던가. 훗날 브리디는 말했다. 우리가 몇 주 동안 뉴욕에 있었을 때 뉴욕에 볼 게 그렇게 많은 줄 몰랐다고. 당분간 여기 있는 게 좋겠어. 결국 뉴욕을 다 보기 위해 몇 년을 머물러야 했다. 그리고 내가 메인주에 가는 문제에 대해 처음 말을 꺼냈을 때 그는 이렇게 반응했다. 당신은 항상 날 끌고 다니더라. 하지만 당신이 있어야 세상이 가장 아름답게 보여.

내가 있어야 한다고? 나는 물었다.

당신 안에 있을 때. 그는 내 귀를 손가락으로 찌르며 이렇게 말했다.

3
뉴욕에 도착한 후 마침내 어머니가 보낸 편지를 열었고, 브리디가 읽어주었다.

사랑하는 아들.

얼마 전에 우연히 프레디 모런의 어머니를 만났단다. 건강은 괜찮은 것 같은데 사람이 좀 달라졌더구나. 모습도 예전 같지 않고. 너도 알다시피 프레디가 몇 년 전에 HIV 양성 판정을 받았는데, 최근에 상태가 악화됐단다. 그래서 요즘 그 엄마가 아들 간호하느라 제정신이 아니다. 남편 장례 치르고, 이제 아들까지 묻게 생겼으니 무슨 기운이 있어서 일을 하겠니.

프레디를 메인주 의료 연구센터의 임상 실험 대상으로 넣으려고 네 아버지가 애를 좀 썼고. 우리 모두 그 애의 건강이 회복되길 기도하고 있단다. 너희 둘이 친하게 지내진 않았지만 네가 알고 있어야 할 것 같아 편지 보낸다.

나는 답장을 보내지 않는다. 나중에 어머니와 이야기할 때 프레디의 안부도 묻지 않는다. 새 약물은 한동안 효과를 보여 프레디는 3년을 더 살게 되고, 그 동안에 나는 그를 만난다.

4

스펙은 어느 해 초여름, 그답지 않게 메인주의 자기 집 정원에서 죽는다. 내 기억에 스펙은 그 정원을 싫어했다. 그는 정원을 정원사에게 맡겼는데, 정원사를 고용할 때 이렇게 말했다. 그냥 이웃 사람들한테 싫은 소리 듣지 않을 만큼만 하시오.

페니, 브리디와 함께 프로빈스타운에서 여름을 보내는 동안 스펙의 사망 소식을 접한다. 당시 그의 조수가 보낸 편지에는 그가 갑자기 뇌졸중을 일으켜 아무런 감각을 느끼지 못했다고 한다. 며칠 내로 장례식을 치를 것이다. 우편물 발송 날짜를 보니 장례식이 내일이다. 나는 스펙에게 편지로 여름 동안의 내 근황을 이야기했었다. 그때 스펙은 답장으로 나에게 뉴욕을 떠나서는 안 된다고 말했고, 그게 불과 몇 주 전이다. 자네 같은 사람은 도시에 있어야 해. 도시가 전부 자네 것이 될 테니까.

내가 뉴욕에 도착한 후 스펙은 나에게 조각가이자 조경설계사인 어느 부유한 예술가의 조수로 일할 수 있도록 주선해 주었다. 우리는 몇 차례 서로 만났다. 몇 년 전에는 내가 작업을 도왔던 그의 책이 출간되었다. 《땅을 파는 남자에게 보내는 편지: 흑사병 시기의 에든버러 역사》, 지은이 에드워드 스펙. 나는 내 책장에 그 책을 꽂아두었는데, 이따금 사람들이 꺼내서 묻곤 했다. 왜 이런 책을 갖고 있는 거야? 역사를 좋아해. 나는 사람들에게 이렇게 말하고, 우리는 다른 주제로 넘어가곤 했다.

편지를 받은 날, 브리디와 페니는 바닷가를 달리러 일찌감치 같이 나갔다. 둘의 표정으로 보아 서로 쿵짝이 잘 맞는 모양이다. 내 가장 오랜 친구와 내 가장 친한 친구가 함께 있다. 혹시 모르지. 그들이 또 누굴 데리고 들어올지. 간혹 그들은 새 친구를 데리고 올 때도 있었다. 주로 페니가 데려왔지만. 브리디와 나는 의리를 지켰고, 그건 또 하나의 애정 표현이었다. 나는 그것이 배려이고 관심이라고 생각한다. 우리는 배려했고, 배려한다. 우리는 서로의 관심을 온전히 독차지한다. 이따금 브리디는 집에 오는 길에 모르는 남자가 거는 작업을 날름날름 받아들여 나를 웃게 만든다. 남자들이 자기들 집으로 돌아가고 나면 브리디는 이렇게 말한다. 꾸준히 실력을 갈고 닦아야 하거든. 차일 경우에 대비해서. 우리가 얻은 2층짜리 아파트에서 나는 두 사람이 돌아오길 기다렸다가 그들에게 오늘 밤 메인주에 가야 할 사정을 이야기한다. 나는 부모님에게 전화를 걸어 집에 갈 테니 기다려 달라고 말하고, 다음 날 렌터카로 출발한다.

스펙의 마지막 조수는 대학원생 청년으로, 그의 조수로 일했던 당시의 나보다 훨씬 전문가답다. 장례식장에서 그는 진심으로 반갑게 나를 맞이한다. 스펙의 진정한 제자답게 팔꿈치를 패치로 장식한 회색 헤링본 트위드 코트에 검정 터틀넥 스웨터, 검정 진 차림에 갈색 옥스퍼드 구두를 신었다. 나는 장례식장 안으로 들어가면서도 저 앞의 받침돌 위에 놓인 유골함을 발견하기 전까지 내가 기대하는 게 무엇인지 확신하지 못한다. 나는 잠깐 다시 밖으로 나간다. 벌써 끝났습니까? 나는 조수에게 묻는다.

즉시 화장하라는 지시를 남기셨어요. 대학원생 조수는 트위드 코트의 어깨를 으쓱해 보이며 말한다. 선생님은 당신 없이 몸뚱어리만 누워 있다는 생각을 몹시 싫어하셨습니다.

그럼…… 추도사는요? 나는 묻는다.

없습니다. 그가 말한다. 나는 다시 안으로 들어간다.

참석자들을 둘러보니 모두 한때 그의 조수로 일했던 사람들이 분명하다. 나이 순서대로 앉은 청장년층 남자들이 적당한 크기의 식장 안을 가득 메운다. 내가 스펙에게 익힌 익숙한 겸양의 태도, 분명한 침묵이 이 방을 친숙하게 만들 뿐 아니라, 당연하게도 우리는 서로 닮아 있다. 검은 머리카락, 창백한 피부, 단정한 용모, 흐린 조명 아래에서 책을 읽느라 생긴 주름까지. 일부는 머리가 벗겨졌지만, 대부분은 스펙의 헤어스타일을 닮으려는 것 같다. 그리고 모두 독신이다. 우리는 스펙의 유골함을 바라보면서 우리의 미래를 본다. 우리는 서로를 향해 살짝 미소를 짓고, 마지막으로 스펙과 함께하는 이 고요에 경의를 표한 뒤 주르륵 눈물을 흘린다. 그에게 상속자가 없다는 걸 알기에 아무도 그런 내용은 묻지 않는다.

집에 돌아온 나는 부모님과 조용히 저녁을 먹는다. 식사를 마칠 때쯤 어머니가 나에게 말한다. 프레디 건강이 좋지 않다는구나.

프레디와도 헤어질 때가 된 걸까. 나는 속으로 생각한다.

프레디한테 가 보지 않을래? 그 애가 좋아할 거다. 어머니는 식탁 위의 접시들을 거두어 주방으로 향한다. 나는 어머니가 묻고 아버지가 대답을 기다리는 두 분의 패턴을 처음으로 알아차린다.

그럴게요. 나는 말한다. 아버지가 안심이 된다는 듯 미소를 짓는다. 나는 아래층으로 내려가 브리디와 페니에게 전화를 걸어, 예상보다 조금 늦게 도착하게 될 것 같다고 말한다. 내일 갈게.

우리가 태양을 다 마셔버릴 거야. 서둘러 돌아오는 게 좋을 걸. 브리디가 말한다.

뒷마당에서 뭐라고 말하는 페니의 목소리는 잘 들리지 않는다. 나는 페니가 뭐라고 말했는지 전해 달라고 부탁한다. 네가 절대로 메인주를 떠나지 않을 거래. 브리디가 말한다. 하지만 네가 돌아오면 자기가 세운 계획을 들려주겠대.

나만 쏙 빼놓고 둘이 아주 신났군. 나는 전화를 끊으면서 혼잣말을 한다.

어린 시절이 어땠는지 기억하는가? 기억할 것이다. 그 시절 우리는 아무것도 모를 만큼 정말 순진했던가? 그렇지 않다. 틀림없이 그럴 거라고 생각할 뿐이지. 그 시절의 순진함을 찾으려는 사람이 있다면, 앞만 보고 달리느라 그 시절을 까맣게 잊은 어른일 것이다. 순진함이 악의 능력에 대한 무지라면, 어린 시절이 어땠는지 기억하지 못하는 어른들은 순진함을 운운한다. 그들은 아이를 보고 순진하다고 생각하지만, 정작 자신들은 기억에도 없는 그 시절을 막연히 떠올리고 있는 것이다.

나는 프레디의 상태를 알아야 한다. 전화를 할 수도 있었지만, 모런 부인이 이사한 집으로 가기로 한다. 어머니의 말에 따르면, 모런 부인은 남편이 사망한 뒤 이사를 했다. 산뜻하게 보이겠다고 빗물에 잔뜩 얼룩이 진 집들에 엉뚱한 색을 칠해놓은 포틀랜드 주택가를 지나면 바로 도착하는, 상점들과 바다 사이에 위치한 동네다. 이스턴 프로메나드, 먼조이 힐. 아이들은 이곳 묘지에 들어와 툭하면 비석을 발로 차 부순다. 주변에 구경거리 하나 만들어 놓지 않고 죽은 이들을 증오하기 때문일까.

모런 부인의 집은 바닷가 근처에 있다. 어떤 의미에서는 포틀랜드 지역 전체가 바닷가 근처지만. 이곳 언덕의 오르막 너머 산마루에는 주로 붉은 벽돌 건물들이 늘어서 마을 전체와 이어진다. 빙하가 지나가는 비탈에 서면 나직한 벽돌의 속삭임이 들린다. 그렇지만 이것이 포틀랜드가 아름답지 않다는 의미라고 생각해서는 안 된다. 오히려 이곳은 그래서 아름다운 것이다. 어쨌든. 도착하니 모런 부인이 우편물을 들고 서 있다. 나는 부인을 거의 알아보지 못하고, 모런 부인은 나를 전혀 알아보지 못한다.

내가 인사를 하자 모런 부인은 그제야 나를 알아본다. 피. 너무 달라져서 깜짝 놀랐다. 모런 부인은 어둡고 깨끗한 집 안으로 나를 데리고 들어간다.

프레디는 외아들이란다. 내가 자리에 앉자 모런 부인이 말한다. 그리고 사진첩을 펼친다. 기다란 가운에 밧줄 벨트를 맨 성가대원 사진들이 있다. 모두의 머리 위에 부드러운 머리카락이 환하게 반짝인다. 사진첩 앞에는 프레디 모런이라고 이름이 새겨져 있다. 부인은 신문에서 오린 피터와 잭의 사망 기사를 나에게 보여준다.

마지막으로 프레디를 본 건 올드포트에 있는 한 음식점에서였다. 당시 나는 캘리포니아에서 지냈는데 부모님 댁을 방문하러 집으로 돌아와 어머니와 점심식사를 하러 나왔다. 눈부신 금발의 어머니는 아들을 다시 보아 행복한 표정으로 내 맞은편에 앉았다. 창문의 하늘거리는 커튼을 잡아끄는 오후의 햇살 속에서, 붉은 카펫이 핏빛으로 물든 2층짜리 해산물 음식점이었다. 벽마다 걸린 거울은 사람들 모습을 왜곡시켜 멀리 떨어진 작은 형체처럼 보이게 만들었다. 나는 이 거울들이 진짜를 비추는 거울이라고 생각하면서 잠깐 동안 그 형체들을 가만히 바라보고 있었다.

그때 프레디가 마치 그림자처럼, 눈의 분비액 위를 동동 떠다니는 부유물처럼 내 시야 한 가운데를 지나갔다. 그 순간 실내는 바람에 불이 꺼진 심지처럼 깜깜했다가 이내 환해졌다. 프레디잖아. 나는 생각했다. 프레디는 우아하고 매력적이며 말쑥한 청년이 되어 있었다. 그는 마치 두 다리가 늘 그를 앞으로 끌어당기고 있는 것처

럼 걸음걸이에 떠밀려, 걷는 속도가 나머지 몸의 움직임보다 약간
더 빨랐다.

누구한테 인사 좀 하고 올게요. 나는 자리에서 일어나 어머니에
게 이렇게만 말했다. 어머니는 애써 미소를 지으며 그러라고 했다.

아래층에서 프레디를 발견했다. 프레디는 짙은 색 나무 바 앞에
앉아 있었다. 아래층에 들어서자 내가 그를 알아보았던 것처럼 프
레디도 나를 눈여겨보았다. 그러고는 내가 맞는지 유심히 살펴보
았다. 야, 프레디. 내가 그를 부르자 프레디의 눈이 더 이상 커질 수
없을 정도로 휘둥그레졌다.

아피아스, 세상에. 그가 말했다.

나는 프레디 앞에 섰지만 막상 무슨 말을 해야 할지 몰라 멍해졌
다. 프레디를 본다는 사실에 너무 기뻐 감정만 앞선 나머지 할 말을
준비해두지 않았던 것이다. 사실 우리는 여전히 서로에게 아무런
할 말이 없었으니까. 창문에 물방울이 맺히듯이 우리 둘의 마음속
에 언어가 모이는 순간까지는.

오랜만이다. 내가 말했다. 무슨 말부터 해야 할지 모르겠네.

좋아 보인다. 캘리포니아에 있다는 말 들었어. 그가 말했다.

잠깐 부모님 댁에 왔어. 나한텐 캘리포니아가 좋더라고. 나는 말
했다.

우리의 외모는 완전히 대조적이었다. 고등학교 때부터 나는 아
저씨처럼 후줄근한 차림으로 다녔고 그런 스타일에서 조금도 벗어
난 적이 없었다. 그날 아침에도 검정 티셔츠에 짙은 회색의 낡은 모
직 정장 바지를 입고, 옆이 닳은 코도반 가죽신발을 신었다. 담배를

하도 피워서 얼굴빛도 누렜다. 프레디는 혈색 좋은 장밋빛 뺨에 깔끔하게 면도를 했고, 내가 서 있는 자리에서도 비누 향이 풍겼으며, 빨간 폴로셔츠에 카키색 바지, 새로 산 러닝슈즈 차림이었다. 세균, 우울증, 지독한 가난, 불행 따위는 그에게 얼씬도 할 수 없을 것 같았다. 그렇지만 이 중 어느 것도 진짜가 아니었다. 끝내주는 쇼에 불과했을 뿐. 칙칙한 내 행색만큼이나 끝내주는 쇼.

만나서 반가웠다. 프레디는 약간 머뭇거리며 나에게 말했다.

나는 내 자리로 돌아왔고, 세상이 달라졌다. 음식은 맛을 모르겠고, 어머니는 소리를 내지 않았다. 아니, 어머니의 목소리가 들리지 않았다. 나는 수시로 고개를 들어 어머니의 입 모양이 움직이는 걸 보고서야, 어머니가 무언가를 말하고 있지만 내 귀에 하나도 들리지 않는다는 걸 알았다. 내가 얼마나 끔찍한 인간인가 하는 생각 외에 아무 생각도 할 수 없었다. 나에게 뭔가 비참한 일이 일어나길 간절히 바랐다. 몇 년 뒤에 머릿속으로 이 장면을 회상하면서, 이윽고 장면이 바뀌어 지난 일을 차근차근 따져보면서, 큰 에릭이 감옥에 간 이유는 그가 법에 의해 유죄 판결을 받았기 때문임을 단 한 번도 떠올린 적 없다는 걸 알게 된다. 내가 아니었어. 감옥에 있는 사람은 내가 아니었다고. 난 죄가 없었던 거야. 법이 그렇다고 했으니, 그걸로 됐잖아?

하지만 그 당시엔 그런 생각을 할 수 없었다.

프레디는 바지도 입지 않고 코트만 걸친 채 온 거리를 쏘다녔다. 그의 아파트에서 발견된 옷들은 죄다 무언가가 잔뜩 묻어 있었다.

그나마 깨끗한 옷은 코트뿐이라서 프레디는 그것만 줄곧 입고 다녔다. 그때만 해도 정신을 아주 놓지는 않았던 모양이다. 프레디의 어머니가 와서 그의 옷을 태우고, 짐을 싸고, 아파트를 청소하느라 애를 먹었다. 프레디는 벽의 회반죽을 전부 긁어내고 파란색으로 페인트칠을 했단다. 내가 그 집을 나서기 전 모런 부인이 말한다. 마치 누가 들어와서 집을 폭파시킨 것 같더구나. 모런 부인은 사진첩을 닫고 다른 곳으로 향한다.

프레디는 퇴원하면 다시 집으로 올 거다. 모런 부인은 나를 위해 머그잔에 커피를 담아 돌아오면서 말한다.

병원 침대에 누워 있는 프레디는 몸이 점점 쪼그라들어 마침내 자기 자신에게로 향하는 작은 지도가 된다. 치매는 이제 아무것도 아니던걸. 한 친구의 말이 떠올랐다. 약물 때문인지 바이러스 때문인지 모르겠지만, 피하지방층이 얇아져서 프레디의 얼굴이 푹 꺼졌더라고. 과연 프레디의 얼굴은 푹 꺼져 있고, 침대는 그의 몸과 합쳐지기라도 한 것처럼 약간 솟아 있다. 나는 병실 안으로 들어가도 되는지 확신이 없어서 입구에 서 있다. 우리의 첫 번째 면회는 이렇게 끝난다.

5

프로빈스타운으로 돌아온 지 며칠 후, 따뜻한 여름 오후에 페니에게 한 가지 제안을 받는다. 페니를 안 지도 어느덧 10년이 지났다. 페니는 자신의 의견에 대해 상의하고 싶으니 프로빈스타운의 해산물 음식점 테라스로 와 달라고 부탁했다. 페니는 나이에 비해

젊어 보이지만, 나이가 나이인 만큼 꽤 차분해졌다. 몇 년 전부터 담배를 끊은 덕분에 혈색이 돌아와 뺨은 장밋빛이 되고, 머리카락을 빨갛게 물들이던 헤나 염색도 그만두어 동전 색보다 돌멩이 색에 더 가까운 원래의 짙은 갈색이 자연스럽게 드러난다. 내가 테라스에 놓인 열두 개의 비치파라솔을 지나 페니에게 다가가자, 페니는 머리카락을 매만지다가 자리에서 일어나 내 뺨에 입을 맞춘다. 그녀에게서 희미한 샌들우드 향이 난다. 나는 향수를 뿌리는 건 생각해본 적이 없지만, 페니의 향수 냄새가 마음에 들어 그 냄새를 기억해둔다. 안녕. 페니가 내 귀에 대고 말한다.

근사해졌다. 나는 말한다. 가르치는 일이 할만 한가봐.

페니는 지금 메인주 북부 해안의 어느 사립학교에서 미술 교사로 일한다. 다 너 때문이야. 페니가 나에게 건네는 첫마디다. 네가 항상 그 윗동네가 엄청 근사한 것처럼 말하고 다녔잖아. 그렇지만 지금 페니가 있는 이스트노트는 내가 자란 곳보다 더 아름답다. 페니는 내가 뉴욕에 정착하도록 도운 다음 나를 그곳에 두고 떠났고, 그 일로 나는 크게 화가 났다. 나는 그때 일을 이야기한다.

정말 아름다워. 페니는 이렇게 말하고 주변의 경치를 바라본다. 이젠 다른 데서 사는 건 상상도 못하겠어. 페니는 아이스티 잔을 들어 자기 앞으로 당긴다. 근데 남자들이 너무 없는 거 있지. 페니는 주변의 남자들을 훑어본다. 프로빈스타운에 있는 남자는 여기 남자들이 거의 다야. 특히 독신 남자는 씨가 말랐다니까. 페니가 덧붙인다.

페니는 이제 수영팀 코치가 됐다고 말한다. 말도 안 돼. 나는 페니에게 말한다. 넌 운동이라면 질색하잖아.

아니거든. 그 시절에 난 나 자신을 미워하고 경멸했던 거야. 페니가 말한다. 페니의 말투가 몹시 슬프고 단어가 무척 낯설게 들려서, 나는 페니의 말이 진실이며 누군가 페니에게 그렇게 설명해주었다는 걸 알아차린다. 달력에 그린 체크 표시처럼, 우리가 만난 지십 년의 시간이 흘렀다는 게 너무나 분명하게 드러난다. 빨간 머리카락에 줄담배를 피우고 운동이라면 진저리를 치던 페니가 지금은 갈색 머리카락에 수영팀 코치를 맡고 미소를 짓고 있다. 그리고 지금 나에게 아기를 갖고 싶다는 말을 꺼내고 있다. 내가 아기 아빠가 되어주면 좋겠다고.

점심 식사가 도착한다. 생선 프라이 샌드위치, 계란 프라이, 소다수. 나는 이 음식들을 테이블 위에 전부 올리려 애쓰고 있다. 그러니까 나한테 정자를 기부해달라는 거구나. 내가 말한다.

피. 난 아이를 갖고 싶어. 오랜 세월을 함께 할 내 아이가 어떤 남자를 닮으면 좋을지 생각해 봤는데, 가장 오래된 친구들이면 좋겠다는 생각이 들었어. 우리 가족을 제외하고 너만큼 오래 알고 지낸 사람이 없더라. 페니는 미소를 지으며 귀 뒤를 긁적인다. 내 아이랑 아주 오래 함께 살 건데, 나이가 들면 점점 힘들어지잖아. 여태 안 만난 남자를 이제 와서 만나겠다고 세월을 기다리고 싶진 않아. 나, 직업도 괜찮고 안정적이야. 학교에서 집도 주고 분위기도 보수적이지 않아. 내가 아기를 갖게 해주라. 수영 연습하는 아기 어때? 괜찮겠지. 지금이 내가 아기를 갖기 딱 좋은 시기라고 생각할 이유는 백 가지도 넘어. 수년째 건강을 유지하고 있고, 한 몇 년 힘들게 보냈으니 세포질 유전자도 회복됐을 거야.

생각해 볼게. 나는 말한다. 힘들게 보낸 몇 년이란 당연히 우리가 서로 알고 지낸 처음 몇 년을 의미한다. 테라스의 환한 빛 속에서 사방의 모든 사물과 색깔이 더욱 선명하고 분명하게 보인다. 나는 페니가 다른 일들에서 그랬던 것처럼 이 일에서도 자기 뜻대로 밀고 나가리라는 걸, 그녀의 많은 것들이 변했지만 나를 자기 마음대로 움직이는 능력은 그 변화 안에 포함되지 않으리라는 걸 알 수 있다.

넌 내 후임으로 오게 될 거야. 페니가 말한다. 임신한 것 같다고, 후임으로 올 사람이 있다고 벌써 학교에 말해뒀어.

뭐라고? 나는 말한다. 무슨 짓을 한 거야?

안 될 거 없을 것 같은데. 페니가 말한다.

그렇게 일이 결정되고, 잠시 후 페니는 세부계획을 자세히 설명한다. 이 계획에는 브리디도 포함된다. 그해 여름을 보내기 위해 빌린 아파트 다락방에서 브리디에게 의사를 물었을 때, 브리디는 내가 괜찮다면 자기도 이 계획에 동참하겠다고 말한다. 그럼 이제 난 사모님이 되는 거네. 브리디가 말한다. 난 항상 장미를 기르고 싶었어. 내가 메인주 북부는 장미를 키우기에 적당한 기후가 아니라고 말하자, 브리디는 장미가 얼마나 잘 자라는지 보여주겠다고 말한다. 우리는 서로에 대해 확신을 갖고, 일주일 동안 이곳에 지내러 온 뉴욕 친구들에게 이 계획에 대해 이야기한다. 친구들은 내 결정을 듣고 노골적으로 황당해하더니 브리디의 결정에 기절할 것처럼 놀란다.

우리는 마을 반대편에서 열리는 파티에 가려고 옷을 갈아입기 전에 이 소식을 발표했는데, 그때 한 친구가 이렇게 말한다. 야야, 그럼 너희는 어디 저 오지에 너희 둘만 뚝 떨어져서 살아야겠다.

완전 좋지. 브리디가 말한다. 아무런 간섭 없는 세상을 상상해봐. 호시탐탐 남편을 가로채려는 상큼한 어린 것들도 없을 것 아니야. 이 마지막 말은 해변에 갈 때까지 알몸으로 집 안을 돌아다니고, 해변에서 다시 옷을 훌렁훌렁 벗어던지는 말수 적은 다른 친구를 향해 던지는 신랄한 지적이다. 브리디는 반반한 아이들이 나를 따라다니는 걸 태연하게 봐주다가, 나중에 내 책갈피를 죄다 엉뚱한 데다 옮겨놓는 것으로 나에게 화풀이를 한다. 네 관심 한번 제대로 받아보겠다고 내가 죽을 똥 싸고 있는 거 알기나 해? 나중에 브리디는 위층에서 이렇게 말한다.

그래서 이번에도 《율리시스》 40페이지에다 책갈피를 끼워놓은 거냐? 나는 이렇게 말하고 책으로 그의 머리를 가볍게 탁 친다.

어차피 알지도 못했잖아. 그가 말한다.

실력을 연마하는 중이시다. 혹시나 차일 경우에 대비해서. 나는 말한다.

오늘 밤은 걱정 마. 브리디가 말한다.

브리디. 여기 뭐 하러 온 거야? 몰라도 돼. 그날 밤 브리디는 파티장을 서성거리며 옷가게 진열대 위에 늘어선 드레스처럼 모여 있는 모든 사람들을 살펴본다. 그가 왜 이곳에 와 있는지 모르겠다. 나는 파티를 좋아하는 편이다. 이런 파티는 소란스럽고, 일 년 내내 지겹게 보는 뉴욕 사람들이 여전히 득실거리지만, 이런 곳에서는 햇볕에 피부를 그을린 날씬한 사람들이 수영복에 티셔츠를 걸치고 아디다스 스포츠 슬리퍼를 끌고 다닌다. 새로 오는 손님이든 단골 손님이든 할 것 없이 창백한 얼굴, 팔다리에 털이 수북한 사람들만 이따금 보다가 이런 파티에 오면 번들번들 윤기 나는 구릿빛의 탄탄한 육체를 볼 수 있다. 나는 브리디의 목을 가만히 바라본다. 목에 걸린 하얀 산호 목걸이가 함박웃음을 짓는 것 같다.

한때는 사람들이 이렇게 햇볕에 몸을 태우고 다녔다는 걸 깜박 잊고 있었네. 브리디가 말한다. 하지만 지금은 오존층이 심각하게 파괴되고 있잖아. 저 여자 좀 봐봐! 꼭 방사능에 피폭된 것 같아.

내가 브리디에게 다가가 허리를 감싸자 브리디는 두 손으로 내 팔을 떼어 낸다. 팔을 벌려봐. 그리고 먼저 내 입술에 키스 해. 너, 이 셔츠 엄청 갖고 싶지. 그가 말한다. 나중에 네가 잘 볼 수 있게 침대 위에 놓아둘게. 그럼 난 몇 장 더 사야겠지만.

잠시 후 파티에서 어떤 사람이 쉴 새 없이 떠들어 대더니 이윽고 이런 말을 한다.

…… 정말 놀랍다. 정말 너한테 그 일에 대해 말했단 말이지.

너무 지겹지 않니? 난 이제 신물이 나는 거 있지. "오, 우리 아버지가 날 강간했답니다."라니. 어쩌라고? 그런 말을 왜 하는 거지?

나는 두 여자가 음식이 차려진 테이블 앞에서 과카몰리 소스 그릇에 감자튀김을 찍어 소스를 푹 떠내면서 이야기하는 모습을 본다. 테이블이 빈 맥주병으로 가득 차고, 나는 한 시간째 보이지 않는 파티 주인에 대한 예의상 그것들을 정리하기 시작한다.

요즘 이런 사람들이 왜들 갑자기 기어 나오고 있는지 모르겠어.

이런 개떡 같은 얘기들은 어쩌면 세기말을 위해 지어낸 것 아닐까?

중세 시대 업둥이에 관한 존 보스웰의 책 읽어 봤어? 그 책에 보면 초기 매춘 금지법이 사창가에 팔린, 버려진 아이들과 섹스하는 걸 막기 위해서 시행됐다는 내용이 나와. 그녀는 작은 치아로 감자 튀김을 깨물어 먹은 다음 이야기를 계속한다. 너, 시대를 막론하고 어린아이들이 얼마나 섹스를 많이 하는지 알지. 나는 그들에게 미소 지으며 깨끗하게 정리된 테이블 앞을 지나 뒷문 베란다로 향한다. 열 손가락에 하나씩 병을 끼운 채 웅크리고 앉아 재활용 휴지통 옆에 가지런히 내려놓다가, 몇 개의 병 안에 맥주가 제법 차 있는 걸 발견한다. 이대로 놓아둘 수 없어서 병을 마저 비우기 시작한다. 내 혀가 모르는 사람들과 키스를 한 것 같다.

갑자기 기어 나오는 사람들. 나는 최후의 심판 날 지하 묘지를 떠올린다. 앤드류 헌터와 여전히 날 기다리고 있을 나의 터널들을 생각한다. 나는 왜 아직 살아 있는 걸까? 담배에 불을 붙인다. 손을 쫙 펴서 아직 은색이 남아있는 새끼손톱을 바라본다. 오래 전 브리디는 나에게 손톱에 왜 은색 매니큐어를 칠하느냐고 물었다. 내가 사연을 말하자 그는 작은 손톱에 입을 맞추며 말했다. 아름다워. 나는 프레디가 생각난다.

이걸 다 마신 거야? 뒤에서 소리가 들린다. 잠시 후 브리디가 엉거주춤 앉아서 무릎으로 내 귀를 막는다. 그나저나 쓰레기통 옆에서 뭐 해?

정리 좀 도왔어. 나는 말한다. 우리 메인주로 언제 이사할까? 나는 묻는다.

빨리 하자. 그가 말한다. 조만간. 당장.

6

이스트노트의 새집으로 이사한 지 며칠 안 된 어느 날 밤, 브리디가 마당에서 나를 부른다. 이것 좀 봐. 그가 말한다. 하늘에 북극광이, 그러니까 오로라가 펼쳐져 있다. 태양이 대기의 외부 표면에 부딪쳐 폭발하면서 생긴 파편들이다. 우리는 그 자리에 서서 오로라를 바라본다. 오로라는 태양에서 발산된 자기파에 의해 만들어진다. 나는 페니에게 아기가 생기면 그 아기에게 이렇게 말하기로 결심한다. 오로라는 우리를 위해 함께 모여서 춤을 추는 증조 고모할머니들의 모습이라고. 그래서 그 색깔이 타는 듯 빨간 여우 꼬리색과 같은 거라고.

할아버지와 할머니는 몇 달 사이에 모두 돌아가셨다. 두 분은 태어날 때부터 결혼이 약속돼 있었고 오랜 세월을 함께 살았다. 그래서인지 두 분이 가까운 시일에 뒤따라가듯 세상을 떠난 것이 놀랍지 않았다. 내가 캘리포니아 생활을 거의 청산할 무렵 돌아가셨는데, 나는 두 차례 모두 한밤중에 깨어 어떤 환각 혹은 환영 같은 것에 의해 두 분이 돌아가신 걸 알았다. 그것은 무당이 나에게서 내혼을 불러내려 했던 일과 그때 내가 보았던 것을 떠올리게 했다. 할머니가 먼저 돌아가셨다. 그날 밤 내 방은 눈이 램프만큼 크고 몸집이 거대한 고양이 그림자로 꽉 들어찼다. 고양이는 한동안 나를 지그시 바라본 뒤 떠났다. 할아버지가 할머니의 뒤를 따라갔을 땐, 커다란 얼굴이 내 방 천장을 가득 메워 천장의 조명등이 그 얼굴 한

가운데에 놓여 있었다. 믿을 수 없을 만큼 아주 오랜 옛날 사람 같았고 무척 지쳐 보였다. 그는 뭔가 말을 하려는 것 같았지만 아무런 말도 하지 않았고, 잠시 후에 사라졌다.

할머니는 기독교 신자였다. 할아버지는 애니미즘을 믿는, 한국에서 가장 오래된 종교인 천도교 신자였다. 할아버지는 창문가에 물 한 그릇을 떠다놓고 향을 피워 누이들을 추모했다. 집안 조상을 모시는 물산도 절에 갔을 땐 더욱 전통적인 방식으로 의식을 치렀지만, 평소엔 깨끗한 물 한 그릇을 놓고 향을 피운다. 천도교의 기본 사상은 하늘의 뜻을 본받자는 것이어서, 정화수에 하늘을 비추어 쉽게 그 사상을 기억한다. 향을 피우는 건 그 염원을 상징화하기 위해서다. 나는 최근에 이 목적을 위해 정화수 그릇을 만들었는데, 이사한 후 아직 풀지 않은 상자들 속에서 이 그릇을 찾으려 애쓴다. 마침내 그릇을 발견한다. 할아버지가 쓰던 그릇처럼 단순한 모양에 겉은 담황색이고 안은 군청색이다. 나는 향을 피우고, 뒤편 부엌 창가에 향과 그릇을 둔다.

효심이 깊은 손자인걸. 브리디가 이 광경을 보고 이렇게 말하며 내 뺨에 입을 맞춘다. 브리디는 새 집이 마음에 들고, 뉴욕에서 벗어났다는 사실에 무척 기쁘다. 세상의 모든 추잡함이 멀리 사라진 기분이야. 브리디가 말한다.

나도 브리디의 뺨에 입을 맞춘다. 이제 3년째로 접어드는 우리는 시시때때로 입을 맞춘다. 페니는 건강하게 임신 중이고 아이가 예정일보다 빨리 나올 모양이다. 학교에서는 나를 소개 받아도 괜찮을지 우려해왔지만, 교사들은 페니의 출산 휴가 기간 동안 내가 그 자리를 메운다는 사실을 재빨리 수긍했다. 맨해튼 부동산업자의 온갖 변덕을 경험한 후 우리는 놀랄 만큼 갑작스럽게 적당한 가격의 집을 얻게 되었다. 뉴욕을 떠나기 전, 친구들은 우리를 위해 식당에서 파티를 열어주었다. 웨이터들은 〈그린 에이커스〉(Green Acres, 뉴욕의 부유한 커플이 등장하는 시트콤 — 옮긴이) 주제곡을 부르면서 탬버린을 쳤고, 모두들 우리를 보러 오겠다는 막연한 약속을 했다. 목가주의. 브리디는 이제 우리의 생활을 그렇게 불렀다. 우리가 목가적인 생활에 중독되었다고.

나는 할아버지와 할머니를 생각한다. 두 분을 볼 때면 두 분 모두 언제나 청력이 좋은 것 같았다. 그런데도 두 분은 무엇 때문에 늘 그렇게 귀를 기울이며 사셨을까? 한국을 떠나기로 결심했을 때, 할아버지와 할머니는 당장 실행에 옮겨 얼른 떠나셨다. 고생스러웠지만 불가능한 일은 아니었고, 한 번도 후회하는 것 같지 않았다. 평생 힘들게 사셨지만 결코 그 무게에 짓눌린 것 같지도 않았다. 세상 모든 사람들이 아침저녁 먹고 살 걱정을 하며 슬픔도 느끼고 기쁨도 느끼면서 일생을 살아가는 것처럼, 할아버지와 할머니의 일생도 그렇게 말할 수 있을 것 같았다.

나는 다음 날 학생들을 만날 준비를 하기 위해 돌아서서 이층으로 올라간다. 브리디는 잠자리에 들기 위해 옷을 벗는다. 그 모습이 누구도 아닌 브리디 자신을 상기시킨다. 나는 침대에 앉아 신발을 벗는다.

어느 땐 할아버지와 할머니가 무슨 소리를 들으려고 그렇게 열심히 귀를 기울였는지 알 것 같다. 소리의 파동이 늘 주변을 맴돈다. 단 한 번도 소리가 사라진 적이 없다. 파동은 그야말로 무한히 퍼진다. 소리는 사라지지 않고 계속된다. 목성 크기만 한 코사인 그래프를 상상해보라. 그 크기는 피터가 마지막으로 말했던 파도의 크기만 할지도 모른다. 내가 피터의 목소리를 다시 들으려면 역시나 태양계만 한 귀가 필요할 것이다.

내일 나는 내 학생들을 만날 것이다.

잘 자. 내가 우리 몸 위로 이불을 끌어올리자 브리디가 말한다. 그 소리는 영원 속으로 굴러 떨어져 지금까지 만들어진 다른 모든 소리들에 합쳐진다.

그날 밤 우리는 둘 다 꿈을 꾼다. 나는 나대로 브리디는 브리디 대로 반복해서 꾸는 꿈이 있다. 이것은 우리가 서로에게 들려준 각자의 꿈 내용이다. 내가 반복해서 꾸는 꿈은 이렇다. 나는 어느 막사에 있다. 욕실에 갔다가 다시 막사로 걸어서 돌아왔는데, 이건 그냥 안다. 우리가 생활하면서 그날 아침 어디에서 커피를 마셨는지, 어디에서 아침을 먹었는지 같은 걸 그냥 아는 것처럼 말이다. 통로 는 어둡다. 나는 이내 두려움을 느끼기 시작하고, 누가 외부로 통하 는 문을 열어 놓은 것처럼 한기도 느껴진다. 하지만 이 한기는 내 마음에서, 내 마음의 문에서 불어오는 것이다. 어딘가에서 시작된 한기가 내 안의 열린 틈새로 들어오고, 나는 서서히 걸음을 늦추다 몸을 돌려 악마와 직면하려 애쓴다. 하지만 이내 마음을 돌려 더 빨리 내달려서 모두가 잠들어 있는 큰방으로 향하려 한다. 하지만 나는 결코 그곳에 다다르지 못한다. 그렇게 되기 전에 언제나 내가 죽어 있다는 사실을 확인하고 잠에서 깨는 것이다. 나는 한 번도 그곳에 도착하지 못했다.

이번에도 같은 꿈이다. 나는 잠에서 깨어 브리디가 한쪽 눈썹을 치켜뜨며 나를 바라보는 모습을 본다. 커피 마시자. 브리디는 이렇게 말하고 침대에서 벌떡 일어난다. 나는 나무 바닥을 울리는 부드러운 발소리를 들으며 침대에서 기다린다. 어느새 깜빡 졸다가 다시 깨어, 브리디가 아무것도 걸치지 않은 채 커피 두 잔을 손에 들고 있는 걸 알아차린다. 잘 잤어? 브리디가 말한다. 악몽을 꾸었어. 반복해서 꾸는 꿈 있잖아.

응, 그랬어. 나는 말한다.

아니, 내 말은, 내가 악몽을 꿨다고. 너도야? 그가 말한다.

넌 무슨 꿈을 꿨는데? 내가 묻는다.

대학살을 목격하는 꿈을 꿨어. 주변 사람들이 전부 죽어나가는데 꼼짝을 못하는. 뭔가 보이지 않는 무시무시한 힘이 사람들 사이를 뚫고 지나갔어. 사방에 피가 흥건하고. 우린 어떤 막사 같은 데 있었어. 그리고 모두들 죽어 가고 있었어. 우리 주변에 있던 군인들까지 전부 다. 다음 순간 앞이 깜깜한 상태에서 괴물이 나를 향해 다가오는 걸 느꼈고, 바로 그때 잠에서 깼어. 브리디는 후루룩 소리를 내며 커피를 마시더니 내 무릎 옆 침대에 자리를 잡는다.

사랑해. 나는 말한다.

어떤 악몽을 꾼 거야? 브리디가 말한다.

지금은 말하고 싶지 않아. 내가 말한다.

잠시 후 브리디가 수영을 하러 집을 나설 때, 나는 이런 생각을 한다. 만일 우리가 내세에서 누군가를 만난다면 어떨까? 내세가 있다는 전제하에, 지금의 내가 전생에 살고 있는 거라면? 그날 아침 나는 브리디와 나, 둘 다 내세의 어딘가에, 대학살이 일어나고 있는 어느 현장에 있는 것 같다. 우리는 같은 꿈속의 다른 장소에 있는 것이다. 어쩌면 우리는 다가올 내세에 더 강해지기 위해 이런 선물을 받은 것은 아닐까? 나중엔 생각이 달라질 테지만, 다음에 이어질 사건들을 위해 지금 나는 이렇게 생각하기로 한다.

7
실내 수영장을 따뜻하게 데워주는 아침 햇살 속에서 그 아이의 금발이 가장 먼저 눈에 띈다. 아마빛 머리카락. 맥박을 고동치게 만드는 색.
수영복을 입고 호루라기를 부는 페니의 모습이 우스꽝스러워 보인다. 남녀 학생들은 하품을 하면서 손으로 머리카락과 얼굴을 쓸어낸다. 페니는 학생들에게 스트레칭과 심상화 훈련을 안내한다. 나는 실내 반대편에 서 있는 소년이 피터와 닮은 데가 없다고 생각하려 애쓴다. 학생들이 스트레칭을 할 때 나도 따라서 스트레칭을 하고, 학생들이 심상화 훈련을 할 때 나도 눈을 감고 수영장 밖으로 걸어 나가는 내 모습을 상상한다. 집을 팔아버린 것. 훌쩍 떠나버린 것. 그 순간 그런 어리석은 행동들이 치유되어, 눈을 떴을 때 나는 여전히 미소를 짓고 있다. 어쨌든 지금 난 브리디를 사랑해.
나는 페니 뒤에 서서, 브리디에게 오늘 일을 말하는 내 모습을 상상하고 브리디가 나에게 무슨 말을 할지 상상한다. 거봐, 별 거 아니잖아. 너, 그거 금발 공포증이야. 금발들이 너한테 상처를 줬다고 그들이나 그들을 닮은 사람을 두려워하는 건 이성적이지 못한 일이라고.

여러분. 페니가 말한다. 저를 돕기 위해 새로 오신 코치 선생님, 아피아스 제 선생님을 소개하겠어요.

네 이름이 뭐니? 처음엔 이 새로운 유령이 말하는 소리를 듣지 못한 채 나는 이렇게 묻는다. 우리는 얼떨결에 손을 꽉 잡고 악수를 한다.

워든이에요. 아이는 이름을 말하고 손을 빼낸다.

너 이렇게 근사한 감옥에 갇혔던 거냐. 나는 그렇게 말하고, 페니는 눈을 흘린다.

알아둬야 할 게 있는데, 저 아이, 웃기려고 그렇게 말한 거 아니야. 페니가 말한다.

다들 나를 잘 따르는 것 같아. 나는 집으로 차를 몰고 가면서 혼잣말을 한다. 브리디가 문을 열어 줄 때, 귀신의 이름을 말하길 꺼리듯 아무도 오늘 일을 말하지 않는다.

2주에 한 번씩 토요일에 포틀랜드에 가서 프레디 곁에 앉아 있다 온다. 이따금 브리디가 나와 동행한다. 이러려고 메인주로 다시 온 걸까. 길고 검은 도로를 따라 남쪽의 포틀랜드나 북쪽의 뱅거를 오가며 나는 스스로에게 이렇게 묻는다. 이스트노트로 향할 때도. 브리디가 주방을 왔다 갔다 하는 모습을 볼 때도. 프레디 곁에 있을 때는 적막함을 메우기 위해 들은 이야기 몇 개를 떠올린다. 어떤 남자가 자신이 양성 환자라는 걸 알고는, 집이 완전히 잿더미가 되도록 폭탄을 설치하고 자기는 머리에 총을 쏘고 자살한 이야기. 어떤 남자가 비정형 폐렴 증상으로 의식을 잃고 쓰러지면서 자신의 상태를 알게 되었는데 며칠 뒤에 죽은 이야기. 나는 옛날부터 선생님이 되고 싶었는데, 나와 이름이 같은 어떤 사람이 교사라는 걸 알고부터 마음 속 한구석에서는 훗날 내가 아이들 앞에 서게 되리라는 걸 알고 있었다는 이야기. 나는 내 직업과, 민첩한 학생들과, 영리한 수영팀 아이들을 사랑한다는 이야기. 아이들이 어떤 문제를 이해하고 활용하는 걸 지켜보는 게, 어떤 견해가 나에게서 흘러나와 아이들에게 전달되고 나중에 아이들이 그걸 자기 것으로 소화하는 과정을 지켜보는 게 너무 좋다는 이야기. 나는 한 번도 그런 적이 없었지만. 나중에 네게도 그런 일이 일어난다면 그저 감탄스러울 거라는 이야기. 그런 일이 늘 일어나는 건 아니지만, 때때로 일어나게 되면 그리고 점점 자주 일어난다면 그건 마치 마법을 부리는 것 같을 거라는 이야기.

나는 프레디에게 꽃을 가져가 줄기를 자른 다음 물컵에 꽂아서 그의 침대 곁에 놓는다. 그의 침대 시트 가장자리를 가지런히 맞추고 바이털 사인을 확인한다. 내가 있는 동안 그는 단 한 번도 소리를 내지 않는다. 이따금 그가 노래를 흥얼거린다는 생각이 든다. 하지만 그가 정말로 노래를 부른다면, 나는 어떻게 해야 할지 모르겠다.

잠시 후 나는 투라이츠(Two Lights)로 향한다. 투라이츠는 케이프엘리자베스 해안에 위치한 작은 주립 공원으로, 제2차 세계대전 이후 남겨진 등대 하나와 버려진 6층 포탑을 자랑한다. 우리가 더 어렸을 땐 공원이 한 번도 닫힌 적이 없었다. 다시 말해, 우리는 그곳에 쉽게 숨어들었고, 이따금 그곳에서 술을 마시거나 대마초를 피우곤 했다. 경찰도 그 지역에서 자라 우리 나이 때 똑같은 짓을 했던 사람들이라, 우리를 봐도 보통은 너그럽게 넘겼다. 이곳을 투라이츠라고 부르는 이유는 케이프엘리자베스에는 곳마다 각각 하나씩 두 개의 등대가 있었기 때문이다.

이곳에 등대가 서 있고, 비탈 주변으로 호화로운 새집들이 있으며, 해안 아래쪽 솟아오른 암반에는 해산물 볶음과 바닷가재 찜을 먹을 수 있는 랍스터쉑이라는 음식점이 있다. 밤에는 바위 위에 앉아서 등대가 어둠 속으로 불빛을 비추는 모양, 바람개비처럼 팔랑대던 빛이 검은 물 위로 퍼지다 수평선으로 향하며 희미해지는 모양을 볼 수 있다. 불빛은 점점 가늘어져 사라질 듯하다가 이내 다시 나타나 멀리서 도는 바람개비처럼 굵고 진한 빛을 팔랑거린다.

바위 위에 앉아 머리 위로 불빛이 흔들리는 걸 보고 있으려니, 저 멀리 또 하나의 등대가 이쪽 등대를 향해 팔처럼 길게 빛을 뻗을 것만 같다. 저쪽에 등대가 없다는 걸 알지만, 두 개의 등대가 서로를 향해 팔을 뻗어 결코 서로 닿지 않은 채 밤하늘 위에 크게 반원을 휘저으며 서로 경쟁을 벌일 것만 같다. 이것은 하늘에서 즐기는 놀이. 등대의 불빛이 만 너머 어딘가에서 몸을 구부린다. 나는 프레디를 보고 나면 이곳에 들린다. 이곳의 어둠 속에서 나는 빛을, 거리를, 그리고 밤을 본다. 그리고 이곳은 나에게 빛조차 몸을 구부린다는 걸 알려준다. 빛조차 제 무게를 감당해야 한다는 것을. 신이 있어 그가 모든 일을 관장한다면, 한줄기 빛이 멀리 뱃사람들에게 위험을 경고하기 위해 대서양을 가로질러 밤의 어둠 속으로 향할 때 그 신이 심지어 이 빛과도 함께 한다면. 그는 빛이 몸을 굽히는 자리를, 잠시 모습을 감추는 자리를 어루만지리라. 바로 그곳이 도움이 필요한 곳일 테니까.

뭐 하나 보여줄까? 브리디가 나와 동행해 프레디에게 가던 날, 면회를 마치고 나오면서 나는 브리디에게 묻는다. 아무런 장식 없는 하얀 병원 복도에서는 무엇이든 가능할 것 같다.

뭘? 그가 말한다.

보면 놀랄걸. 나는 말한다.

나는 케이프엘리자베스로 다시 차를 돌린다. 몇 년 만인지 모르겠다. 십 년도 넘었을 것이다. 뭘 기대하고 여기에 온 걸까. 언덕 꼭대기에 도착한다. 희한하게도 문은 여전히 새것 같다. 문을 활짝 열어본다. 친절한 방치. 메인주에서 우리는 그렇게 부른다. 뭘 어떻게 바꿀 돈이 없어 모든 것이 원래대로 유지된 상태.

차에서 내리자 브리디가 프레디의 아파트에 대해 묻는다. 왜 파란색이야?

파란색으로 칠하면 어두워질 때 사람이 달라 보이거든. 나는 말한다. 내가 망가진 온실 안을 헤집고 들어가자 브리디도 천천히 내 뒤를 따라온다.

경치가 정말 근사하다. 그가 말한다. 브리디는 습지에 다다른다, 그리고 이곳이 어디인지 안다고 생각한다.

오, 이런.

터널들 중앙쯤 내려갈 때, 나는 더 이상 그것들을 알아보지 못한다. 아니, 정확히 말하면 아주 분명하게 알아본다. 하지만 터널들이 하나같이 작아 보인다. 차가운 시체처럼 생기 하나 없는 이곳에서 믿기지 않게도 흙냄새가 난다. 브리디는 주변 경치를 찬찬히 둘러본 뒤 나를 향해 몸을 돌린다. 네가 이걸 지었단 말이지. 그가 말한다.

나는 고개를 끄덕인다.

나는 이곳을 채우기로 결심하고 브리디에게 내 결심을 말한다. 참 못났다. 나는 말한다. 죽고 싶다느니 하는 허튼 생각이나 했으니, 얼마나 못났냐. 프레디를 봐. 프레디는 살고 싶어 하잖아.

프레디가 그런지 안 그런지 네가 어떻게 알아? 브리디가 말한다. 하지만 네 말이 맞긴 하다. 그런 걸 바라서는 안 돼. 죽고 싶단 생각은 하지 마. 여길 채우려고도 하지 말고.

우리는 위로 올라가 다시 차에 탄다. 좀처럼 담배를 피우지 않는 브리디가 담배에 불을 붙인다. 그리고 바로 그때 이렇게 말한다. 다른 걸 지어봐.

무슨 말이야?

브리디는 좌석 옆으로 푹 쓰러져 내 무릎에 머리를 얹는다. 나는 그의 아름다운 눈동자를 바라본다. 나도 그 속에 있고 싶어서, 그 눈동자 안에 있는 내 비친 모습을 질투한다. 다른 걸 지어보라고. 브리디가 말한다. 학교에서 지어도 좋지 않을까? 프로젝트 삼아서 말이야.

이곳 들판 가장자리를 따라 독립전쟁 때 세운 벽이 늘어서 있다. 회반죽이 칠해지지 않은 돌들. 브리디가 말하는 동안 나는 벽을 바라본다. 벽의 이미지는 여러 달 동안 내 머릿속에 남아 있다가 어느 날 문득 내 호기심을 자극한다. 혓바닥이 치아에 닿는 것처럼 그 생각이 머릿속에서 떠나질 않는다. 그래, 다른 걸 지어보자.

그러던 어느 날 브리디가 나하고 점심을 같이 먹기 위해 학교에 온다. 나 사립 고등학교에 다닌 거 알지. 그가 말한다.

알지. 내가 말한다.

여기 좀 이상해. 그가 말한다. 예배당이 없어.

파랑. 왜 파랑이냐면, 어두워지면 사람이 달라 보이는 색이기 때문이지. 하늘색이기 때문이고, 불꽃심 색깔이기 때문이고, X선이 투과된 다이아몬드 색이기 때문이지. 칼날처럼 예리한 번개도 파랑이야. 장미를 가꾸는 이는 말하겠지. 파랑은 장미가 결코 만들 수 없는 색이라고.

왜 파랑이냐면, 악령에게 위협을 느낄 때 내 주위에 동그란 파란 불꽃이 있다고 상상해야 하기 때문이지. 악령은 파란 불꽃을 건널 수 없으니까.

어느 날 오후, 프레디는 나와의 정기 면회를 마친 후 사망한다. 그가 죽기 몇 주 전에 나는 그의 어머니와 함께 그가 살던 아파트에 가 보았다. 브리디와 나는 함께 각 방에 있는 가구를 가운데로 옮기고 아파트 전체에 회반죽을 다시 칠했다. 프레디의 어머니에게 그의 사망 소식을 들었을 때 아파트 한가운데에 앉아 있던 나는 보이지 않는 커다란 무언가가 무색의 방을 한 바퀴 휘 지나가는 느낌이

들었던 기억이 난다. 흰색은 죽음의 색이다. 그때 나는 생각했다. 흰색은 모든 색이 부재한 색이다.

피. 프레디의 어머니가 말한다. 마지막까지 프레디를 위해 곁에 있어주어 고맙구나. 네가 곁에 있었다는 걸 프레디도 알고 있었을 거다. 알고말고.

어떻게 하면……. 나는 나중에 지붕 위에 앉아서 생각한다. 어떻게 하면 이 세상에 불을 지를 수 있을까. 어떻게 하면 모든 것을 불태울 수 있을까.

샌프란시스코에 돌아온 나는 한 친구를 떠올린다. 그 친구는 남자 친구가 죽은 날, 밖으로 나가 눈에 보이는 창문이란 창문은 죄다 깨고 다녔다. 그는 깨진 유리 조각들을 내버려 둔 채 텅 빈 상점가의 골목골목을 지나갔다. 그는 잡히지 않았고, 다음 날 신문에서도 이 일에 대해 밝히지 못했다. 그리고 이런 일은 두 번 다시 일어나지 않았다.

브리디는 집에 도착해 차를 세우면서 지붕 위에 앉아 있는 나를 본다. 그가 진입로에 서 있다. 헤이.

헤이.

나 저녁 먹을 건데. 그가 말한다.

좋지.

8

예배당은 몇 개월간 계획을 거친 뒤 몇 주 만에 완공된다. 학생들은 교사들 못지않게 열성이다. 나는 마치 이 학교의 정식 교사가 된 기분이다. 페니의 생각이 궁금해진다. 학교에서 페니가 돌아오 길 원하지 않는다면 페니의 기분이 어떨까. 페니가 우리 아이를 임신하고 있다는 게 실감이 나지 않는다. 그냥 페니의 아이인 것 같다. 전적으로. 이따금 페니는 방긋 웃으며 배를 어루만지면서 말한다. 아가야, 저기 아빠 있다. 그러나 나는 이런 상황을 어떻게 생각해야 할지 모르겠다.

그렇지만 예배당을 어떻게 만들어야 하는지는 안다. 나는 잉카 제국이 건설한 로마의 다리뿐 아니라 남아메리카 건축물에서 본 디자인까지 기초로 삼는다. 정원 관련 잡지에 나온 기사를 읽다가 이런 특별한 건축 방식을 전공한 버몬트 출신의 남자도 알게 된다. 이제 예배당은 바다와 해변이 내려다보이는 학교 마당 모퉁이에 자리를 잡는다.

예배당을 짓는 동안, 나는 내가 할 일을 닥치는 대로 찾아서 했다. 워든의 머리카락은 봄볕에 타오르는 불길 같았다. 나는 사냥꾼들이 사슴의 흰 꼬리를 겨냥하는 장면이 생각났다. 워든의 여자 친구 알리샤는 워든 옆에서 일했다. 착한 아이들이야. 나는 속으로 생각했다. 넌 이 아이들의 좋은 선생이고.

이제 나는 쌀쌀한 한밤중에 예배당에 앉아 있다. 피터의 사진과 그의 편지를 곁에 두고서. 더 이상 이것들을 간직하고 싶지 않다.

나는 동굴에서 그랬던 것처럼 촛불을 켠다. 어째서인지 예배당 안이 따뜻하다. 우리가 생각한 것 이상으로 잘 지어졌어. 나는 혼잣말을 한다. 그리고 마지막으로 피터의 편지를 읽는다. 편지에는 이제까지 그가 죽으려고 얼마나 애써 왔는가 하는 내용이 적혀 있다.

그런 다음 아래 내용이 나온다. 내가 까맣게 잊고 있던 일이다.

한 가지 알아두어야 할 게 있어. 넌 나에게 가장 친한 친구였다
는 걸 말야. 네가 나에게 그런 존재였다는 걸. 네가 날 사랑했다는
거 알아. 나도 널 사랑했어.

누구도 우리가 겪은 일을 똑같이 겪어서는 안 되지만, 우린 그랬
지. 그리고 그걸 생각하면 미치겠어.

하지만 난 네가 날 사랑한 것처럼 널 사랑하지는 않았어. 그 때
문에 널 미워하진 않아. 다만 널 더 사랑해 줄 사람이 없다는 게 안
타까울 뿐이지.

내가 어떻게 살아왔는지 생각하면 쉽게 이해가 될 거야. 나는 늘
살아있는 게 불편했어. 죽는다고 생각하면 머리가 맑아져. 죽는다
고 생각하면. 죽음은 평화, 평온, 평안을 떠올리게 해. 죽음을 생각
하면 행복해져. 난 죽음을, 모든 것의 부재를 간절히 바라고 있어.
그래서 나 대신 네가 행복하길 바라고, 그래야 내 마음이 더 좋을
것 같아. 난 나에게 필요한 게 뭔지 찾았어. 아마 넌 평생 찾지 못할
걸. 그렇지만 난 네가 결코 찾지 않길 바라. 행복해라.

나는 편지를 촛불에 태우고 돌 틈에 사진을 끼운다. 재를 문질러
퍼뜨린다. 모두 잘 가. 나는 혼잣말을 하며 차로 향한다. 집에 도착
하자 브리디가 말한다. 피. 대체 얼굴이 왜 그 모양이야?

거울에 비친 내 얼굴은 마치 라쿠 도자기 가마에 불을 지폈을 때
처럼 재가 묻어 잿빛이다. 뺨에는 눈물이 흘러내려 나뭇가지처럼

갈라진다. 나는 욕실에 들어가고, 쟤는 순식간에 연기처럼 푸른 물빛으로 변한다.

브리디가 내가 괜찮은지 보러 들어온다. 나는 브리디를 와락 끌어안고 두 팔로 안아 들어 침대로 데리고 간다. 우리의 침대로. 젠장. 그가 말한다. 날 공주님이라고 불러.

날 산산조각 내. 그리고 다시 합쳐 줘. 나는 밤새 그를 취하고, 우리는 견딜 수 있는 만큼, 아니 그보다 조금 더 서로를 취한다. 서로를 빨아들일 것만 같다. 그의 안으로 들어갔다가 키스로 그의 목구멍을 통해 나올 때마다, 내 일부를 그에게 보내고 다시 붙들어 내게로 잡아매는 것 같다. 잠시 후 내가 그의 위에 몸을 기댈 때에야 마침내 우리는 가만히 눕는다.

사랑해. 브리디가 말한다.

파란빛이 우리를 감싼다. 파란빛은 절반이 빨간색 파장으로 이루어져 있으며 빨간빛에 다다르려고 서두른다. 우리는 파란빛과 보랏빛에 감싸인다. 빛이 차단되면 파란빛이, 빛이 닿지 못하면 보랏빛이 드러난다. 나는 내 파란 손으로 그의 파란 머리카락을 만지고, 내 파란 혀로 그를 벌리며 우리는 다시 파란빛이 된다.

9

크로노토프(chronotope), 시간과 공간의 교차 지점. 이곳의 시간과 당신 삶의 공간들이 점선으로 연결되는 곳. 시간의 흐름 속에서 사람들이 환하게 빛을 뿜으며 사슬처럼 연결된 반딧불이로 변하는 곳. 마치 시작 지점에 있는 세대에서 끝 지점에 있는 세대까지 모두가 영원히 셔터를 열어 놓을 카메라 프레임 안으로 걸어 들어가기라도 하듯, 첫인사부터 마지막 작별 인사 때까지 줄곧 함께 해온 모든 형체가 색색의 빛으로 이루어진 사인 코사인 곡선 형태 안에 한데 뒤섞이는 곳. 모든 사실을 기억하겠노라고 당신은 결심하고, 그리하여 미래를 향하는 당신의 일부는 이제 바다 위를 나는 용처럼, 곳곳에서 익숙한 색깔로 번쩍이는 불빛을 향해 다가가 그 불빛을 베어 물다가 타오르는 시선에 그만 물던 걸 뱉어내는 곳. 태음력에 의해 유명해진, 불길처럼 타오르는 진주가 있는 곳. 과거와 미래의 과거가 첨부된 가상의 부록들이 그 진주 옆으로 날아가는 곳. 상상의 눈이 '그때 그랬더라면'이라는 조건부 과거 문장을 바라보다 눈을 깜빡거리는 곳. 천사인 줄 알겠지만, 실제로 당신이 만든 건 당신 인생에서 걸어 나온 골렘. 그리하여 당신은 골렘에게 묻고, 대답하겠지. 내게 말해줘. 내가 무얼 했는지 내게 말해줘. 이곳에서 나는 무얼 얻었지?

사방에서 번개처럼 불빛이 번쩍이고, 당신 삶의 불빛이 당신에게 말을 건넨다. 불빛은 당신에게 일어난 모든 일을 거의 똑같이 말한다. 썩 만족스럽지 않지만 어쩌겠어. 그게 네 인생인걸.

워든이 반바지에 비옷 차림으로 한 손에는 잠자리채를 들고서 네 집에 왔었지. 이날 그 아이는 앳돼 보였어.(어느 땐 조숙해 보일 때도 있는데.) 워든은 미소를 지으며 뒤뜰의 긴 언덕을 내려와. 여기 사시나 봐요. 워든이 물어. 응. 네가 대답하지.

넌 워든에게 들어와 커피 한잔 하라고 권해. 넌 주방에 앉은 워든의 뒤편 창문 너머로 하늘에서 달려온, 비구름의 성긴 구멍으로 쏟아지는 태양빛을 바라봐. 들판이 어두워졌다 환해지는 광경을 바라보고, 사월의 공기 속에서 자라는 풀과 파란 원뿔처럼 빙글빙글 돌며 올라가는 야생 루피너스를 바라봐. 그리고 워든이 싱크대 수도를 틀고 손 씻는 소리를 들어. 너는 워든에게 묻지. 스케치를 하고 싶은데 잠시 모델이 되어줄래? 스케치를 해본 지가 몇 년 만이더라. 넌 책을 들고 나갔다가 이젤을 들고 들어와, 책이 있던 자리에 이젤을 놓지. 이렇게 있으면 되나요? 워든이 물어.

그래. 네가 대답해. 그 코트는 입고 있어라. 네 머릿속에는 뭐랄까 나름의 의도가 있어. 이렇게 워든을 스케치하면서 밖을 그려 보겠다는. 마치 워든이 바깥의 들판과 하늘과 폭풍의 일부인 것처럼. 넌 그 옛날 미술 선생이 설명한 두 손으로 그리는 법을 떠올리며 양손에 하나씩 연필을 쥐고 그림을 그려.

왜 두 손을 다 사용하세요? 워든이 묻지.

안 그러면 같은 선만 그리게 되거든. 너는 말해. 이런 식으로 그리면 선이 무너져서 네가 자유로워진단다. 워든은 이 말에 미소를 짓고, 넌 최대한 비슷하게, 거의 똑같이 그 미소를 그려.

멋진데요. 잠시 후 네가 워든에게 그림을 보여주자 워든이 말해.

무슨 생각을 하고 있었니? 네가 묻지.

내가 자유롭다고 했던 선생님 말을 생각하고 있었어요.

그때 브리디가 문을 열고 들어오지. 어, 안녕, 에드워드. 브리디가 말해.

네가 나비 잡는 소년을 만날 줄 알았어. 브리디가 너에게 말해.

넌 워든을 봐. 워든은 이상한 표정을 짓다가 이내 다시 미소를 짓지. 죄송해요. 전 이만 갈게요. 워든이 말해.

워든. 네가 말해. 아니, 에드워드라고 부를까?

제 가운데 이름은 아든이에요. 워든이 말해. 조부모님이 지어주셨죠. 전 에드워드라는 이름을 가진 사람들을 좋아하지 않았어요. 그래서 사실 에드워드로 불리고 싶지 않았죠. 하지만 어쨌든 이게 내 이름이고 모르는 사람을 만나면 이 이름을 알려줘요.

워든은 곧바로 집을 나와. 그러고는 자신이 왔던 길로, 저 위에서 외치는 흰 외침처럼 쏟아지는 햇살에 구름이 보일락 말락 하는 언덕 위로 향하지. 잠자리채를 우승기처럼 들고서 그곳으로 향하지. 브리디는 네게 몸을 기대. 젠장, 대체 어떻게 된 일이야? 스토커야 뭐야? 브리디가 말해.

이제 넌 알게 되지. 무모한 네 일부가 아직 남아있다는 걸. 여전히 늘 죽음을 동경하면서도 결코 죽음을 좇고 싶지 않은 네 일부가. 그래서 그 일부는 실수를 저지르고 말아. 가령 이렇게 말하면서. 그 아이가 집에 들어와서 레모네이드를 마시는데 이 상황이 어떻게 보일지 난감하더라고. 가만히 앉아 있으면 되는 건지. 아무것도 안하고 있어도 되는 건지. 그리고 이제 네가 말하지. 야, 그런 거 아니야. 내 생각에 그 아이는 그냥 아주 이상한 남자애일 뿐이라고. 아버지가 교도소에 있다나 봐. 기본적으로 학교가 애를 키워준 셈이지.

이제 브리디는 네가 그린 워든의 그림을 살펴보고 있어. 그림 좋은데. 브리디가 말해. 액자에 끼워야겠다. 네 사인도 넣어서. 넌 그림에 사인을 하고 액자에 끼워. 그러면서 브리디가 얼마나 영리한지, 그가 얼마나 널 배려하는지 새삼 깨닫지. 브리디가 널 만나기 전에, 자신이 그토록 바라던 고통이 바로 너라는 결론을 내리기 전에, 그가 겪었던 모든 괴로움을 너는 잊고 있다가 새삼 깨닫지. 넌 브리디가 스스로를 통제할 줄 아는 사람이라는 걸 알아. 그래서 그를 신뢰하지. 네가 걱정할 사람은 다름 아닌 너 자신이야. 그날 넌 연필로 그림 아래에 조그맣게 네 이름을 새기면서 앞으로 일어날 일을 예감해. 브리디도, 그리고 워든도. 네 그림은 네가 쓴 초대장인 셈이었어.

다음에 워든은 파티가 열리는 집에 와 있어.

그해 여름, 브리디는 널 데려가 오건킷에 있는 친구들을 소개했지. 그리고 그 중에 영국 성공회 사제인 친구가 자신이 게이라고 고백해. 너를 포함한 다섯 명이 테라스에 앉아 칵테일을 마시고 있을 때, 네가 묻지. 그럼 우리 결혼식 때 네가 주례 서면 되겠네?

세상에. 칵테일이나 더 마셔. 그러고 브리디는 일어나서 안으로 들어가.

로맨틱하다, 브리디! 네 친구 존 마크가 브리디의 뒤통수에 대고 고함을 쳐.

네, 칵테일 한 잔 더 마셔서 너무너무 로맨틱하네요! 브리디도 고함을 쳐.

그러지 뭐. 성공회 사제가 말해. 뭐, 하면 할 수도 있겠지 …… 만, 근데 너희한테 성공회 결혼식 주례를 서줄 수는 없겠다. 대신 언약식 주례는 해준 적 있어.

그때 브리디가 돌아와. 그리고 우리를 악에서 구해주지. 아, 안녕.
브리디는 자리에 앉아 새로 가져온 코즈모폴리턴 칵테일을 저어.
그리고 넌 털썩 무릎을 꿇고 말하지. 브리디.

네 머리 위에 이 칵테일 붓기 전에 얼른 일어나. 브리디가 말해.

브리디. 네가 다시 말해. 나랑 결혼해줘.

존 마크가 네 뒤에서 기침을 해.

젠장, 안 일어나? 브리디가 말해. 난 한번 결혼해 봤거든. 정말 내
공식적인 남편이 되길 원하는 거야? 그래, 그럼. 반지는 어디 있어?

존 마크가 자신의 손가락에 끼고 있던 반지들 중 하나를 빼내.
해적의 해골 밑에 대퇴골을 교차해 배치한, 손가락 마디에 끼우는
반지야. 당분간 이걸 써. 그가 말하며 너에게 반지를 건네.

브리디는 네 위쪽에 서 있어서 넌 그의 표정을 읽을 수가 없어.
브리디와 시선을 마주치는 순간, 넌 마치 어느 복도에 들어선 것처
럼 그 안으로 걸어 들어가는 상상을 하지.

언약식을 위해 모두들 한밤중에 해변에 서 있고 너희 둘은 각각
머리에 노랑 데이지를 꽂은 채 해변으로 가는 길에 발견한 해당화
를 손에 쥐고 있어. 꽃은 브리디의 아이디어였지. 게이 성공회 사제
는 긴장을 했고 약간 취하기도 했지만 이제는 네가 그의 주례를 원
치 않는다 해도 그를 말릴 수 없을 정도로 이 언약식에 푹 빠진 것
같아. 밤바다는 눈에 보이지 않는 해초의 포옹처럼 차갑고, 이 언약
식은 죽음이 다가오지 못하게 막아줄 것만 같아. 그리고 이제 정말
로, 이 언약식을 올리는 순간만큼은 죽음이 널 내버려둘 거야. 오늘
밤 추위는 유난히 사나운 것 같아. 해변에는 너와 브리디가 있고,

네 옆엔 존 마크가, 브리디 옆엔 그의 친구 저스틴이, 그리고 가운데에는 게이 사제 대런이 서 있어. 게이 사제가 무사히 예식을 시작해. 우리는 서로가 필요하기에 서로를 찾습니다. 사랑하라는 하느님의 명령 때문에 서로를 찾습니다. 하느님은 우리에게 당신을 사랑하라고 명하실 뿐만 아니라 평생 동안 서로를 사랑하라고 명하십니다. 브리디와 피는 서로 사랑함으로써 그 안에서 하느님을 발견하라는 하느님의 명령을 따랐기에 이곳에 오게 되었으며, 우리는 이 두 사람의 사랑의 증인이 되기 위해 이곳에 모였습니다.

넌 대런이 하느님 운운할 줄은 예상하지 못했겠지만, 그렇다면 대체 뭘 기대한 거야? 어쨌든 그는 사제인 걸. 사제가 네 손을 잡은 다음 브리디의 손을 잡아 둘의 손을 한데 모으지. 하느님이 맺으신 것을 사람이 풀지 못합니다. 브리디, 하느님 앞에서 피를 남편으로 맞이하겠습니까?

그러겠습니다. 브리디가 말해.

피, 하느님 앞에서 피를 남편으로 맞이하겠습니까?

그러겠습니다. 네가 말해. 그런 다음 넌 브리디에게 키스를 하고, 예식이 끝나.

그래서 파티를 열게 된 거야. 브리디는 몇 주 동안 종이로 만든 장미꽃 장식들을 천막에 매달았고 그 모습은 화환을 만들어 궁궐에 걸던 한국 왕실의 결혼식을 연상시켰지. 그날 하얀 천막은 조명을 가득 받아 발갛게 빛났고 종이 장미들은 바람에 펄럭이며 반짝였으며, 그날 아침 넌 워든에게 일찍 와달라고 했던 부탁을 잊고 있었지. 워든은 네가 있는 천막으로 다가가 네가 자길 알아봐주길 기다리고 있는데. 그때까지도 넌 워든에게 했던 부탁을 까맣게 잊고 있었어.

안녕하세요. 마침내 네가 고개를 들었을 때 워든이 인사해. 워든은 이상한 각도로 아주 짧게 친 머리카락을 헝클어뜨려 젤을 발랐어. 그의 셔츠에는 베튠 수영팀이라는 글자가 새겨져 있고. 새로 산 청바지는 긴 다리를 감싸고 작은 엉덩이에 걸쳐 있지. 기다란 발에는 스피도 슬리퍼가 신겨 있고. 햇볕에 탄 그 아이의 모습이 아름다워. 네가 열일곱 살 금발 소년이고 지금이 메인주의 여름이라 햇볕에 그을린다면, 워든이 너라고 해도 믿을 만큼. 네가 성장한 후로 줄곧 기억하던 그 모습 그대로.

사람이 풀 수 없다는 언약식 선언에 소년에 대한 언급은 없었어. 여기에 손을 대고 있어라. 너는 워든에게 이렇게 말했어. 손으로는 접이식 탁자에 식탁보를 씌우면서 턱을 들어 테이블보 모서리를 가리켰어. 그럴 리가 없어. 너는 마음속으로 생각해. 내가 이런 감정을 느낄 리 없어.

10

선을 무너뜨리기.

나르시스의 전설에서 나르시스는 물에 비친 자기 모습을 사랑한 게 아니었다. 결코. 그가 사랑한 대상인 물에 비친 그림자는 그를 움직일 힘을 지니고 있었다. 우리 중에 자기 자신을 움직일 수 있는 사람이 누가 있을까? 그의 사랑은 그 힘 때문에 전설이 된다.

내 감은 눈꺼풀의 붉은색 너머에 피터가 있다. 피터는 그 붉은색을 퍼뜨리는 빛 한가운데에, 불꽃 중앙에 숨어 있다. 제 몸을 태우는 건 자기가 무엇을 태우는지 감추기 위해서다. 편지가 횃불처럼 보인다. 이제 나는 안다. 나는 피터의 것이었기에 피터는 결코 내 것이 아니었음을. 내가 그의 것이었음은 그의 개가 언제나 그의 손바닥을 찾아낸 것만큼이나 분명한 사실이다.

큰 에릭은 뜰채로 강바닥을 훑듯 우리를 찾았고, 잃어버린 사랑을 찾기 위해 반짝이는 황금빛을 샅샅이 뒤졌다. 제 몸을 태우는 건 자기가 무엇을 태우는지 감추기 위해서다. 그의 내면 깊숙한 어딘가에는 쇠창처럼 그의 온몸을 찔러대는 빛에 대한 기억이 도사리고 있었다. 그는 자신이 얼마나 큰지, 우리는 또 얼마나 작은지 알지 못했다. 파티 때 곰 의상을 빌려올 만큼 그는 자기 몸을 거대하다고 느꼈지만, 그 몸은 이내 오그라들었다. 그가 우리를 만지는 순간, 그는 다시 소년이 되었다. 그리고 그가 우리를 만지는 순간, 우리 역시 온몸이 쇠꼬챙이에 찔리는 느낌이었다. 점화부터 연소까지 불의 일생처럼, 고통이 온몸을 뚫고 지나갔다. 제 몸을 태우는 건 자기가 무엇을 태우는지 감추기 위해서다.

11

오늘 밤 나무들의 그림자는 누군가 깨끗이 지우지 못한 얼룩처럼 보인다. 가지들은 이제 막 고함을 멈춘 듯 팔을 치켜들고 있다. 나는 지금 숨바꼭질 놀이를 하고 있어. 나는 혼잣말을 한다.

저 멀리 창문 불빛에 파란 밤이 금빛으로 어른거린다. 비가 그친 나무 아래에는 차를 다 우리고 버려진 티백처럼 쓴맛이 난다. 나는 창문에 불빛이 비치는 집으로 다가간다. 뭘 기대하는 걸까? 나는 쪽지를 보낸 사람이 브리디라고 생각했다. 크리스마스 깜짝 선물일 거라고. 초인종을 누르자 쨍 하는 쇠 부딪히는 소리가 나고, 나는 대답을 기다린다. 집에는 아무도 없다. 잠시 후 뒤에서 인기척이 느껴져 뒤를 돌아본다.

워든. 차가운 공기 속에서 그 아이의 숨결이 파란 아포스트로피 부호 같다. 워든이 미소를 짓는다. 안녕하세요. 그가 말한다. 워든은 주머니에서 열쇠를 꺼내 문을 연다. 들어오세요. 그가 말한다.

여기서 뭐하니? 나는 현관에서 묻는다. 워든은 문손잡이를 돌리고 잠시 서 있다.

워든이 나를 향해 몸을 돌린다. 화가 난 표정일까? 아니, 혼란스러운 표정이다. 기절해 쓰러진 그 아이를 잡아주던 날이 기억난다. 놀랄 만큼 가볍던 몸. 생물 시간에 배운 내용이 떠올랐다. 새들의 뼈는 속이 비어있다고 했던가. 지금 워든의 표정은 그때와 같다. 우리는 함께 집으로 들어간다.

누구 집이지? 우리가 계단을 올라갈 때 내가 묻는다.

화이트 선생님 집이에요. 대신 집을 봐주고 있어요.

계단 맨 위 벽에 걸린 쌍둥이 사진이 그의 말을 확인시켜 준다. 천사 같은 아기들.

그들의 침실에서 워든은 커다란 침대에 쓰러져 엎드린다. 괜찮니? 내가 묻는다.

집에 가시는 게 좋겠어요. 그가 말한다.

그래야겠다. 내가 말한다. 하지만 나한테 할 말이 있는 것 같은

데. 그때 나는 침대에 누운 워든을 보기 전까지는 아무런 의도가 없었다는 걸 깨닫는다. 정말로. 워든은 나에게 아이일 뿐이었고, 딱히 존재감이 없었다. 하지만 워든의 혼란스러운 표정을 보니 그가 아이가 아닌 다른 모습으로, 어엿한 성인의 모습으로 보이기 시작했다. 이제 워든이 나를 마주 보고 있다. 그리고 나에게 사진 한 장을 건넨다. 여태 대담하던 워든의 태도가 크게 흔들린다. 이 사진은 어디에서 났지? 나는 묻는다. 나는 단박에 사진을 알아본다.

선생님은 어디에서 났어요? 그가 묻는다.

옛날에 사랑한 사람이 있었다. 나는 사실대로 말하기로 결심한다. 어떤 사람을 사랑했는데 그가 날 전혀 사랑하지 않는다는 걸 알았고 그래서 그 사람 사진을 찍었단다. 내가 얼마나 사랑하는지 차마 말하지 못하고 대신 사진만 찍었지.

나도 그래요. 그가 말한다.

우리 사이에 흐르는 침묵이 나를 몹시 초조하게 만든다. 다시 사라질 순 없을까? 그럴 수는 없겠지. 워든의 입술은 처음엔 차가웠지만, 이내 젖은 풀잎 냄새가 났다. 그것이 그와의 첫 키스였다. 나는 앉아 있고, 그는 마치 내가 동상인 듯 내 주위를 서성거린다. 마치 내가 자신이 만든 작품인 것처럼. 그리하여 나는 곧 그의 작품이 될 것이다. 그의 키스와 이 침묵이 나를 다른 사람으로 만들고 있다. 내가 모르는 누군가로. 내 안의 모든 판단력이 성난 친구들처럼 내게서 등을 돌린다.

그에게는 깨끗한 맛이 난다. 아니, 공허한 맛인가.

다음에 벌어진 일은 폭풍처럼 지나간다.

나는 일어나 그의 옷을 벗긴다. 맞지 않는 무언가에 억지로 맞추려는 듯 그의 눈이 휘둥그레진다. 두 손으로 그의 몸을 어루만지며 그의 쇄골 선을 따라 입을 맞출 때, 벌어진 그의 입에 내 혀를 넣을 때, 그의 숨이 막히다 조용해지는 소리를 들으며 현기증을 느낄 때, 우리가 행위를 할 때, 그때마다 나는 세상이 점점 빨리 회전하는 기분을 느낀다. 세상이 빨리 더 빨리 돌아서 내가 이곳을 떠날 때쯤엔, 내 발이 활짝 펼쳐져 바깥의 땅 위에 단단하게 디딜 때쯤엔, 아무도 서 있을 수 없을 만큼 무섭게 회전할 것만 같다. 아무도 그 위에 설 수 없도록.

12

내가 무슨 짓을 했는지 말해 줘. 이럴 땐 어떻게 해야 하는지 말해 줘.

이렇게 내 앞에 있는 워든을 보고 있노라면 나는 아직도 불타는 초록색 눈동자가, 내 마음을 약하게 만든 금빛 피부가 떠올라. 불이 아니라, 불이 태워 버린 무언가가 떠올라. 그렇게 한 소년은 자꾸만 네 기억에서 멀어지려는 무언가를 연상시켰지. 그날 네가 한눈에 워든을 알아보았던 것 기억해? 수많은 훈련을 통해 이제는 쉽게 눈에 익은 금빛 피부, 거친 삼이 아닌 아마처럼 부드러운 금빛 머리카락, 그 아이의 온몸에서 빛나는 금빛을 너는 알아보았지. 처음엔 그 아이가 먼저 타올랐지만, 나중엔 네가 이만큼 멀리 그 아이를 쫓아왔어. 햇살 아래에서 그 아이와 함께 걷던 때를 기억해 봐. 너는 문득 걸음을 멈추고 햇볕에 반짝이는 그 아이의 황금빛 털을, 눈썹보다 짧고 작은 털을 바라보았지. 처음 서로 인사를 나눌 때부터 그 아이와 이렇게 되리라고 예감했던 걸 기억해 봐. 그 아이가 널, 바로 널 원하리라고 예감했던 걸.

워든의 기숙사 뒤편 계단을 걸어 봐. 오랜 세월 널 잘도 피해왔던 그것은 바로 네 가까이에 있었고, 마치 그 아이가 네게 금박을 입히기라도 한 것처럼 이제 넌 온 사방에 금빛을 비추고 있어. 그 아이는 마치 자기가 빛으로 변하면 너를 온통 그 빛으로 칠하고 덮을 수 있을 것처럼 네 위에 올라서고, 수백만 번씩 수백만 개의 색색의 입자가 되어 다른 이들의 눈 속에 내던져졌지. 널 이끌기 위해, 네 몸 안의 끔찍하게 고립된 세상으로부터 널 끄집어내 함께할 수 있는 어딘가로, 눈에 보이는 어딘가로 데리고 들어가기 위해. 그리고 넌 언제나 이 여정에서 패배자가 되었어.

몇 주간의 짧은 시간이 이렇게 지나가. 넌 한밤중 기숙사 지붕에 서 있지. 시작할 때마다 그 아이는 바람처럼 차갑고, 네가 마치고 나면 눈물처럼 따뜻해. 넌 감정이 무뎌질 때마다 차라리 돌이 되어가고. 그리고 감정이 되살아나길 바라며 매번 다시 처음으로 돌아가지.

13

워든은 앞좌석에서 자고 있다. 나는 워든에게 담요를 덮어준다. 네 학생이니? 워든이 욕실에 간 사이에 어머니가 물었다. 이날 저녁 이른 시간에 우리는 어머니 댁에 있었다.

네. 나는 말했다.

나는 어떤 기분이지? 지금 차 안에서 나는 스스로에게 묻는다.

기분 좋으신가 봐. 그가 불현듯 자동차 창문 앞에 나타나 말한다. 검은 나뭇잎을 배경으로 초록색 눈동자가 바람과 함께 들이닥친다. 여우다. 뭘 해야 하는지 아는 거야? 나는 그에게 고개를 끄덕이고, 그는 다시 사라진다. 워든은 어떤 꿈과 사투를 벌이는지 잠에서 깨지 못한다. 나는 자동차 문에 얼굴을 기댄다. 뺨 아래가 서서히 따뜻해진다.

금속은 사랑과 같아요. 만져봐야 온도를 알 수 있죠. 그런데 우리 어떻게 여기에 온 거예요?

이렇게.

마음을 열어. 그날 아침 세상은 나에게 이렇게 말한다. 네 생각대로 밀고 나가. 잔디밭 위로 햇살이 뿌려지고, 나무들 사이로 바늘땀처럼 빛이 반짝거린다. 커피를 들고 마당에 나오니 맨발에 이슬이 맺힌다. 두 발에 찬기가 느껴져 다시 집으로 들어간다. 전화벨이 울린다. 발신자 이름을 흘끗 내려다본다. 번호 아래에 블록체 글자가 깜빡거린다. 아는 이름이다. 고렌츠, 에릭. 나는 그대로 몸이 굳어 깜빡이는 이름을 바라보다가 전화가 울리도록 내버려 둔 채 하던 일을 계속한다. 마침내 발신자가 전화를 끊는다.

곧이어 다시 전화가 울리고, 이번엔 전화기 스크린에 뜬 이름을 보고도 전화를 받는다.

여보세요. 내가 발신자가 누구인지 아는데도 워든은 이렇게 말한다. 지금 전화를 거는 이가 다름 아닌 자기라는 걸 내가 아는데도. 피 선생님이시죠?

그래. 나는 대답한다.

워든은 울고 있다. 울다가 기침을 하다가 목을 가다듬고 말한다. 이리 좀 와 주세요.

그건 어렵겠구나. 나는 말한다.

와 주셔야 해요. 제발요. 제발 이리로 꼭 좀 와 주세요. 저 혼자서는 안 될 것 같아요. 선생님이 오신다고 무슨 수가 있는 건 아니지만, 그래도 와 주세요.

내 발처럼 여전히 차가운 내 안의 서늘한 공간 속에서 나는 내 목소리를 듣는다. 더 이상은 안 돼. 단 한 번이라 해도. 그리고 나는 말한다. 알겠다. 곧 갈게. 지금 어디니? 이렇게 말하면서 그 남자가 이 세상 어느 곳에 살고 있는지 전혀 모르고 있다는 걸 이제야 깨닫는다.

처음엔 워든이 어떤 여자를 죽인 줄 알았다.

괴수 영화에서처럼 그의 두 다리가 의자 뒤에 톡 튀어나와 있다. 그 몸뚱어리는 더 이상 그가 아니라는 걸, 그 몸뚱어리 안에 더 이상 그가 없다는 걸 알지만, 나는 그의 이름을 부른다. 에릭. 핏기 없는 다리, 둥근 종아리, 얼음장처럼 창백한 발을 본다. 그리고 몸을 돌려, 나를 향해 다가오는 워든을 본다. 워든의 창백한 얼굴을 본다. 나한테 전화하길 잘했다. 어떻게 된 일이니. 나는 말한다. 내 목소리에 두려움이 가득 배어 있다.

워든이 나에게 다가와 두 팔로 나를 끌어안는다. 피. 워든은 이렇게 말하고 팔을 푼다.

셰익스피어는 사랑은 시간의 어릿광대가 아니라고 말한다. 아무렴, 사랑은 그렇지 않다. 셰익스피어는 여전히 옳다. 사랑은 시간을 산다. 우리가 얼음을 사서, 차가운 조각들을 집에 가져와 일상의 열기로부터 소중히 보호하는 것처럼 말이다. 지하실 상자 안에 사진들이 보관되어 있어요. 여기요. 워든이 나에게 사진, 프로그램, 신문에서 오려낸 기사 뭉치를 건네며 말한다. 여기에 선생님에 관한 내용들이 있어요. 아피아스 제. 퍼스트 소프라노.

여우 귀신을 죽이는 방법:

불에 태우기. 집 안에 덫을 놓기. 집을 불태우기.

워든은 이제 네가 누군지 알아. 그리고 이제 너도 워든이 누군지 알게 되지. 워든은 바로 아기 에디였어. 엄마 다리 아래 오줌을 누던 머리 큰 아기, 햇살 아래 매달린 장난감처럼 여기 네 사진들을 들고 깡충깡충 뛰던 소년. 이게 다 언제 적 사진들인지. 작은 에릭과 네가 나란히 침낭에 누워 있고, 넌 눈 위에 비스듬히 손을 올리며 사진을 찍지 말라고 두 손을 내밀고 있어. 마치 그렇게 하고 있으면 필름에 닿은 빛이 네거티브 필름에 색을 입히고 질산은 용액을 묻힌 부분이 밀착 인화지 위에 고정되어 사진이 만들어지는 과정을 막을 수 있다는 듯이. 선생님을 위해 모아 두었어요. 워든이 네게 말해. 이후 워든의 행동을 너는 모르지. 워든은 사진들을 모두 모아 불태우고, 그 불을 사방으로 퍼뜨려 집을 태우고 있어. 이제 위든은 집을 나오고 너도 집을 나와. 이제 너와 위든 사이에는 아무 것도 없지만 동시에 모든 것이 생겼어. 이렇게 브리디가 아닌 위든이 너와 함께 할 운명이었을까. 너와 브리디가 서로를 위해서라면 가진 모든 것을 내어주는 사이가 아니었다면 그랬을지도 모르지. 둘의 사랑이 더 깊다면, 신의 의도 따위 아랑곳없이 오직 서로의 간절한 선택만이 필요할 테니까. 그래서 승자가 누구지? 운명이 내 요람을 흔들었다고 오스카 와일드가 말했던가. 그 순간 너 역시 그의 말을 떠올리며, 어쩌면 이토록 사납게 땅이 흔들리는 건 운명 때문이라고 생각해.

우리는 위든이 경찰서에 가서 상황을 말해야 한다고 결정해. 나는 차에서 위든을 기다리지. 마침내 위든이 경찰서에서 나오며 미소를 지어.

잘 하고 왔니?

그렇죠 뭐. 선생님을 봐서 좋아요.

우리는 차에서 말이 없어. 아니, 정확히 말하면 우리가 아니라 너지만. 너는 위든을 차로 데려다주지. 넌 위든이 머릿속으로 무슨 생각을 하는지 알지 못하고 묻지도 않아. 위든의 희열이 광기처럼 보이긴 하지만, 지나치게 비정상적이라는 생각은 들지 않아. 그런데 차가 고속도로 출구 표지에 접근할 때 위든이 널 보면서 말하는 순간, 전혀 다른 이유에서 사실상 이것이 광기의 결과라는 걸 알게 되지. 그쪽이요.

뭐라고? 네가 물어.

출구로 빠지라고요. 지금 집이 불타고 있거든요.

뭐?

피. 워든이 말해. 우리 지금 다른 곳으로 가야 해요. 난 경찰서에
갈 수 없어요. 워든은 좌석에 몸을 웅크려. 그는 창문을 내리고 주
머니에서 담배를 꺼내 라이터로 불을 붙이지. 워든의 입에서 연기
가 피어올라. 불을 질렀어요. 워든은 말해. 마치 자기 내면에 불이
일고 있는 것처럼. 집이 불타지만 연기는 그의 내면에서 피어오르
는 것 같아.

오, 하느님. 너는 이렇게 말하면서 정말로 하느님을 찾아. 아무
래도 워든은 지금 너와 함께 있다는 생각만으로 행복해 보여.

그렇게 넌 차를 운전하면서 에릭이 죽었다는 사실을 실감해. 그
리고 네 눈앞에 펼쳐진, 다가갈수록 멀어지는 저 하늘에 대고 그에
게 말을 건네지. 난 처음부터 늘 알고 있었어. 당신이 원했던 무언
가를. 당신이 보고 싶어 했던 당신 안의 무언가를 나는 늘 알고 있
었어. 왠지 나는 당신이 우리와 같은 인간이라는 걸, 당신의 그 묵
직한 몸 안에 작지만 무거운 무언가가 있다는 걸, 근육과 피부 안에
두려움이 가지런히 놓여 있다는 걸 알고 있었어. 당신이 죽어버리
길 바랐는데, 이제야 죽었군. 이제 나는 내가 아는 것으로부터 달아
나, 당신이 늘 우리에게 보여주려 했던 것, 우리와 지독하게 똑같았
던 당신의 일부가 내 뒤편 어딘가에서 자유롭게 훨훨 불타고 있는
걸 보고 있어. 당신은 제우스이고 당신은 하늘이고, 그리고 당신은
죽었어. 그런데 가니메데스는 이렇게 차를 타고 달아나는군. 무엇
으로부터도 벗어나지 못한 채.

넌 네 옆에 앉은 이 소년에게 그의 아버지는 죽지 않았다고 말하고 싶어. 그가 죽이고 싶었던 부분은 죽지 않았다고. 네가 있는 한 죽을 수가 없다고. 그는 이제 우리 안에 숨어 있다고 넌 말하고 싶지만, 대신 화재 현장을 피해 차를 몰고 있어.

14

나는 부모님 댁으로 간다. 워든과 함께 뒷문으로 들어간 다음, 일광욕실에서 눈 좀 붙이고 있겠다고 어머니에게 쪽지를 남긴다. 그리고 다 낡은 소파 위에 누워 담요만큼 두툼하고 따스한 햇살을 받으며 새들의 지저귐만이 들리는 오후의 고요에 몸을 맡긴다. 워든은 소파 아래 바닥에서 잠이 든다.

눈을 떠 보니 벌써 해가 지기 시작했다. 내 위의 짙푸른 하늘은 차가운 밤의 휴식만을 남긴 채 내가 다시 움직이길 기다린다. 나는 잠시 내가 왜 이곳에 있는지 전혀 기억나지 않는다. 고개를 들었을 때, 어머니가 출입문에서 나를 보고 있다. 네가 오길 기다렸단다. 어머니는 말했다.

완전히 망했어요, 엄마. 나는 말했다. 어머니는 미소를 짓는다. 브리디가 전화했더라. 어머니가 말한다. 이야기해 보니 브리디는 괜찮을 것 같아. 브리디가 그러는데 둘이 싸웠다며. 왜 싸웠는지는 말하지 않았어. 네가 말하고 싶지 않으면 굳이 묻지 않을게. 아무튼 브리디는 별말 않던걸.

나는 웃는다. 그건 싸움이 아니다. 정확히 말하면.

그나저나 오늘 밤 아버지는 집에 안 계신단다. 어머니가 말한다.

보스턴에 학회가 있어서 포츠머스에 계시거든. 너하고 네 학생은
뭘 좀 먹고 싶었던 거니?

워든하고 이야기하셨군요. 나는 말한다.

우린 마트에도 같이 갔다 왔는걸. 심부름을 곧잘 해주더구나. 아
참, 피. 와서 커피 마셔라.

나는 주방에 들어가 어머니가 내려 준 커피를 마신다. 워든은 마
당을 서성거리며 담배를 피우고, 나는 창문 너머로 그의 모습을 지
켜본다. 브리디는 어디에 있대요? 나는 묻는다.

뉴욕에 있대. 어머니가 말한다.

지금은 누구하고 있어요?

존 마크하고 같이 있는 것 같던데. 어머니가 말한다. 전화번호를
적고 보니 개네 전화번호 같더라.

다른 말은 없고요?

피, 네가 직접 전화하지 그러니.

나는 전화를 건다. 정말로 존 마크의 집이었다. 그는 내 친구지
만 전부터 나보다 브리디와 더 잘 지냈다. 내 생각에 존 마크는 한
동안 나를 혼자 짝사랑했다가 나중에는 내심 나를 경멸했고, 그래
서 브리디가 나타났을 때 그를 반갑게 맞아들일 수 있었던 것 같다.
그들은 금세 친구가 되었다. 브리디가 전화를 받는다. 발신자 번호
를 보고 그가 곧바로 말한다. 안녕하세요, 선생님. 아, 어머니세요?

존 마크는 잘 지내냐? 나는 말한다.

잘 지내. 존은 지금 바빠. 아파트 입찰 신청을 해서, 우린 지금 여
기 앉아서 정원을 어떻게 가꿀까 궁리 중이야.

존은 어떻게 하길 원하는데? 나는 묻는다.

다들 원하는 거지 뭐. 손 많이 안 가고 철마다 꽃 피는 거. 근데 나 이런 얘기 하고 싶지 않은데. 그가 말한다. 무언가가 닫히는지 끼익 하는 소리가 들린다. 내가 널 잘 모르는 게 아니라면, 넌 전화할 인간이 아니잖아.

도와줘. 나는 말한다.

미친놈. 난 이런 게 끝내주는 거라고 생각해왔어. 하지만 지금 너 이거 굉장히 위험한 짓이야. 넌 이걸 사랑이라고 부르지만, 그저 네 욕구를 충족할 뿐이라고.

네가 알아야 할 일이 있어. 나는 말한다. 전화로 말하긴 힘들어.

그래, 나도 좀 알자. 그가 말한다. 내가 뭘 알아야 하는지 알기나 해?

무슨 말이야? 나는 걱정스럽게 묻는다.

나도 알아야겠어. 브리디가 말한다. 무슨 일이 있었는지 나도 알아야겠다고.

날 믿고 이리 와 줘. 돌아와 줘.

널 만났던 그날, 네가 믿을 수 없을 만큼 매력적이라고 생각했어. 브리디가 말한다. 널 알기 전, 내 일기장은 온통 네 이야기로 빽빽했지. 너에 대해 들은 소문들을 이야기하면서 네가 이런 사람일까 저런 사람일까 혼자 추측도 해보고 말이야. 그땐 널 사랑했어. 하지만 지금 생각해보니까 눈에 뭐가 씌었던 것 같아.

나는 어머니 집 내부를 구석구석 바라본다. 가구 하나하나, 상자 하나하나. 이 모든 생명을. 아니야, 브리디. 지금까지 한 번도 그런

말 한 적 없잖아. 나는 말한다. 하지만 더 중요한 건, 네 눈에 뭐에
씐 게 단지 나 때문만은 아니라는 거야.

갠 어린 애야, 피. 브리디가 말한다. 미모의 소년이고 다 자란 소년
이라 해도 애는 애야. 어린 애라고. 그 애를 보고 있으면, 저 아이가
어른이 되면 어떤 모습일까 나도 궁금해. 너도 그런 식으로 생각하면
좋겠다. 내일 전화할게. 브리디는 그렇게 말하고 전화를 끊는다. 나
는 고개를 들어 집 안으로 들어와, 나를 바라보는 워든을 본다.

16

다음 날 부고 기사:

링컨 폴스에 거주하는 에릭 고렌츠 씨가 어제 이른 새벽 52
세의 나이로 사망했다. 그는 인기 있는 합창단, 파인스테이트
소년 성가대 지휘자로 재직하던 당시, 그가 지도한 열두 살 소
년들을 상대로 성폭력을 가한 죄로 징역 20년 형을 선고받았
으며, 최근 가석방으로 풀려난 뒤 형을 마칠 때까지 전자장치
에 의해 감시를 받아 왔다. 젊은 시절 훌륭한 지휘자로 활동했
던 그의 유족으로는 부모와 그의 아들 에드워드가 있다. 사망
원인은 화재로 추정된다.

파란 하늘과 별들을 지붕처럼 이고 있는 어두운 새벽, 워든은 도
넛을 우물우물 씹으며 도넛 가게 주변을 서성거린다. 우리는 신문
을 사러 밖에 나왔고, 나는 이제 우리가 어디로 가야 할지 생각 중
이다. 다시는 돌아오지 않을 것이다. 나는 신문을 아무렇게나 접고

주변을 둘러본다. 계산대 점원 외에는 아무도 없다.

아무도 우리를 의심하지 않을 거라고 생각하니? 나는 말한다.
네. 워든이 말한다. 아무도 우리를 찾지 않을 거예요.

17
그날 밤 나는 고속도로 근처 호텔방에 워든을 두고 나온다.
내가 체크인 해서 먼저 방에 들어가 문을 열어 놓으면 잠시 후
워든이 몰래 들어오기 때문에 호텔 종업원은 아무런 눈치를 채지
못한다. 워든은 완전히 지쳤고 나도 마찬가지여서, 워든은 침대에
벌렁 드러누워 항복하듯 두 팔을 머리 위로 번쩍 들어 올린 채 그대
로 곯아떨어진다. 나는 노란 싸구려 전등 빛 아래에서 워든을 물끄
러미 바라보면서, 이곳을 빠져나갔을 수천 개의 케케묵은 담배 연
기 냄새를 느낀다. 우리가 그런 게 아니야. 나는 이렇게 말하고 싶
다. 워든을 깨워 그에게 말하고 싶다. 우리는 여기에서 달아나야 한
다고, 네가 한 짓은 우리를 가두는 덫일 뿐 결코 우리를 자유롭게
하지 못한다고. 하지만 곤히 자는 워든의 얼굴은 오히려 나를 꾸짖
을 뿐이며 그 순간 나는 침대 위에 걸린 거울에서 내 모습을 본다.
누가 봐도 내가 쓰러뜨렸거나 더 심한 폭행을 가했다고 밖에는 보
이지 않는, 내 아래에서 몸을 쭉 뻗고 누워 있는 지치고 외로운 워
든의 모습도 보인다.
당신이 그랬잖아. 워든이 그런 게 아니야. 나는 속으로 중얼거린다.
내 손으로 워든을 경찰서에 넣고 싶지 않다. 나는 워든이 스스로

경찰서에 가길 바라지만 동시에 가지 않길 바란다. 워든이 자수를 하든 하지 않든 그에게 선택을 맡기고 싶으면서도, 내가 움직일 때 조차, 문을 향해 걸어가고 카펫 아래에 열쇠를 내려놓은 다음 문을 닫고 나올 때조차 내 행동 하나하나를 그가 결정해주길 바란다. 나는 공중전화로 병원에 전화를 걸어 322호실에 구급차를 보내 달라고 말한다. 내 친구가 방문을 잠갔는데 대답이 없는 걸 보니 위급한 일이 벌어진 것 같아요.

친구 분이 의식이 없나요? 교환원이 묻는다.

제가 전화를 하면 일어나지 않을 거예요. 나는 말한다. 아주 약간 거짓말을 하고 있다. 아무리 필요한 말도 제가 하는 말은 절대 들으려 하지 않거든요.

나는 진입로 아래로 차를 밀어 도로에서 시동을 건다. 처음 2분 간은 전조등을 켜지 않고 차를 몰다가, 어느 정도 도로를 벗어난 후 에야 전조등으로 밤의 장막을 걷어내고 케이프엘리자베스로, 포트 윌리엄스로 내처 달린다. 그리로 가면 빈집들이 있으니 당분간 완 벽하게 숨어 있을 수 있다. 하룻밤 정도는.

나는 해변 가장자리에 차를 세우고 모래 위를 걷기 시작한다. 내가 이 일을 멈추었어. 나는 어딜 걷고 있는지 알지 못한 채 이렇게 혼잣말을 한다. 내가 이 일을 멈추었어. 그는 죽지 않았어. 지금은 썰물 때다. 곧 새벽이 다가오면 이곳 해변에는 군데군데 접시만큼 얕은 웅덩이가 생길 것이다. 해변 가장자리를 따라 늘어선 세 개의 가로등이 내 주위에 세 방향으로 내 그림자를 일렁여, 아래를 보면 내 모습이 마치 걸어가는 사람들 무리처럼 보인다. 나는 걸음을 내

딛으며 웅덩이에 비친 별들과 그 위에 가로놓인 내 그림자들을 본다. 그리고 밤의 웅덩이를 메운 그림자 하나를, 그 안에 담긴 얼굴 하나와 눈 대신 빛나는 두 개의 별을 보고 걸음을 멈춘다.

안녕. 그가 인사한다.

나는 아무 말 하지 않는다. 오로지 내가 이곳에 서 있기에 그가 내게 말을 걸 수 있다는 걸 알면서도, 나는 그가 사라지길 바란다.

이제 내가 누군지 알지, 안 그래? 그가 말한다.

그래, 알아. 내가 말한다. 하나의 그림자 양쪽에 있는 두 개의 그림자가 문득 그림자 날개를 펼치며, 그를 데려가기 위한 그리고 그와 함께 있는 나를 데려가기 위한 준비를 하는 것 같다. 밤은 회전문처럼 우리를 뒤집는다.

너도 이제 내가 누군지 알지. 나는 말한다. 그러니 그대로 있어.

다음 날 아침, 잠에서 깨어보니 폐가의 까맣게 탄 방 안이다. 포트윌리엄스파크에 있는 이 저택은 얼마 전 불이 나 일부가 완전히 타버렸지만, 다시 지으려고 나서는 사람이 아무도 없었다. 혹시 유령이 나타나거나 저주를 받은 게 아닐까. 역사적으로 중요한 이 공원 근처 다른 집들은 보존을 위해 거주자를 들이지 않았고, 마을의 선량한 사람들은 분명 나 같은 사람이 있을 걸 예상했는지 내가 들어가려고 시도했을 땐 문이 잠겨 있었다.

내 위에 담요가 덮여 있다. 담요를 가지고 온 기억이 없다. 나는 일어나 주변을 살펴본 다음 창가로 향한다.

자동차 덮개 위에 앉은 브리디가 바다에서 시선을 떼며 눈을 가

늘게 뜨고 커피를 후후 분다. 브리디 옆에는 내가 모르는, 렌트카로 짐작되는 자동차가 서 있다.

왜 레이디 타마모는 영원한 생명을 얻기는커녕 도리어 자기 목숨을 버린 거야? 사랑은 괴물들을 파멸시키거든. 레이디 타마모는 인간이 되기 위해 수천 개의 간으로 마법을 부릴 필요가 없었어. 레이디 타마모는 한 사람만 사랑하면 되니까. 그녀에게 찾아온 변화를 느껴 봐. 이마에는 털이 사라지고, 송곳니는 납작해져서 미소를 지어도 이빨이 드러나지 않아. 두 발은 인간의 발이 되어 이제 영원히 하늘을 날 수가 없지. 위험한 모습은 부끄러운 듯 자취를 감추고. 나는 담요를 두른 채 걸어 내려가 언덕에서 시작하는 계단을 달린다. 그리고 브리디 앞에 와서야 멈춘다. 브리디는 아무런 움직임 없이 그저 날 바라본다. 아직은 질문할 때가 아니다, 아직은.

안녕. 브리디가 말한다.

안녕. 나는 말한다. 안녕.

| 감사의 인사 |

　이 소설을 완성할 수 있도록 훌륭한 자료를 제공해준 사라 셰필드, 쇼나 셸리, 패트릭 메를라, 커스틴 배키스, 에밀리 바턴, 패트릭 놀런, 카를 수엔라인, 줄리 리건, 샌델 모스, 베티 로저스, 케일럽 크레인, 남동생 크리스토퍼, 여동생 스테퍼니, 그리고 제부 애덤 바레아에게 감사드린다. 이 소설을 위해 순수한 지원과 조언을 아끼지 않은 한야 야나기하라에게도 감사를 전한다. 소설을 지지해주고 나를 위해 많은 수고를 아끼지 않은 꽝 바오에게도 감사하다고 말하고 싶다. 언제나 아름다운 삶의 본보기를 보여주신 어머니 제인 지와 고인이 되신 아버지 정태 지에게도 감사드린다. 프랭크 콘로이와 코니 형제, 아이오와 작가 워크숍, 미치너/코페르니쿠스 협회, 버지니아 창작예술센터, 아시아 아메리카 작가 워크숍, 그리고 도나 브로디와 뉴욕시 작가의 방의 도움이 없었다면 이 책은 나올 수 없었을 것이다. 빈 건물을 사용하도록 허락해 준 이모와 이모부 프리실라와 브라이언 세니트 루이스, 나에게 그리고 이 노력에 오랜 우정을 지켜준 케이티 맥니콜에게 특별히 감사를 전한다. 내 선생님들, 특히 킷 리드, 애니 딜러드, 베아트릭스 게이츠, 메리 로비슨, 제임스 앨런 맥퍼슨, 메릴린 로빈슨, 엘리자베스 베네딕트, 드니 존슨, 그리고 데버라 아이젠버그에게 감사드린다. 일레인 킴, 트

리샤 전, 미나 박, 그리고 디너 워크숍의 모든 회원들에게도 감사한다. 이 책을 좋게 보아주고 출판을 결정해준 내 에이전트, 리자 도슨 어소시에이츠의 리베카 커슨과 편집장 척 김에게도 감사드린다. 또한 이 책을 위해 심혈을 기울인 존 웨버, 카린 슬러츠키, 미셸 루빈, 카롤린 데니히, 프리츠 메츠, 크리스티안 디에리그, 로라 요르스타드에게도 감사한다. 내 웹사이트를 만들어준 D. J. 파리스에게도 감사를 전한다.

이 소설은 상상과 허구로 이루어진 픽션이다. 혹시 소설의 인물이 생존 인물이나 돌아가신 분과 유사하거나 과거에 겪은 상황과 유사하다고 생각된다면, 주로 작가의 상상과 독자의 삶 사이에 일종의 공시성이 작용하기 때문일 것이다. 소년이 실존 인물이라는 점은 밝혀두겠다. 내 고향에서 스스로 몸에 불을 지른 소년이 있었다. 내가 모르는 소년인 데다 아주 어렸을 때라 기억조차 희미하지만, 이 소설을 쓰기 전까지 그 일이 늘 머릿속에서 떠나지 않았다. 그의 신상을 존중하기 위해 더 이상의 내용은 밝히지 않겠다.

에든버러

초판 1쇄 발행 | 2020년 2월 28일

지 은 이 | 알렉산더 지
옮 긴 이 | 서민아
펴 낸 이 | 이은성
펴 낸 곳 | 필로소픽
편   집 | 김지은
디 자 인 | 백지선

주   소 | 서울시 동작구 상도동 206 가동 1층
전   화 | (02) 883-9774
팩   스 | (02) 883-3496
이 메 일 | philosophik@hanmail.net
등록번호 | 제 379-2006-000010호

ISBN 979-11-5783-165-4 03840

필로소픽은 푸른커뮤니케이션의 출판브랜드입니다.

이 도서의 국립중앙도서관 출판시도서목록(CIP)은 서지정보유통지원시스템 홈페이지(http://seoji.nl.go.kr)와
국가자료공동목록시스템(http://www.nl.go.kr/kolisnet)에서 이용하실 수 있습니다.(CIP제어번호: CIP2019041241)